T E Kinsey
Lady Hardcastle und ein filmreifer Mord

Autor
T E Kinsey wuchs in London auf und studierte Geschichte an der Universität Bristol. Er schrieb einige Jahre lang als Journalist für Zeitschriften und Magazine, bevor er der glamourösen Welt des Internets verfiel und viele weitere Jahre für eine sehr bekannte Unterhaltungswebsite arbeitete. Nachdem er dabei half, drei Kinder großzuziehen, Tauchen lernte und sich beibrachte, Schlagzeug und Mandoline zu spielen, beschloss er schließlich, dass es an der Zeit ist, zum Schreiben zurückzukehren. Zum Glück, denn seine Reihe um die exzentrische Hobbydetektivin Lady Emily Hardcastle und ihre tatkräftige Zofe Florence Armstrong wurde in Großbritannien zu einem Megahit.

Von T E Kinsey bereits erschienen
Lady Hardcastle und der Tote im Wald · Lady Hardcastle und ein mörderischer Markttag · Lady Hardcastle und das tödliche Autorennen · Lady Hardcastle und ein filmreifer Mord

T E Kinsey

Lady Hardcastle und ein filmreifer Mord

Kriminalroman

Deutsch von Bernd Stratthaus

blanvalet

Die Originalausgabe erschien 2018 unter dem Titel
»A Picture of Murder. A Lady Hardcastle Mystery«
bei Thomas & Mercer, Seattle.

MIX
Papier | Fördert gute Waldnutzung
FSC® C014496

Klimaneutral*
Druckprodukt
ClimatePartner.com/14044-1912-1001

Penguin Random House Verlagsgruppe FSC® N001967

2. Auflage

Redaktion: Susann Rehlein
Umschlaggestaltung: © www.buerosued.de nach einer Originalvorlage von Thomas & Mercer
Umschlagdesign: Lisa Horton
JA · Herstellung: sam
Satz: Vornehm Mediengestaltung GmbH, München
Druck und Bindung: GGP Media GmbH, Pößneck
Printed in Germany
ISBN 978-3-7341-1137-2

www.blanvalet.de

1

Halt es ruhig und versuch, mit deiner Hand nicht ins Bild zu kommen«, wies Lady Hardcastle mich mit einer winzigen Spur Verzweiflung in der Stimme an.

Um acht Uhr an diesem Morgen war ich in das Studio in der Orangerie zitiert worden. Inzwischen war es halb zwölf, und wir verloren beide ein klein wenig die Geduld miteinander.

»Vielleicht sollten wir eine Pause machen, Mylady«, schlug ich vor. »Ich bitte Miss Jones, uns eine schöne Tasse Kaffee zu kochen. Ich glaube, sie hat auch Kekse im Ofen.«

»Nur ... noch ... eine ... Einstellung ...«, beharrte sie, fasste über die Kamera und drückte auf den Auslöser. »So. Das wär's. Jetzt muss ich nur noch ein paar hübsche Titelkarten erstellen, dann sind *Stadtmaus und Landmaus* bereit für das große Publikum. Oder wenigstens für die Leute aus dem Dorf. Ich bin nicht sicher, ob ein größeres Publikum sich dafür begeistern würde, aber Gertie hat mir versichert, dass das Dorf in Aufruhr ist – so hat sie sich ausgedrückt, weißt du? ›Das ganze Dorf ist wegen Lady Hardcastles Film in Aufruhr.‹«

»Auch Daisy hat nur noch ein einziges Thema«, bestätigte ich. »Ich war gestern Mittag im *Dog and Duck*, während Sie hier drin so ein Aufhebens gemacht haben. Sie hielt geradezu Hof hinter der Bar. ›Diese Lady Hardcastle‹, hat sie gesagt, ›ist so 'ne Art Genie mit ihren Filmen und so weiter.‹ Ein Genie, Mylady! Dabei hat sie Sie doch schon persönlich kennengelernt. Vielleicht verschaffen Ihre künstlerischen Bemühungen Ihnen am Ende noch einen guten Ruf.«

»Möglich«, erwiderte sie zerstreut und fummelte weiter an der Kamera herum. »Hast du nicht was von Kaffee gesagt?«

»Und von Keksen. Ich gehe gleich mal in die Küche und sehe nach, was ich auftreiben kann.«

»Du bist die Beste. Ich räum hier nur noch kurz auf, dann treffen wir uns im Frühstückszimmer.«

Ich verließ die Orangerie und ging die kurze Strecke bis zur Hintertür. Das Haus war erst vor ein paar Jahren im modernen Stil erbaut worden – ganz in roten Ziegeln und mit weiß gestrichenen Fensterrahmen. Das einzige Zugeständnis an frühere Moden war die Errichtung der Orangerie gewesen. Lady Hardcastle hatte das Haus von ihrem alten Freund Jasper Laxley gemietet. Er hatte eigentlich selbst mit seiner Familie hier einziehen wollen, allerdings hatten die Umstände es erforderlich gemacht, dass sie länger als geplant in Indien bleiben mussten, also war er hocherfreut darüber, das neu erbaute Haus an eine vertrauenswürdige Freundin vermieten zu können. Anscheinend hatte Mr. Laxley vorgehabt, exotische Pflanzen aus Indien mitzubringen, und dafür die Orangerie vorgesehen. Bei unserem Einzug hatte Lady Hardcastle sie wegen des hervorragenden Lichts dort umgehend in ein Fotostudio umgewidmet.

Auf dem Weg zum Haus musste ich zwar nur für ein paar Augenblicke ins Freie, aber der Herbst machte sich bereits bemerkbar, und ich war froh, als ich ins Warme kam.

Dort traf ich Miss Jones, die junge Köchin, eifrig bei der Arbeit an. Gerade bereitete sie offensichtlich ein paar Lammkoteletts für unser Sonntagsessen vor.

Lady Hardcastle hatte sie gleich nach unserer Ankunft in Littleton Cotterell eingestellt. Sie war noch recht jung für eine Köchin – so jung sogar, dass keine von uns sich dazu durchringen konnte, sie Mrs. Jones zu nennen, wie es die Tradition eigentlich verlangt hätte. Trotz ihrer Jugend und ihrer mangelnden Erfahrung waren ihre Fähigkeiten allerdings eine Offenbarung. Ich hatte mich immer für ziemlich sachkundig in der Küche gehalten, aber Blodwen Jones ließ mich wie die reinste Stümperin dastehen.

»Ach, hallo Miss Armstrong«, begrüßte sie mich, als ich mir am Herd die Hände aufwärmte. »Edna hat schon nach Ihnen gefragt. Sie redete davon, dass wir angeblich neue Tischwäsche fürs Esszimmer brauchen. Außerdem hat sie kein Bienenwachs mehr. Und ihr Staubwedel ist ziemlich ramponiert. Sie ist heute nicht allzu gut gelaunt. Um ehrlich zu sein, hatten Sie Glück, dass Sie ihr noch nicht über den Weg gelaufen sind.«

Ich unterdrückte ein Seufzen. »Dann gehe ich besser mal zu ihr und unterhalte mich mit ihr«, sagte ich.

»Könnten Sie solange bitte eine Kanne Kaffee aufbrühen? Lady Hardcastle nimmt ihn dann im Frühstückszimmer.«

»Natürlich«, erwiderte sie lächelnd. »Ich hab heute früh auch ein bisschen Shortbread gebacken, vielleicht möchte sie davon auch etwas?«

»Unbedingt möchte sie davon etwas.«

Dann machte ich mich auf die Suche nach der Haushälterin.

»Wie steht's denn so um das Empire, Edna?«, fragte ich sie, als ich sie schließlich in einem der Schlafzimmer aufspürte.

»Es ging mir schon mal besser, Miss Armstrong«, entgegnete sie erschöpft.

»Oje. Was ist denn los?«

»Alles scheint sich gegen mich verschworen zu haben. Erst ist mir die Politur ausgegangen, und dieser verdammte Staubwedel hat auch schon bessere Zeiten gesehen.« Sie hielt ein schlaffes Bündel Straußenfedern in die Höhe, das an einem abgenutzten Griff befestigt war. »Ich kriege die Tischdecke nicht ordentlich hin ... Nichts klappt, wie es sollte. Und ich kann Ihnen gar nicht sagen, wie viele Dinge ich in letzter Zeit verlegt habe.«

»Daran ist bestimmt der Hausgeist schuld. Die Saison dafür haben wir ja.«

»Ach, sagen Sie so was nicht. Ich weiß, dass Sie und die Herrin an so etwas nicht glauben, aber ich nehme es sehr ernst. Im Haus unserer Großmutter hab ich schon mal einen Geist gesehen. Mir ist es kalt über den Rücken gelaufen. Außerdem ist die Grenze zwischen unserer Welt und ihrer an Halloween am durchlässigsten.«

»Ich hab Sie doch nur aufziehen wollen«, lenkte ich ein. »Ich glaube, wir haben nichts zu befürchten. Dieses Haus steht ja noch keine zehn Jahre – es ist also noch gar nicht alt genug, um sich einen Geist eingefangen zu haben.«

»Sie sollten sich über so was nicht lustig machen«, erwiderte sie ernst. »Sie können ja nicht wissen, was früher an diesem Ort vielleicht passiert ist.«

»Tut mir leid, ich wollte bloß Ihre Laune ein bisschen heben. Sie sollten sich solche kleinen Missgeschicke nicht so sehr zu Herzen nehmen. Stimmt denn sonst noch was nicht?«

Sie sah von dem Bett auf, das sie gerade machte. »Ach, es ist was und auch wieder nichts, meine Liebe«, sagte sie mit einem schwachen Lächeln. »Mein Dan hat sich neulich bei der Arbeit verletzt. Er wird schon wieder, aber besorgt bin ich natürlich trotzdem.«

»Oh nein, tut mir sehr leid. Das wusste ich nicht. Ist es was Ernstes? Müssten Sie sich eigentlich um ihn kümmern?«

»Dem geht's gut. Es ist nur ein gebrochenes Bein. Aber sein Lohn wird uns fehlen – Dr. Fitzsimmons schätzt, dass er sechs Wochen oder sogar länger arbeitsunfähig ist.«

»Was arbeitet er denn?«

»Im Moment hilft er bei Toby Thompson auf der Farm aus. Das ist der mit den Milchkühen. Oft arbeitet er auch für Noah Lock am Hügel oben, er macht, was so anfällt in der Gegend. Hier und da mal ein Gelegenheitsjob, wissen Sie? Dan, der Alleskönner, nenn ich ihn immer.«

»Mit einem kaputten Bein ist er also außer Gefecht gesetzt«, überlegte ich. »Würde es Ihnen denn helfen, hier ein paar Stunden mehr zu arbeiten? Ich kann mit Lady Hardcastle reden.«

»Ich muss zugeben, das wäre eine Erleichterung. Aber nur, wenn es auch wirklich Arbeit gibt, hm? Ich möchte keine Almosen.«

»Natürlich nicht. Nichts liegt mir ferner. Ich bin sicher, wir könnten eine Menge finden, um Sie zu beschäftigen.«

»Darüber wäre ich schon sehr dankbar.«

»Und Dan kommt ohne Sie zurecht?«

»Solange er seine Pfeife und ein paar Flaschen Cider hat, kommt er schon ein paar Nachmittage klar.«

»Dann sehe ich mal, was ich tun kann«, versprach ich.

»Aber richtige Arbeit, ja? Vergessen Sie das nicht.«

»Ich schwöre Ihnen hoch und heilig, dass wir Sie wie einen Tagelöhner schinden werden, Edna, machen Sie sich deswegen keine Sorgen.«

Beruhigt darüber, dass nichts allzu Schlimmes passiert war, kehrte ich in die Küche zurück. Als ich eintrat, stellte Miss Jones gerade die Kanne und Tassen auf das Tablett.

»Danke«, sagte ich. »Wussten Sie das mit Dan?«

»Sein gebrochenes Bein?« Sie seufzte. »Macht sie deshalb so viel Lärm um nichts und wieder nichts?«

»Scheint so.«

»Sein Lohn wird ihnen fehlen«, überlegte sie. »Mit einem gebrochenen Bein kann er ja nicht arbeiten.«

»Genau das hat sie auch gesagt. Also habe ich versprochen, bei Lady Hardcastle nachzufragen, ob sie hier nicht ein paar zusätzliche Stunden arbeiten könnte.«

»Das ist sehr freundlich von Ihnen.«

»Macht es Ihnen denn nichts aus?«

»Warum sollte es?«, fragte sie ziemlich belustigt.

»Na ja, Ihnen können wir dann keine zusätzlichen Stunden mehr anbieten. Um ehrlich zu sein, habe ich auch noch keine Ahnung, was es hier für Edna zu tun geben könnte. Aber verraten Sie es ihr nicht. Sie will auf keinen Fall Almosen annehmen.«

»Meine Lippen sind versiegelt«, gelobte sie. »Unsere Edna ist sehr stolz. Aber machen Sie sich um mich mal keine Sorgen. Ich bin mit meinen Morgen ganz zufrieden. Das reicht mir. Ich muss mich ja immer noch um unsere Ma kümmern.«

»Aber ja, natürlich. Wie geht es Ihrer Mutter denn?«

»Sie hat bessere und schlechtere Tage. Aber wir kommen schon zurecht.«

»Das ist sicher nicht leicht. Aber machen Sie es nicht wie Edna. Wenn Sie Hilfe brauchen, sagen Sie unbedingt Bescheid, ja?«

»Sie sind wirklich sehr freundlich, Miss. Soll ich das Tablett rübertragen?«

Wie üblich hatte sie Kaffee für zwei vorbereitet – sowohl sie als auch Edna hatten schnell akzeptiert, dass Lady Hardcastle und ihre Kammerzofe immer gemeinsam aßen und tranken.

»Nein, keine Umstände«, wehrte ich ab. »Ich nehme es mit. Und Sie wirken weiter Ihren geheimen Zauber an dem Lamm.«

»Riechst du auch Rauch?«, fragte Lady Hardcastle, als sie – noch immer in ihrem Overall – ins Frühstückszimmer stürmte.

»Ich habe Edna gebeten einzuheizen«, erwiderte ich. »Ich finde, wir sind lange genug stoisch und hart im Nehmen gewesen. Aber inzwischen ist es mehr als nur *ein wenig frisch*, eher sind wir schon in Richtung *saukalt* unterwegs. Ein kleines Feuer war wirklich notwendig.«

»Damit hast du natürlich recht«, stimmte sie mir zu. »Es kommt einem doch alle Eleganz abhanden, wenn man steifgefroren ist. Aber ich meinte draußen. Als wir heute früh durch den Garten gegangen sind, hing Rauch in der Luft, fandest du nicht?«

»Vielleicht haben heute alle die Kamine angefeuert?«

»Nein es roch irgendwie unordentlicher. Nicht nach Holzscheiten oder Kohlen.«

»Vielleicht waren es Gartenfeuer, um Blätter und Gartenabfälle zu verbrennen? Ein letztes Großreinemachen vor dem Winter.«

»Es gießt wie aus Kübeln, Liebes«, widersprach sie. »Wer würde denn im Regen ein Feuer anzünden? Bist du sicher, dass du nichts gerochen hast?«

»Mir ist nichts aufgefallen«, bekräftigte ich, goss ihr eine Tasse Kaffee ein und bot ihr von Miss Jones' Shortbread an. »Ich hoffe, das Wetter klart zum Freitag auf. Ich liebe die Guy-Fawkes-Nacht.«

»Ich auch. Unser Vater hat uns da immer mit hingenommen. Es gab das große Feuer und natürlich Getränke- und Essensstände. Ich erinnere mich noch gut an einen Mann aus Yorkshire, der Guy-Fawkes-Bonbons verkaufte –

bröckliges schwarzes Zeug, an dem man sich die Zähne ausbiss. Jahre später hätte ich Stein und Bein geschworen, dass wir jedes Jahr an dem Stand waren und dass ich die Guy-Fawkes-Bonbons geliebt habe. Aber meine Mutter hat mir erzählt, dass wir nur ein einziges Mal da waren, ich nur einen einzigen krümeligen Bissen in den Mund gesteckt und gleich wieder ausgespuckt habe, während ich die Bonbons zum *schrecklichsten Zeug im gesamten Empire* erklärte. Das Feuer war aber wirklich beeindruckend.«

»In der Guy-Fawkes-Nacht fand immer unsere letzte Vorstellung statt, bevor wir den Zirkus winterfest machten«, erzählte ich. »Nach der Vorstellung sind wir mit dem Publikum raus ins Freie gegangen. Dort haben wir ein Feuerwerk abgebrannt, wie die Leute es noch nie zuvor gesehen hatten, und der Feuerschlucker hat im Licht eines riesigen Lagerfeuers seine Kunststücke vorgeführt. Ich war ziemlich enttäuscht, als wir nach Aberdare zurückgezogen sind, damit Ma sich um Mamgu kümmern konnte. Die kleine Stadt bot nichts von dem, womit ich aufgewachsen war.«

»Erinnerst du dich an das Feuerwerk in Shanghai? Wir sollten die Jungs von dort drüben mal hierher einladen, damit sie uns zeigen, wie es geht. Aber im Dorf geben sie sich ja auch ohne chinesisches Fachwissen große Mühe. Ich habe hohe Erwartungen.«

»Wenn Lady Farley-Stroud den Filmabend organisiert, kümmert Sir Hector sich dann um die Guy-Fawkes-Nacht?«, fragte ich.

Sir Hector und Lady Farley-Stroud waren die örtlichen

Großgrundbesitzer. Lady Hardcastle hatte die beiden einst als die bezauberndsten alten Leutchen beschrieben, denen sie jemals begegnet sei, und im Laufe des letzten Jahres hatte sie sich mit ihnen angefreundet.

»Hector? Das glaubst du doch nicht wirklich. Ich hab ihn von Herzen gern, aber der könnte doch nicht einmal eine Tortenschlacht in einer Bäckerei organisieren. Nein, ich glaube, es gibt eine Art Komitee, das von Gertie geleitet wird. Sie kann nämlich den Filmabend leiten *und* dabei immer noch das Ruder bei den Feierlichkeiten zur Guy-Fawkes-Nacht in der Hand behalten. Diese Frau ist ein dampfbetriebenes Wunder an Leistungsfähigkeit.«

»Mindestens«, stimmte ich zu. »Mit verzierten Messingarmaturen.«

Sie sah auf ihre Armbanduhr. »Ach, es ist fast schon Mittagessenszeit. Warum hast du mich Kekse essen lassen? Sicher gibt es gleich Pastete.«

»Ich wollte schon um elf ein zweites Frühstück, aber Sie wollten ja unbedingt *nur ... noch ... eine ... Einstellung*. Und ich bin wohlerzogen. Ich mache immer das, was man mir sagt.«

Das brachte mir ein spöttisches Knurren ein. Vor einer beißenden Bemerkung rettete mich das Klingeln des Telefons.

»Wer um alles in der Welt kann das denn sein?«, fragte Lady Hardcastle.

»Das finde ich gleich heraus«, erwiderte ich.

Ich ging in die Halle und nahm den Hörer von der Gabel, die seitlich an einem an die Wand geschraubten Holzkasten angebracht war.

»Hallo«, meldete ich mich. »Chipping Bevington zweidrei.«

»Armstrong?«, antwortete eine vertraute weibliche Stimme. Wenn man vom Teufel spricht und so weiter. »Armstrong? Sind Sie das, meine Liebe?«

»Ja, Lady Farley-Stroud. Soll ich Lady Hardcastle holen?«

»Nein, meine Liebe, das ist nicht notwendig. Holen Sie doch einfach nur Lady Hardcastle, bitte.«

»In Ordnung, Mylady«, entgegnete ich. »Bleiben Sie am Apparat.«

Bei jedem ihrer Anrufe führten wir ein derartiges Gespräch. Ich begann mich zu fragen, ob es an mir lag.

»Wer war es denn, Liebes?«, fragte Lady Hardcastle, als ich ins Frühstückszimmer zurückkehrte.

»Lady Farley-Stroud. Sie möchte, glaube ich, mit Ihnen sprechen.«

Meine Herrin ging in die Halle. Ich konnte nur einige Bruchstücke aufschnappen, aber es gab genug »Oh mein Gott« und »Ach, ihr Armen«, dass ich problemlos folgern konnte, auf *The Grange* lief nicht alles rund.

»Auf *The Grange* läuft nicht alles rund«, verkündete Lady Hardcastle, als sie zurückkam.

»So viel habe ich schon gemutmaßt«, erwiderte ich. »Was ist denn los?«

»Der Rauch, den ich vorhin angesprochen habe, kam aus ihrer Küche.«

»Hat Mrs. Brown etwa das Sonntagsessen anbrennen lassen?«

»Viel schlimmer. Die ganze Küche ist in Flammen

aufgegangen. Sie vermuten, dass irgendwer eine Kerze vergessen hat. Erst hat ein Handtuch Feuer gefangen und, na ja, dann hat ein tragischer Zufall zum nächsten geführt.«

»Um Himmels willen«, rief ich aus. »Ist jemand verletzt?«

»Zum Glück nicht. Auch der Rest des Hauses ist nicht betroffen. Sie haben nur keine Küche mehr.«

»Können wir ihnen irgendwie helfen?«

»Das war der Grund für den Anruf. Die Filmleute, die in den Ort kommen, um ihre Werke zu zeigen, sollten ja bei ihnen untergebracht werden – Colonel Sonstwas und drei Schauspieler.«

»Colonel Cheetham«, half ich aus. »Nolan Cheetham.«

»Genau der. Sie hat gefragt, ob wir sie nicht eventuell beherbergen können.«

»Ich hoffe, Sie haben eingewilligt.«

»Umgehend. Sie können jeder ein eigenes Zimmer haben – es ist ja nicht so, als ob wir hier zu wenig Platz hätten. Das Einzige, worüber ich mir Sorgen mache, ist, ob das nicht zu viel für dich wird.«

»Allein schaff ich es nicht«, entgegnete ich. »Aber zufällig möchte Edna ein paar Stunden mehr arbeiten, solange ihr Mann krank ist. Bei Miss Jones sieht das anders aus, aber vielleicht kann ich sie überreden. Sie ist sehr darauf aus, es uns recht zu machen, doch sie ist eben auch gern zu Hause, um sich um ihre Mutter zu kümmern.«

»Ich glaube, Gertie Farley-Stroud kennt ihre Mutter – ich meine sie sitzen gemeinsam in ein paar Dorfkomitees.

Vielleicht kann sie wegen der jungen Blodwen Jones mit ihr reden. Außerdem möchte Gertie uns für eine Weile Dora und Dewi abtreten.«

Dora Kendrick war eines der Hausmädchen auf *The Grange*. Wir kamen nicht gut miteinander aus. Dewi Rees war einer der Diener. Wenn er unter Stress stand, beleidigte er gern mal jemanden auf Walisisch, aber er war ein guter Kerl und arbeitete hart.

»Ich denke, das kriegen wir hin«, sagte ich. »Wann kommen sie denn an?«

»Die Diener morgen früh, die Gäste am Nachmittag.«

»Oh. Edna und Miss Jones sind schon heimgegangen. Ich sage es den beiden morgen.«

»Hat Miss Jones uns etwas zu essen dagelassen?«

»Lammkoteletts. Ich muss nur noch letzte Hand anlegen.«

Später am Abend saßen Lady Hardcastle und ich bei einem Brandy neben dem Kamin im Salon.

»Ich liebe das Dorfleben wirklich«, sagte sie und kuschelte sich in ihren Sessel. »Aber es scheint deutlich mehr Einsatz zu erfordern als das Leben in der Stadt.«

Ich musste lachen. »Es ist ja nicht so, dass sie uns um viel gebeten haben. Und Sie sagen doch selbst immer, dass wir mehr Gäste empfangen sollten.«

»Oh, ich weiß. Und ich will mich auch nicht beschweren. Ich habe nur gerade darüber nachgedacht, dass, wenn Lady Werauchimmer in London eine Party veranstaltet, sie niemals von ihren Nachbarn erwarten würde, dass sie sich daran beteiligen. Wir tauchen einfach nur in unseren besten Kleidern auf und machen die Nacht zum Tag. Wenn es Zeit zum Heimgehen ist, werden Kutschen gerufen, und wir gehen alle und lassen ihre Hausangestellten die Unordnung beseitigen. Hier draußen allerdings …«

»Hier draußen werden Sie ganz freundlich gefragt, ob es Ihnen etwas ausmachen würde, den Farley-Strouds aus der Patsche zu helfen. Dann bieten sie Ihnen noch ihre eigenen Dienstboten an, um sicherzustellen, dass Ihnen dadurch so wenig Umstände wie möglich entstehen. Ich bin mir nicht sicher, ob ich die Landmethode nicht eigentlich bevorzuge.«

»Wenn du es so ausdrückst, junge Flo, kann ich nicht widersprechen.« Sie nippte noch einmal an ihrem Brandy. »Was sagt der Dorfklatsch denn über unsere künftigen Hausgäste? Gertie war nicht sehr mitteilsam.«

»Wie immer ist Daisy meine Hauptquelle für Tratsch«, erwiderte ich. Daisy war die Tochter des Metzgers, die morgens bei ihrem Vater im Geschäft arbeitete und an den Abenden im *Dog and Duck* hinter dem Tresen stand. Sie war albern und oberflächlich und so ziemlich die beste Freundin, die ich im Dorf hatte. »Sie sagt, dass Cheetham der Ruf eines charismatischen Darstellers vorauseilt, *dessen* – wie hat sie sich ausgedrückt – *Stern im Sinken begriffen* ist.«

»Wie ungewöhnlich poetisch für die liebe Daisy.«

»Das hat sie aus einer ihrer Zeitschriften. Sie hat mir die Ausgabe geliehen.« Ich zeigte auf das Exemplar, das auf dem Tischchen zwischen uns lag. »Manchmal haben sie darin auch eine Rubrik über Kinematografie. Sie behauptet, dass er allgemein als der große Zampano der englischen Filmwelt betrachtet wird. Andere wollen ihm inzwischen den Rang streitig machen, aber nach allem, was man hört, soll sein neuester Film seine Überlegenheit wieder festigen.«

»Und den neuesten Film bringt er hierher mit?«, erwiderte sie einigermaßen erstaunt. »Wie aufregend.«

»Der Plan ist, das Kino zu den normalen Menschen zu bringen oder etwas in der Art. Daisy sagte, er glaube, dass die anderen Produzenten sich zu sehr auf die Großstädte und nicht genug auf die ländlichen Gemeinden konzentrieren, also kommt er mit seiner Premierentour für sein neuestes Werk nach Littleton Cotterell. Ich bin mir sicher, dass Sie ihn, solange er hier ist, mit Ihren Fragen bombardieren können.«

»Da werde ich gewiss nicht viel fragen müssen – Männer aus der Filmbranche lieben es, über sich selbst zu reden. Und was ist mit seinen Schauspielern? Weiß Daisy irgendwas über sie?«

»Es sind zwei Schauspielerinnen und ein Schauspieler«, erwiderte ich. »Sie hat mir auch die Namen verraten und ausführlich über die Höhen und Tiefen ihrer jeweiligen Karrieren berichtet, aber leider hat mich das nicht sonderlich interessiert. Ich erinnere mich an kein Wort von ihrem Geschnatter.«

»Dann wird es ein Teil des Vergnügens sein, sie kennenzulernen und alles über sie herauszufinden«, beschloss Lady Hardcastle und schenkte uns beiden noch einen Brandy ein. »Was hältst du von ein wenig Musik vor dem Zubettgehen? Das arme Klavier sieht aus, als könnte es ein bisschen Betätigung vertragen. Worauf hast du Lust?«

»Haben Sie vielleicht etwas Gruseliges auf Lager, Mylady?«

»Warum das denn?«

»Es ist *All Hallows' Eve*«, erläuterte ich, »die Nacht, in der die Geister der Verstorbenen unterwegs sind. Edna zum Beispiel ist davon überzeugt, dass sie ihr den Staubwedel geklaut haben.«

»Solchen Unsinn müssen wir im Keim ersticken«, erwiderte Lady Hardcastle. »Gertie hat mich im Flüsterton darauf hingewiesen – na ja, so flüsternd es eben ging, während sie ins Telefon brüllte –, dass ihre Dienerschaft übernatürliche Kräfte für den Brand in der Küche verantwortlich gemacht hat.«

»Ihr Stadtmenschen vergesst allzu leicht, wie ernst unsere Cousins vom Land diese Dinge nehmen.«

»Geister und Monster. Und langbeinige Biester?«

»Hexen, genau. *Nos Galan Gaeaf*, hat meine Mutter es immer genannt. Die Nacht vor dem ersten Wintertag. Sie hat uns all die alten Bräuche gelehrt. Als wir nach Aberdare zurückgezogen sind, haben einige der Familien dort sie noch praktiziert. Das ganze Jahr über waren sie brave Kirchgänger, aber einmal im Jahr brach sich der alte Glaube Bahn.«

»Wie aufregend. Gab es Zeremonien? Rituale?«

»Zum einen gab es *Coelcerth*«, erwiderte ich im raunenden Ton einer Geschichtenerzählerin, die beim schaurigsten Teil ihrer Erzählung angekommen ist. »Frauen und Kinder tanzten um ein großes Feuer. Nacheinander schrieben sie ihre Namen auf je einen Stein und legten ihn in die Flammen. Wenn das Feuer dann verloschen war, zerstreute sich die Menge, und alle gingen nach Hause. Der Letzte, der sich noch draußen in der Dunkelheit aufhielt, riskierte, von *Yr Hwch Ddu Gwta* geschnappt zu werden – einer furchterregenden, schwanzlosen schwarzen Bache – sowie von der Frau ohne Kopf, die sie begleitete.«

»Ach du meine Güte«, erwiderte Lady Hardcastle lächelnd. »Und ich dachte, Wales wäre ein Land voller Schönheit und Gesang.«

»Das ist noch nicht alles, Mylady. Am Morgen sahen die Leute dann nach den Steinen im Feuer. Fehlte irgendein Name, würde die betreffende Person binnen Jahresfrist sterben.«

Sie lachte. »Das alles lässt Großmutters Kürbislaterne doch ziemlich harmlos erscheinen: eine unbeholfen ausgehöhlte Feldfrucht mit einer Kerze darin.«

»Ihr Londoner mit euren städtischen Angewohnheiten«, sagte ich, noch immer in der Rolle der geistergläubigen Geschichtenerzählerin. »Sie haben ja keine Ahnung von dem nächtlichen Grauen da draußen.«

Sie lachte erneut. »Vielleicht Saint-Saëns?«, schlug sie dann vor. »*Danse Macabre* sollte doch ganz gut passen. Oder Mussorgsky? Ich bin sicher, dass ich hier irgendwo die Noten zu *Nacht auf dem kahlen Berge* habe. Vielleicht wage ich mich an beide. Oder an keins davon. Sie sind ziemlich schwer zu spielen.«

Ich lehnte mich in meinem Sessel zurück, schloss die Augen und verlor mich in der Musik. Beide waren tatsächlich ziemlich trickreich, aber sie meisterte die Aufgabe mit der üblichen vollendeten Leichtigkeit.

Um Mitternacht gingen wir zu Bett, und ich nahm zwei Kerzen mit aufs Zimmer. Man kann an *Nos Galan Gaeaf* nicht vorsichtig genug sein.

2

Wie es nach einem langen Abend so oft der Fall ist, erwachte ich zu enttäuschend früher Stunde. Als Edna und Miss Jones durch die Seitentür hereinkamen, hatte ich schon den Herd angeheizt und in der kupfernen Waschwanne Wasser aufgesetzt.

»Guten Morgen, Miss Armstrong«, begrüßte Edna mich fröhlich. »Na, das ist ja nett von Ihnen, vielen Dank. Nicht viele Kammerzofen würden die Wäsche machen. Das weiß ich wirklich zu schätzen, meine Liebe.«

»Das macht gar keine Umstände«, versicherte ich ihr. »Aber ich muss gestehen, dass ich es mit dem Hintergedanken getan habe, mich bei Ihnen beiden beliebt zu machen.«

Sie zog fragend eine Braue hoch.

»Erinnern Sie sich an unser gestriges Gespräch?«, fuhr ich fort. »Sie sagten, Sie würden gern ein bisschen mehr arbeiten.«

»Solange es richtige Arbeit ist«, erinnerte sie mich. »Ich bin kein Fall für die Wohlfahrt.«

»Ganz recht«, bestätigte ich. »Was meinen Sie, würden vier Hausgäste als richtige Arbeit durchgehen?«

»Vier?«, riefen Edna und Miss Jones wie aus einem Munde.

»Leider ja«, bestätigte ich. »Lady Farley-Stroud wollte die Filmcrew eigentlich bei sich einquartieren, aber nach dem Brand …«

»Du meine Güte, ja, der Brand. Unsere Ma hat uns davon erzählt«, unterbrach mich Miss Jones, was ihr gar nicht ähnlichsah. »In der Küche. Ich habe mich schon immer schrecklich davor gefürchtet, dass ich irgendwann mal unbeabsichtigt Feuer in der Küche lege.«

»Sie sagen, es war der Geist einer Köchin aus dem siebzehnten Jahrhundert«, steuerte Edna bei.

»Sagen sie das«, erwiderte ich nur.

»Ja. Der Sohn der Lordschaft damals hat sie geschwängert. Sie starb bei der Geburt des Kindes. Man erzählt sich, dass sie immer um diese Jahreszeit zurückkehrt, um die Dienerschaft zu warnen und Rache zu nehmen.«

»An wem denn?«, fragte ich unwillkürlich fasziniert.

»An der Familie, die ihr das Unrecht angetan hat«, erklärte Edna bestimmt.

»Aber die sind doch schon lange tot. Die Farley-Strouds haben das Anwesen erst in den 1880ern gekauft.«

»Niemand hat je behauptet, Geister hätten Zugang zum Kataster«, entgegnete sie. »Sie weiß nur, dass sie in ihrer Küche gestorben ist und dass irgendwer dafür büßen muss.«

»Aha«, erwiderte ich. »Na ja, glücklicherweise musste ja niemand dafür büßen. Obwohl Mrs. Brown ein bisschen aufgewühlt war.«

»Dieses faule Stück«, schimpfte Edna. »Ich habe gehört,

dass sie nur einen Blick auf den Schaden geworfen und sich dann gleich zu ihrer Schwester verdrückt hat.«

Anscheinend funktionierte das dörfliche Tratschnetzwerk so geschmeidig wie immer.

»Nach Gloucester offenbar«, bestätigte ich. »Nun haben das Fehlen einer voll funktionstauglichen Küche sowie die Abwesenheit einer erfahrenen Köchin Lady Farley-Stroud zu der Erkenntnis gebracht, dass sie unmöglich standesgemäß Gäste empfangen kann. Also hat sie uns gefragt, ob wir sie nicht aufnehmen könnten. Zwei Herren und zwei Damen, soweit ich weiß. Einer der Herren ist der Geschäftsführer der Truppe, die anderen sind Schauspieler.«

»Schauspieler?«, rief Edna. »Denen kann man nicht trauen. Die Schwester von unserem Dan hat früher ja im Theatre Royal unten in Bristol gearbeitet. Die könnte Ihnen ein paar Geschichten über Schauspieler erzählen.«

»Ich bin mir sicher, dass unsere keinen Ärger machen werden«, beteuerte ich. »Außerdem hat Lady Farley-Stroud angeboten, Dora und Dewi zu schicken, damit sie uns aushelfen …«

»Diese zwei Taugenichtse?«, rief Edna. »Wahrscheinlich will sie sie einfach nur bei sich aus dem Weg haben.«

»Sie hat angeboten, Dora und Dewi zu schicken, damit sie uns aushelfen«, wiederholte ich in dem verzweifelten Bemühen, das Gespräch wieder unter Kontrolle zu bringen. »Uns wird es also nicht an Personal mangeln, aber unsere üblichen Abläufe werden dennoch gestört werden.«

»Na ja, ich habe um richtige Arbeit gebeten«, sagte

Edna mit einem Kichern. »Anscheinend sollte ich mit dem Wünschen künftiger ein bisschen vorsichtiger sein.«

»Was ist mit dem Essen?«, fragte Miss Jones beunruhigt. »Wir haben nicht genug im Haus – ich wusste ja nicht, dass ich mehr bestellen muss. Und ich kann wegen unserer Ma auch nicht den ganzen Tag hier arbeiten, tut mir sehr leid.«

»Machen Sie sich keine Sorgen«, beschwichtigte ich sie. »Ich kann zusätzliche Vorräte bestellen, und dann teilen wir die Arbeit zwischen uns auf. Ich bin ja keine komplette Niete in der Küche, nicht wahr?«

»Ach, das weiß ich doch, Miss. Ich wollte nicht ... Aber Kochen gehört nun mal nicht zu Ihren Pflichten. Sie haben doch schon genug damit zu tun, sich um die Herrin zu kümmern.«

»Bevor wir hergezogen sind, gab es eine Zeitlang nur sie und mich. Wir sind nie lange genug an einem Ort geblieben, um weitere Dienerschaft einzustellen, also habe ich letztendlich die meiste Arbeit gemacht. Ich werde schon zurechtkommen.«

»Ich würde gern eines Tages ein paar von Ihren Geschichten hören«, antwortete sie. »Tratsch über Schauspieler ist mir egal, aber ich nehme an, Sie haben ein paar echte Abenteuer erlebt.«

Ich musste lachen. »Mehr als ein paar. Und die meisten darf ich niemandem erzählen. Staatsgeheimnisse und so weiter.«

Sie sah mich mit großen Augen an.

»Beachte sie gar nicht, meine Liebe«, warf Edna ein. »Sie will dich nur foppen.«

Jetzt war ich an der Reihe mit Augenbrauen-Hochziehen.

»Nein, Edna, ich glaube ihr«, beharrte Miss Jones. »Sie und Lady Hardcastle haben jede Menge Sachen erlebt.«

»Wenn du meinst, Liebes«, beendete Edna das Geplauder. »Aber die Geschichten müssen warten. »Wann kommen diese Schauspieler denn an?«

Ich lächelte verlegen. »Bert holt sie um die Mittagszeit vom Bahnhof in Chipping Bevington ab.«

»Heute?«, fragten sie im Chor.

Ich sagte Edna, dass ich es ihr überlassen würde, Dewi und Dora anzuleiten, während sie zu dritt das Haus für unsere Besucher vorbereiteten. Das schien ihr zu gefallen. In jüngeren Jahren war sie einmal Haushälterin in einem mittelgroßen Haus gewesen. Die einfache Teilzeitstelle bei Lady Hardcastle kam ihr entgegen, aber ich hatte das Gefühl, dass sie sich darauf freute, zur Abwechslung einmal zeigen zu können, was sie draufhatte. Also überließ ich ihr die Planung.

Inzwischen sprachen Miss Jones und ich über einige Menüideen für den Rest der Woche und nahmen dabei eine Bestandsaufnahme in der Speisekammer vor.

Mit Verspätung wurde mir bewusst, dass wir nicht gefragt hatten, wie lange unsere Hausgäste bleiben würden, aber ich schätzte, dass wir sie mindestens bis zum Frühstück am Samstag würden verpflegen müssen. Das »wandernde Filmspektakel«, wie Lady Farley-Strouds Komitee es überschwänglich betitelt hatte, endete am Donnerstag, die Besucher waren jedoch als Ehrengäste zu den Freudenfeuern anlässlich der Guy-Fawkes-Nacht am Freitag eingeladen worden. Es erschien mir wahrscheinlich, dass sie noch eine Nacht würden ausruhen wollen, bevor sie zu ihrer nächsten Station aufbrachen, also mussten wir Essen für vier zusätzliche Personen für bis zu fünfzehn Mahlzeiten einplanen. Die örtlichen Kaufleute würden sich freuen, mich zu sehen.

Es klopfte an der Seitentür. Edna stand in der Nähe und öffnete. Wahrscheinlich eine Lieferung. Kurz dachte ich darüber nach, mir den Burschen zu schnappen – ganz egal, wer es war – und ihn mit unserer überarbeiteten Bestellung zu seinem Arbeitgeber zurückzuschicken, aber ich entschied, dass ein persönlicher Besuch in den Geschäften des Ortes wohl besser wäre. Ich achtete nicht mehr darauf, bis ich meinen eigenen Namen hörte und mir klar wurde, dass die Stimmen nicht Edna und einem jungen Metzgergesellen, sondern Edna und einer anderen Erwachsenen gehörten.

Gerade sagte Edna: »... und Miss Armstrong hat darum gebeten, dass ihr zwei ...«

»Die hochnäsige kleine Madame«, hörte ich Doras Stimme. Also war das Hausmädchen von *The Grange* eingetroffen.

»Wie bitte?«, fragte Edna.

»Ihre *Miss Armstrong*. Die glaubt, dass sie was Besseres als wir anderen ist, weil sie mit der tüdeligen alten Lady Hardcastle einen auf gute Freundin macht. Sie betritt *The Grange* sogar durch die Vordertür, also wirklich. Durch die verdammte Vordertür! Und alles nur, weil sie mit ihrer schwachsinnigen Herrin ein paar Rätsel gelöst hat.«

»Pass auf, was du sagst, Mädchen. So redet man über

niemanden, schon gar nicht über zwei solche Frauen. Die wiegen zwei Dutzend von deiner Sorte auf. Jede von ihnen.«

Dora schien davon unbeeindruckt zu sein. »Und glauben Sie ja nicht, dass wir uns von Ihnen alles gefallen lassen. Wir arbeiten für die Farley-Strouds, und Ihnen steht es nicht zu, uns herumzukommandieren.«

Ich neige nicht dazu, bedrohlich vor jemandem aufzutauchen. Meine geringe Körpergröße verhindert jeden einschüchternden Auftritt, aber auch sonst halte ich nichts von diesem Führungsstil. In meinen ersten Tagen als Küchenmagd in Cardiff hatte ich einmal gemeinsam mit den anderen Mägden Dampf abgelassen und mich darüber beschwert, wie uns die älteren Hausangestellten behandelten, als die übrigen eine nach der anderen verstummten. Ich drehte mich um und sah, wie sich Mrs. Llewellyn, die Haushälterin, bedrohlich vor mir aufbaute. Wir wurden alle für unsere Unverschämtheit getadelt, aber es war der schreckliche, magenkrampfartige Moment, als ich aufsah und ihr wütendes Gesicht erblickte, der mich bis heute verfolgte. Sollte ich mich je in ihrer Situation befinden, schwor ich mir, würde ich niemals drohend vor jemandem erscheinen. Das ist eine schreckliche Sache.

Dora gehörte allerdings von Anfang an nicht zu meinen Lieblingsmenschen im Dorf und konnte meiner Meinung nach ein bisschen Drohgebärde ganz gut vertragen. Ich gab Miss Jones ein Zeichen, still zu sein, und schlich mich zur Tür der Stiefelkammer – unsere eher pompöse Bezeichnung für die winzige Kammer, in der die Unterhaltung sich abspielte. Edna stand mit dem Rücken zu mir zwischen den Neuankömmlingen und der Küche. Ausnahmsweise einmal würde meine geringe Körpergröße von Vorteil sein, und wider Erwarten auch noch in puncto Drohung.

So nah wie möglich trat ich hinter Edna, die mich vor Doras Blicken abschirmte. Diese war noch immer dabei, alle meine und Lady Hardcastles Unzulänglichkeiten aufzuzählen sowie auf unsere grundsätzlich mangelnde Eignung für das Leben unter der anständigen Landbevölkerung hinzuweisen.

Da trat ich hinter Edna hervor.

Doras Redeschwall versiegte mit einem »Ja ... nun ...«. Sie lief in einem Rotton an, den ich zuletzt an einem Hummer gesehen hatte, der bei einem Festessen des italienischen Botschafters in Paris serviert worden war.

»Hallo, Dora, *fach*. Wie schön Sie wiederzusehen. Hat Edna Ihnen schon erklärt, was zu tun ist?«

Einen Augenblick lang funkelte sie mich böse an, doch sie hielt es nicht lange durch und starrte stattdessen auf ihre Schuhspitzen.

»Es gibt viel Arbeit«, fuhr ich fort, »aber ich würde vorschlagen, dass Sie auf Ednas Anweisungen sorgfältig achten, dann laufen die Dinge rund wie ein Uhrwerk.«

Während dieser ganzen Szene hatte Dewi kein Wort gesagt. Es war dem schlaksigen Waliser allerdings hoch anzurechnen, dass ihm peinlich zu sein schien, wie seine Kollegin sich hier aufführte. Er nickte mechanisch, während Dora weiter auf ihre Schuhe starrte.

»Und Dora«, sagte ich zu ihrer Schädeldecke, »wenn

mir jemals auch nur das leiseste Gerücht zu Ohren kommt, dass Sie noch einmal so über Lady Hardcastle gesprochen haben, werde ich den Rest meines Lebens damit zubringen, den Rest *Ihres* Lebens unglücklicher zu machen, als Sie es sich auch nur im Entferntesten vorstellen können. Über mich können Sie sagen, was Sie wollen, wenn es mich überhaupt interessiert, bringt es Ihnen höchstens eine Maulschelle ein. Aber noch ein Wort gegen sie – auch nur ein einziges Wort, Dora Kendrick –, und Sie würden sich wünschen, dass Ihre Mutter Ihnen nie das Sprechen beigebracht hätte. Habe ich mich da verständlich ausgedrückt?«

»Ja, Miss«, murmelte sie.

»Sehr gut. Dann überlasse ich Ihnen den Rest, Edna. Ich muss ins Dorf hinunter, um ein paar Sachen zu bestellen. Bis später.«

Ich zog mir den Mantel über und schlüpfte zur Hintertür hinaus. Es kostete mich eine immense Willensanstrengung, sie nicht zuzuknallen.

Bis ich Mr. Weakleys Gemüsehandel erreichte – *Besuchen Sie Weakley jeden Tag für das beste frische Gemüse* –, hatte ich mich wieder einigermaßen beruhigt. Ich legte Mr. Weakley unsere Bestellung vor, und er hätte beinahe vor Glück aufgeschrien, als er sah, wie viel wir zusätzlich brauchten.

»Gibt Ihre Herrin denn ein Bankett, Miss Armstrong?«, fragte er.

»Sie bekommt diese Woche unerwartet Gäste«, erklärte ich.

»Ich hoffe, das macht Ihnen nicht allzu viele Umstände, aber ich kann nicht behaupten, dass ich nicht froh über den zusätzlichen Umsatz bin. Ach, geht es um die Leute, die eigentlich bei Lady Farley-Stroud hätten wohnen sollen? Wir haben von dem Feuer gehört. Schreckliche Geschichte. Man sagt, niemand weiß, wie es ausgebrochen ist, aber Mrs. Weakley behauptet, eins der Küchenmädchen sieht jedes Jahr in dieser Nacht eine Geistererscheinung mit einer Laterne in der Hand über die Gänge wandeln. Die Laterne leuchtet angeblich blau, sagt sie. Und es gibt ja nun mal keine natürliche Flamme, die in einer Laterne blau leuchten würde – wenigstens hab ich noch nie von so was gehört.«

»Das mag schon stimmen«, räumte ich ein. »Aber das Leben als Küchenmagd kann schrecklich langweilig sein. Die Mädchen erfinden gern Sachen, um sich die Zeit zu vertreiben. Als ich noch jung war, hat eins der Mädchen, mit denen ich damals in Cardiff zusammengearbeitet habe, Stein und Bein geschworen, dass der Geist des Hundes unseres Herrn eines Nachts durch ihr Schlafzimmerfenster hereingeflogen sei, den Tanz der Sieben Schleier aufgeführt, ihre Sonntagsstiefel poliert und ihr einen Tipp für das Pferderennen am folgenden Tag in Chepstow gegeben habe.«

»Hat das Pferd denn gewonnen?«, fragte er.

»Es hieß Aunt Jemima und wurde Vierter. Später wurde es außerdem noch disqualifiziert. Mein Punkt ist, dass sie sich alles nur ausgedacht hat. Und ich bin mir sicher, dass sich auch die Mägde auf *The Grange* gern mal etwas ausdenken.«

»Mrs. Weakley ist aber nicht leichtgläubig. Sie denkt wirklich …«

Meine eigene Großmutter hatte, wie sie sich ausdrückte, das zweite Gesicht, also habe ich mich immer für eine Person gehalten, die dem Übersinnlichen gegenüber offen ist, aber das hier lief aus dem Ruder. Ein Geist auf *The Grange*? Ich beschloss, derartige Vermutungen im Keim zu ersticken.

»Wie auch immer«, unterbrach ich ihn also, »wenigstens ist niemand durch die Flammen verletzt worden. Aber wir haben jetzt ein paar überraschende Hausgäste.«

»Sind es die Filmleute?«, fragte Mr. Weakley.

»Genau die«, bestätigte ich. »Lady Hardcastle ist eingesprungen, und jetzt wohnen sie in …« Einmal mehr wurde mir die Tatsache schlagartig bewusst, dass unser Haus keinen Namen hatte. »… in unserem Haus«, beendete ich den Satz also schlapp.

»Nun, Miss, Sie können sich auf mich verlassen, ich schicke so bald wie möglich den Jungen mit der Lieferung vorbei.«

Als ich seinen Laden wieder verließ, freute er sich noch immer über sein unverhofftes Glück und fragte sich gewiss, ob er überhaupt genügend Kartoffeln und Karotten vorrätig hatte.

Der Bäcker, Mr. Holman, war ebenso zufrieden mit dem zusätzlichen Umsatz und bot mir einen Rabatt für seine berühmten Schweinepasteten an. Den nahm ich natürlich an, und er packte sie für mich ein, während er versprach, bald auch den Rest unserer Bestellung zu liefern.

Mrs. Pantry, die Krämerin, war so schlecht gelaunt wie eh und je und erweckte den Eindruck, als wäre der Umsatz von einigen Schillingen für Güter (die sie ansonsten auf keinen Fall verkauft hätte) nichts als eine furchtbare Zumutung.

Glücklich, es hinter mir zu haben, steuerte ich anschließend das letzte Ziel dieses Morgens an. Im mit Sägespänen ausgestreuten Laden von F. Spratt, dem Metzger, wurde ich stets außerordentlich warmherzig empfangen.

Sogar die Glocke an der Eingangstür, die – da war ich mir sicher – aus derselben Fabrik in den Midlands stammte wie die in Mrs. Pantrys Laden, schien bei meinem Eintreten fröhlicher zu läuten.

Die Familie Spratt war vollzählig anwesend.

In seiner blutigen Schürze, die um die Körpermitte ordentlich spannte, sah Mr. Spratt aus wie der Inbegriff eines Metzgers. Als er mich sah, begann er zu strahlen. Ich rede mir gern ein, dass es dabei nur um mich ging, aber ich hatte den Verdacht, dass er das mit der gesamten Kundschaft so machte.

»Guten Morgen, meine Liebe«, begrüßte er mich, legte sein riesiges Messer hin und wischte sich die Hände an dem Tuch ab, das am Gürtel seiner Schürze hing. »Wie schön, Sie zu sehen.«

»Guten Morgen, Mr. Spratt«, erwiderte ich. »Die Freude ist ganz meinerseits.«

Mrs. Spratt packte gerade eine Lieferung zusammen. Ihre dicken Finger waren dabei erstaunlich geschickt, und sie wickelte das Fleisch schneller ein, als ich es jemals vermocht hätte. »Nennen Sie ihn Fred, Liebes«, sagte sie und legte das Päckchen beiseite. »Das machen alle. *Mr. Spratt* klingt doch viel zu pompös für so einen großen Trottel wie ihn.«

»Ich nenn ihn Dad«, warf Daisy ein. »Und Wilf auch.« Wilf war Daisys älterer Bruder. Er bekleidete einen niederen Dienstgrad in der Royal Navy, und ich war ihm noch nie begegnet, doch die ganze Familie war stolz auf ihn.

»Aber Miss Armstrong kann ihn doch nicht Dad nennen, er ist ja nicht ihr Vater«, wandte Mrs. Spratt ein. »Wie dem auch sei, beachten Sie Daisy gar nicht, sie ist ganz aus dem Häuschen wegen diesem Cheetham und seiner Truppe. Die kommen ja zu uns ins Dorf.«

»Du freust dich auf sie, Daisy?«, sagte ich. »Dann wirst du von meinen Neuigkeiten begeistert sein.«

Daisy blickte von dem Buch auf, in dem sie sorgfältig sämtliche Einnahmen ihres Vaters addierte.

»Sie wohnen bei uns«, erklärte ich.

»Ist nicht wahr!«, rief sie. »Wie aufregend. Ich nehme nicht an, dass ihr noch ein Zimmermädchen braucht? Ich könnte auch die Buchführung machen. Oder was anderes. Ich komme euch auch nicht in die Quere. Ich würde sie so gern kennenlernen. Stellst du mich Ihnen vor?«

Ich lachte. »Natürlich. Soll ich ein gutes Wort für dich einlegen? Vielleicht kriegst du ja eine Rolle in seinem nächsten Film.«

Beinahe wäre sie in Ohnmacht gefallen. »Ach, wäre das nicht das Allerbeste? Ich … in einem Film …«

»Du hast doch schon mal in einem Film mitgespielt, Liebes«, mischte sich Mrs. Spratt ein.

»Meinst du etwa diesen Kerl aus Weston?«, erwiderte Daisy.

»Genau.« Mrs. Spratt wandte sich an mich. »Das war vor ein paar Jahren. Wir sind alle mit dem Zug runter nach Weston-upon-Mare gefahren. Eine richtige Landpartie war das. Und da haben wir diesen Burschen mit einer dieser Kameras getroffen. Sie wissen schon …« Sie imitierte das Drehen der Kurbel an einer Filmkamera. »Wir haben herumgealbert, als er sie auf uns gerichtet hat – haben getanzt und so weiter. Dann ist sein Assistent zu uns rübergekommen, hat uns ein Flugblatt gegeben und uns gesagt, dass wir uns selbst sehen können, wenn wir um vier Uhr nachmittags ins Gemeindehaus an der Promenade kommen.«

»Natürlich haben wir uns auch so gesehen«, warf Mr. Spratt ein, »Wir waren ja nicht unsichtbar, wie wir so in unserem Sonntagsstaat auf und ab spazierten.«

»Wie auch immer«, ließ Mrs. Spratt sich nicht beirren, »ein paar von uns sind zu dem Gemeindehaus marschiert, haben jeder einen halben Penny bezahlt und uns hingesetzt. Es dauerte nicht lange, da tauchte der Kamera-Bursche auf. Er hat sein magisches Laternending aufgebaut und angefangen, die Kurbel zu drehen. Und da waren wir dann, überlebensgroß auf dem weißen Tuch, das er auf die Wand gespannt hatte.«

»Wie aufregend«, sagte ich.

»Natürlich war das nichts, was wir nicht schon vorher gesehen hatten. Aber es macht doch ein bisschen mehr Spaß, wenn man sich selber auf der Leinwand sieht, oder?«

»Das kann ich mir vorstellen«, erwiderte ich. Tatsächlich hatte ich auch schon mein eigenes Bild in einem Film gesehen, als ein Freund von Lady Hardcastle vor ein paar Jahren eine Kamera mit zu einer Party gebracht hatte, aber ich wollte Mrs. Spratt ihren Moment im Rampenlicht nicht streitig machen.

»Ich schätze, die Leute hier fänden das ziemlich spannend. Glauben Sie, Ihr Colonel Cheetham könnte auch so was für uns veranstalten?«, fragte sie mich.

»Es kostet uns jedenfalls nichts, ihn zu fragen. Was denkst du, Daisy? So könntest du in einem seiner Filme auftreten.«

Sie machte einen missbilligenden Laut. »Das ist doch nicht dasselbe. Ich wäre gern eine dieser Schauspielerinnen, ganz glamourös. Ich schätze mal, der Film wird irgendwann das Varieté ablösen.«

»Unsinn«, widersprach Mr. Spratt lachend. »Ein paar flimmernde Schatten auf der Wand können doch richtige Darsteller nicht ersetzen. Wo bleiben die Lieder? Oder die Witze? Man kann ja nicht aus einer Filmvorführung kommen und die Melodien mitsummen. Das ist nur eine Modeerscheinung, sonst nichts.«

»Und du bist einfach ein altmodischer Kerl, Dad«, entgegnete Daisy.

»Kann schon sein«, erwiderte er gut gelaunt. »Aber ich habe trotzdem recht. Denk an meine Worte. Und jetzt genug mit dem Geplapper. Wir halten Miss Armstrong nur von der Arbeit ab. Sie haben doch sicher noch viel zu tun, da bin ich sicher, können nicht einfach nur hier rumstehen und plaudern.«

»Glauben Sie mir, nach meinem Besuch bei Mrs. Pantry ist es eine Erleichterung festzustellen, dass ich in einem Geschäft in diesem Dorf willkommen bin.«

»Ich weiß wirklich nicht, wie sie damit durchkommt«, erwiderte er. »Ich nehme an, die Leute wissen nicht, wo sie sonst einkaufen sollen. Aber was können wir für Sie tun, jetzt, wo Sie ihr entkommen sind? Ich habe ein paar hübsche Schweinekoteletts.«

»Ich habe eine Liste gemacht«, erklärte ich und reichte ihm den letzten meiner Zettel.

Er nahm ihn entgegen und betrachtete ihn kurz, bevor er laut auflachte. »Na, da tritt mich doch ein Pferd. Wie viele Gäste erwarten Sie noch mal?«

»Nur vier«, erwiderte ich, »aber Lady Hardcastle möchte, dass wir sie mit einer sich biegenden Tafel empfangen.«

»Die wird sich sicher biegen«, sagte er immer noch kichernd. »Ich brauche ein bisschen, bis ich das alles zusammenhabe. Ich schicke später den Jungen vorbei.«

»Keine Eile«, beschwichtigte ich. »Für heute Abend haben wir genug.«

»Mit diesen Filmleuten und Mr. Hughes und seinen lustigen Leutchen …«, setzte Mr. Spratt an.

»Mr. Hughes?«, fragte ich.

»Der Anführer dieser Truppe, die sich mit ihren Schildern vor dem Gemeindesaal postiert hat«, erklärte er. »Da gibt es zum einen also eine Gruppe, die ihre Filmvorführungen bewerben möchte, und dann diesen Hughes, der ins Dorf gewalzt kommt, um zu predigen, wie übel Filmvorführungen sind – wir sollten eine einträgliche

Woche vor uns haben. Mr. Holman hat schon zusätzliches Fleisch bestellt, um für alle Pasteten zu machen.«

»Na, da freue ich mich doch, die Überbringerin froher Botschaften zu sein«, sagte ich lächelnd. »Und die Überbringerin von Fleischbestellungen.«

Und so ließ ich einen weiteren Geschäftsmann in Littleton Cotterell zurück, der über die unverhofften Wohltaten wegen des Besuchs der Filmleute staunte.

Wieder zu Hause angekommen, fand ich alles in bester Ordnung vor. Edna wuselte umher und schnatterte vor sich hin, als ob nichts passiert wäre. Sie neigte sehr zum Schnattern, das allein hätte mich also noch nicht weiter beunruhigt, aber es war ebenso offensichtlich, dass Dora mich mied, also vermutete ich, dass sich doch nicht alles geklärt hatte.

Der gute Dewi tat sein Bestes, um höflich und freundlich zu sein. Als ich ihn auf *The Grange* kennengelernt hatte, war er faul und übellaunig gewesen. Eines Tages hatte er unseren Freund Inspektor Sunderland mit einem ziemlich vulgären Fluch auf Walisisch bedacht, und ich hatte ihn zu seiner Überraschung in derselben Sprache zurechtgewiesen. Als ich ihn dann besser kennenlernte, fiel mir auf, dass seine mürrische Art von einem eklatanten Mangel an Selbstvertrauen herrührte. Geistig war er nicht immer der Regste, sodass er sich – zweifellos mit einiger Hilfe von seinen Mitmenschen – selbst davon überzeugt hatte, ein Schwachkopf zu sein.

Mit diesen eingebildeten Unzulänglichkeiten ging er auf die althergebrachte Weise um, das heißt, er befleißigte sich einer aggressiven und widerborstigen Haltung. So hielt er die Leute auf Abstand, was ihm zwar weiteren Spott ersparte, aber zugleich dafür sorgte, dass nur die Hartnäckigsten ihm ihre Freundschaft antrugen. Aus irgendeinem Grund war er mir gegenüber jedoch gar nicht unwirsch, sodass wir immer recht gut miteinander auskamen. Vielleicht lag es an unseren keltischen Wurzeln.

»Ich glaube, ich hab für den Augenblick alles gemacht, was zu machen war, Miss Armstrong«, sagte er, als er ein wenig später die Küche betrat.

Ich kochte gerade eine Kanne Tee, während Miss Jones weiter mit sicheren Handgriffen die beiden Fasane vorbereitete, die wir zum Abendessen servieren wollten.

»Dann sind die Zimmer der Herren so weit fertig?«

»Ich hab die Waschtische überprüft und frische Handtücher rausgelegt«, erklärte er. »Dora hat die Betten gemacht. Die Schränke sind ausgeräumt, und wir haben die Fenster aufgemacht, um ein bisschen zu lüften. Ich mach sie dann gleich wieder zu, und einer von uns kann den Kamin anheizen, wenn sie das wollen.«

»Wunderbar. Dann kommst du gerade rechtzeitig für eine Tasse Tee und eine Pause. Miss Jones hat Scones gebacken, wenn du einen möchtest.«

»Gern«, antwortete er und setzte sich an unseren neuen Tisch. Wir hatten mehr als ein Jahr ohne Küchentisch zugebracht, weil wir anscheinend keinen brauchten. Nur sind die Dinger tatsächlich ziemlich praktisch. Nachdem ich genug von Ednas ewigem Gemurre hatte, hatte ich Lady Hardcastle schließlich dazu überredet, einen anzuschaffen.

Ich stellte die Kanne auf den Tisch und setzte mich ihm gegenüber hin.

»Wie läuft es denn oben auf *The Grange* nach dem Brand so?«, fragte ich und goss drei Tassen ein.

»Ach, gar nicht schlecht«, erwiderte er. »Ich glaub, es war mehr der Schrecken als sonst was. Eigentlich ist der Schaden in der Küche gar nicht so groß. Hätte viel schlimmer kommen können.«

»Das ganze Haus hätte abbrennen können«, stimmte ich zu.

»Wär wohl möglich gewesen«, entgegnete er bedächtig, als ob dieser Gedanke ihm gerade zum ersten Mal gekommen wäre. »Deswegen ist die Herrin wohl auch so aufgewühlt. Und Mrs. Brown auch.«

Ich war eher eine Anhängerin der Theorie, dass Mrs. Brown den Brand genutzt hatte, um ein paar freie Tage zu bekommen, aber ich wollte nichts Schlechtes über sie sagen, auch wenn ich sie für eine faule, herrische alte Schachtel hielt.

Miss Jones legte nun auch den zweiten fertig gerupften Fasan mit einem zufriedenen Seufzen hin und wischte sich die Hände an der Schürze ab.

»Setzen Sie sich doch zu uns, Miss Jones«, forderte ich sie auf. »Ich buttere Ihnen auch einen Scone.«

»Das ist nett«, bedankte sie sich. »Ich bereite Fasan wahnsinnig gern zu, aber die kleinen Biester zu rupfen, ist schrecklich aufwendig.«

Gerade wollte ich in meinen Scone beißen, als es an der Haustür klingelte. Die Uhr an der Küchenwand zeigte an, dass es kurz nach zwölf war.

»Ich glaube, das könnten unsere Gäste sein«, sagte ich, stand auf und strich meine Uniform glatt. »Wie wir im Zirkus zu sagen pflegten: Manege frei!«

Ich ging zur Tür.

Auf der Schwelle standen zwei Männer und zwei Frauen. Ich konnte mir nur kurz einen Überblick verschaffen, bevor ich mich entscheiden musste, wen ich zuerst begrüßen sollte. Da er der Anführer ihrer Truppe war, sollte ich Colonel Cheetham als Ersten willkommen heißen, aber welcher von ihnen war er?

Keine der beiden Frauen, so viel war klar. Die ältere von ihnen schätzte ich auf Anfang fünfzig. Sie hatte nichts von ihrer jugendlichen Schönheit verloren, obwohl die Jahre sie ein wenig weicher gemacht hatten. Ihre Tage als Hauptdarstellerin lagen allerdings hinter ihr, und unsere Freunde vom Theater hätten sie wohl eine Charakterdarstellerin genannt. Keine unansehnliche jedenfalls. Ihr hellbraunes Haar, das unter ihrem modischen Hut hervorblitzte, war schon von Grau durchzogen, aber in ihren blauen Augen stand noch immer ein Funkeln, das vielen Männern das Herz gebrochen haben musste.

Die andere Frau war Mitte zwanzig und eine bemerkenswerte Schönheit. Ihr Haar war kohlrabenschwarz, und auch die Augen wirkten beinahe schwarz. Die schöne Helena mochte tausend Schiffe in Bewegung gesetzt haben, aber das Antlitz dieser jungen Frau hätte das mit tausend weiteren geschafft und sie zudem überzeugt, ihr auf dem Rückweg noch eine kleine Portion Pommes frites mitzubringen.

Ganz offenbar war keine von ihnen der Colonel. Doch die beiden Männer …

Der jüngere von ihnen trug einen eleganten Anzug und eine sauber gebürstete Melone. Er hatte ein jungenhaftes Gesicht und konnte dreißig oder auch fünfzig Jahre alt sein. Er war wohl eher der Schauspieler.

Also tippte ich auf den älteren Herrn in dem altmodischen Mantel und dem Zylinder. Er hatte das faltige Gesicht eines Menschen, der viele Jahre in der Sonne verbracht hatte, und einen Schnurrbart von beeindruckendem militärischem Ausmaß. Er musste Colonel Cheetham sein.

All diese Gedanken schossen mir in wenigen Sekunden durch den Kopf, und schon wollte ich den älteren Herrn begrüßen, als sich der jüngere an die Hutkrempe tippte und sagte: »Hallo. Ich bin Nolan Cheetham. Ist Lady Hardcastle zu Hause? Ich glaube, sie erwartet uns.«

Er hatte einen Nordakzent. Ich war nie besonders gut darin gewesen herauszuhören, von welcher Seite der Penninen ein Akzent stammte. Aber alle können furchtbar böse werden, wenn man sich täuscht, als ob der Rosenkrieg tatsächlich zwischen ihren beiden Countys ausgetragen worden wäre und nicht etwa zwischen zwei Familien aus dem Haus Plantagenet, die ihre Namen trugen. Ich entschied mich für Lancashire. Wahrscheinlich Manchester. Wir hatten im Jahr 1902 mal einen Tresorknacker engagiert, der uns einige Papiere aus einer bestimmten europäischen Botschaft in London beschaffen sollte. Er war der beste Mann für den Job gewesen und hatte genauso wie dieser Cheetham geklungen.

»Natürlich, Sir«, erwiderte ich mit einem angedeuteten Knicks. »Wie Sie richtig vermuten, erwartet sie Sie bereits. Bitte, kommen Sie doch herein.« Ich trat beiseite, um das Grüppchen vorbeizulassen.

Sie murmelten alle ein Dankeschön und warteten geduldig, bis ich ihnen Hüte und Mäntel abgenommen und sie neben die Tür an die Garderobe gehängt hatte.

Dewi kannte seine Pflichten gut und war durch die Seitentür nach draußen geschlüpft, um seinem Kollegen Bert mit dem Gepäck zu helfen. Als das Auto sich schließlich knatternd entfernte, wuchtete Dewi die Taschen in die Halle. Als die Eingangstür dann endlich wieder zu war, machte er sich daran, sie nach oben zu tragen.

Ich wollte gerade Lady Hardcastle holen, da trat sie von allein aus ihrem Arbeitszimmer und ersparte mir so den Weg.

»Ach, Sie sind sicher angekommen«, begrüßte sie ihre Gäste. »Das freut mich. Willkommen in unserem Haus. Ich bin Emily, Lady Hardcastle. Wie ich sehe, haben Sie Miss Armstrong bereits kennengelernt.«

»Vielen Dank, Mylady«, erwiderte Colonel Cheetham. »Wir wurden einander zwar nicht vorgestellt, aber ihr Ruf eilt ihr voraus. Nolan Cheetham, zu Ihren Diensten.«

Das kam in letzter Zeit immer häufiger vor. Ich war mir nicht sicher, ob es mir gefiel, einen Ruf zu haben, egal ob positiv oder nicht.

»Sehr erfreut, Colonel Cheetham?«

»Bitte, Mylady, es handelt sich mehr um einen Ehrentitel. Als Jungspund habe ich mich freiwillig für die Lancashire-Miliz gemeldet, und irgendwann bin ich dann

Colonel geworden, aber ich habe in den letzten Jahren nicht mehr gedient. Ganz bestimmt nicht, seit sie zu einer Einheit der Reserve geworden ist – klingt wie ein Portwein, finde ich. Nennen Sie mich doch Nolan.«

Lady Hardcastle lächelte und neigte als Zeichen der Einwilligung den Kopf. »Und Ihre Begleitung?«, erkundigte sie sich dann.

»Oh, Verzeihung«, sagte er. Dann zeigte er auf die ältere der beiden Frauen. »Darf ich Ihnen Zelda Drayton vorstellen, eine der strahlendsten Schauspielerinnen Englands, aber finsterer Bösewicht in meinem letzten Film.«

Zelda lächelte.

Cheetham fuhr fort: »Dann haben wir hier Miss Euphemia Selwood, ein neuer Stern am Filmhimmel und unsere betörende Hauptdarstellerin.«

Die jüngere Frau errötete leicht, schien sich aber über die Art der Vorstellung zu freuen.

»Und dieser alte Gauner hier ist Basil Newhouse. Er stand schon auf Englands Theaterbühnen, bevor wir anderen überhaupt geboren waren, aber er hat sich entschieden, dem Filmpublikum als unser ehrwürdiger Held gegenüberzutreten.«

Newhouse verbeugte sich tief.

»Wie entzückend«, sagte Lady Hardcastle. »Seien Sie alle herzlich willkommen. Wenn wir jetzt noch …«

Dewi suchte sich genau den richtigen Moment aus, um die Treppe wieder herunterzupoltern.

»Ach, da sind Sie ja, Dewi«, sagte Lady Hardcastle. »Gerade rechtzeitig. Dewi zeigt Ihnen Ihre Zimmer, Gentlemen. Und Dora …?«

»Sie ist oben, Mylady«, erklärte Dewi.

»Sehr gut. Dora hilft den Damen dabei, sich einzurichten. Die beiden kümmern sich um all Ihre Belange. Wenn Sie dann gut angekommen sind, können Sie sich einen Moment ausruhen und den Staub der Reise von Ihren Stiefeln klopfen. Sollen wir uns um eins zum Lunch im Speisezimmer treffen? Wir haben so viel zu bereden.«

Während unsere Gäste ihre Zimmer bezogen, kehrte ich zu Miss Jones in die Küche zurück und half ihr bei den Vorbereitungen fürs Mittagessen.

3

Die Neuankömmlinge kamen zum Lunch gemeinsam nach unten. Ganz offenbar hatten sie sich vorher irgendwo versammelt – wahrscheinlich in Mr. Cheethams Zimmer –, um nicht tröpfchenweise zu erscheinen.

Lady Hardcastle erwartete sie schon im Speisezimmer.

»Kommen Sie herein und fühlen Sie sich ganz wie zu Hause«, rief sie, als Zelda vorsichtig ihren Kopf durch die Tür streckte. »Leider ist hier alles ziemlich ungezwungen. Ich muss mich bei Ihnen entschuldigen, falls Sie auf das volle Oberklasseprogramm gehofft haben. Lady Farley-Stroud beherrscht es meisterhaft, aber für mich und Armstrong allein ist das einfach zu viel Tamtam.«

Die vier Gäste traten nacheinander ein.

»Bitte, setzen Sie sich hin, wo Sie möchten«, forderte Lady Hardcastle sie auf und zeigte auf den gedeckten Tisch. »Edna ist gleich so weit. Ich habe sie ein bisschen Wein holen lassen. Trinken Sie Wein zum Essen? Fühlen Sie sich nicht verpflichtet, aber ich trinke gern ein Glas, wenn ich Gesellschaft habe.«

Es entstand ein vages Gemurmel, als die vier um den Tisch herumgingen und sich alle einen Platz suchten.

Derweil stand ich still in der Ecke.

»Nun«, meldete sich Lady Hardcastle erneut zu Wort, »muss ich noch etwas erwähnen, denn manche Menschen fühlen sich dadurch gestört. Miss Armstrong arbeitet seit 1894 für mich, und einen Großteil dieser Zeit waren wir zwei allein, also haben wir die Angewohnheit, gemeinsam zu essen. Ich habe sie also gebeten, sich zu uns zu gesellen.«

Verlegenes Gemurmel unter den versammelten Schauspielern. Keiner von ihnen, da war ich mir sicher, hatte die leiseste Ahnung, wo eine Kammerzofe zu essen hatte, und wahrscheinlich war ihnen ihre Unwissenheit jetzt unangenehmer, als wenn ich mich einfach zu ihnen an den Tisch gesetzt hätte. Ich entschied, dass das nicht mein Problem war, und setzte mich auf den verbliebenen freien Platz.

Edna brachte den Wein, dicht gefolgt von Miss Jones mit den ersten Servierplatten. Wir hatten uns darauf geeinigt, dass Mr. Holmans Pasteten für heute genau das Richtige wären, aber für Salate war die Saison leider längst vorbei. Miss Jones hatte jedoch einen Wintersalat aus Kohl und anderer Rohkost kreiert. Mit Brot und einigen ihrer köstlichen Chutneys ergab das ein wundervolles Essen. Selbst mit Ednas Hilfe mussten sie dreimal gehen, um alles hereinzubringen.

»Das sieht ganz köstlich aus«, sagte Mr. Cheetham. »Ich hoffe, Sie haben sich unseretwegen nicht zu viel Umstände gemacht.«

»Unsinn«, erwiderte Lady Hardcastle. »Das macht gar keine Mühe. Und Sie erweisen unserem kleinen Dorf einen großen Dienst, indem Sie uns Ihre Filme bringen. Ich erinnere mich, dass ich vor einigen Jahren noch überall reisende Filmvorführer gesehen habe, doch dieses Geschäft scheint ein wenig aus der Mode gekommen zu sein. Inzwischen muss man in die großen Städte gehen. Für uns ist es also ein seltenes Vergnügen, so eine wunderbare Unterhaltung zu haben.«

»Dann hoffe ich, dass wir Sie nicht enttäuschen«, entgegnete er. »Wir haben unseren neuen Film in ein paar Privatvorstellungen einigen Leuten aus der Branche gezeigt, und er ist recht gut aufgenommen worden. Wir hoffen, dass auch das breite Publikum ähnlich begeistert reagieren wird. Um die Wahrheit zu sagen, ist das sogar absolut notwendig. Filme zu machen ist teuer. Wir müssen zahlendes Publikum anlocken. Aber das wird ganz gewiss klappen – der Film ist ziemlich passend für die Jahreszeit.«

»Ach? Geht es um den Winteranfang?«

»Nein, Mylady – um Hexerei«, sagte er mit einem spitzbübischen Grinsen.

»Oh, na Donnerwetter«, erwiderte Lady Hardcastle. »Wie wundervoll. Und Sie alle spielen die Hauptrollen?«

»Ja, Mylady«, bestätigte Zelda. »Ich spiele die Hexe, die junge Phemie hier spielt ein Dorfmädchen, und der gute alte Basil schlüpft in die Rolle des Hexenjägergenerals.«

»Es ist wirklich die perfekte Jahreszeit dafür«, warf Basil Newhouse ein. »Halloween und so weiter. Und dann der rätselhafte Brand bei Lady Farley-Stroud …«

Zelda nahm eine Prise Salz aus dem Fässchen auf dem Tisch und warf sie sich über die linke Schulter.

»… wir sollten wirklich ein ziemlich großes Publikum anlocken können, würde ich meinen«, sagte Basil.

Euphemia sah ihn seltsam missbilligend an.

»Ich kann es kaum erwarten«, sagte Lady Hardcastle.

»Lady Farley-Stroud hat mir erzählt, dass Sie selbst einen Film gedreht haben«, meldete Cheetham sich zu Wort.

»Ach, es ist nur ein kleines Experiment«, winkte sie ab. »Vor ein paar Jahren haben wir Monsieur Méliès anlässlich einer Sondervorstellung seiner *Reise zum Mond* in Paris kennengelernt. Ich war davon ziemlich angetan und habe ihn zu seiner Technik befragt. Seitdem habe ich selbst ein bisschen dilettiert. Ich bin aber lediglich eine begeisterte Amateurin.«

»Ganz egal, ich freue mich darauf, Ihren Film zu sehen. Wir haben in unserer Vorführung einen Platz für Sie freigehalten.«

»Vielen Dank.«

»Ich nehme an, Sie haben Ihre eigene Ausrüstung?«, erkundigte er sich.

»Ich habe mir ein kleines Studio im Garten eingerichtet«, erklärte sie. »Ursprünglich war es als Orangerie konzipiert. Das Licht dort ist ganz fantastisch und eignet sich gut für meine Zwecke.«

»Bevor wir wieder abreisen, würde ich es mir gern einmal ansehen, wenn Sie nichts dagegen haben.«

»Es einem Profi zu zeigen, wäre mir eine Freude.« Dann wandte sie sich an Euphemia Selwood. »Sind Sie denn schon lange Schauspielerin, Miss Selwood?«

»Von Kindesbeinen an«, erwiderte Euphemia. »Meine alte Mutter arbeitet beim Varieté. Man könnte also sagen, es wurde mir in die Wiege gelegt.«

Während Zelda die wohlklingende Stimme einer ausgebildeten Schauspielerin hatte, erinnerte Euphemias Stimme eher an die einer Budenbesitzerin auf einem der ungesünderen Märkte Londons.

»Millie Selwood ist Ihre Mutter?«, fragte ich mit einiger Überraschung.

»Richtig, Miss. Dann haben Sie also von ihr gehört?«

»Wir kennen sie sogar persönlich«, antwortete ich.

Lady Hardcastle zog fragend eine Braue hoch.

»Im Hackney Empire, Mylady«, half ich ihr auf die Sprünge. »1903. Die Portugiesische Affäre.«

Lady Hardcastle nickte. »Ach ja.«

Euphemia fiel vor Überraschung die Kinnlade herunter. »Ich wusste doch, dass ich Sie beide von irgendwoher kenne. Sie sind hinter die Bühne gekommen, nicht wahr? Gütiger Himmel, das war doch die Nacht, in der Jimmy Brownlow erschossen wurde. Ich habe gerade meine Mutter besucht.«

»Das sind wir gewesen, meine Liebe«, bestätigte Lady Hardcastle. »Obwohl man fairerweise sagen muss, dass es nur eine Frage der Zeit war, bis irgendwer Brownlow erschießen würde.«

»Man sagt, er war ein Spion. Es stand in allen Zeitungen«, erwiderte Euphemia.

»Er war ein ziemlich guter Komiker, soweit ich mich entsinne, aber kein besonders talentierter Spion«, entgegnete Lady Hardcastle wegwerfend. »Eher ein verschlagener Opportunist. Der dumme kleine Mann dachte doch wirklich, er könnte reich werden, indem er beide Seiten in einer internationalen Intrige gegeneinander ausspielte. Da hat er sich ein wenig übernommen. Früher oder später musste ihm jemand auf die Schliche kommen – es war reiner Zufall, dass wir das waren.«

»*Sie* haben den Mann erschossen?«, fragte Basil, und vor Verblüffung ließ er einen Bissen von seiner Gabel fallen. »Donnerwetter.«

»Er hat mir leider keine Wahl gelassen. Armstrong hatte ihm die Waffe abgenommen, aber er hatte noch eine zweite Pistole in seinem Socken versteckt. Mit der hat er auf sie gezielt. So was tut man nicht ungestraft.«

»Gütiger Himmel!«, rief Zelda und fächelte sich mit der Hand Luft zu. »Das haben Sie doch nicht wirklich getan?«

»Und ob die beiden das getan haben, Zel«, warf Euphemia ein. »Ich hab es mit eigenen Augen gesehen.«

»Wie bitte?!« Zelda fächelte sich mit der Serviette Luft zu.

»Stell dich doch nicht so an, Zel. Du tust ja gerade so, als ob du dein ganzes Leben in einem Kloster verbracht hättest, dabei hast du mehr gesehen als wir alle zusammengenommen.«

Zelda knurrte missbilligend, sagte aber nichts weiter. Ich muss zugeben, dass ich bis zu einem gewissen Grad mit Euphemia übereinstimmte: »Zeldas Reaktion wirkte ein wenig … aufgesetzt.«

»Na, in Ihnen steckt wirklich mehr, als man auf den ersten Blick erkennen kann«, übernahm Cheetham wieder das Ruder. »Ich dachte, wir wären hier die Geschichtenerzähler, aber ich schätze, Sie haben auch ein paar auf Lager. Ich wünsche Lady Farley-Strouds Haushalt sicher nichts Schlechtes, aber ich kann nicht behaupten, dass ich enttäuscht bin, bei Ihnen einquartiert worden zu sein, Mylady.«

Dann lenkte er das Gespräch zurück in ruhigere Gewässer, und wir teilten fröhliche Anekdoten und Erinnerungen miteinander, während wir mit großem Appetit Miss Jones' Wintersalat verspeisten. Als Edna schließlich den Kaffee brachte, schlug Lady Hardcastle Cheetham vor, ihm ihr Studio in der Orangerie zu zeigen.

»Sie sind natürlich alle willkommen«, fügte sie hinzu. »Obwohl ich nicht glaube, dass es besonders interessant für Sie sein wird, nach all den aufregenden Orten, an denen Sie schon gearbeitet haben.«

Die Schauspieler nahmen das Angebot an, und den Blicken, die sie einander zuwarfen, entnahm ich, dass meine Herrin den Glamour der Filmwelt doch überschätzte.

»Ich glaube, das würde uns allen gefallen«, erklärte Cheetham. »Ich finde es wunderbar, dass sich die Menschen wieder für Bewegtbilder zu begeistern beginnen. »Früher schienen alle sie aufregend zu finden, aber heute nicht mehr so sehr. Es gab eine Zeit, da habe ich landauf, landab Vorstellungen gegeben. Ich habe die Landbevölkerung bei ihren alltäglichen Beschäftigungen aufgenommen, den Film am Nachmittag entwickelt und ihnen das Ergebnis am Abend präsentiert. Das kam fulminant an. Inzwischen sind die Leute wohl ein wenig abgestumpft.«

»Ach«, meldete ich mich zu Wort, »ich bin froh, dass

Sie von selbst die Sprache darauf bringen – ich wusste nicht, wie ich das Thema ansprechen soll. Heute Morgen habe ich mich mit der Metzgersfrau unterhalten, und sie erinnerte sich an einen Herrn, der genau so etwas vor ein paar Jahren in Weston-upon-Mare gemacht hat. Ich habe mich gefragt, ob wir Sie dazu überreden könnten, es hier bei uns zu tun.«

»Keine falsche Scheu, Miss Armstrong«, erwiderte er. »Das wäre in meinem eigenen Interesse. Ich kann meine Ausrüstung gewiss schicken lassen, wenn Sie glauben, dass hier Interesse bestünde. Ich bin sicher, wir finden genug Zeit, den Film zu drehen, aber dann wird es schwierig.«

»Wenn es an Zeit mangelt, könnte ich einen Teil der Arbeit für Sie übernehmen«, bot Lady Hardcastle an. »Zumindest kann ich den Film hier entwickeln, und wenn Sie mir zeigen, wie man Ihre Kamera bedient, könnte ich auch ein paar der Einstellungen vornehmen.«

»Das würde es leichter machen. Auf jeden Fall. Ich sehe gern die Reaktionen der Menschen, wenn sie sich selbst auf der Leinwand sehen. Ich dachte nur nicht, dass das noch irgendwen interessiert, also habe ich dafür keine Zeit eingeplant.«

»Also, abgemacht«, erwiderte Lady Hardcastle. »Ich bin so froh, dass du das angesprochen hast, Armstrong. Was für ein Spaß!«

Ich lächelte.

»Gut«, sagte sie dann entschieden und erhob sich. »Dann lassen Sie uns einen Blick in die Orangerie werfen, dann können Sie sich ausruhen. Eine lange Reise und eine herzhafte Mahlzeit sollten doch genügen, um jeden k. o. zu schlagen. Das Abendessen wird nicht vor acht serviert. Sie haben also ausreichend Zeit zur Erholung.«

Wir erhoben uns alle und wandten uns zum Gehen. Ich überließ sie ihrer Besichtigung und kehrte in die Küche zurück, um dort meine Hilfe anzubieten.

Nachdem mein Hilfsangebot höflich abgelehnt worden war, stand ich kurze Zeit später auf dem oberen Treppenabsatz und schickte mich gerade an, ein Kleid aus Lady Hardcastles Schrank zu holen, dessen Spitzenkragen genäht werden musste.

Ich hatte die Hand schon auf den Türknauf gelegt, als mich eine hitzige Diskussion in einem der Gästezimmer innehalten ließ. Es war mir nicht möglich, die Einzelheiten des Wortwechsels zu verstehen, doch er schien aus Basil Newhouses Zimmer am Ende des Gangs zu kommen. Mr. Newhouse stritt sich mit einer Frau.

Als Mr. Newhouses Tür sich öffnete, trat ich rasch in Lady Hardcastles Zimmer. Bevor ich die Tür hinter mir schloss, hörte ich sehr deutlich Euphemia Selwoods Stimme: »Pass bloß auf, Basil. Sonst könntest du bald mausetot sein.«

Sie knallte die Tür hinter sich zu und stampfte zu ihrem eigenen Zimmer, dessen Tür sie ebenfalls zuknallte. Ich hatte keine Ahnung, worum es bei dem Streit gegangen war, doch was auch immer es war, ich beurteilte Euphemias Reaktion als ebenso melodramatisch gespielt wie Zeldas vorhin am Tisch. Diese Schauspieler brachten Leben in die Bude, das konnte man nicht anders sagen.

Als ich die Vorbereitungen fürs Abendessen im Griff hatte und der Kragen geflickt war, stahl ich mich für ein paar Augenblicke in den Salon, wo ich es mir mit einer Tasse Tee in einem der Sessel gemütlich machte. Rasch war ich in eine Ausgabe von E. Lynn Lintons *Hexengeschichten* vertieft, die im Bücherregal auf mich gewartet hatte.

Ich blätterte gerade den Bericht von Elspeth Cursetter und ihren Freundinnen durch, als ich auf dem Gang leise Schritte vernahm. Der Türknauf klapperte, die Tür ging auf, und Mr. Newhouse steckte vorsichtig den Kopf herein.

»Oh«, sagte er. »Ich wollte Sie nicht stören.«

»Tun Sie nicht, Mr. Newhouse«, erwiderte ich. »Kommen Sie doch herein. Ich mache nur eine kurze Pause. Der Tee ist sicher nicht mehr heiß, aber es macht gar keine Mühe, eine frische Kanne aufzusetzen.«

»Sehr freundlich. Eigentlich suche ich aber einen Platz, an dem ich eine Zigarre genießen könnte. Wäre das hier in Ordnung?«

»Tut mir furchtbar leid, Sir, aber Lady Hardcastle mag Zigarrenrauch leider überhaupt nicht.«

»Macht gar nichts, macht gar nichts«, sagte er leutselig. »Das ist in den Häusern von Damen oft so. Und ich verstehe es auch. Dann gehe ich einfach kurz in den Garten.«

»Ach«, sagte ich und fühlte mich schuldig, dass wir so wenig entgegenkommende Gastgeberinnen waren. Außerdem hatte ich ja gerade seinen Streit mit Euphemia mitbekommen und fragte mich, ob er vielleicht eine Gelegenheit brauchte, sich ein bisschen zu beruhigen. »Aber es regnet doch. Ich mache Ihnen einen Vorschlag: Was halten Sie von einem Spaziergang zu unserem Dorfpub?

Ich könnte ein bisschen mit meiner Freundin plaudern, die dort arbeitet, und Sie können solange Ihre Zigarre rauchen, ohne dass sich irgendwer beschwert. Ich könnte Ihnen auch gleich einige der Dorfbewohner vorstellen – ich bin mir sicher, dass sie es aufregend finden, einen richtigen Schauspieler kennenzulernen.«

Er lachte auf. »Ich freue mich immer, Bekanntschaft mit meinem Publikum zu machen. Obwohl ich bezweifle, dass irgendwer allzu beeindruckt sein wird. Außerdem« – er schaute mich fragend an – »werden wir nicht bei unserem Spaziergang ins Dorf genauso nass wie in Ihrem Garten?«

»Da haben Sie wohl recht«, räumte ich ein. »Aber im Garten stehen Sie einfach nur allein im Schlamm herum. Wenn wir es jedoch so machen, wie ich vorschlage, kann ich mit Ihnen bei meiner Freundin Daisy angeben.«

»Das klingt nach einem guten Plan, Miss Armstrong. Wird man Sie denn hier nicht vermissen?«

»Furchtbar. Hier würde alles zum Erliegen kommen, wenn ich zu lange weg wäre. Aber unter den gegebenen Umständen ist es doch meine Pflicht, unsere Gäste zu den örtlichen Sehenswürdigkeiten zu führen.«

»Ah, früher hat man Leute wie Sie Hofmeister genannt«, sagte er nickend. »Und die Dorfbewohner sind nicht entsetzt, wenn eine junge Dame einen schlecht beleumundeten älteren Schauspieler ohne Aufsicht begleitet?«

»Vieles von dem, was ich tue oder sage, entsetzt die Leute. Inzwischen beachte ich das gar nicht mehr.«

»Gut so«, lobte er. »Wenn Sie nun einem alten Burschen helfen könnten, seinen Hut zu finden …«

Ich erhob mich aus dem Sessel und führte ihn in die Halle. Dort half ich ihm gerade in den Mantel, als das Telefon klingelte.

Ich hob ab. »Hallo. Chipping Bevington zwei-drei.«

»Hallo?«, antwortete eine gewisse, mir inzwischen vertraute laute Frauenstimme. »Armstrong? Sind Sie das wieder?« Es war Lady Farley-Stroud.

»Ja, Mylady«, bestätigte ich. »Wenn Sie kurz warten würden, hole ich Lady Hardcastle für Sie.«

»In Ordnung, meine Liebe«, schrie sie. »Danke.«

Lady Hardcastle war in der Zwischenzeit bereits aus ihrem Arbeitszimmer getreten.

»Gertie?«, fragte sie.

Ich nickte, und sie nahm mir den Hörer ab.

»Mein Mantel hängt noch in der Stiefelkammer«, sagte ich Mr. Newhouse. »Ich hole ihn rasch.«

Ein oder zwei Minuten darauf kehrte ich mit Mantel, Hut und Regenmantel zurück. Ich nahm zwei Regenschirme aus dem Ständer neben der Tür und wandte mich zu Lady Hardcastle um. Sie beteuerte gerade Lady Farley-Stroud gegenüber, dass sich Mr. Cheetham und seine Kollegen gut einlebten. Dann musste sie den Hörer ein Stückchen von ihrem Kopf weghalten, um von der Antwort nicht taub zu werden.

»Sehr gut«, schrie Lady Farley-Stroud. »Vielleicht schaue ich nachher vorbei. Wäre das in Ordnung?«

Unterdessen formte ich an Lady Hardcastle gewandt mit den Lippen das Wort Pub. Diese gab mir ein Zeichen des Einverständnisses und schickte uns mit einem fröhlichen Winken auf den Weg. Als wir das Haus verließen, hörten wir noch, wie sie beiden Farley-Strouds eine herzliche Einladung aussprach.

Das *Dog and Duck* war eine lebendige Dorfkneipe. Der Wirt war Old Joe Arnold, dessen Familie das Gasthaus bereits seit mehreren Generationen besaß. Er war eine großzügige Seele mit einem Herzen ohne jede Bösartigkeit und einem Mund ohne jeden Zahn. Lady Hardcastle und ich lebten nun schon seit über einem Jahr in Littleton Cotterell, doch wir hatten die Frau, die Joe als *unsere Ma* bezeichnete, noch nie zu Gesicht bekommen. Wir gingen davon aus, dass es sich bei ihr um seine Ehefrau handelte und dass der Ehrentitel sich darauf bezog, dass sich irgendwo in der Welt irgendwelche Kinder der Arnolds herumtrieben, doch auch über sie hatten wir keine gesicherten Informationen.

Die üblichen ortsansässigen Farmgehilfen drängten sich um die Tische des Schankraums und erfüllten ihn mit lautem Reden, rauem Gelächter und einem dichten Nebel aus Tabakrauch. Old Joe plauderte in einer Ecke mit ein paar Stammgästen.

Der Nebenraum, in den wir uns verfügt hatten, war hingegen fast verwaist. Mrs. Grove, die Haushälterin des Vikars, nippte an einem kleinen Sherry und lauschte derweil hochkonzentriert den Sorgen einer Freundin. Ich meinte, ihre Begleitung zu kennen, aber ich kam nicht auf den Namen. Ich hatte eine leise Ahnung, dass sie die Frau eines Farmers von der anderen Seite des Dorfs war, und ihre frustrierte Beschreibung der Melkarbeiten schien diese Vermutung zu bestätigen.

Die einzigen anderen Gäste in diesem Teil des Pubs waren ein Mann und eine Frau, die ich noch nie gesehen hatte. Sie war jung, schlank und blond und trug eine sehr teuer aussehende schwarze Jacke mit einem dazu passenden Rock. Alles war aus feiner Wolle geschneidert und hatte einen so modischen Schnitt, dass sie als Stadtbewohnerin zu erkennen war. Ihr Begleiter war ein Herr, den ich auf Mitte vierzig schätzte. Wie die junge Frau war auch er ganz augenscheinlich kein Landbewohner. Doch während sie wie eine wohlhabende Dame der besseren Gesellschaft aussah, die sich als erfolgreiche Geschäftsfrau verkleidet hatte, machte er einen etwas dandyhaften Eindruck und wirkte ganz eindeutig wie ein Künstler. Sein ergrauendes Haar stand wild und ungekämmt vom Kopf ab. Sein Kinnbart war lang, sein Schnurrbart extravagant gezwirbelt. Seine Samtjacke war von einem tiefen Smaragdgrün, und die Seidenkrawatte in einem auffälligen Paisleymuster schien ihm geradezu aus dem Hemdkragen hervorzuschäumen. Diese beiden waren nicht aus dieser Gegend.

»Ach du gütiger Himmel«, murmelte Mr. Newhouse leise. »Die haben uns gerade noch gefehlt.«

Ich hatte keine Gelegenheit nachzufragen, was er damit meinte, da erschien Daisy hinter dem Tresen.

»Flo!«, kreischte sie. »Ich hab mich schon gefragt, wann du endlich vorbeikommen würdest.«

»*Prynhawn Da*, Daisy, *fach*«, begrüßte ich sie.

Sie und Mr. Newhouse sahen mich fragend an. »Guten Tag, liebe Daisy«, übersetzte ich also. »Mal ehrlich, vom Kirchturm aus kann man von hier nach Wales spucken, aber keiner von euch spricht Walisisch. Selbst Blodwen Jones versteht nur die Hälfte von dem, was ich sage. *Blodwen*. Wie viel walisischer kann man denn noch sein, ohne sich einen Drachen auf den Unterarm tätowieren zu lassen?«

»In meinen Ohren besteht Walisisch nur aus unverständlichem Singsang und Räusperlauten, Liebes«, erklärte Daisy.

Ich knurrte missbilligend. »Du hast Glück, dass du so hübsch bist, du Heidin. Sonst bestünde für dich keine Hoffnung.«

Sie bedachte mich mit einem frechen Grinsen und machte einen Knicks. »Und was bringt dich an diesem verregneten Nachmittag in Joes Etablissement?«

»Mr. Newhouse«, erklärte ich statt einer Antwort, »darf ich Ihnen meine gute Freundin Daisy Spratt vorstellen. Daisy, das hier ist der gefeierte Schauspieler Mr. Basil Newhouse.«

»Wie geht es Ihnen, meine Liebe?«, fragte Mr. Newhouse mit einer galanten Verbeugung.

»Ach du lieber Himmel«, rief Daisy. »Sie sind es wirklich!«

Von dem Dandy, der mit der Städterin am Tisch saß, kam in diesem Moment ein tadelndes Zungenschnalzen.

»Gewiss, der bin ich«, bestätigte Mr. Newhouse. »Darf ich aus Ihrer Reaktion schließen, dass Sie schon von mir gehört haben?«

»Alle haben schon von dir gehört, du lächerlicher alter Stümper«, murmelte der Dandy. »Dafür hat dein diebischer Chef schon gesorgt.«

Ich wandte mich zu dem Tisch um. »Guten Tag, Sir. Ich heiße Florence Armstrong. Und Sie sind …?«

»Aaron Orum«, sagte er mit einem hämischen Grinsen. »Ganz zu Ihren Diensten.«

»Freut mich, Ihre Bekanntschaft zu machen, Mr. Orum«, sagte ich und wandte mich dann wieder Daisy zu.

»Und ob ich schon von Ihnen gehört habe, Mr. Newhouse«, sagte diese nun. »Ich lese nämlich sämtliche Zeitschriften und weiß deshalb alles über Sie.«

Mr. Orum stieß einen weiteren spöttischen Laut aus.

»Ist drüben im Schankraum denn viel los, Daisy?«, fragte ich daraufhin.

»Ziemlich viel. Aber ich glaube, am Fenster gibt es noch einen freien Tisch.

»Sollen wir?«, wandte ich mich an Mr. Newhouse und gestikulierte in Richtung der offenen Tür zum Schankraum.

Er warf einen Blick auf Mr. Orum, der uns noch immer hämisch angrinste.

»Warum nicht?«, sagte er dann gut gelaunt. »Überlassen wir diese beiden sich selbst.«

Ich folgte ihm in den anderen Raum und schloss die Tür hinter uns.

»Darf ich Ihnen etwas zu trinken holen?«, fragte er, als ich mich hinsetzte.

»Gern einen Brandy«, antwortete ich.

»Eine Frau ganz nach meinem Geschmack.«

Zielstrebig bahnte er sich seinen Weg zum Tresen und ignorierte im Vorbeigehen die neugierigen Blicke der Knechte und Dorfbewohner. Wie durch Zauberei erschien

Daisy auch hinter diesem Tresen. Sie nahm Mr. Newhouse in Beschlag und schien ihn einem begeisterten Verhör zu unterziehen, während sie die Getränke eingoss. Über das Stimmengewirr hinweg konnte ich sie nicht hören, aber aus seinem Lachen folgerte ich, dass sie ihm schmeichelte. Irgendwann schien er das Heft des Gesprächs aber in die Hand zu nehmen, und es gelang ihm, selbst ein paar Fragen zu stellen.

Schließlich kehrte er an unseren Tisch zurück und stellte die beiden Brandygläser vor uns ab.

»Ihre Freundin ist ziemlich umgänglich«, sagte er, als er sich setzte. »Prost.« Er hob sein Glas, und wir stießen an.

»Sie ist einfach nur sehr aufgeregt, Sie kennenzulernen, das ist alles.«

»Sie ist auf jeden Fall gut informiert.«

»Sie liebt die Klatschspalten in den Zeitschriften«, erklärte ich. »Um die Wahrheit zu sagen, scheint sie lieber etwas über Filme zu lesen, als sie sich tatsächlich anzusehen. Im Sommer hab ich ihr vorgeschlagen, in die Stadt zu fahren und uns *Zu viel Hummer* und ein paar andere Komödien anzuschauen, aber sie hatte keine Lust.«

Er lachte. »Das wundert mich nicht. Ein schrecklicher Film.«

»Aber ein großartiger Titel.«

»Das muss ich zugeben«, erwiderte er.

»Also, was ist das zwischen Ihnen und Orum?«, fragte ich. Zurückhaltung und Diskretion haben ihren Sinn, aber manchmal muss man einfach direkt sein. »Und wer ist seine Begleiterin?«

»Er ist …«, setzte er an. »Nun, lassen Sie es mich so ausdrücken: Er ist ein Kollege aus den darstellenden Künsten. Geben Sie mir einen Moment, um meine Zigarre anzuzünden, dann erzähle ich Ihnen alles über ihn.«

Während er erst umständlich die Zigarre anschnitt und dann mit einem Streichholz hantierte, sah ich zum Tresen hinüber. Daisy unterhielt sich mit einem der jungen Knechte, doch als sie meinen Blick bemerkte, grinste sie und zwinkerte mir zu. Anscheinend kam die Idee, unseren Schauspielergast in den Pub zu lotsen, wenigstens bei einer Person sehr gut an.

»Ah, genau das Richtige«, sagte Mr. Newhouse nach dem ersten Zug. »Darauf habe ich mich schon seit dem Lunch gefreut.«

Ich ließ ihn noch einige weitere Züge von dem süßen Rauch genießerisch inhalieren.

»Also gut« sagte er dann gedehnt. »Wo waren wir stehengeblieben?«

»Mr. Orum«, soufflierte ich.

»Ach ja, die traurige Geschichte von Aaron Orum und Nolan Cheetham. Ich wundere mich, dass Sie sie noch nicht kennen.«

»Leider bin ich, was die Welt der populären Unterhaltung angeht, nicht so sehr auf dem Laufenden, wie ich es gern wäre«, erklärte ich. »Es gab eine Zeit, da wusste ich über alles und jeden Bescheid, aber das ist lange her.«

»Tatsächlich? Haben Sie vielleicht selbst einen Theaterhintergrund?«

»Mein Vater war Messerwerfer beim Zirkus. Der Große Coltello.«

»Du liebe Zeit!«, rief er. »Wie apart. Mein Vater war Kammerdiener bei einem Herrn im Londoner Norden. Unsere Leben scheinen spiegelbildlich verlaufen zu sein.«

»Ich habe den Zirkus geliebt«, sagte ich. »Ich liebe ihn immer noch, aber seit ich für Lady Hardcastle arbeite, habe ich viel mehr Abenteuer erlebt.«

»Das kann ich mir vorstellen. Die Geschichte, die Sie beim Lunch erzählt haben, hat mehr Fragen aufgeworfen als Antworten gegeben, aber sie hat zweifellos ein faszinierendes Leben erahnen lassen.«

Ich lächelte. Mir wurde klar, dass ich nur mit Mühe dafür würde sorgen können, dass er beim Thema blieb. Wie viele rege Geister schien er zum Abschweifen zu neigen. »Sie wollten mir etwas über die Herren Cheetham und Orum erzählen.«

»Das wollte ich, meine Liebe, das wollte ich.« Er zog einmal nachdenklich an seiner Zigarre. »Wir sind in Manchester«, begann er theatralisch, »in den 1860ern. Zwei junge Burschen wachsen auf den Straßen eines der wichtigsten Industriezentren des Empire auf. Mit einer Woche Abstand in derselben Straße zur Welt gekommen, wurden Aaron und Nolan die besten Freunde, unzertrennlich wie Brüder. Wenn es Spiele gab, spielten sie sie gemeinsam. Wenn es Pläne gab, schmiedeten sie sie gemeinsam. Wenn es Unfug zu verzapfen gab, verzapften sie ihn gemeinsam. Die Eltern von beiden waren Fabrikarbeiter. Arm, aber geachtet. Sie besaßen nicht viel, kamen jedoch zurecht. In einem Jahr hatten sie gespart, um die Jungen ins Theater mitzunehmen. Die Lieder, die Witze, die Reaktion des Publikums faszinierten die beiden, und fortan wussten sie, was sie einmal werden wollten, wenn sie groß wären.«

»Das Gefühl kenne ich«, warf ich ein. »Ich habe Tag und Nacht gearbeitet, um mir die Fähigkeiten meines Vaters anzueignen. Genau wie er wollte ich in der Manege sein. Es ging mir dabei gar nicht so sehr darum, angehimmelt zu werden – die Leute sollten meine Fähigkeiten bewundern, genau wie ich seine bewunderte.«

»Was mich angeht, ist es wesentlich seichter«, erwiderte er mit einem selbstmitleidigen Lachen. »Ich wollte immer nur geliebt und vergöttert werden. Aber das Virus der Unterhaltungswelt infiziert uns alle unterschiedlich. Weder Aaron noch Nolan wollte Schauspieler, Sänger oder Komiker werden. Sie waren fantasievolle, erfinderische Jungen, und die darstellende Kunst faszinierte sie. Der junge Aaron spürte den Zauber des Dialogs und der Bonmots. Er wollte den Schauspielern die Worte in den Mund legen. Derweil war Nolan gebannt von der technischen Seite des Ganzen – vom Bühnenbild, dem Ton, den Knalleffekten und Falltüren: Er wollte den Zauber herstellen. Zuerst folgten sie ihren Eltern in die Fabrik, doch sie hielten die ganze Zeit an ihren Träumen fest. In den Hinterzimmern der Pubs und in Gemeindehäusern veranstalteten sie Aufführungen für ihre Freunde – überall, wo es Platz genug dafür gab. Sie versammelten eine Gruppe von Schauspielern um sich und erregten allmählich die Aufmerksamkeit der Presse. Bald bot sich ihnen die Gelegenheit, eine ihrer Shows in einem kleinen Theater in der Stadt aufzuführen. Die Leute waren begeistert. Die Welt lag ihnen zu Füßen. Doch dann ...«

»Haben Sie sich zerstritten?«, riet ich.

»Mehr als das, meine Liebe. Bis zum heutigen Tag weiß keiner außer ihnen selbst, was diese lebenslange Freundschaft zerrüttet hat, aber sie entzweiten sich. Bittere Feindschaft entstand zwischen ihnen, und sie wechselten nie mehr auch nur ein Wort miteinander. Seitdem sind ihre Karrieren gänzlich getrennt voneinander verlaufen. Aaron Orum arbeitet weiter fürs Theater, Nolan Cheetham hat den Film für sich entdeckt.«

»Aha«, erwiderte ich. »Aber warum kommt Orum jetzt hierher? Die Haltung, die er gerade an den Tag gelegt hat, lässt ja nicht gerade vermuten, dass eine Versöhnung kurz bevorsteht.«

»Leider nein«, stimmte er mir zu. »Eines der letzten Projekte, an dem die beiden gemeinsam gearbeitet haben, handelte von einer mächtigen Hexe aus dem achtzehnten Jahrhundert, die an ihrer Eifersucht zugrunde ging. Ihr Zerwürfnis ereignete sich kurz vor Produktionsbeginn. Das Stück kam nie auf die Bühne.«

»Aha«, begann ich zu begreifen. »Und das ist auch die Geschichte von Cheethams neuem Film. Was erklärt, warum Orum Cheetham gerade eben einen Dieb genannt hat.«

»Im Großen und Ganzen«, bestätigte er. »Er schickt Cheetham schon seit einigen Monaten Briefe, in denen er ihm rechtliche Konsequenzen androht und sagt, er werde ihn mit Klagen überziehen, wenn er mit Orum nicht die Tantiemen sowie die Anerkennung teilt. Man könnte meinen, dass er dessen langsam überdrüssig wäre und dass nun irgendeine physische Auseinandersetzung bevorsteht.«

»Wir müssen sicherstellen, dass der Zwist nicht die Aufführung diese Woche ruiniert«, entschied ich. »Lady Farley-Stroud hat sich mit der Organisation solche Mühe gegeben, es würde mir gar nicht gefallen, wenn das alles durch eine alte Fehde zwischen ehemaligen Freunden zunichtegemacht würde.«

»Wir müssen Cheetham natürlich vorwarnen, dass sein Rivale vor Ort ist. Aber mehr können wir eigentlich nicht tun.«

»Wahrscheinlich nicht. Wissen Sie denn auch, wer die Frau ist?«

»Ich habe nicht die leiseste Ahnung.«

Als ich noch einen Schluck von meinem Brandy trank, wurde die Tür zum Nebenraum aufgerissen. Sie knallte laut gegen die Wand, und alle verstummten kurz und sahen zu, wie Aaron Orum mit der unbekannten Frau an seinem Arm hindurchschritt. Sie lachte, anscheinend über etwas unvorstellbar Geistreiches, was er gerade von sich gegeben hatte, und sah ihn dabei bewundernd an. Als er meinen Blick bemerkte, bedachte er mich mit einem hämischen Grinsen.

Er öffnete die Tür, und die beiden traten gemeinsam in die Dämmerung hinaus. Kurz kämpfte er mit seinem Regenschirm, dann gingen die beiden davon.

Bei unserer Rückkehr brummte unser Haus vor Leben und Geschäftigkeit. Die übrigen Gäste schienen sich ebenfalls aus ihren Zimmern gewagt zu haben.

Die beiden Frauen, Zelda und Euphemia, trafen wir im Salon an, wo sie Tee tranken und miteinander plauderten. Ich ließ Mr. Newhouse bei ihnen zurück und machte mich auf die Suche nach Lady Hardcastle.

Sie stand mit Mr. Cheetham im Esszimmer, wo sie eine Reihe von Papieren auf dem Tisch ausgebreitet hatten, über die sie sich jetzt beugten. Als ich anklopfte, blickten sie auf.

»Ach, Armstrong«, sagte Lady Hardcastle. »Da bist du ja. Danke, dass du dich um Mr. Newhouse gekümmert hast. Geht es ihm gut?«

»Ziemlich gut, Mylady. Er wollte eine Zigarre rauchen, also habe ich ihn ins *Dog and Duck* begleitet.«

»Wo du ihn gleich Daisy vorstellen konntest«, vermutete Lady Hardcastle.

»Genau. Es schien mir eine Zwei-Fliegen-mit-einer-Klappe-Situation zu sein.«

»Wunderbar. Mr. Cheetham hat mir gerade einige der Notizen und Skizzen gezeigt, die er anzufertigen pflegt, bevor er einen neuen Film in Angriff nimmt. Ich muss schon sagen, allmählich fühle ich mich wie die amateurhafte Stümperin, die ich bin. Ich bereite mich nicht annähernd so sorgfältig vor.« Sie wedelte mit der Hand über den verstreuten Papieren herum. »Sieh nur: ein detaillierter Plan der Handlung, Ideen für die einzelnen Einstellungen ... sogar eine Skizze von einer wunderbaren kleinen Apparatur für Spezialeffekte. Es ist genial.«

Cheetham setzte eine angemessen verlegene Miene auf, doch es war zu erkennen, dass er sich in ihrer Bewunderung sonnte.

»Wir sind im Pub einem alten ... *Freund* von Ihnen begegnet«, sagte ich. »Mr. Orum.«

Sein Blick verfinsterte sich. »Oje. Hat er irgendwas gesagt? Ich hoffe, er war nicht unhöflich.«

»Ziemlich unhöflich, aber es war nicht allzu unangenehm. Er hat nur ein paar hässliche Bemerkungen gemacht.«

»Das tut er gern«, entgegnete Cheetham traurig. »War schon immer so. Ich nehme an, er ist hier, um Ärger zu machen.«

»Angedeutet hat er nichts dergleichen, aber Mr. Newhouse hat mir Ihre Geschichte erzählt, also kann ich nur vermuten, was er vorhat.«

Lady Hardcastle zog fragend eine Augenbraue hoch, doch ich neigte nur den Kopf Richtung Tür. Dies war unser übliches Signal für: *Das erzähle ich Ihnen später, wenn wir unter uns sind.*

»Es tut mir so leid«, entschuldigte sich Mr. Cheetham. »Ich hatte gehofft, wir könnten die ganze Angelegenheit untereinander klären. Aber er scheint anderes im Sinn zu haben.«

»Er war außerdem nicht allein«, fügte ich hinzu. »Eine elegante junge Frau hat ihn begleitet – schlank, blond, auffallend hübsch, teuer gekleidet. Seine Freundin? Seine Ehefrau?«

»Ganz sein Typ. Sie könnte seine neueste Geliebte sein. Er hat sich immer gern als Frauenheld gesehen. Als hätte er ein Mädchen in jedem Hafen. Sind Sie sicher, dass sie zueinander gehörten?«

»Wie Pech und Schwefel«, bekräftigte ich. »Obwohl sie stumm blieb, während er seine kleinen Gemeinheiten loswurde.«

»Ah, ja. Er mag Frauen gern geistlos und fügsam. Sie sollen ihm bewundernd an den Lippen hängen.«

»Sie wirkte aber keineswegs geistlos. Um ehrlich zu sein, schien sie uns scharf zu beobachten.«

»Dann weiß ich nicht, wer sie gewesen sein könnte«, erwiderte Cheetham.

»Ich bin sicher, das werden wir bald herausfinden«, mischte Lady Hardcastle sich ein. »Daisy weiß sicher Bescheid.«

»Davon gehe ich aus«, stimmte ich ihr zu. »Ich hätte sie ja selbst gefragt, wenn ich die Gelegenheit gehabt hätte, aber sie war beschäftigt, und Mr. Newhouse war ein so unterhaltsamer Begleiter, dass ich keine besondere Lust verspürte, ihn für ein bisschen Klatsch links liegen zu lassen.«

»Das war bestimmt die richtige Entscheidung«, entgegnete sie. »Jeder Tag hat genug an seiner eigenen Wichtigtuerei.«

Mr. Cheetham lachte leise. »Unser Basil kann ziemlich ins Fabulieren geraten. Ich würde jedoch seine Worte nicht für bare Münze nehmen, wenn ich an Ihrer Stelle wäre. Auch nicht als Schuldschein. Oder Naturalien.«

»Verstehe«, erwiderte ich. »Dürfte ich mich jetzt entschuldigen, Mylady? Ich sollte nachsehen, dass fürs Dinner alles seinen Gang geht.«

»Aber natürlich, meine Liebe. Gertie kommt übrigens auch.«

»Und was ist mit Sir Hector?«

»Sie war sich nicht sicher. Das Beste wird sein, es so einzurichten, dass wir auch ihn verpflegen können, wenn es nötig wird, aber niemand soll deshalb auf etwas verzichten müssen.«

»Wir haben genug«, beruhigte ich sie. »Fasan reicht immer für mehr Leute, als man glaubt.«

Dann verabschiedete ich mich und ging in die Küche, wo Miss Jones alles in bester Ordnung hinterlassen hatte. Sie hatte sogar Notizen gemacht, auf denen sie uns die nächsten Handgriffe erklärte. Mit Ednas Hilfe brachten wir so eine köstliche Mahlzeit zustande.

4

»Ähm, Lady, kommen wir wirklich in einem Kinemo … einem Kinematamo … in einem Film vor?«

Ich war dazu gedrängt worden, in aller Frühe mit dem kleinen Rover nach Chipping Bevington zu fahren, um die Kamera und die dazugehörige Ausrüstung abzuholen. Nachdem ich mit der Hilfe des Sohnes des Bahnhofsvorstehers die ganzen Sachen in das winzige Auto gepackt hatte, blieb nur noch ziemlich wenig Platz für mich selbst.

Nach dem Frühstück und einer schnellen Lektion von Mr. Cheetham die korrekte Bedienung der Kamera betreffend, hatten wir diese und ein mächtiges hölzernes Dreibein ins Dorf gekarrt, wo wir es auf dem Dorfanger aufgebaut hatten.

Unser Ziel war aufzunehmen, wie die Geschäftsinhaber ihre Läden öffneten, die Dorfbevölkerung sich an die Arbeit machte und die Kinder zur kleinen Dorfschule schlenderten.

»Ich hätte gern eine unverstellte Aufnahme des Dorflebens«, erklärte Lady Hardcastle. »Etwas, auf das Historiker in hundert Jahren zurückblicken können.«

Eine Stunde später begann ich zu hoffen, dass ihre hypothetischen zukünftigen Historiker geduldige Menschen wären, die Interesse daran hatten, Leuten dabei zuzuschauen, wie sie unsicher Grimassen für die Kamera schnitten. Unser neuester Störenfried war ein kleiner Junge, der ganz sicher gerade an einem Tisch sitzen und die Könige und Königinnen Englands aufzählen sollte. Ganz sicher sollte er nicht auf dem Dorfanger stehen und dumme Fragen stellen.

Lady Hardcastle war deutlich langmütiger als ich. »Ja, mein Junge«, sagte sie nachsichtig. »Aber wenn du zu nah an der Kamera stehst, kann sie dich nicht richtig erfassen.«

»Das ergibt keinen Sinn«, entgegnete der Bengel. »Je näher man kommt, desto leichter ist es. Das weiß doch jeder Dummkopf.«

»Leider ist es jedoch so, dass die Kamera um so vieles schlimmer als dein herkömmlicher Dummkopf ist. Sie weiß nur, dass sie dich besser sehen kann, wenn du da rübertappst zur Kirche. Vielleicht ist es das göttliche Licht, das durch die Heiligen Bleiglasfenster fällt, vielleicht ist es auch nur der Effekt der Meter und Zentimeter zwischen dir und der Linse, aber ich versichere dir, dass deine Chancen, auf der Leinwand aufzutauchen, besser stehen, wenn du dich drüben beim Gotteshaus herumdrückst.«

»Sie reden komisch«, sagte er.

Der Bub sah sie einen Augenblick lang abwägend an, ganz offenbar wusste er nicht, was er mit dieser vornehmen Dame anfangen sollte. Dann tat er jedoch langsam das, worum sie ihn gebeten hatte, und trollte sich in Richtung Kirche.

»Das hier ist viel schwieriger, als ich erwartet habe«, sagte Lady Hardcastle. »Ich hatte gehofft, ein paar ungekünstelte Momente des Dorflebens für die Nachwelt aufzeichnen zu können. Stattdessen scheine ich viele, viele Meter teuren Film voller winkender Menschen zu bekommen.«

»Wir brauchen irgendein Versteck«, schlug ich vor. »Wie Jäger eins haben.«

»Ich fürchte, das wäre mitten auf dem Dorfanger fast genauso auffällig, Liebes.«

»Da haben Sie vielleicht recht. Haben Sie denn schon irgendwas Verwendbares?«

»Ich bin mir nicht sicher. Wir müssen abwarten, bis wir wieder zu Hause sind. Ich kurble aber weiter – man kann nie wissen, was wir vielleicht erwischen. Und in der Orangerie habe ich noch genug zusätzlichen Film.«

»Sie sollten sich auf jeden Fall kurz auf den Knaben konzentrieren. Er hat seinen Teil der Abmachung eingehalten und uns in Frieden gelassen.«

»Da hast du gewiss recht. Wo ist er denn hin …? Ach, ich sehe ihn. Warte … Lass mich nur noch … Oh, zum Donnerwetter, wer um alles in der Welt ist das denn?«

Bei diesen Worten bog laut knatternd eine Motorkutsche von der Bristol Road kommend um die Ecke und rumpelte weiter in Richtung Kirche. Sogar über den Motorlärm hinweg konnten wir noch deutlich den anschwellenden Refrain von *Onward, Christian Soldiers* hören, den die Insassen anstimmten.

»Ein Ausflug der Kirchengemeinde?«, riet ich.

»An einem Dienstag?«, erwiderte Lady Hardcastle. »Finden Kirchenausflüge nicht eher am Wochenende statt? Sollten die Männer denn nicht bei der Arbeit sein?«

Es war ein so faszinierender Anblick, dass sie die Kamera auf die Motorkutsche gerichtet hielt, statt auf den jungen Burschen. Seine Folgsamkeit würde letztendlich vielleicht doch nicht belohnt werden.

Die Motorkutsche ohne Verdeck kam stotternd vor der Kirche zum Stehen. Ein Mann und eine Frau erhoben sich umgehend und wandten sich zu ihren zahlreichen Mitfahrern um. Über die Entfernung waren sie nicht zu verstehen und wurden sowieso vom rauen Dröhnen des Motors übertönt, aber dem lauten Jubel nach zu urteilen, hatten sie wohl eine mitreißende Rede gehalten.

Die Anführer stiegen als Erste aus und wiesen den Fahrer an, ihnen mit einigen Gegenständen zu helfen, die sie im Gepäckfach verstaut hatten. Als dann ihre Begleiter ebenfalls auf den Asphalt hinunterkletterten, bekam jede und jeder von ihnen ein Schild an einem Stock ausgehändigt.

»Wie aufregend«, rief Lady Hardcastle. »Ich glaube, das ist irgendeine Art von Demonstration.«

Nachdem alle ausgestiegen waren, setzte sich der Fahrer wieder ans Steuer und lenkte sein Gefährt mit lautem Getöse und quietschenden Gängen um den Anger herum zurück zur Bristol Road.

Die Passagiere bewegten sich ein Stück den Weg entlang und bildeten dann eine ungleichmäßige Reihe vor den Türen des Gemeindesaals. Schließlich hoben sie ihre

Transparente und stimmten eine schwungvolle Interpretation von *Rock of Ages* an. Sie schüttelten ihre Schilder im Takt des alten Kirchenliedes, was ihnen großen Spaß zu bereiten schien.

»Deine Augen sind so viel schärfer als meine, Liebes«, sagte Lady Hardcastle. »Kannst du erkennen, was sie so in Wallung bringt?«

Ich hatte bereits mit zusammengekniffenen Augen auf die Schilder gestarrt, aber ich konnte sie trotzdem nicht klar entziffern.

»Da steht etwas von *Teufelswerk* und *Du sollst nicht dulden, dass eine Hexe* ... dies oder jenes tut.«

»Dass sie am Leben bleibt, nehme ich an«, sagte sie und kurbelte weiter. »Möglicherweise sind sie keine Anhänger des Films, den unser Mr. Cheetham gedreht hat.«

Wir sahen, wie der Vikar – Hochwürden James Bland – aus der Kirche trat. Energischen Schrittes ging er den Weg hinunter und durch das Friedhofstor auf die Protestierenden zu. Ganz offenbar wollte er genau so dringend wie wir wissen, was hier vor sich ging.

Ich hörte einen leisen, sehr unchristlichen Fluch von Lady Hardcastle. Eine weitere Filmrolle war anscheinend vonnöten, und sie war überaus unzufrieden über den Zeitpunkt dieser Unterbrechung.

Wir tauschten die Filmrollen aus. Dabei handelte es sich meiner unmaßgeblichen Meinung nach um einen unnötig umständlichen und langwierigen Vorgang. Es musste doch ganz sicher eine einfachere Lösung für so einen unvermeidlichen und regelmäßigen Teil der Filmarbeit geben. Als wir fertig waren, hatte Mr. Bland jedenfalls sein Gespräch mit den Ankömmlingen beendet und eilte quer über das Gras auf uns zu.

Lady Hardcastle nutzte den Moment, bevor der Vikar bei uns eintraf, um einige Aufnahmen von dem Bengel zu machen, der den Demonstrierenden Grimassen schnitt.

Er keuchte, als er vor uns stehenblieb.

»Guten Morgen, Lady Hardcastle«, schnaufte er. »Ich hoffe, unsere Besucher haben Ihre Bemühungen nicht zunichtegemacht. Soweit ich weiß, fertigen Sie doch ein Porträt des Dorfes für die Filmvorführung an.«

»Ganz recht, Hochwürden«, sagte sie. »Die Neuigkeiten verbreiten sich ja rasch.«

»Ein Murmeln hier, ein Flüstern dort«, erklärte er. »Interessante Nachrichten verbreiten sich schnell. Glücklicherweise verbietet die Heilige Schrift nur üble Nachrede und das Verbreiten von Lügen, sonst würde ich ja nie irgendetwas mitbekommen.«

»Wir hatten mehr als einmal Anlass, die Zuverlässigkeit der Nachrichtenkanäle des Dorfnetzwerks zu testen. Sie sind hervorragend.«

»Leider haben sie uns diesmal im Stich gelassen. Niemand wusste vorher irgendetwas über Mr. und Mrs. Hughes und ihre Bande von Spielverderbern.«

»Spielverderber?«, entgegnete ich. »Sind Sie mit ihrem Protest denn nicht einverstanden?«

»Ganz sicher nicht, Miss Armstrong. Ich glaube an einen liebenden Gott, der sich an den Errungenschaften seiner Schöpfung erfreut. Er ist aufgeklärt und interessiert an den genialen Erfindungen des Menschen. Mr. Cheetham ist ein respektvoller und gottesfürchtiger Mann. Er hat mir eine genaue Inhaltsangabe seines Films zukommen lassen, um sicherzustellen, dass ich nichts dagegen habe, ihn in meinem Gemeindehaus zu zeigen. Ich habe ihn darauf hingewiesen, dass das Haus dem Dorf gehört, aber dass ich auch dann nichts einzuwenden hätte, wenn es unter meiner unmittelbaren Aufsicht stünde. Der Film ist zwar modern und sogar ein bisschen gewagt, aber er widerspricht nicht den Lehren unseres Herrn.«

Lady Hardcastle runzelte die Stirn. »Aber diese ... diese ...«

»Hughes, Mylady«, half ich aus.

»Danke, Liebes. Diese Hughes-Leute glauben das?«

»So ist es«, bestätigte Mr. Bland. »Ich bin nicht sicher, ob sie ihn für unchristlich halten oder sich eine andere plausible religiöse Begründung für ihre Vorwürfe zusammengefaselt haben. Ich habe den Eindruck gewonnen, dass Mr. Hughes es zu seinem Lebensinhalt gemacht hat, sich zu beschweren. Das macht mir im Grunde nichts aus – der Himmel weiß, dass es in unserer modernen Welt vieles gibt, worüber ich selbst mich gern beklagen würde, wenn ich die Zeit dafür hätte –, aber ich wünschte doch, dass Leute wie Hughes Gottes Namen nicht so leichtfertig für ihre Zwecke missbrauchen würden. Man muss den Einfallsreichtum bewundern, den sie an den Tag legen, um sorgfältig die Bibelstellen auszuwählen, die ihre Engstirnigkeit stützen, aber das passt nicht gut zu dem Christentum, das ich predige.«

»Kann man sie irgendwie aufhalten?«, fragte ich. »Lady Farley-Stroud ist bestimmt furchtbar enttäuscht, wenn sie ihr Festival verderben. Ganz zu schweigen vom Rest der Dorfbevölkerung. Daisy wird untröstlich sein, wenn es nicht stattfindet.«

»Ich glaube nicht, dass ich da viel ausrichten kann«, entgegnete er. »Wenn sie auf dem Grund und Boden der Kirche demonstrieren würden, könnte ich etwas sagen, aber sie stehen auf der öffentlichen Straße. Vielleicht hat Sergeant Dobson einen Rat, aber ich befürchte, dass zu den vielen Freiheiten, die wir als Bürger des Empire genießen, auch diejenige gehört, allen auf die Nerven zu gehen.«

»Ich könnte ihnen eine kleine Abreibung verpassen, wenn Sie wollen«, bot ich mit einem Augenzwinkern an. »Es sind nur, lassen Sie mich nachzählen, ungefähr anderthalb Dutzend? Und sie sehen alle ziemlich schwächlich aus. Sie hätten keine Chance.«

Er sah mich mit einem Stirnrunzeln an. »Ich bin sicher, wir können die Situation ohne einen Faustkampf klären, Miss Armstrong«, erwiderte er. Dann beugte er sich leicht zu uns vor und fuhr in verschwörerischem Ton fort: »Um ehrlich zu sein, hab ich schon darüber nachgedacht, den Hund meiner Frau auf sie zu hetzen.«

Lady Hardcastle lachte. »Hamlet? Der ist doch lammfromm. Aber vielleicht würden sie sich bei seinen Mätzchen ja totlachen.«

Nun lächelte der Vikar. »Aber das wüssten sie ja nicht. Bevor man ihn richtig kennenlernt, wirkt er doch furchterregend.«

»Riesig ist er«, sagte Lady Hardcastle, »das gebe ich zu. Vielleicht sollten Sie Mrs. Bland bitten, mal mit ihm hier spazieren zu gehen, und dann sehen, wie sie darauf reagieren.«

»Das mache ich vielleicht. In der Zwischenzeit kann ich Sie möglicherweise dazu bewegen, Lady Farley-Stroud per Telefon zu informieren? Wir konnten den Bischof immer noch nicht davon überzeugen, einen Apparat im Pfarrhaus installieren zu lassen, und ich möchte, dass sie weit im Voraus Bescheid weiß, damit sie nicht allzu bestürzt ist, wenn sie hier ankommt und die Menge sieht.«

»Überlassen Sie das mir, Hochwürden«, sagte Lady Hardcastle. »Und machen Sie sich um Gertie mal keine Sorgen – sie ist aus sehr hartem Holz geschnitzt.«

Wieder zu Hause rief Lady Hardcastle umgehend bei Lady Farley-Stroud an, die – wie mir nach dem Ende des Telefonats mitgeteilt wurde – mit einem »Pfft«, einem »dumme Esel« und der Beteuerung reagierte, dass sie ihren Regenschirm mit dem massiven Griff zur Vorführung am Abend mitbringen werde.

Mr. Cheetham schien deutlich beunruhigter zu sein.

»Das hier ist genau die Art von Gerede, die wir nicht gebrauchen können«, sagte er, nachdem Lady Hardcastle ihm von der Ankunft der Hughes' und ihrer Anhänger berichtet hatte. »Sie folgen mir jetzt schon seit Monaten überallhin. Zuerst haben sie nur Briefe an Kirchenvorstände geschickt, in denen sie den bösartigen Charakter meines Films dargelegt haben. Als das keine Wirkung zeigte, gingen sie dazu über, den örtlichen Pfarrer direkt anzuschreiben. Als sie dann immer noch ignoriert wurden, versuchten sie es bei den Bischöfen. Zufällig bin ich gut bekannt mit dem Bischof von Rochdale – als junger Mann war er Militärpfarrer, sodass ich ihn aus meiner

Zeit bei der Armee kenne. Auch er hat einen von Hughes' Briefen erhalten. Er war persönlich abgegeben worden und in grüner Tinte verfasst. Der Einstieg klang noch freundlich und ruhig, aber in der Folge wurden alle Gotteslästerungen haarklein aufgezählt, die ich angeblich verübte, sowie die Höllenqualen in allen Einzelheiten aufgelistet, die all denen bevorstanden, die sich den Film anschauen würden. Gegen Ende hin wurde der Brief immer wirrer und weitschweifiger.«

»Was hat der Bischof damit gemacht?«, fragte Lady Hardcastle.

»Er hat geantwortet, dass er selbst den Film gesehen habe und dass darin keinerlei Gotteslästerungen zu finden seien. Er schrieb, dass der Film Magie und Aberglauben darstelle, aber nur, um davon ausgehend eine Geschichte von hoher Moral zu erzählen. Alles in allem hat er Hughes zu verstehen gegeben, er solle sich verziehen.«

»Was Hughes sicherlich nicht gefallen hat.«

»Er hat vor Wut geschäumt und an den Erzbischof geschrieben. Als das ebenfalls ohne Erfolg blieb, war ein paar Wochen lang nichts von ihm zu hören, aber anscheinend hat er sich seine Kräfte für einen letzten Angriff aufgespart: Er ist ganz bestimmt hier, um Ärger zu machen.«

»Er und seine Leute können allerdings nicht wirklich viel ausrichten«, beruhigte ihn Lady Hardcastle.

»Auch wenn sie nur mit ihren Transparenten dastehen, ihre Kirchenlieder singen und herumschreien, wird das Leute abschrecken und einschüchtern.«

»Ich denke, Sie unterschätzen die guten Menschen von

Littleton Cotterell, Mr. Cheetham. Es braucht deutlich mehr als ein paar Lieder und ein bisschen pseudoreligiösen Singsang, um sie von einem guten Unterhaltungsprogramm fernzuhalten. Ich hätte eher Sorge, dass ein paar der Burschen aus dem Dorf sich einen Spaß daraus machen, die Protestierenden ein bisschen zu vermöbeln. Die Hughes' glauben ganz offenbar, dass sie das Recht auf ihrer Seite haben, aber ich wüsste, auf wen ich bei einer Rauferei setzen würde. Und dann würden leider die Jungs aus dem Dorf im Kittchen landen.«

»Stimmt, das wäre ein Jammer. Aber ich kann nicht so tun, als ob ein Teil von mir nicht versucht wäre, mich ihnen anzuschließen, wenn sie sich dazu entschließen würden, den alten Frömmlern eine Abreibung zu verpassen.«

»Ich bin sicher, dazu wird es nicht kommen«, beschwichtigte Lady Hardcastle. »Vielleicht gibt es eine kleine Rempelei, und ein paar Beleidigungen fliegen hin und her, aber das wird niemandem den Spaß verderben. Und da der Pfarrer ja auf unserer Seite steht, wird sich auch niemand von ihren falsch zitierten Bibelversen und den Androhungen ewiger Verdammnis ins Bockshorn jagen lassen.«

»Vielleicht haben Sie recht, Lady Hardcastle, vielleicht haben Sie recht.« Mr. Cheetham war vor Sorge in seinen Heimatakzent zurückgefallen. »Aber es wird trotzdem nicht ganz der Abend voller prickelnder Hochspannung, den wir geplant hatten.«

Lady Hardcastle kehrte in ihr Arbeitszimmer zurück, um dringende Korrespondenz zu erledigen, während sich

Mr. Cheetham und seine Schauspielerkollegen im Frühstückszimmer versammelten, vermutlich um den Plänen für diesen Abend den letzten Schliff zu geben. Ich beschloss nachzusehen, dass »im Untergeschoss« oder vielmehr »hinter der Treppe« alles in Ordnung war. Das stellte sich als eine gute Idee heraus, denn in der Küche war keineswegs Friede, Freude und Eierkuchen.

»Ich hab Ihre verflixte Politur nicht angerührt«, verteidigte sich Miss Jones. »Was sollte ich denn auch mit Politur? Meinen Pasteten einen hübschen Glanz verleihen? Sie ist einfach alle. Das haben Sie doch heute früh auch jedem, der es hören wollte, erzählt.«

Es entstand eine kurze Pause, während der Edna nachdachte. Die aggressive Stimmung schien sich vor meinen Augen in Luft aufzulösen.

»Tut mir leid, meine Liebe«, entschuldigte Edna sich. »Ich weiß nicht, was in letzter Zeit mit mir los ist. Natürlich ist sie alle. Am besten gehe ich gleich ins Dorf und kaufe neue.«

Ich machte beim Eintreten ein bisschen mehr Lärm als notwendig, eine Technik, die ich einst von einem Butler gelernt hatte, und ganz sicher eine bessere Art, meine Ankunft anzukündigen, als ein Räuspern.

»Kann ich Ihnen bei irgendetwas behilflich sein?«, fragte ich. »Ich könnte Politur bei Mrs. Pantry besorgen.«

»Sind Sie sicher, meine Liebe? Das ist aber eigentlich nicht Ihre Aufgabe.«

»Unsinn«, entgegnete ich. »Wir helfen uns hier alle gegenseitig aus. Außerdem habe ich sowieso gerade nichts zu tun, und ein kleiner Spaziergang ins Dorf wäre vielleicht ganz schön. Wenn ich hierbleibe, muss ich nur wieder irgendeinen Riss in einem von Lady Hardcastles Röcken flicken.«

»Also, wenn es Ihnen ganz bestimmt keine Mühe macht«, erwiderte Edna, »wäre das sehr hilfreich. Solange Sie fort sind, könnte ich weiter die Kamine reinigen.«

»Es macht keine Mühe«, versicherte ich. »Brauchen Sie denn auch noch irgendetwas, Miss Jones?«

»Nein danke«, entgegnete sie. »Ach, außer Sie kommen beim Gemüsehändler vorbei. Ich bräuchte einen Kürbis. Der, den er neulich geliefert hat, war verfault, als ich ihn heute Morgen aufgeschnitten habe.«

»Politur und ein Kürbis«, wiederholte ich. »Alles klar. Ich brauche nicht lange.«

Mit diesen Worten zog ich meinen Mantel an und ging durch die Seitentür nach draußen.

Als ich kurz darauf den Dorfanger umrundete, bemerkte ich, dass sich die Protestierenden anscheinend auf einen längeren Aufenthalt eingestellt hatten. Auf dem Weg standen ein paar geöffnete Körbe, und einige Mitglieder der Gruppe tranken etwas aus Blechtassen – etwas Warmes, hoffte ich, denn es war bitterkalt.

Ich war so sehr darauf konzentriert, in Mrs. Pantrys Laden zu gelangen, bevor ich erfror, dass ich beinahe mit einem Mann zusammengestoßen wäre, der mit schnellen Schritten aus dem kleinen Tabakgeschäft daneben trat. Es war nur meinen hervorragenden Reflexen zu verdanken, dass ich nicht umgerissen wurde – wenigstens würde ich den Vorfall später so schildern. Tatsächlich hatte er mich nur leicht an der Schulter gestreift, als er meinen Weg kreuzte. Dennoch blieb er stehen, um sich zu entschuldigen.

»Verzeihen Sie, Miss«, sagte er. »Ich hoffe, Sie sind in Ordnung.«

»Alles bestens, Sir, danke«, beteuerte ich. Er war nicht aus dem Dorf, kam mir aber bekannt vor. Äußerlich war er nicht allzu bemerkenswert. Seine Augen waren klar wie Spülwasser und wurden durch eine lange, schmale Nase voneinander getrennt. Über seinen dünnen Lippen stand ein ebenso dünner und schütterer Schnurrbart. Er sah aus wie ein gequälter Lehrer, der sich nie den Respekt seiner Schüler verdient hatte und die Ordnung nur durch die großzügige Verwendung von gehässigen Kommentaren und die Verhängung ungerechter Strafen aufrechterhielt.

»Gehören Sie zu der Gruppe, die vorhin angekommen ist?«, fragte ich und nickte in Richtung der Protestierenden vor dem Gemeindesaal.

»Meine Frau und ich haben das Privileg, uns ihre Anführer nennen zu dürfen«, erklärte er. »Mein Name ist Hughes.« Er tippte sich gegen den Hut. »Noel Hughes.«

»Wie geht es Ihnen, Mr. Hughes? Ich heiße Florence Armstrong und arbeite für Lady Hardcastle.«

»Irgendwo habe ich diesen Namen schon gelesen«, entgegnete er nachdenklich.

»Sie ist ein paarmal in der Zeitung erwähnt worden«, erklärte ich. »Vielleicht kennen Sie ihn daher?«

»Nein … nein … Es war erst vor Kurzem.« Seine Miene verfinsterte sich, als es ihm wieder einfiel. »Einer ihrer

Filme wird in dieser furchtbar abscheulichen *Vorstellung* gezeigt, die uns Nolan Cheetham als Unterhaltung verkaufen will.«

»In der Tat«, erwiderte ich lächelnd. »Darin geht es um Mäuse.«

Er gab einen Laut der Missbilligung von sich. »Es besteht kein Grund, sich auf ihr Niveau hinabzubegeben, wissen Sie? Sie sind eine Angestellte, keine Sklavin. Sie müssen nicht aus fehlgeleitetem Loyalitätssinn die ewige Verdammnis riskieren.«

»Wie bitte?«, entgegnete ich.

»Schließen Sie sich unserem Protest an«, legte er nach. »Zeigen Sie denen, dass diese sogenannte Unterhaltung in unserem christlichen Land nicht geduldet wird.«

»Vielen Dank, Sir. Aber um die Wahrheit zu sagen, freue ich mich eigentlich schon sehr auf die Vorstellung.«

Er schüttelte nur den Kopf und entfernte sich dann rasch in Richtung seiner Kumpane. Nach ein paar Schritten blieb er noch einmal stehen und wandte sich zu mir um. »All das hier wird schlimm enden, wissen Sie? Es kann nichts Gutes daraus entstehen, sich mit dunklen Mächten einzulassen.«

Bevor ich noch etwas entgegnen konnte, drehte er sich wieder um und ging davon.

Als ich mit den Vorräten zu Hause eintraf, erwähnte ich das Zusammentreffen Lady Hardcastle gegenüber. Sie schien eher amüsiert als verstört davon zu sein, und wir gingen beide wieder an unsere Arbeit, bevor wir dann kurz vor sechs gemeinsam ins Dorf aufbrachen. Lady

Farley-Stroud hatte um frühes Erscheinen gebeten, damit wir ihr bei den letzten Handgriffen helfen konnten, aber Lady Hardcastle und ich vermuteten eher, dass sie zur moralischen Unterstützung eine Freundin um sich haben wollte.

Wir passierten ohne Schwierigkeiten die Reihe der Demonstrierenden. Eine sauertöpfisch dreinblickende Frau mittleren Alters hielt eine Moralpredigt über das Übel zeitgenössischer, populärer Unterhaltung, als wir uns ihr näherten. Ich wäre eigentlich lieber nur an ihr vorbei- und in den Gemeindesaal gegangen, aber Lady Hardcastle blieb stehen und lauschte. Nach ihrer Ansprache – die ein oder zwei originelle Neuinterpretationen von Bibelstellen enthalten hatte, die sie für das gerade angebrochene Jahrhundert angemessener erscheinen lassen sollten – streckte sie uns ein Flugblatt entgegen. Einmal mehr war mein erster Impuls, es einfach zu ignorieren und weiterzugehen, doch Lady Hardcastle lächelte freundlich und nahm es entgegen.

»Danke, meine Liebe«, sagte sie. »Ich hoffe, Ihnen wird nicht zu kalt, wenn Sie die ganze Zeit hier draußen stehen. Das Wetter ist dafür ja nicht gerade günstig, nicht wahr?«

Das war es wirklich nicht. Zwar hatte der Regen aufgehört, aber bei klarem Himmel und ohne die wärmende Wolkendecke lag ganz unbestreitbar eine beißende Kälte in der Luft.

Die Frau blickte uns unverwandt an. »Verlassen Sie den Pfad der Gottlosen? Schließen Sie sich uns bei unserer Mahnwache an?«

»Ach du liebe Güte, nein«, erwiderte Lady Hardcastle immer noch in sehr freundlichem Ton. »Ich habe mich schon so sehr auf den Film gefreut. Ich liebe Gruselgeschichten, du etwa nicht, meine Liebe?« Bei diesen letzten Worten wandte sie sich zu mir um.

»Sehr, Mylady«, antwortete ich.

»Vielleicht möchten Sie sich ja *uns* anschließen und mit hineinkommen«, fragte sie die ernst dreinblickende Frau. »Ich spendiere Ihnen und Ihren Freunden gern eine Eintrittskarte, wenn Ihnen der Sinn nach ein bisschen Ablenkung steht.«

Wahrscheinlich hätte die Frau weniger entsetzt gewirkt, wenn Lady Hardcastle sie dazu eingeladen hätte, an einem Menschenopfer in Beelzebubs Namen teilzunehmen.

»Nein danke«, erwiderte sie trocken. »Uns ist unsere unsterbliche Seele wichtiger, als das offenbar bei Ihnen der Fall ist. Wir werden für Sie beten.«

»Wie nett von Ihnen«, sagte Lady Hardcastle mit einem weiteren warmherzigen Lächeln. »Na, dann komm, Armstrong, wir müssen jetzt reingehen. Schönen Abend, Madam. Frieren Sie nicht allzu sehr.«

Dann ließen wir die Frau mit dem finsteren Blick weiter ihre selbst auferlegten Demonstrationspflichten erfüllen und betraten den Saal.

Das Gemeindehaus war von Stühlescharren erfüllt. Die Stapel aus Bugholzstühlen, die normalerweise an der Rückwand standen, waren nach vorn geschleppt worden, sodass sie nun in Reihen vor dem großen weißen Laken aufgestellt werden konnten, das straff an der Stirnseite des Saals angebracht worden war.

Daisy war für die Sitzgelegenheiten zuständig. Das schien nicht mehr zu beinhalten, als einfach nur mit verschränkten Armen dazustehen, streng und gebieterisch dreinzuschauen und ein paar jungen Männern, die ich aus dem Rugbyclub kannte, Anweisungen zu geben. Die Männer erledigten die eigentliche Arbeit. Daisy winkte mir zwar zu, erwiderte aber nicht meinen freundlichen Gruß. Das machte mir nichts aus – ganz offensichtlich wollte sie einen Ruf als unnachgiebige Zuchtmeisterin kultivieren, und etwas so Albernes wie eine Freundin leichthin zu grüßen, wäre diesem Bild nicht zuträglich gewesen. Ich lächelte und ließ sie weitermachen.

Mr. Cheetham stand zusammen mit Lady Farley-Stroud und Dewi, dem Hausdiener, mitten im Raum. Dora und er hatten an diesem Abend freibekommen, um sich die Vorstellung anzusehen, aber es sah so aus, als ob er kräftig für die Arbeit eingespannt würde.

»Haben Sie es verstanden, mein Sohn?«, fragte ihn Mr. Cheetham.

»Ich glaube schon«, erwiderte Dewi langsam. »Ich schalte diese Lampe hier an, dann drehe ich an dieser Kurbel.«

»Sehr gut. Kennen Sie *Daisy Bell*?«

»Ich kenne Daisy Spratt«, erwiderte Dewi unsicher. »Sie steht da drüben, sehen Sie sie?« Er zeigte auf Daisy, die noch immer mit verschränkten Armen dastand und die Rugbyspieler einwies.

Mr. Cheetham musste lachen. »Nein, das Lied. *Bicycle Built for Two*?«

»Ach das, ja, das kenne ich.«

»Gut, singen Sie es im Stillen vor sich hin, wenn Sie die Kurbel drehen, das wird Ihnen helfen, ein gleichmäßiges Tempo aufrechtzuerhalten.«

»In Ordnung, Sir.« Dewi wirkte nun schon etwas selbstsicherer.

»Aber wenden Sie den Blick nicht von der Leinwand ab. Sie sollen bewirken, dass es natürlich aussieht. Wenn die Darsteller aussehen, als ob sie durch Sirup waten, müssen Sie ein bisschen schneller drehen. Wenn sie hingegen herumzappeln, als litten sie am Veitstanz, dann drosseln Sie das Tempo ein wenig.«

»Verstanden.«

»Guter Junge.«

»Sehr schön, Dewi«, lobte auch Lady Farley-Stroud, die ganz hingerissen zugehört hatte. »Ich wusste doch, dass wir uns auf Sie verlassen können.«

»Er ist sehr zuverlässig«, bestätigte Lady Hardcastle, als wir näher traten. Dann wandte sie sich direkt an Dewi. »Wir wissen Ihre Hilfe wirklich zu schätzen. Vielen Dank.«

Das viele Lob schien ihm zu gefallen. »Es ist mir ein Vergnügen, Mylady«, erwiderte er.

»Sind wir dann so weit, Mr. Cheetham?«, fragte sie.

»So bereit, wie es eben geht«, antwortete er. »Wenn man die Umstände in Betracht zieht.«

»Was denn für Umstände?«

Er warf einen nervösen Blick zur Tür. »Zum einen diese Leute da draußen.«

»Machen Sie sich um die keine Gedanken. Bald wird es ihnen langweilig, in der Kälte herumzustehen und ignoriert zu werden. Bestimmt wird es ganz wunderbar. Und du, Gertie? Können wir noch irgendwas für dich tun?«

»Nein, Liebes«, antwortete Lady Farley-Stroud. »Alles ist unter Kontrolle. Diese schlimme Sache mit der Küche war letztendlich doch ein Segen. So haben die Diener unerwartet frei, und Dora kann mit den Erfrischungen helfen.«

Kurz verspürte ich hämische Freude darüber, dass Dora heute Abend doch nicht freihatte. Dieser Impuls wurde zwar von einem kleinen Schuldgefühl begleitet, das allerdings nicht groß genug war, um mein Vergnügen wirklich zu trüben.

Lady Hardcastle und Lady Farley-Stroud zogen sich ins Gespräch vertieft in Richtung der Küche zurück, die seitlich vom Saal abging. Dewi war voll und ganz auf die Funktionsweise des Projektors konzentriert, und Daisy war beim Herumkommandieren der beiden starken Burschen ganz in ihrem Element.

Vollkommen unüblicherweise stand ich also da und hatte nichts zu tun.

Ich las die Aushänge am schwarzen Brett. Besucher des Saals wurden an ihre Pflicht erinnert, den Ort in dem Zustand zu hinterlassen, in dem sie ihn gern vorfinden würden. Mr. Easton wollte einen Schachclub gründen und bat alle Interessenten, einfach bei ihm zu Hause vorbeizukommen. Mrs. Butler hatte letzte Woche bei der Stickrunde ein Sixpencestück verloren und forderte den Finder auf, es ihr umgehend zurückzugeben, sie brauche das Geld für die Medizin für ihren geliebten Kater Alphonse.

Die Zeit verstrich nur langsam.

Endlich wurden die Lichter im Saal gedimmt, und auf dem Pult vor Mr. Cheetham flackerte eine Öllampe auf. Die versammelte Dorfgemeinschaft verstummte.

»Guten Abend, meine Damen und Herren«, begrüßte Mr. Cheetham die Anwesenden, in gewähltem Ton und sorgfältig artikulierten Worten. »Willkommen in Nolan Cheethams Filmtheater. Ich bin froh, dass so viele von Ihnen an diesem aufregenden Abend zu uns kommen konnten, an dem wir zum ersten Mal in Gloucestershire unseren spannenden neuen Film *Der Niedergang der Hexe* zeigen.«

Er löschte die Lampe auf dem Pult, sodass der Saal in vollkommene Finsternis getaucht wurde. Ein oder zwei der empfindlicheren Charaktere im Publikum keuchten leise auf.

Die plötzliche Dunkelheit war offenbar Dewis Zeichen, die Projektorlampe anzuschalten und mit dem Kurbeln zu beginnen.

Ein Titel leuchtete auf der Leinwand auf, weiße Buchstaben auf schwarzem Grund: **DER NIEDERGANG DER HEXE.** Ein dröhnender Bassakkord kam von dem Klavier in einer Ecke des Saals, wo Lady Hardcastle saß und die Musikbegleitung zum Film lieferte.

Mr. Cheethams Stimme erhob sich über den Klang des Klaviers: »Die Hexe ist eine heimtückische Kreatur«, sagte er. »Sie macht sich die Kräfte der schwarzen Magie für ihre bösen Zwecke zunutze …«

Anscheinend würde er die Geschichte erzählen. Ich hatte so etwas vor ein paar Jahren schon einmal bei einer

Filmvorführung gesehen oder vielmehr gehört, war aber eigentlich davon ausgegangen, dass diese Art der Präsentation inzwischen nicht mehr in Mode war. Mr. Cheetham war ganz offenbar viel zu sehr Darsteller, um sich von etwas so Trivialem wie einer Mode daran hindern zu lassen, selbst Teil der Vorstellung zu sein.

Zelda Drayton war zu sehen, die unter ihrer Maske fast nicht wiederzuerkennen war. Sie stand in einem Hexenhäuschen über einen brodelnden Kessel gebeugt da, warf ein paar Kräuter in den Topf, aus dem daraufhin bedrohlicher Rauch aufstieg. Die ganze Zeit über fuhr Mr. Cheetham mit seinem Kommentar fort und erzählte uns von der Hexe und ihrer brennenden Eifersucht auf Phoebe, das hübsche, junge Dorfmädchen.

Nun war ein junges Mädchen in einem Kostüm des siebzehnten Jahrhunderts zu sehen, die einem hübschen jungen Mann in einer Taverne einen Krug Bier einschenkte. Das Mädchen wurde von Euphemia Selwood gespielt, die in ihrer Maske ebenso unschuldig und anmutig aussah, wie Zelda böse und ausgezehrt gewirkt hatte. Der junge Mann sah gut, wenn auch ein bisschen nichtssagend aus, und nach den verliebten Blicken zu urteilen, die Phoebe ihm zuwarf, verkörperte er ganz offensichtlich alles, was sich das einfache Barmädchen jemals erträumt hatte. Er erwiderte ihre Blicke voller Zuneigung, während wir von Mr. Cheetham erfuhren, dass auch die Hexe in diesen Schönling verliebt war, der ganz offenbar auf den Namen George hörte.

Die Hexe in ihrer Hütte zog einen Apfel aus dem dampfenden Kessel und lachte irre in einer Nahaufnahme.

Die nächste Einstellung zeigte Phoebe, wie sie in den köstlich glänzenden Apfel biss. Mr. Cheethams melodramatischer Kommentar war nicht nötig, um uns vor den schrecklichen Konsequenzen ihres Tuns zu warnen. Phoebe griff sich bereits an die Kehle und brach zusammen.

Die Dinge entwickelten sich gut für die böse, alte Hexe, die jetzt nur noch George ihren Liebestrank verabreichen musste, um ihre Pläne zu vollenden.

Doch, Moment, eine Untersuchung bahnte sich an: Der Hexenjäger – gespielt von Basil Newhouse mit einem enorm breitkrempigen Hut – verurteilte die Hexe zum Tode.

Sie wurde verhaftet und in Ketten gelegt, doch als sie abgeführt wurde, fiel ihr eine winzige Puppe aus der Hand. Das Püppchen trug einen breitkrempigen Hut, und eine Nadel war ihm durchs Herz gestoßen.

Erwartbarerweise zeigte die nächste Einstellung, wie sich der Hexenjäger ans Herz griff und tot umfiel.

Die nächste Szene war etwas weniger leicht vorherzusehen, sodass Mr. Cheethams Kommentar tatsächlich für etwas gut war: George war anscheinend so überwältigt vom Tod seiner geliebten Phoebe, dass er den Verstand verlor. In einem Anfall von Wahnsinn stürzte er sich vom Kirchturm. Ich muss zugeben, dass ich den Sinn dieser Szene nicht recht verstand, und hätte Mr. Cheetham mich nach meiner Meinung gefragt, hätte ich ihm möglicherweise empfohlen, sie herauszuschneiden. Andererseits wirkte es schon recht dramatisch, wie George mit seinen inneren Dämonen rang, bevor er an das niedrige

Geländer eilte und darüber hinweg in die Tiefe sprang. Natürlich mussten wir uns den tödlichen Ausgang dieses Sturzes vorstellen, doch dem Keuchen des Publikums nach zu urteilen, erzielte die Szene durchaus eine Wirkung, egal wie sinnlos sie mir zu sein schien.

Die letzte Einstellung zeigte die Hexe, die auf einem Scheiterhaufen festgebunden war. Die Dorfbewohner näherten sich ihr bedrohlich und schwenkten dabei brennende Fackeln.

Dann erschien noch eine letzte Titelkarte, die uns darüber informierte, dass das **ENDE** gekommen war.

Der ganze Film hatte weniger als zehn Minuten gedauert, aber dennoch brach nun ein Jubelsturm los. Es gab Applaus, ein paar Pfiffe, sowie einen oder zwei Bravorufe. Das Licht ging wieder an, und Mr. Cheetham stand nun breit grinsend vor der Leinwand. Zelda und Euphemia flankierten ihn auf der einen Seite, Mr. Newhouse auf der anderen. Cheetham stellte sie nacheinander namentlich vor, und sie verbeugten sich. Lady Hardcastle, deren improvisiertes Klavierspiel so viel zu der Vorstellung beigetragen hatte, wurde ebenfalls aufgefordert, aufzustehen und sich zu verbeugen.

Als der Beifall schließlich abebbte, trat Mr. Cheetham einen Schritt nach vorn.

»Danke, meine Damen und Herren, vielen Dank. Normalerweise führen wir diesen Film erst am Ende unseres eine Woche dauernden Programms vor, aber wir konnten es einfach nicht erwarten, ihn Ihnen zu präsentieren.«

Noch einmal brandete ein wenig Jubel auf, und eine junge Frau rief: »Danke!«

Mr. Cheetham strahlte. »Da er Ihnen so gut gefallen hat, können wir ihn vielleicht am Ende der Woche noch einmal zeigen.«

Als Antwort auf diese Ankündigung ertönte weiterer Beifall.

»Für die Zwischenzeit haben wir ein Programm voller Spannung und Humor zusammengestellt, das Ihre Abende mit der magischsten modernen Unterhaltung anfüllen wird, die im Moment auf der Welt existiert.«

Er zählte fast ein Dutzend weitere Filme auf, die im Lauf der Woche vorgeführt werden sollten, gleich der nächste sollte *Stadtmaus und Landmaus* »von der Ihnen allen bekannten Lady Hardcastle« sein.

Erneut war die Menge ganz aufgeregt, als die Lichter gedimmt wurden, und Dewi begann, die Kurbel des Projektors zu drehen. Lady Hardcastle setzte sich wieder ans Klavier, sobald der Titel in ihrer kräftigen, klaren Handschrift auf der Leinwand erschien:

Stadtmaus und Landmaus – eine Filmfantasie von Emily Hardcastle

Der Rest des Abends war ein uneingeschränkter Erfolg. Lady Hardcastles Film löste auf seine Weise beinahe genauso viel Begeisterung aus wie *Der Niedergang der Hexe*. Es ertönten Oohs und Aahs, als die kleinen Spielzeugfiguren die wohlbekannte Geschichte nachspielten, und Lady Hardcastle wurde gefeiert, sobald die Aufführung vorüber war.

In der Pause, als alle die vom Gemeindesaalkomitee

bereitgestellten Erfrischungen genossen, kamen mehrere Leute auf Lady Hardcastle zu und fragten sie, welchen Zauber sie benutzt hatte, um die Spielzeuge auf so lebensechte Weise in Bewegung zu versetzen. Bereitwillig erklärte sie daraufhin die Technik der Zeitrafferanimation, doch die großen Augen ihrer Gesprächspartner zeigten mir, dass sie ihnen genauso gut hätte erläutern können, wie man aus Hockeyschlägern, Streichrahm und Meerglas eine Hängebrücke baut.

Bis um zehn Uhr hatte sich der Saal geleert, und Lady Hardcastle und Lady Farley-Stroud beglückwünschten sich gegenseitig zu ihrem jeweiligen Beitrag zu diesem gelungenen Abend.

Der Großteil des Publikums war, genau wie Mr. Cheetham und seine Schauspieler, in den Pub umgezogen. Wir berieten darüber, ob wir uns zu ihnen gesellen sollten.

»Das würde bestimmt ein großer Spaß werden«, sagte Lady Hardcastle, »aber ich bin vollkommen erledigt. Geh ruhig hin, wenn du willst – ich möchte nur ungern eine Spielverderberin sein.«

»Ist schon in Ordnung«, erwiderte ich. »Ich muss unbedingt mal früh ins Bett. Außerdem kann ich doch nicht zulassen, dass eine arme, verwirrte Lady wie Sie allein umherstreift. Hallows' Eve ist gerade erst vorbei – vielleicht treiben sich da draußen Hexen herum.«

»Möglich wäre es«, räumte sie ein. »Ganz zu schweigen von Mr. und Mrs. Hughes und ihrer armseligen Bande von Spießern.«

»Von denen haben wir wohl nichts zu befürchten. Wahrscheinlich könnte ich es im Notfall allein mit ihnen allen aufnehmen. Außerdem hat Daisy angeblich gesehen, dass Mr. Hughes sich nach dem Beginn des Films in den Saal geschlichen hat, vielleicht hat er festgestellt, dass es gar nichts zu protestieren gibt, und sich wieder unter den trostlosen Fels verzogen, unter dem er hervorgekrochen ist.«

»Die Hoffnung stirbt zuletzt, meine Liebe«, entgegnete Lady Hardcastle, und wir verließen gemeinsam den Saal.

»Hat dir Mr. Cheethams Film denn gefallen?«, fragte sie dann.

»Ja, die Sache mit dem hübschen George war ein bisschen überflüssig, aber abgesehen von seinem Selbstmord und der Hexenverbrennung, war es sehr kurzweilig.«

»Was stimmte denn mit der Hexenverbrennung nicht?«

»In England sind Hexen gehängt und nicht auf dem Scheiterhaufen verbrannt worden.«

»Ach ja? Tatsächlich? Wie so oft muss ich mal wieder über deine historischen Kenntnisse staunen, meine Liobo. Ich frago mich, wio wir darauf kommen, dass sie verbrannt worden sind.«

»In Schottland sind ein paar verbrannt worden, ebenso auf dem Kontinent, aber in England nicht.«

»Ich werde dich Mr. Cheetham als historische Beraterin für sein nächstes Projekt empfehlen.«

»Und Sie könnten ihn bei naturwissenschaftlichen Themen beraten«, erwiderte ich. »Das ist doch vielleicht eine Geschäftsidee für uns.«

»Ganz gewiss wäre es deutlich ungefährlicher als viele unserer früheren Unternehmungen.«

Wir gingen weiter.

Die Protestierenden waren schon lange fort, also blieb uns die Unannehmlichkeit einer weiteren Begegnung erspart.

Aus dem *Dog and Duck* drang fröhliches Gelächter nach draußen, als wir auf unserem Weg um den Dorfanger am Pub vorbeikamen.

»Bist du sicher, dass du nicht noch ein Gläschen trinken willst?«, fragte Lady Hardcastle, als sie mich dabei ertappte, wie ich durch das Fenster hineinspähte.

»Ganz sicher«, erwiderte ich. »Um ehrlich zu sein, bin ich total erschöpft.«

»Obwohl ich zu Hause vielleicht noch einen kleinen Brandy vor dem Zubettgehen vertragen könnte.«

»Das dachte ich mir schon.«

Wir umrundeten den Dorfanger und setzten den Nachhauseweg fort.

5

Am nächsten Morgen wurde ich von der Türklingel und einem hartnäckigen Hämmern gegen die Tür geweckt. Verschlafen taumelte ich die Treppe hinunter und band unterwegs meinen Morgenmantel zu.

Vor der Tür stand Sergeant Dobson von der örtlichen Polizeiwache.

»Morgen, Miss Armstrong«, begrüßte er mich und tippte sich gegen den Helm. »Tut mir leid, dass ich Sie so früh aufwecke, aber inzwischen sind Sie meine erste Anlaufstelle, wenn ein Unglück passiert. Das gilt unter den gegebenen Umständen sogar doppelt.«

»Machen Sie sich keine Gedanken, Sergeant«, sagte ich und unterdrückte ein Gähnen. Ich hatte keine Ahnung, wie spät es war, aber draußen herrschte noch immer Dunkelheit. »Möchten Sie vielleicht ins Warme kommen und mir alles erzählen? Ich glaube, ich bin die Einzige, die wach ist. Ich bin nicht mal sicher, ob Edna und Miss Jones schon hier sind, aber zur Not weiß ich ja selbst, wie man Wasser heiß macht.«

»Danke, Miss, das wäre mir sehr recht.«

Der untersetzte, kleine Sergeant setzte sich an den Küchentisch.

Unterdessen machte ich mich daran, den Herd anzuzünden und Tee aufzusetzen. Die Küchenuhr zeigte halb sechs an.

»Ich habe leider sehr schlechte Nachrichten«, begann Dobson. »Einer Ihrer Hausgäste ist tot neben der Eberesche auf dem Kirchhof aufgefunden worden.«

Ich wandte mich von allen Aktivitäten rund ums Teekochen ab und schenkte ihm meine volle Aufmerksamkeit. Ein Dutzend Fragen wirbelten mir im Kopf herum, aber ich fragte einfach nur: »Wer?«

Er sah in seinem Notizbuch nach. »Mr. Basil Newhouse«, sagte er dann. »Einer der Filmschauspieler.«

»Oh«, erwiderte ich ziemlich schockiert und setzte mich hin. »Ich mochte ihn. Ich mochte ihn sogar sehr. Aber kann ich aus der Dringlichkeit Ihres Besuchs folgern, dass er keines natürlichen Todes gestorben ist?«

»Nach genauerer Betrachtung scheint es tatsächlich so zu sein.«

Wir hörten Schritte auf der Treppe, und im nächsten Moment stand Lady Hardcastle gähnend im Zimmer.

»Schenkst du mir bitte auch eine Tasse ein, Liebes?«, fragte sie und deutete auf die Teekanne.

Der Sergeant hatte sich bei ihrem Eintreten erhoben, aber sie bedeutete ihm, sich wieder hinzusetzen. »Es tut mir leid, Sie so früh zu stören, Mylady«, entschuldigte er sich.

»Die Störung scheint mir ziemlich gerechtfertigt zu sein«, erwiderte sie und setzte sich neben ihn. »Ich habe den Großteil dessen, was Sie gerade gesagt haben, mitbekommen, als ich die Treppe hinunterstieg. Der arme Mr. Newhouse. Ein ganz bezaubernder Zeitgenosse. Würde es Ihnen etwas ausmachen, mir noch mal alles von Anfang an zu erzählen?«

»Aber natürlich nicht, Mylady. Der junge Hancock war heute früh auf seiner routinemäßigen Runde, als ihm drüben bei der alten Eberesche etwas Seltsames aufgefallen ist. Zuerst dachte er, jemand hätte dort irgendwelchen Müll abgeladen, aber als er näher kam, erkannte er, dass es sich um einen Menschen handelte. Daraufhin vermutete er, ein Landstreicher hätte sich dort schlafen gelegt. Manchmal kommen die auf ihrem Weg von Bristol nach Gloucester bei uns durch.«

Ich war froh, dass ich mich von ihnen abgewandt um den Tee kümmerte. Mein unwillkürliches Lächeln über die dreiste Lüge, dass Constable Hancock eine »routinemäßige Runde« drehte, wäre ganz und gar nicht angemessen gewesen. Andererseits wäre »Der junge Hancock ist am frühen Morgen zu seinem Häuschen zurückgewankt, nachdem er eine Nacht mit seinen Kumpels durchgezecht hatte« vermutlich auch nicht angemessen gewesen.

»Wie dem auch sei«, fuhr Sergeant Dobson fort, »er ist dann zu dem vermeintlichen Tippelbruder rüber und wollte ihn zum Weitergehen bewegen. Als der Kerl nicht reagiert hat, hat Hancock seinen Herzschlag gefühlt und festgestellt, dass er mausetot ist.«

»Sie sagten, zuerst habe er es für einen natürlichen Tod gehalten?«, fragte Lady Hardcastle.

»Soweit er das in der Dunkelheit erkennen konnte, gab

es keine Anzeichen von Gewalteinwirkung. Aber als er dem Kerl dann schließlich unter die Jacke gefasst hat, um seinen Herzschlag zu fühlen, ist seine Hand ein bisschen feucht geworden. Und irgendwie klebrig. Er wusste sofort, dass es Blut war.«

»Oje.«

»Also ist er los und hat mich verständigt, und ich hab mir die Sache auch noch mal angeschaut. Er war ganz sicher tot, und unter seiner Jacke befand sich Blut.«

»Aber nicht darauf?«

»Es war noch immer zu dunkel, um das mit Sicherheit zu sagen«, entgegnete der Sergeant. »Selbst mit meiner Laterne. Die Jacke selbst hat sich jedenfalls nicht feucht angefühlt.«

»Aber Sie sind sicher, dass es Mr. Newhouse war? Sie haben ihn im Dunkeln erkannt?«

»Hundertprozentig. Ich hab ihn gestern mit Miss Armstrong gesehen und dann noch mal am Abend bei der Filmvorstellung. Es war auf jeden Fall Newhouse.«

»Wie schrecklich. Ich denke nicht, dass es viel nutzt, seine Freunde aufzuwecken. Wir teilen Ihnen zu gegebener Zeit alles mit. Allerdings gehe ich davon aus, dass Sie die Kriminalpolizei in Gloucester verständigt haben?«

»Die hab ich zuallererst angerufen«, bestätigte der Sergeant. »Wenn wir gleich mit Bristol telefonieren, regen sie sich immer auf, wir würden sie übergehen. Hat allerdings nichts genutzt. Der Bereitschaftsbeamte hat mir gesagt, dass sie zu viel zu tun haben und dass ich mich an Bristol wenden soll. Die schicken jemanden her.«

»Gut gemacht«, erwiderte Lady Hardcastle. »Haben Sie die Leiche bewegt?«

»Bristol hat uns gebeten, sie liegen zu lassen, bis ihr Kriminalbeamter kommt. Wegen der Spuren und so weiter. Ich hab dem jungen Hancock gesagt, er soll Wache halten.«

»Sehr gut. Und gibt es sonst irgendetwas, was wir tun können?«

»Um ehrlich zu sein, Mylady, weiß ich das nicht genau. Ich denke, ich wollte einfach nur mit irgendwem reden, bevor der Beamte aus Bristol hier eintrifft. Gemeinsam nachdenken, ob ich irgendwas übersehen haben könnte, wenn Sie wissen, was ich meine. Die Kollegen aus der Stadt schauen auf uns ja herab. Also hätte ich gern, dass es so aussieht, als ob wir wüssten, was wir tun.«

»Auf mich haben Sie immer einen mehr als kompetenten Eindruck gemacht, Sergeant«, beteuerte sie. »Ich bin nicht sicher, ob ich irgendetwas zu beanstanden hätte. Wann erwarten Sie den Detective denn?«

»Die haben mir gesagt, sie schicken so bald wie möglich jemanden, dass es aber nicht viel Sinn ergibt, wenn er vor dem Morgengrauen hier ist.«

»Dann haben wir noch ein bisschen Zeit«, folgerte sie. »Wie wäre es, wenn wir uns anziehen und selbst einen kurzen Blick auf den Toten werfen, bevor der Kollege hier ankommt?«

»Das wäre mir sehr recht, Mylady.«

»Natürlich werden wir nichts herausfinden, woran Sie nicht schon längst gedacht haben.«

»Es würde mich trotzdem beruhigen«, erwiderte der Sergeant. »Ich wäre Ihnen zu großem Dank verpflichtet.«

Als wir schließlich angezogen und über den Dorfanger zur Kirche gegangen waren, war es halb sieben. Bis zur Dämmerung dauerte es noch immer eine halbe Stunde, doch ein diffuses Licht begann allmählich, der Nacht ihre Kraft zu rauben.

Die beiden Dorfpolizisten standen am Rand des Kirchhofs neben dem Baum, von dem ich dank unseres Gesprächs mit dem Sergeant wusste, dass es eine alte Eberesche war. Leider und trotz Lady Hardcastles geduldigen Bemühungen, mir die hohe Kunst der Baumbestimmung näherzubringen, wäre ich ohne diesen Hinweis nicht imstande gewesen, die Eberesche von jedem beliebigen anderen Baum zu unterscheiden.

Der Sergeant begrüßte uns mit einem höflichen Kopfnicken.

Lady Hardcastle lächelte ihn an (obwohl ich bezweifle, dass er es in der Dunkelheit sehen konnte). Dann wandte sie sich an den jüngeren Polizisten. »Guten Morgen, Constable«, begrüßte sie ihn freundlich.

»Morgen, Mylady«, entgegnete Constable Hancock.

Wir näherten uns dem Baum, und die beiden Polizisten traten beiseite, damit wir einen ersten Blick auf Mr. Newhouse' Leiche werfen konnten.

Er saß aufrecht gegen den Baumstamm gelehnt da. Der Kopf war ihm auf die Brust gesunken, und man hätte ihn wirklich für einen betrunkenen Landstreicher halten können.

»Im Dunkeln ist er doch sicher nicht leicht zu sehen gewesen, Constable«, vermutete Lady Hardcastle. »Wie haben Sie ihn denn von der Straße aus bemerkt?«

»Ich habe eine Abkürzung über den Kirchhof genommen, Mylady, auf meinem Rückw …«

»Auf seinem routinemäßigen Rundgang«, unterbrach ihn Sergeant Dobson. Ganz offenbar sah er keine Notwendigkeit darin, nebensächliche Details von Constable Hancocks außerdienstlichen Aktivitäten zur Sprache zu bringen.

»Aha. Aber eine Laterne hatten Sie nicht dabei?«

»Wie bitte, Mylady?«, fragte Hancock.

»Der Sergeant hat uns erzählt, dass *er* die Laterne mitgebracht hat. Ich versuche nicht, Sie beim Flunkern zu ertappen, mein Lieber, aber der Detective wird das tun. Sie müssen sich schon geschickter anstellen, wenn Sie nicht preisgeben wollen, dass sie eine Abkürzung über den Kirchhof genommen haben, auf dem Rückweg von …« Sie machte eine kurze Pause. »Maude Holmans Haus?«

Sogar in der Düsternis vor Sonnenaufgang konnte ich den Constable rot anlaufen sehen. Es war wohlbekannt, dass er ein Techtelmechtel mit der Bäckerstochter hatte, aber vielleicht nicht, wie lange er sich noch bei ihnen im Haus aufhielt, nachdem der Rest der Familie zu Bett gegangen war.

»Sie beide sollten sich dringend eine schlüssige Geschichte ausdenken. Aber das nur nebenbei. Es hat schon leichten Frost gegeben, doch die Erde ist noch immer aufgeweicht vom kürzlich gefallenen Regen. Sie sehen sich bestimmt nach Fußspuren um, bevor der Detective hier eintrifft.«

»Natürlich, Mylady«, erwiderte der Sergeant.

»Guter Mann«, lobte sie. »Und sehr wahrscheinlich untersuchen Sie auch seine Kleidung, um nachzusehen, ob es irgendeinen Hinweis auf die Tatwaffe gibt, mit der die tödliche Wunde verursacht wurde.«

»Das tun wir, jawohl.«

»Und natürlich suchen Sie auch die Umgebung nach weiteren Hinweisen ab.«

»Selbstverständlich«, bestätigte der Sergeant.

»Dann scheinen Sie doch alles so weit unter Kontrolle zu haben. Ich weiß gar nicht, worüber Sie sich Sorgen gemacht haben. Würden Sie es furchtbar unangemessen finden, wenn wir uns selbst ein bisschen umsehen würden? Ich verspreche, dass ich nicht allzu viel in Unordnung bringe.«

»Darum habe ich Sie überhaupt hergebeten, Mylady«, erwiderte der Sergeant. »Sie sind vielleicht nicht entsprechend ausgebildet, aber Sie haben zu anderer Gelegenheit schon bewiesen, dass Sie ein scharfes Auge haben.«

»Vielen Dank«, sagte sie und machte vorsichtig einen Schritt über die aufgeweichte Erde in Richtung Baum, wo sie sich neben Mr. Newhouse' Leiche kauerte.

Sie bemühte sich, seine Kleidung nicht allzu sehr in Unordnung zu bringen, während sie seine Jacke untersuchte. Ihm die Weste aufzuknöpfen, widerstrebte ihr sichtlich, aber sie betastete sie innen und außen mit den Fingerspitzen. Schließlich richtete sie sich wieder auf und kam zu uns zurück.

»Seine Jacke, seine Weste und sein Hemd haben keine Löcher«, erklärte sie. Aber das Hemd und das Futter der Weste sind blutverschmiert. Es ist nicht so viel, wie man erwarten würde, doch irgendwo darunter befindet sich gewiss eine Wunde. Was auch immer seine Brust durchbohrt hat, seine Kleidung hat es nicht in Mitleidenschaft gezogen.«

»Genau wie wir schon in der Dunkelheit vermutet haben«, merkte der Constable an.

»Aber noch etwas ist seltsam«, fügte sie hinzu.

»Die beiden Polizisten blickten sie ratlos an.

»Letzte Nacht war es bitterkalt, doch Mr. Newhouse trägt keinen Mantel. Er war also nicht für einen Aufenthalt im Freien gekleidet.«

»Donnerwetter, Sie haben recht«, sagte Sergeant Dobson. »Wenn man eine Leiche sieht, bemerkt man zuerst, dass der arme Tropf tot ist. Die anderen Unregelmäßigkeiten fallen einem gar nicht gleich auf.«

»Da haben Sie wohl recht, Sergeant«, stimmte sie ihm zu. »Ich habe hingegen schon gewusst, dass er tot ist, also konnte ich mich auf die übrigen Details konzentrieren. Und unsere Vorsicht, keine Spuren zu verwischen, scheint unnötig gewesen zu sein. Sehen Sie, dass die Erde ganz aufgewühlt ist? Ich fürchte, wir werden nicht mehr allzu viele Spuren finden.«

»Sind Sie sicher, dass wir daran nicht selbst schuld sind, Mylady?«, fragte Constable Hancock. »Ich war vorhin nicht sehr vorsichtig, als ich noch nicht wusste, dass er tot ist.«

»Ziemlich sicher, Constable«, antwortete sie. »Sehen Sie, wir haben Fußspuren im Reif hinterlassen. Der Rest der aufgewühlten Erde ist noch vollkommen reifbedeckt – das Durchwühlen ist also passiert, bevor der Frost eingesetzt hat. Ich denke nicht, dass wir daran viel werden ablesen können.«

Der Sergeant notierte sich fleißig diese ganzen Überlegungen, damit er sie später als seine eigenen präsentieren konnte.

Es wurde nun immer heller, und im Osten war ganz eindeutig schon ein Glanz zu erkennen, mit dem sich das Morgengrauen ankündigte. Während unsere Polizistenfreunde sich ihre Notizen machten und sich absprachen, wie sie dem Detective aus Bristol die Sachlage präsentieren wollten, nutzten Lady Hardcastle und ich den Vorteil der verbesserten Sicht und nahmen selbst ein paar kleine Ermittlungen vor.

Wir gingen um den Baum herum und brauchten nicht lange, bis wir etwas entdeckten.

»Hallo, Sergeant«, rief ich. »Das sollten Sie sich ansehen.«

Dobson kam zu uns herüber und betrachtete sich die Stelle, auf die ich zeigte.

Auf der anderen Seite des Baums lag zwischen den Wurzeln ein kleines Püppchen. Es trug einen ordentlichen grauen Anzug und einen großen Schnurrbart im militärischen Stil. Eine lange Stecknadel mit einem blutroten Kopf durchbohrte das Herz der Puppe.

Sehr bald nachdem die Sonne die ersten Strahlen durch die Lücken zwischen den Häusern im Osten des Dorfs geschickt hatte, hörten wir das Knattern eines motorisierten Fahrzeugs, das sich über die Bristol Road näherte. Bald bog es auf die Straße ab, die um den Dorfanger herumführte, und fuhr auf die beiden kleinen Häuschen zu, die sowohl als Polizeiwache als auch als Unterkunft für unsere beiden Polizisten dienten. Constable Hancock wurde zur Straße geschickt, um den Fahrer zum Tatort zu lotsen.

Der Kastenwagen war schwarz lackiert, und sowohl der Fahrer als auch sein Begleiter waren dunkel gekleidet. Sie stiegen beide aus und stellten sich Sergeant Dobson vor. Es schien eine kleine Meinungsverschiedenheit darüber zu geben, was als Nächstes geschehen sollte. Ich konnte nicht das gesamte Gespräch mithören, aber als der unsterbliche Satz »Wir haben eben unsere Anweisungen« über den Raureif auf dem Rasen schallte, wusste ich, dass der Sergeant auf verlorenem Posten stand.

Der Kollege des Fahrers kehrte zu dem Kastenwagen zurück und holte eine Bahre von der Ladefläche. Innerhalb weniger Minuten lag Basil Newhouse' Leiche darauf, wurde mit einem Laken zugedeckt und zur Rückseite des Kastenwagens getragen. Die beiden Dorfpolizisten mussten tatenlos zusehen, wie der Wagen knatternd den Dorfanger umrundete und sich in Richtung Stadt entfernte.

Zehn Minuten später hörten wir wieder ein Fahrzeug auf der Bristol Road. Ein schnittiger, neuer Wagen nahm denselben Weg um den Dorfplatz herum und fuhr auf beinahe dieselbe Stelle zu, die gerade erst von dem Kastenwagen freigegeben worden war.

Ich stieß Lady Hardcastle an, als ich die beiden Insassen des Wagens erkannte.

»Inspektor Sunderland, Mylady. Und unser Freund Dr. Gosling.«

Wir hatten Inspektor Oliver Sunderland schon kurz nach unserer Ankunft im Dorf vor anderthalb Jahren kennengelernt. Bei den Ermittlungen zu einigen kleineren Unannehmlichkeiten (wie Lady Hardcastle sie im Nachhinein taufte) hatten wir ihn unterstützt (oder gestört, je nach Standpunkt), und schließlich war aus gegenseitigem Respekt eine Freundschaft erwachsen.

Dr. Simeon Gosling war ein alter Freund von Lady Hardcastle. Er arbeitete im Bristol Royal Infirmary Krankenhaus und hatte uns schon wertvolle Informationen über in der Natur vorkommende Gifte geliefert.

»Meiner Treu, du hast recht«, erwiderte Lady Hardcastle. »Wie schön. Lass uns sie begrüßen.«

Dr. Gosling parkte den Wagen akkurat am Fahrbahnrand, und die beiden Herren stiegen aus.

»Inspektor Sunderland«, rief Lady Hardcastle. »Wie schön, Sie zu sehen.«

Der Inspektor lächelte betrübt. »Guten Morgen, Mylady. Ich hätte wissen müssen, dass ich Sie hier antreffen würde.« Er wandte sich an seinen Reisegenossen. »Gosling, darf ich Ihnen Lady Har …«

»Emily und ich sind alte Freunde«, unterbrach ihn Dr. Gosling. »Heda, altes Mädchen. Steckst du wieder deine Nase in Dinge, die dich nichts angehen?«

»Du kennst mich einfach«, entgegnete sie.

»Nur zu gut, altes Mädchen, nur zu gut.« Er eilte zu ihr hinüber und umarmte seine Freundin. »Also wirklich, ich wusste ja, dass du am Ende der Welt wohnst, aber *so* abgeschieden? Wir haben eine Ewigkeit hierher gebraucht.«

»Es sind nur fünfzehn Meilen, mein lieber Sim. Bist du sicher, dass es nicht einfach daran liegt, dass du wie meine Großmutter fährst?«

Der Inspektor bestätigte ihre Vermutung mit einem frustrierten Nicken, was Dr. Gosling aus dem Augenwinkel wahrnahm.

»Sie dürfen nächstes Mal gern den Zug nehmen, Sunderland, alter Junge«, sagte er fröhlich. »Sagen Sie einfach Bescheid. Mir macht es nichts aus, allein zu fahren.«

Die Dorfpolizisten hatten sich inzwischen zu uns gesellt, und Inspektor Sunderland unternahm wieder einen Versuch, alle einander vorzustellen.

»Freut mich, Sie zu sehen, Sergeant Dobson. Und Constable Hancock?«

»Hancock, Sir, ganz recht«, bestätigte der Constable.

»Das hier ist Dr. Gosling, unser neuer Gerichtsmediziner.«

»Sehr erfreut, Sir«, sagte der Sergeant.

»Gerichtsmediziner?«, staunte Lady Hardcastle. »Du hast deine neue Stelle gar nicht erwähnt, mein lieber Sim.«

»Es war eine spontane Entscheidung. Die Stelle wurde ausgeschrieben, und ich dachte mir, zum Kuckuck, Simeon, willst du ein Leben voller Abenteuer, oder willst du in den dunklen Korridoren des Bristol Royal Infirmary Krankenhauses versauern? Ich habe kurz, aber gründlich darüber nachgedacht, und hier bin ich.«

»Ich werde nicht müde, ihn zu ermahnen, nicht allzu sehr auf irgendwelche Abenteuer zu hoffen«, schaltete sich der Inspektor ein. »Aber es ist erfrischend, zur

Abwechslung mal einen enthusiastischen Kollegen auf dieser Position zu haben. Dr. McDermott war zwar ein guter Arzt, doch niemand käme wohl auf die Idee, ihn als überschäumend vor Eifer und Wissbegierde zu beschreiben.«

»Irgendwann gehe ich Ihnen sicher auf die Nerven, Sunderland«, sagte Dr. Gosling. »Man hat mir mehr als einmal gesagt, dass ich in kleinen Dosen besser auszuhalten bin.«

»Das behalte ich im Hinterkopf«, erwiderte Inspektor Sunderland. »Doch jetzt an die Arbeit. Sergeant? Constable? Ich glaube, Sie haben eine Leiche, die Sie uns zeigen wollen?«

Auf dem Gesicht des Sergeants kämpften zwei widerstreitende Emotionen um die Vorherrschaft. Irgendwie erlangte die Zerknirschung die Oberhand, und der Ärger trat vorübergehend in den Hintergrund: »Tut mir leid, Sir, aber die Totengräber haben ihn gerade mitgenommen.«

»*Was*?«, fragte Inspector Sunderland fassungslos.

»Vor zehn Minuten, Sir. Sie sind mit ihrem Wagen angekommen und haben darauf beharrt, sie hätten Anweisung, ihn mitzunehmen. Ich konnte nichts dagegen tun. Tut mir sehr leid.«

»Ist nicht Ihre Schuld, Sergeant«, seufzte der Inspektor. »Sie hatten tatsächlich die Anweisung, die Leiche abzuholen. Ich dachte nicht, dass es notwendig sein könnte, in der Leichenhalle Bescheid zu geben, dass sie auf uns warten sollen – ich bin davon ausgegangen, dass wir vor ihnen hier sein würden.« Er blickte zu Dr. Gosling, der verlegen grinste.

»Tut mir leid, Sunderland«, sagte er. »Mir war ehrlich nicht klar, dass da ein Wettrennen im Gange war.«

»Jetzt können wir ohnehin nichts mehr tun«, erwiderte der Inspektor. »Lassen Sie uns einen Blick auf die Stelle werfen, an der sich die Leiche befinden würde, wenn sie noch hier wäre.«

»In Ordnung, Sir«, sagte Sergeant Dobson. »Er lag hier drüben.«

Während die vier Männer den Boden rund um die Fundstelle der Leiche erneut untersuchten, blieben Lady Hardcastle und ich neben Dr. Goslings Wagen stehen.

»Was denken Sie?«, fragte ich. »Es war sorgfältig so inszeniert, damit es wie Hexerei aussah, nicht wahr?«

»Kunstvoll, könnte man sogar sagen«, stimmte sie mir zu. »Und wir wissen durch die Sache mit der Séance vor ein paar Monaten, dass es hier genug Leute gibt, die diesen Köder mitsamt dem Haken, der Angelschnur und was weiß ich noch allem schlucken.«

»Seine Figur im Film ist auf diese Weise gestorben«, merkte ich an.

»Ich weiß.«

»Wäre es nicht schön«, sagte ich wehmütig, »wenn wir einmal ein bisschen Spaß haben könnten, ohne gleich bis zu den Knien durch Leichen waten zu müssen?«

»Ich bin mir nicht sicher, ob wir in der Öffentlichkeit über unsere Knie sprechen sollten, Liebes. In dieser Gegend sind die Leute nicht so tolerant wie in London, weißt du? Hier draußen fürchtet man sich vor Frauenknien.«

»Zur Kenntnis genommen«, erwiderte ich. »Aber Sie

wissen doch, was ich meine: Jedes Mal wenn wir glauben, dass wir eine Gelegenheit haben, uns ein bisschen zu amüsieren, kommt jemand ums Leben. Ganz abgesehen von allem anderen, ist das – wie drücken Sie es gleich noch aus? – eine statistische Anomalie.«

»Die hohe Anzahl von Morden in dieser Gegend übertrifft sicher den landesweiten Durchschnitt«, bestätigte sie geistesabwesend. »Der Inspektor hat das schon bei unserer ersten Begegnung erwähnt.«

»Es liegt doch aber nicht nur an der Gegend, oder?«, beharrte ich. »Wir sind auch für eine Woche Autorennen nach Rutland gefahren und haben schon die Leichen vom Asphalt gekratzt, bevor ich überhaupt Gelegenheit hatte, mich endlich in den Rennwagen zu setzen.«

»Glaubst du vielleicht, wir sind verhext worden?«

»Nun, Sie haben doch vor ein paar Jahren in Bukarest darauf bestanden, die alte Frau abzuwimmeln. Ich war schon damals überzeugt, dass sie eine Hexe war.«

»Wohingegen ich sie gleich für eine Betrügerin gehalten habe, die einer reichen Lady ein paar Schilling abknöpfen wollte, indem sie in gebrochenem Englisch irgendwelche bedrohlich klingenden Flüche vor sich hinmurmelte.«

»Seitdem hatten wir jedenfalls mehr als nur unseren gerechten Anteil an Unglück«, gab ich zu bedenken.

»Ganz im Gegenteil. Ich würde sagen, wir hatten sogar außerordentliches Glück. Überleg doch nur, wie viele Leute dran glauben mussten, während wir uns noch immer bester Gesundheit erfreuen.«

Ich knurrte missbilligend.

»Mach das nicht, Liebes. Du klingst wie ein brünstiger Wasserbüffel.«

Ich schaute stattdessen finster drein. Sie ignorierte es.

»Obacht«, erklärte sie dann. »Da kommen die Jungs wieder.«

Inspektor Sunderland und Dr. Gosling kamen vom Kirchhof und ließen die ortsansässigen Beamten am Tatort zurück.

»Bist du immer noch hier, Emily?«, fragte Dr. Gosling. »Ich dachte, du wärst zum Frühstück aufgebrochen, solange der langweilige Kram erledigt wird.«

»Wir dürsten nach weiteren Informationen«, entgegnete sie.

»Es gibt nicht viel zu sagen abgesehen von dem, was Sie – Verzeihung – was Dobson und Hancock bereits herausgefunden haben«, erklärte Inspektor Sunderland.

Dr. Gosling lächelte bei diesen Worten. Er versicherte sich mit einem Blick in Richtung des Inspektors, dass es in Ordnung war, offen zu sprechen. Dieser nickte.

»Ich weiß mehr, sobald er bei mir auf dem Operationstisch liegt«, berichtete Gosling dann. »Ich stimme mit … mit Dobson überein, dass alles so inszeniert wurde, dass es nach einem übernatürlichen Todesfall aussehen sollte – mit der Hexenpuppe und dem ganzen Brimborium. Nach den Spuren auf der Erde und nach dem zu schließen, was Dobson uns über die Leiche gesagt hat, gab es nicht viel Blut. Es besteht die Möglichkeit, dass er erstochen wurde, nachdem er bereits tot war. Oder er wurde vor dem Transport zu dem Baum noch gesäubert. Aber wie gesagt, das wird die Autopsie uns verraten.«

»Sie glauben, dass er transportiert wurde?«, fragte ich.

»Ja, aber nicht durch Hexerei«, erwiderte Dr. Gosling.

Auch ihn sah ich daraufhin böse an.

»*Dobsons* scharfsinnige Beobachtung, dass Newhouse keinen Mantel trug, hat uns zu der Annahme veranlasst, dass der Mord anderswo verübt wurde und die Leiche dann hierhergebracht wurde, um einen beeindruckenderen Effekt zu erzielen«, erläuterte Inspektor Sunderland.

»Sie wissen also über den Film Bescheid?«, fragte Lady Hardcastle.

»Hancock hat uns darauf hingewiesen«, antwortete er.

»Mehr als nur darauf hingewiesen«, präzisierte Dr. Gosling. »Wir mussten ihn praktisch davon abhalten, die ganze Handlung für uns nachzuspielen.«

»Wir gehen also bestimmt davon aus, dass der Todesfall und der Film zusammenhängen?«, hakte Lady Hardcastle nach.

»*Wir*, Mylady?«, fragte der Inspektor lächelnd.

»Ach, kommen Sie schon, Inspektor«, erwiderte sie. »Sie können doch nicht wirklich geglaubt haben, dass man uns vor Sonnenaufgang zur Begutachtung einer Leiche hier herausschleift, ohne dass wir uns dann in den Fall einmischen. Inzwischen kennen Sie uns doch.«

Das beantwortete er mit seinem vertrauten kehligen Lachen. »Stimmt. Jeden anderen würde ich mit einem Satz heißer Ohren wieder wegschicken, wenn er versuchen würde, sich einzumischen, aber Sie beide ... Na ja, bei Ihnen verhält es sich anders. Zufällig habe ich noch ein paar andere Fälle, um die ich mich in der Stadt kümmern muss, also wäre ich sogar ziemlich dankbar, wenn zwei kompetente Amateure wie Sie beide sich in meinem Namen ein bisschen im Dorf umhören würden. Sergeant Dobson steht bereits tief in Ihrer Schuld – Sie haben ganze Arbeit geleistet, um ihn heute Morgen außerordentlich kompetent erscheinen zu lassen.«

»Man tut, was man kann«, erwiderte sie.

»Passen Sie aber auf sich auf«, warnte er. »Eine drapierte Leiche mit einer Hexenpuppe daneben deutet auf geplanten Mord und nicht auf ein Verbrechen aus Leidenschaft hin. Es handelt sich um eine Person, die die sensationslüsterneren Pressevertreter wohl als *kaltblütigen Mörder* bezeichnen würden.«

»Ich passe schon auf sie auf«, versprach ich.

Er blickte mich lange an. »Daran, Miss Armstrong«, erwiderte er nach einer Weile, »habe ich nie gezweifelt.«

»Gibt es irgendetwas, worauf wir Ihrer Meinung nach besonders achten sollten?«, fragte Lady Hardcastle weiter.

»Da die Leiche schon abgeholt worden ist, muss ich mit Dr. Gosling nach Bristol zurück. Vor heute Nachmittag bin ich nicht wieder hier. Wenn Sie mir eine Liste von allen Leuten anfertigen könnten, die in diese Filmsache verwickelt sind, hätte ich schon mal einen Ausgangspunkt für meine Ermittlungen.«

»Wir kümmern uns darum. Kommen sie am besten direkt zu mir nach Hause. Wir versorgen Sie dann mit Tee, Kuchen und einer umfassenden Liste an Verdächtigen. Vielleicht bereite ich sogar meine berühmte …«

»… Verbrechenstafel vor?«, unterbrach er sie.

»Genau die«, bestätigte sie.

»Was zum Teufel ist eine Verbrechenstafel?«, fragte Dr. Gosling.

»Das erkläre ich Ihnen auf der Heimfahrt«, vertröstete ihn der Inspektor. Dann wandte er sich wieder an Lady Hardcastle. »Noch eine letzte Sache, bevor wir aufbrechen: Ich nehme nicht an, dass Sie wissen, wer Mr. Newhouse' nächste Angehörigen sein könnten?«

»Leider nicht«, entgegnete sie. »Seine Freunde wohnen allerdings alle bei mir im Haus, also kann ich das leicht herausfinden. Ich bin mir nicht sicher, wie die übliche Vorgehensweise ist. Sollen wir ihnen von seinem Tod erzählen oder ist das Ihre Aufgabe?«

»Eigentlich sollte es einer von uns übernehmen«, entgegnete er. »Aber ich bin sicher, dass sie die Neuigkeiten von Ihnen besser aufnehmen. Beobachten Sie nur genau ihre Reaktionen.«

»Sie glauben doch nicht etwa ...«

»Dafür ist es viel zu früh, Mylady. Noch glaube ich gar nichts. Halten Sie einfach nur die Augen offen, das ist alles.«

Wir nickten den beiden zum Abschied zu, machten uns auf den Nachhauseweg und ließen sie gemächlich nach Bristol zurückzuckeln.

Bis wir wieder zu Hause waren, waren auch Edna und Miss Jones zur Arbeit erschienen.

Miss Jones teilte mir ziemlich aufgeregt mit, dass ihre Mutter darauf bestanden habe, dass sie länger arbeiten solle, um die *berühmten Schauspieler* zu verköstigen, und sie begann gleich damit, mir ihre Pläne für noch raffiniertere und beeindruckendere Abendessen darzulegen. Ich ließ sie ein bisschen reden – wollte ihr nicht die gute Laune mit den schlechten Nachrichten vom Kirchhof verderben.

Die Damen Drayton und Selwood saßen bereits im Frühstückszimmer, tranken Tee und plauderten aufgekratzt über die Reaktion der Dorfbewohner auf ihren Film. Ich folgte Lady Hardcastle nach drinnen und schloss die Tür.

»Guten Morgen, meine Damen«, sagte meine Herrin ruhig und mit leiser Stimme.

Vielleicht wussten sie durch ihr Schauspieltraining, wie man Gefühle las, vielleicht strahlte Lady Hardcastle auch so deutlich aus, dass sie schlechte Nachrichten überbrachte, dass nur die vernageltsten Zeitgenossen nicht bemerkt hätten, dass etwas nicht stimmte. Wie auch immer, die beiden Schauspielerinnen verstummten umgehend, und das Lächeln verschwand aus ihren Gesichtern.

»Sie sehen aus, als ob etwas Schreckliches passiert wäre«, sagte Zelda.

»So ist es auch«, bestätigte Lady Hardcastle. »Zwar wäre es angemessener, Sie alle gleichzeitig zu informieren, aber ich denke nicht, dass wir damit warten sollten.«

»Wir können die anderen holen«, bot Euphemia an und erhob sich.

Lady Hardcastle bedeutete ihr, sie solle sich wieder setzen.

»Nein, meine Liebe, bleiben Sie, wo Sie sind. Wenn ich richtig verstanden habe, standen Sie beide Basil Newhouse recht nahe.«

»*Standen*?«, rief Zelda aus. »Oh mein Gott! Was ist denn passiert?«

»Es tut mir furchtbar leid, dass ich die Überbringerin solch schrecklicher Nachrichten sein muss, aber der Constable hat ihn heute Morgen auf dem Kirchhof tot aufgefunden.«

Euphemia brach in Tränen aus, und ihr Körper wurde von stummen Schluchzern geschüttelt. Ihre Freundin legte ihr tröstend den Arm um die Schulter.

»War es das Herz?«, fragte Zelda. »Er hatte manchmal schon Schwierigkeiten beim Treppensteigen, wissen Sie? Aber als wir ihn gestern Abend im Pub zurückgelassen haben, ging es ihm noch gut. Er hat getrunken und den Dorfbewohnern seine Märchen aufgetischt. Da war er noch quicklebendig.«

Lady Hardcastle saß einen Augenblick stumm da. Irgendwann schien ihr zu dämmern, dass es keine schonende Art gab, die Neuigkeiten zu verkünden. »Er wurde ermordet.«

Euphemia hörte sofort auf zu schluchzen und starrte Lady Hardcastle mit offenem Mund an. Zelda wirkte gleichermaßen wie vom Donner gerührt.

»Das muss doch ein Irrtum sein«, sagte Zelda dann. »Es war sein Herz. Es ging ihm nicht gut. Niemand hatte einen Grund, ihn umzubringen.«

So wenig reißerisch sie konnte, berichtete Lady Hardcastle den beiden Frauen, in welchem Zustand Mr. Newhouse aufgefunden worden war.

Wahrscheinlich war es kein Wunder, dass sie schockiert waren, als sie von der Verbindung zu ihrem Film erfuhren.

»Wer könnte denn so etwas Grausames getan haben?«, fragte Euphemia. »Basil war doch so ein freundlicher Mensch. Er hat sich um mich gekümmert. Um uns alle. Besonders um Zel. Er war wie ein Vater für sie.«

Zelda drückte sie fester an sich. »Das war er, meine Liebe. Kein anständiger Mensch hätte ihm so etwas angetan.«

»Er wirkte auf mich nicht wie jemand mit vielen Feinden«, sagte Lady Hardcastle.

Ich verstand, was sie vorhatte, und es war ein Risiko. Eine der besten Methoden, um Leute dazu zu bringen, einem Dinge zu erzählen, die sie sonst lieber verschwiegen hätten, war, eine falsche Aussage zu treffen und ihnen so die Möglichkeit zum Widerspruch zu geben. Selbst die verschwiegensten Menschen widersprechen einem gern, wenn sie etwas zu wissen glauben, was man selbst nicht weiß, und sie erklären einem dann auch gern, warum man unrecht hat. In diesem Fall handelte es sich jedoch wahrscheinlich nicht einmal um eine falsche Behauptung – Basil Newhouse hatte auf mich wie ein ganz zauberhafter Mann gewirkt, der sich in seinem fröhlichen Wanderleben nur wenige Feinde gemacht hatte.

»Ich habe nie jemanden kennengelernt, der nicht große Stücke auf Basil gehalten hätte«, erklärte Zelda. »Er war freundlich, großzügig und unkompliziert. Er hätte keiner Fliege etwas zuleide getan, und er hätte auch nicht tatenlos dabei zugesehen, wie Unrecht geschah. Er war ein wahrer Gentleman.«

Soviel hatte ich mir schon gedacht – alle hatten Basil Newhouse gemocht. Daher erschien mir der Streit, den ich zwischen ihm und Euphemia belauscht hatte, nur umso unpassender, aber jetzt war nicht der Augenblick, um ihn zur Sprache zu bringen.

»Es tut mir sehr leid, dass ich Ihnen so schlimme Nachrichten überbringen musste«, wiederholte Lady Hardcastle. »Sie haben unser tiefes Mitgefühl. Jetzt lassen wir Sie allein, aber denken Sie nicht, dass Sie mit Ihrem Kummer allein sind. Wenn Sie irgendetwas brauchen, tun wir, was immer in unserer Macht steht.«

»Danke, Mylady«, schniefte Euphemia, die wieder zu weinen begonnen hatte.

»Möchten Sie es selbst Mr. Cheetham sagen?«, fragte Lady Hardcastle, als wir uns zum Gehen wandten. »Ich kann ihm die schlechte Nachricht überbringen, wenn es Ihnen zu schwerfällt, aber ich überlasse Ihnen die Entscheidung. Vielleicht nimmt er sie besser auf, wenn sie von einer Freundin kommt?«

Zelda überlegte kurz. »Nein, Mylady, könnten Sie das für uns übernehmen? Ich glaube nicht, dass ich die Worte herausbringen würde.«

Dann ließen wir sie allein, damit sie die furchtbaren Neuigkeiten in aller Ruhe verarbeiten konnten.

Lady Hardcastle nahm den Kaffee allein im Esszimmer ein, während ich mich in der Halle herumdrückte, um Mr. Cheetham abzupassen, sobald er die Treppe herunterkam. Dora schoss mit ihren Blicken Giftpfeile auf mich ab, als sie an mir vorbeiging, sagte aber nichts. Zu anderer Gelegenheit hätte ich ihr wegen ihrer Unhöflichkeit vielleicht die Meinung gegeigt, aber dafür hatte ich im

Moment nicht den Kopf. Ich dachte über andere Dinge nach.

Dewi war besser gelaunt. Trotz seines eher miesepetrigen Rufs begegnete er mir stets freundlich.

»Morgen, Miss Armstrong«, sagte er, als er die Treppe herunterkam. »Ich habe mich um Mr. Cheetham gekümmert, aber Mr. Newhouse reagiert nicht auf mein Klopfen. Ich könnte zwar einfach reingehen, aber bei Leuten, die damit nicht aufgewachsen sind, weiß man nie. Manche von ihnen genieren sich ein bisschen, wenn sie bedient werden.«

»Machen Sie sich keine Sorgen«, beruhigte ich ihn. »Sie haben alles richtig gemacht. Melden Sie sich bei Edna – ich bin sicher, dass sie ein paar kleine Aufgaben für Sie hat.«

Er lächelte. »Normalerweise geht's darum, Dinge von hohen Regalen zu holen. ›Ach, ich wünschte, ich hätte längere Arme‹, sagt sie immer. Manchmal bin ich nicht zu mehr Nutze als eine Trittleiter.«

Seine Edna-Imitation war frappierend gut, und ich musste unwillkürlich lachen.

»Ich bin sicher, dass Sie auch dazu gut sind, schwere Kisten hochzuheben.«

In diesem Moment erschien Mr. Cheetham am oberen Ende der Treppe.

»Also los, Dewi«, sagte ich. »Ich muss Mr. Cheetham abfangen.«

Gehorsam machte Dewi sich auf den Weg.

»Habe ich da gerade meinen Namen gehört?«, fragte Mr. Cheetham, als er die letzte Stufe herunterstieg.

»Ja, Sir. Gerade habe ich zu Dewi gesagt, dass ich Sie unbedingt erwischen muss, bevor sie zum Frühstück gehen.«

»Das lässt ja nichts Gutes erahnen«, erwiderte er.

»Lady Hardcastle soll es Ihnen erklären. Sie erwartet Sie im Esszimmer.«

»In Ordnung. Dieser Dewi ist übrigens ein feiner Kerl.«

»Das ist er, ja.«

»Eins hat mir jedoch keine Ruhe gelassen. Sein Name. Wie wird der denn geschrieben?«

»D-E-W-I«, erklärte ich.

Er blickte mich verständnislos an. »Aber er nennt sich selbst Duh-wie«, entgegnete er ungläubig. »Wie in aller Welt ...?«

»Es ist ein walisischer Name, Sir«, erklärte ich, als ich ihn zur Esszimmertür begleitete und ihn dann hineinschob. »Wir buchstabieren Sachen ein bisschen anders.«

»Na, so was. Guten Morgen, Mylady«, sagte er dann. »Miss Armstrong hat gesagt, Sie wollen mich sprechen?«

»Ja, das stimmt. Komm auch mit rein, Armstrong, und mach die Tür hinter dir zu.«

»Ich habe gerade schon gesagt, dass sich das nicht gut anhört. Und es wird nicht besser.«

»Nein, leider habe ich überhaupt keine guten Nachrichten. Sergeant Dobson, einer unserer ortsansässigen Polizisten, hat uns heute Morgen benachrichtigt, dass Ihr Freund Mr. Newhouse tot auf dem Kirchhof aufgefunden worden ist.«

Mr. Cheetham wirkte ebenso verblüfft wie seine Schauspielerkolleginnen.

»Ein Kriminalbeamter und ein Gerichtsmediziner aus Bristol sind nach einer kursorischen Begutachtung der Leiche durch die örtlichen Polizisten herbeigeholt worden. Und ich muss Ihnen leider mitteilen, dass es sich um Mord gehandelt hat.«

»Aber wie ... warum ... wo ...?«

»Warum und wer wissen wir im Augenblick noch nicht, was das Wie betrifft ... Ihm ist ins Herz gestochen worden. Eine Hexenpuppe lag in der Nähe, und sie war wie Mr. Newhouse gekleidet. Ihr steckte eine Nadel im Herzen.«

»Mein Film«, stammelte er. »Sie versuchen mich zu ruinieren. Er ist wie der Hexenjäger ermordet worden. Ach, der arme Basil. Das ist alles meine Schuld. Ich hätte niemals ...«

»Es ist nicht Ihre Schuld, Mr. Cheetham«, besänftigte ihn Lady Hardcastle. »Aber warum sagen Sie das? Warum sollte irgendwer es auf Sie abgesehen haben? Und warum sollte diese Person Mr. Newhouse angreifen, wenn *Sie* doch das Hassobjekt sind?«

»Eine ganze Reihe von Menschen ist schlecht auf mich zu sprechen«, antwortete er. »Zum einen Aaron Orum – er behauptet steif und fest, dass ich ihm seine Idee gestohlen hätte, wissen Sie? Und dann sind da noch diese Hughes, die schon seit Monaten versuchen, meine Vorführungen zu unterbinden. Einer ihrer Anhänger könnte es gewesen sein.«

»Aber was sollte es denn irgendeinem von ihnen nutzen, Mr. Newhouse umzubringen?«

»Schlechte Presse für mich, Mylady«, erwiderte er

bestimmt. »Sie wollen mich mundtot machen, mich daran hindern, meine Kunst auszuüben. Und wie könnte das besser gelingen als damit, einen Skandal rund um den Film anzuzetteln? Die Presse wird Fragen stellen. *Ein Mann ist tot. Wie viele weitere müssen wegen dieses schrecklichen Films noch sterben?* Das wird mich ruinieren.« Er ließ sich schwer auf einen der Esszimmerstühle sacken. »Ruinieren.«

Ich schlüpfte unauffällig nach draußen, um eine Kanne Tee zu holen. Ruiniert oder nicht, mit einer schönen Tasse Tee im Magen wäre er gleich weniger verzagt.

6

Die drei verbleibenden Filmleute, wie Lady Hardcastle sie getauft hatte, saßen einige Stunden lang im Frühstücksraum zusammen. Erst ließen wir sie gewähren, aber dann drängte mich Lady Hardcastle doch herauszufinden, was dort vor sich ging.

Ich hatte Jasper Laxley, den Mann, dessen Haus wir gemietet hatten, oft dafür verflucht, so viel Geld und so hohe Standards zu haben. Hätte er beim Bau des Hauses doch nur ein wenig geknausert, dann wären die Wände vielleicht dünner und das Belauschen unserer Gäste um einiges einfacher gewesen. Wie die Dinge standen, musste ich den alten Dienstbotentrick anwenden, mich mit einem Tablett in der Nähe der Tür herumdrücken, damit ich vorgeben konnte, etwas zu bringen, falls sie unvermittelt die Tür öffnen sollten. Trotz dieser List konnte ich nicht hören, was im Frühstückszimmer vor sich ging.

Meistens vernahm ich nur ein allgemeines Gemurmel, doch einmal hörte ich Euphemia ausrufen: »Also, das halte ich für zu gefährlich!«, bevor mich das Geräusch sich nähernder Schritte dazu zwang, mich von der Tür zu entfernen und Geschäftigkeit vorzuschützen.

Sie traten in den Flur hinaus, und Mr. Cheetham wirkte deutlich weniger zufrieden und selbstsicher, als wir das gewohnt waren.

»Wir haben uns unterhalten«, erklärte er Lady Hardcastle und mir, als sich das Grüppchen zu uns gesellte, »und wir haben beschlossen, dass – wie man im Zirkus zu sagen pflegt – die Show weitergehen muss. Heute Abend zeigen wir wie geplant unser zweites Programm im Gemeindesaal. Außerdem führen wir *Der Niedergang der Hexe* zu Basils Ehren noch einmal auf.«

Ich selbst war der Meinung, dass die Dorfbevölkerung entsetzt über Mr. Newhouse' Tod wäre und eine weitere Vorführung des Films als außerordentlich pietätlos empfände. Die Vorstellung, dass unter ihnen ein Mörder frei herumlief, würde die Leute so erschrecken, dass sie nichts weiter mit *Der Niedergang der Hexe* oder irgendwem, der darin verwickelt war, zu tun haben wollten, schon damit ihnen nicht ein ähnliches Schicksal drohte.

Lady Hardcastle runzelte auch kurz die Stirn, sagte dann aber: »Ich bin sicher, das ist die richtige Entscheidung. Er hätte nicht gewollt, dass die Taten irgendeines Wahnsinnigen Ihren gemeinsamen Erfolg zunichtemachen.«

Mr. Cheetham schien das zu gefallen, obwohl die beiden Damen weniger überzeugt wirkten.

»Danke, Mylady«, entgegnete er. »Ich sage dann auch ein paar Worte, Sie wissen schon – damit es ein echtes Gedenken wird.«

»Das wäre doch sehr passend«, pflichtete Lady Hardcastle ihm bei. »Und vielleicht …«

Ihr nächster Vorschlag wurde vom hartnäckigen Schrillen der Türglocke unterbunden.

Ich öffnete, und davor stand die gut gekleidete junge Frau, die wir im Pub in Begleitung von Aaron Orum gesehen hatten. Diesmal war sie allein, aber ebenso tadellos und auffällig gekleidet wie zuvor. Ihr Hut war besonders gewagt. Es schien ein Männerhut, eine Melone, zu sein, um den ein breites Band gewickelt und zu einer übertrieben großen Schleife gebunden worden war, in der außerdem noch eine Pfauenfeder steckte. Sie war ganz offenbar eine Frau, die gern Eindruck machte.

Sie reichte mir ihre Karte. »Guten Tag. Soweit ich weiß, wohnt Mr. Nolan Cheetham hier. Ich würde mich gern mit ihm unterhalten.«

Ich warf einen Blick auf die Karte. Miss Dinah Caudle, erfuhr ich, war bei den *Bristol News* angestellt.

»Worum geht es?«, fragte ich mit so viel Arglosigkeit, wie ich aufbringen konnte.

»Es geht um den Mord an einem Mitglied seiner Truppe«, erwiderte sie unumwunden.

Ich warf einen prüfenden Blick auf das Wetter. Es schien ein ziemlich heiterer, wenn auch kalter Tag zu werden. »Einen Moment, bitte, Miss«, sagte ich. »Ich frage, ob er Sie empfängt.«

Dann machte ich ihr die Tür vor der Nase zu. Journalisten, dachte ich, können draußen warten, vor allem Journalistinnen, die sich mit Leuten verbrüderten, die unseren Gästen so offenkundig feindlich gesinnt waren.

Ich wandte mich zu der kleinen Menschentraube um, die während meines kurzen Gesprächs an der Tür hinter mir gestanden hatten. Es erschien mir unwahrscheinlich, dass Miss Caudle sie nicht allesamt hatte sehen können. Ich reichte Mr. Cheetham die Karte, auf die er einen flüchtigen Blick warf.

»Kennen Sie sie?«, fragte er.

»Ich habe sie am Montag im Pub gesehen«, erklärte ich. »Sie war die Frau, von der ich Ihnen erzählt habe, die Begleiterin von Mr. Orum. Allerdings wurden wir einander nicht vorgestellt, ich hatte also keine Ahnung, dass sie Journalistin ist.«

»Eine Journalistin«, erwiderte er missmutig. »Das lässt alles in einem anderen Licht erscheinen. Wenn er sich mit einer Journalistin herumtreibt – nun, dann muss einer von beiden etwas im Schilde führen.«

»Es könnte doch einfach nur Zufall sein«, gab ich zu bedenken. »Dass sie Journalistin ist, meine ich. Sie ist sehr attraktiv. Vielleicht wird er nur gern mit ihr gesehen.«

»Ja, vielleicht«, erwiderte er nicht ganz überzeugt. »Jedenfalls ist es Teil seines dandyhaften Auftretens, sich mit hübschen, jungen Frauen zu umgeben – hübsch, jung und reich, wenn es geht. Zu ein bisschen Geld, um sein neuestes Projekt zu finanzieren, sagt er nicht Nein.«

»Auf jeden Fall sieht sie ziemlich reich aus«, bestätigte ich. »Es muss eine ganze Reihe von Waggons gebraucht haben, nur um ihre Garderobe herzutransportieren.«

Er schien sich ein wenig zu entspannen. »Vielleicht führt sie doch nichts im Schilde, hm? Ich sollte mich wohl mit ihr unterhalten. Ihr den Kopf zurechtrücken. Ich schätze mal, ich kann sie nicht daran hindern, den sensationslüsternen Unsinn über Basils Tod zu schreiben, den sie wahrscheinlich schreiben will, aber ich kann ihr wenigstens unsere Sicht der Dinge schildern.«

»Der Salon würde wohl am besten für Ihre Zwecke taugen«, überlegte Lady Hardcastle. »Dort stört Sie keiner, es sei denn, Sie wollen …«

»Was denn, Mylady?«

»Ich wollte gerade *eine Zeugin* sagen. Aber das klang auf einmal so melodramatisch. Ich bin sicher, dass sie vollkommen vertrauenswürdig ist, doch ich habe mich gefragt, ob es Sie vielleicht beruhigen würde, wenn eine dritte Person anwesend wäre, die im Fall der Fälle bestätigen könnte, was in Ihrem Gespräch tatsächlich gesagt worden ist.«

Er überlegte kurz. »Vielleicht haben Sie recht. Wenn es Ihnen nicht zu viel ausmacht«, sagte er und fiel dabei wieder in seinen Manchester-Akzent zurück.

»Ich denke, Armstrong würde sich gut dafür eignen. Keine von uns hat wirklich einen Grund, mit Ihnen im Raum zu sein, aber vielleicht ist sie geneigt, Armstrong zu ignorieren. Mit mir müsste sie der Höflichkeit halber ein paar Worte wechseln.«

»Also gut, so machen wir's«, sagte er und ging zum Salon.

Ich öffnete erneut die Eingangstür. Im fahlen Schein der Novembersonne auf der Schwelle stehengelassen worden zu sein, hatte Miss Caudles Laune nicht gerade gebessert. Sie starrte mich böse an, und ich sagte: »Bitte, treten Sie doch ein, Miss Caudle. Mr. Cheetham wartet im Salon auf Sie.«

Sie entgegnete nichts, sondern folgte mir einfach nur durch die Halle. Ich wartete darauf, dass sie eintrat, und schloss dann die Tür. Sie sah so aus, als wollte sie etwas zu mir sagen – mich vielleicht bitten, sie alleinzulassen –, aber Mr. Cheetham lenkte sie von mir ab.

»Guten Tag, Miss Caudle«, sagte er leutselig. »Wie schön, dass Sie hergekommen sind, um uns Ihr Beileid zu bekunden. Meine Kolleginnen und ich wissen das sehr zu schätzen.«

Sie kniff die Augen zusammen. Ganz offenbar gefiel ihr dieser Versuch, sie aus dem Konzept zu bringen, gar nicht. »Das Ganze muss furchtbar für Sie sein. Es ist schon schlimm genug, einen Freund zu verlieren, aber wenn dann noch dem eigenen Film dafür eine Mitverantwortung gegeben wird … nun ja. Ich kann mir kaum vorstellen, wie schrecklich Sie sich fühlen müssen.«

»Sollen wir uns vielleicht setzen?«, fragte er.

Als sie es sich in zweien der Sessel bequem gemacht hatten, warf mir Miss Caudle einen ungeduldigen Blick zu. Ganz offensichtlich hätte sie es bevorzugt, wenn ich mich entfernt hätte, aber sie wusste genau, dass sie nicht die Macht hatte, mich hinauszuwerfen, solange sie sich in einem fremden Haus befand, vor allem dann nicht, wenn einer der Hausgäste meine Anwesenheit ganz offenbar wünschte. Ich ignorierte ihren bohrenden Blick und stellte mich in die Zimmerecke neben das Bücherregal.

»Man gibt also meinem Film die Schuld?«, fragte Mr. Cheetham ruhig.

»Es ist nur eine Frage der Zeit, bis das geschieht«, erwiderte sie. Dann öffnete sie ihre Handtasche und zog ein in Leder gebundenes Notizbuch daraus hervor, auf das in goldenen Lettern ihre Initialen geprägt waren. Anschließend kramte sie noch ein Weilchen nach einem Stift und zog schließlich einen schwarzen Füllfederhalter mit einer roten Kappe hervor. Sie schraubte die Kappe ab und blickte zu Mr. Cheetham auf, bereit, mit dem Schreiben zu beginnen.

»Warum sollte irgendwer meinem Film eine *Schuld* geben?«, fragte er. »Ich habe eine unterhaltsame Fiktion geschaffen, keine Vorlage für einen Mord.«

»Kommen Sie schon, Mr. Cheetham«, sagte sie und machte sich erste Notizen. »Bald werden alle wissen, dass Basil Newhouse auf dieselbe Weise gestorben ist wie seine Figur in Ihrem Film.«

»*Auf dieselbe Weise*, Miss Caudle? Wollen Sie damit etwa andeuten, dass er durch Hexerei zu Tode gekommen ist?«

Sie runzelte erneut die Stirn. Oder runzelte sie jedenfalls weiter. Herablassende Missbilligung schien ihr üblicher Gesichtsausdruck zu sein. »Sie wissen sehr genau, was ich meine. Und Sie wissen ebenso genau, was die Leute sagen werden. Es wird einen kleinen Kreis von Menschen geben, die ernsthaft glauben, dass übernatürliche Kräfte im Spiel sind. Aber eine größere und lautere Gruppe wird Ihr Werk als verderblichen Einfluss betrachten, der einen Verrückten dazu inspiriert hat, so eine furchtbare Tat zu begehen.«

»Aber diesen Unsinn werden Sie doch sicher zurechtrücken, nicht wahr?«, entgegnete Mr. Cheetham lächelnd. »Sensationsgier ist doch eigentlich nicht die Art der *Bristol News.*«

»Wir berichten nur die Tatsachen, Mr. Cheetham. Und wir berichten außerdem darüber, was für Meinungen unsere Leserschaft und die Bevölkerung insgesamt zum Ausdruck bringen.«

Diese Frau war wirklich spektakulär, fand ich, hochnäsig und aufgeblasen. Was für eine gewinnende Kombination.

»Sie sind also eine Nachrichtenjournalistin?«, fragte Mr. Cheetham. Irgendwie schien er derjenige zu sein, der hier das Interview führte.

»Na ja, nein«, erwiderte sie und wirkte zum ersten Mal etwas verunsichert. »Nicht im eigentlichen Sinn. Ich schreibe für die Gesellschaftsseiten. Und für unsere weibliche Leserschaft. Aber ich bin auch für Kunst zuständig und glaube, dass Filme bald furchtbar wichtig werden. Ich stelle sicher, dass sie die Aufmerksamkeit erhalten, die ihnen zusteht.«

»Und das schließt ein, dass Sie Vorurteile gegen die Filmkunst anfachen? Und gegen mich?«

Sie hatte nicht vorausgesehen, dass sie in die Defensive geraten würde, und das schien ihr gar nicht zu gefallen. Daher wechselte sie abrupt das Thema. »Sie müssen doch daran gewöhnt sein, dass Leute sich gegen Sie wenden. Zum Beispiel gab es einen Aufruhr, nachdem Sie Aaron Orum seine Idee gestohlen haben.«

»Ach ja«, entgegnete er kühl. »Miss Armstrong hat uns bereits erzählt, dass Sie mit Aaron verkehren. Wie geht es ihm denn? Gut, nehme ich an? Ich hoffe doch, dass Ihre ... *Beziehung* nicht Ihr *journalistisches Berufsethos* in Mitleidenschaft gezogen hat. Die Menschen in Bristol haben schließlich ein Anrecht darauf, von der Presse ehrlich und objektiv informiert zu werden.«

Miss Caudle lief puterrot an, entschied sich jedoch, seiner Spitze keine Beachtung zu schenken.

»Sie streiten aber nicht ab, dass Sie seine Idee gestohlen haben und dass sich die öffentliche Meinung daraufhin gegen Sie gewandt hat?«

»Doch, ich bestreite beides. *Der Niedergang der Hexe* ist ganz und gar mein eigenes Werk, und die einzige Meinung, die sich gegen mich gewandt hat, ist die meines ehemaligen Freundes Aaron Orum.«

»Werden Sie Ihren gestohlenen Film zurückziehen, jetzt, wo er einen Mord verursacht hat?«, bohrte sie nach.

Einen Moment blickte er sie stumm an. »Ich denke, wir haben einander nichts mehr zu sagen, was dem jeweils anderen von Nutzen sein könnte, Miss Caudle. Danke für Ihren Besuch. Miss Armstrong, würden Sie unseren Gast bitte hinausbegleiten?«

Ich öffnete die Tür, während Miss Caudle eilig ihr Notizbuch und ihren Füllfederhalter wieder in die Handtasche stopfte. Dann brach sie ohne ein weiteres Wort auf.

Mr. Cheetham hatte dankbar genickt und sich dann mit den beiden Damen ins Frühstückszimmer zurückgezogen. Lady Hardcastle hatte das Bedürfnis, sich nützlich zu machen, also schickte sie mich auf den Dachboden, um die Tafel und die Staffelei zu holen – ihre berüchtigte *Verbrechenstafel.*

Wir stellten sie wie üblich im Esszimmer auf, und sie begann, ihre Skizzen anzufertigen.

»Nach allem, was wir bereits wissen«, verkündete sie, als sie das Opfer gezeichnet hatte, »wurde Newhouse von jemandem getötet, der mit Mr. Cheethams Film vertraut war. Der Mord war sorgfältig geplant und wurde fein säuberlich so ausgeführt, dass kein Zweifel über den Zusammenhang zur Handlung des Films bestehen konnte.«

»Gestern Abend hat die erste Vorführung in ganz Gloucestershire stattgefunden«, fügte ich hinzu, »also können wir guten Gewissens unsere Freunde und Nachbarn als Verdächtige ausschließen – sie hätten niemals genug Zeit gehabt, so ein ausgeklügeltes Verbrechen zu planen und durchzuführen.«

»Sehr richtig.« Sie begann, sich beim Reden auf einem Blatt Papier Notizen zu machen. »Lass uns mal sehen ... Da wäre zunächst Cheetham selbst.«

»Ein ehrgeiziger Mann. Er hat am liebsten alles unter Kontrolle, denke ich. Und er macht gern eine ziemliche Schau. Aber warum sollte er ein Mitglied seiner eigenen Truppe töten? Es ist nicht ganz dasselbe wie die Schlachtung der Gans, die goldene Eier legt, aber es bereitet einem doch nur Mühe und Ärger, die eigenen Mitarbeiter umzubringen.«

»Ich weiß«, erwiderte sie. »Genau dieser Umstand hat dir mehr als einmal das Leben gerettet. Aber möglicherweise existieren Gegebenheiten, von denen wir nichts wissen. Vielleicht hatten sie Streit. Irgendein langanhaltender Groll. Oder Schulden. Es kann eine ganze Reihe von Gründen geben, warum man jemanden um die Ecke bringen will. Wir setzen ihn auf die Liste. Was ist mit den beiden Schauspielerinnen?«

»Der Vollständigkeit halber, ja. Es ist ja nicht so, dass wir in letzter Zeit keine Mörderinnen kennengelernt hätten, also können wir sie nicht einfach nur von den Verdächtigen ausschließen, weil sie Frauen sind. Außerdem habe ich am Montagnachmittag zufällig etwas mitbekommen. Ich habe ganz vergessen, es Ihnen zu erzählen.«

»Ach ja?«

»Euphemia Selwood hat sich mit Mr. Newhouse gestritten. Ich konnte sie nicht deutlich hören, aber ihr letzter Satz lautete in etwa: Pass bloß auf, Basil. Sonst könntest du bald mausetot sein. Das kann man durchaus als Drohung auffassen. Und dann war da noch ihre Befürchtung, etwas könne zu gefährlich sein, kurz bevor sie alle aus dem Frühstückszimmer kamen.«

»Das könnten wirklich Drohungen sein«, erwiderte sie nachdenklich. »Dabei ist sie so eine bezaubernde, nette junge Frau. Es fällt mir schwer, mir vorzustellen, dass sie irgendwen umbringen wollte, noch dazu einen Mann, auf den sie so große Stücke hielt.«

»Allerdings ist sie Schauspielerin«, gab ich zu bedenken. »Denen ist nicht zu trauen.«

Sie lachte und notierte beide Schauspielerinnen. »Na gut. Natürlich gibt es noch andere Menschen, die in die Produktion verwickelt gewesen sind. Kulissenschieber oder wie auch immer man sie im Filmgeschäft nennt. Und der junge Schauspieler, der George gespielt hat.«

»Ich nehme an, wir sollten sie im Hinterkopf behalten, aber da wir noch keinen von ihnen hier zu Gesicht bekommen haben, sollten wir uns vielleicht an die Menschen halten, von deren Anwesenheit wir sicher wissen.«

»Also gut. Aaron Orum?«

»Er wirkt wie ein absolut widerwärtiger Egomane«, erwiderte ich. »Er scheint sehr viel von sich selbst und entsprechend wenig von allen anderen zu halten. Bei unserer Begegnung im Pub war er außerordentlich unfreundlich.«

»Unfreundlich genug, um einen Mord zu begehen?«

»Unfreundlich und großspurig genug, ja. Ich sollte mich nicht von meinen Vorurteilen leiten lassen, aber sogar sein Kleidungsstil ließ ihn wie einen Menschen erscheinen, der jemanden auf diese Weise umbringen würde.«

»Aber warum?«, fragte Lady Hardcastle, während sie seinen Namen der Liste hinzufügte. »Was hätte er denn von Newhouse' Tod?«

»Er hasst Cheetham. Sie hätten ihn hören sollen.«

»Ja, aber wenn er Cheetham hasst, warum sollte er dann *Newhouse* umbringen?«

»Um Cheetham in den Ruin zu stürzen?«, mutmaßte ich. »Wenn der Todesfall mit dem Film in Verbindung gebracht wird, ist das Projekt gestorben, noch bevor es überhaupt richtig gestartet ist. Cheetham hat doch erwähnt, wie teuer alles ist. Wenn er sein Publikum verliert, treibt ihn das eventuell in den Bankrott.«

»Möglich«, erwiderte sie. »Aber es bleibt ein bisschen um die Ecke gedacht.«

»Ich habe nie verstanden, warum man jemanden umbringt, der einen geärgert hat. Derjenige kann das schließlich nicht mehr bedauern, wenn er erst einmal tot ist. Und selbst im Moment seines Todes weiß er vielleicht gar nicht, von wem er umgebracht wird und warum. Viel besser ist es doch, den verhassten Menschen zu ruinieren und ihm das Leben zur Hölle zu machen.«

»Erinnere mich daran, dich niemals gegen mich aufzubringen«, entgegnete meine Herrin.

»Ich hätte keine Unterkunft und kein Gehalt mehr, wenn ich Sie ruinieren würde, Mylady«, beruhigte ich sie. »Dieser Umstand hat Ihnen mehr als einmal den Hals gerettet.«

»Touché. Was ist mit dieser Journalistin? Wie hieß sie noch, Deborah Crundel?«

»Dinah Caudle. Sie wirkt ein bisschen bauernschlau, aber sie ist nicht ... gerissen. Sie ist hier mit einem unausgegorenen Plan hergekommen, Mr. Cheetham aus dem Konzept zu bringen und an eine reißerische Geschichte zu kommen, aber sie hat sich von ihm geradezu vorführen lassen. Sie ist keine strategische Denkerin. Ich weiß nicht, ob sie einen Mord planen könnte.«

»Aber irgendeinen Plan muss sie gehabt haben, als sie hierherkam. Sie ist erst dann aus dem Tritt geraten, als die Dinge sich nicht so entwickelten, wie sie sich das ausgerechnet hatte. Wenn sie die Erste wäre, die über einen Mordfall berichtet, könnte sie sich in der Zeitungswelt einen Namen machen. Und wie kann man am sichersten als Erste über einen Mord berichten? Indem man ihn gleich selbst begeht. Man benötigt gar keine reißerischen Zitate, wenn man die ganze Geschichte bereits kennt, vielleicht hatte sie also gar kein richtiges Interview geplant. Vielleicht musste sie einfach nur mit ihm sprechen, um sagen zu können, dass dieses Gespräch stattgefunden hatte.«

»Hm«, erwiderte ich. »Vielleicht.«

»Ich setze sie auf die Liste. Inspektor Sunderland will ja eine möglichst umfassende Aufzählung. Was uns zu den Hughes bringt.«

»Sauertöpfe und Spielverderber«, sagte ich. »Darin aber ganz meisterhaft, wenn man dem Vikar Glauben schenken darf.«

»Mr. Bland ist ein prinzipientreuer und ehrenhafter Mann. Ich denke, wir können sein Wort bei den meisten Themen für bare Münze nehmen.«

»In diesem Fall scheinen die Hughes geschäftsmäßige Unruhestifter zu sein. Ich würde ihnen einen Mord absolut zutrauen, wenn sie dadurch einen kleinen Aufruhr erzeugen könnten, der ihrer Agenda zuträglich ist.«

»Von Unruhestiftung zu Mord ist es aber schon noch ein großer Schritt«, erwiderte sie zweifelnd.

»Wenn ihnen ihre Sache genug am Herzen liegt, wer weiß, wie groß der Schritt wäre, den sie dafür wagen würden? Als ich mit ihm vor dem Tabakgeschäft zusammengestoßen bin, wirkte er jedenfalls wie ein ziemlicher Eiferer.«

»Stimmt schon. Wenn wir allerdings alle, die über die Handlung des Films Bescheid wussten, in den Kreis der Verdächtigen aufnehmen, müsste auch der Vikar auf die Liste, weißt du?«

»Eine weise alte Frau hat mir einmal gesagt, dass Mr. Bland ein prinzipientreuer und ehrenhafter Mann ist, dessen Wort man bei den meisten Themen für bare Münze nehmen kann. Ich würde sagen, das schließt ein, ihn nicht für einen geistesgestörten Mörder zu halten.«

»Ich bin einundvierzig.«

»Am Sonntag werden Sie zweiundvierzig. Sehen Sie? Sie sind alt.«

»Du freches Frauenzimmer. Mein Verstand ist so scharf wie …«

Das Klingeln des Telefons ersparte mir herauszufinden, womit auch immer sie ihren Verstand vergleichen wollte.

»Ich gehe rasch ran«, verkündete ich und huschte aus dem Zimmer.

»Ich bin nicht zu sprechen, ja?«, rief sie mir hinterher.

»In Ordnung.«

»Außer es ist Gertie.«

»Natürlich.«

»Oder irgendetwas besonders Dringendes.«

Ich seufzte und nahm den Hörer ab. »Chipping Bevington zwei-drei«, meldete ich mich laut und deutlich. »Hallo?«

»Flo?«, erwiderte eine Männerstimme. »Donnerwetter, sind Sie das wirklich?«

»Sieht ganz danach aus.«

»Ja, Sie sind es definitiv.«

»Freut mich, dass wir das geklärt haben. Aber Sie sind mir gegenüber im Vorteil, Mr. …?«

»Ich bin's«, erklärte die Stimme.

Ich erwiderte nichts. Das konnte noch tagelang so weitergehen.

»Ich bin's«, wiederholte er. »Skins. Erinnern Sie sich?«

Ivor »Skins« Maloney war der Schlagzeuger einer Ragtime-Band, die in die Vorfälle auf *The Grange* verstrickt gewesen war, kurz nachdem wir ins Dorf gezogen waren. Er und sein Bassisten-Freund Barty Dunn hatten kurz bei uns gewohnt, nachdem alles aufgeklärt war, und wir hatten einen unterhaltsamen musikalischen Abend miteinander verbracht.

»Aber natürlich erinnere ich mich an Sie, Mr. Skins«, sagte ich also. »Wie schön, von Ihnen zu hören.«

»Das finden Sie vielleicht nicht mehr, wenn Sie den Grund für meinen Anruf herausfinden.«

»Sie haben einen blutigen Mord verübt und suchen nach einem Ort, an dem sie sich verstecken können, bis die Bluthunde von der Polizei die Fährte verloren haben?«

»Eher: Wir sind unterwegs nach Gloucester, und der Zug ist in Chipping Bevington liegengeblieben. Wir brauchen also tatsächlich einen Ort, an dem wir uns verstecken können; oder jedenfalls, an dem wir uns hinlegen können. Besteht die Chance, dass wir in Ihrer Hütte übernachten?«

»Wir?«, hakte ich nach. »Die ganze Band?«

Er lachte. »Nein, nur Barty und ich. Die beste Rhythmusgruppe in ganz London. Wir sind gefragt. Sollen oben in Gloucester mit ein paar Bauerntrampeln spielen. Was meinen Sie?«

»Es ist leider nicht an mir, irgendetwas zu meinen. Können Sie kurz dranbleiben, während ich mit Lady Hardcastle spreche?«

»Klar kann ich das, mein kleiner Walisischer Keks«,

antwortete er. »Aber beeilen Sie sich. Hinter mir steht eine alte Tante, die auch das Telefon benutzen will, und ich bin nicht sicher, ob ich sie mir noch lange vom Leib halten kann.«

Ich legte den Hörer auf das Tischchen in der Halle und eilte zurück ins Esszimmer. Dort berichtete ich von Skins' Anfrage.

»Ach«, antwortete Lady Hardcastle. »Wie wunderbar. Wir haben genug Platz, jetzt sogar umso mehr, da Mr. Newhouse nicht mehr unter uns weilt. Und wenn die Filmleute heute Abend unterwegs sind, wäre es doch nett, ein wenig Gesellschaft zu haben.«

»Wir gehen nicht zur Filmvorführung?«

»Du kannst, wenn du willst. Aber sie wollen ja noch einmal *Der Niedergang der Hexe* zeigen, und ich halte die Idee leider immer noch für furchtbar geschmacklos. Es fühlt sich für mich weniger wie eine Hommage an Newhouse' Schauspieltalent als wie eine makabre Feier seines Mordes an. Ich wollte eigentlich früh zu Bett gehen, aber ein Abend mit unseren Musikerfreunden wäre doch ziemlich erfrischend.«

»Ich teile ihm die gute Nachricht mit«, sagte ich und ging zum Telefon zurück.

Ein paar Minuten später erfolgte ein weiterer Anruf, diesmal war es Inspektor Sunderland. Er war von seinen anderen beiden Fällen so sehr in Anspruch genommen, dass er an diesem Nachmittag nicht mehr nach Littleton Cotterell würde zurückkehren können, aber er war dankbar für unsere Liste möglicher Verdächtiger. Lady Hardcastle hielt den Hörer so, dass wir beide etwas verstehen konnten.

»Halten Sie einfach nur die Augen für mich offen«, bat er. »Dobson und Hancock sind gute Kerle, wenn Sie jemanden haben, der sie in die richtige Richtung stupst. Also stupsen Sie einfach, sosehr Sie es für nötig halten, und ich komme so schnell ich kann ins Dorf zurück.«

»Hat Simeon denn die Autopsie schon durchgeführt?«, fragte Lady Hardcastle.

»Nein, der Leichenwagen ist unterwegs liegengeblieben. Und Dr. Gosling wurde zu einem anderen Fall gerufen, sodass er ihn verpasst hat. Er möchte morgen den Tag mit Aufschneiden und Durchwühlen verbringen, wie er es nennt.«

»Hört sich nach Sim an«, bestätigte sie. »Immer ernst und respektvoll.«

»Ich bin mir sicher, seine Patienten stört das nicht mehr, aber ich hoffe schwer, dass er sich zu mäßigen weiß, wenn er es jemals mit Angehörigen und Freunden zu tun bekommt.«

»Ich glaube nicht, dass Sie sich da irgendwelche Sorgen machen müssen – er ist kein so großer Tollpatsch, wie er gern vorgibt. Wir freuen uns darauf, Sie morgen zu sehen, Inspektor.«

»Ich rufe Sie vorher noch mal an.«

Das Telefonat endete mit dem üblichen Austausch von freundlichen Abschiedsworten.

»Wie lange haben wir, bis die Jungs eintreffen?«, fragte Lady Hardcastle, als sie den Hörer wieder auf die Gabel gehängt hatte.

»Kommt darauf an, wie schnell sie den Transport von Chipping hierher organisieren können«, erwiderte ich. »Skins hat allerdings etwas von einer schnellen Halben erwähnt, die er in der Wartezeit im Pub trinken wolle, also würde ich sie nicht innerhalb der nächsten Stunde erwarten. Vielleicht dauert es sogar länger, falls Halbe zu Pints werden.«

»Dann haben wir also ausreichend Zeit.«

»Um …?«

»Um einen Abstecher ins Dorf zu machen und in ein paar Wespennestern herumzustochern.«

»Sehr gut«, sagte ich. »Ich stochere gern ein bisschen.«

»Dann schnür deine Stiefelchen und lass uns aufbrechen. Du holst Hüte und Mäntel, und ich sage den Filmleuten, dass wir rechtzeitig zum Tee zurück sind.«

Mr. und Mrs. Hughes sowie ihre ergebene Anhängerschaft skandierten vorm Gemeindesaal halbherzig ihre Slogans. Die Transparente waren uns noch vom vorigen Tag her vertraut – bis auf eins. Darauf stand: *Römer 6:23. Denn der Lohn der Sünde ist der Tod …*

»Also ehrlich!«, empörte sich Lady Hardcastle. »Ich glaube, wir müssen mit diesen Hughes mal ein ernstes Wörtchen reden.«

»Es ist wirklich ein bisschen pietätlos«, stimmte ich zu. »Der arme Mann ist nicht mal einen Tag tot, und sie haben nichts Besseres zu tun, als ihn für sein Ableben verantwortlich zu machen.«

»Dann komm mit, du Winzling. Lass uns mal sehen, was sie zu ihrer Verteidigung vorzubringen haben.«

»Wir waren halb über den Dorfanger, als der Vikar begleitet von seiner hutzeligen Frau und ihrem mächtigen Hund aus der großen Eichenpforte von St. Arild's trat.

James und Jagruti Bland hatten sich kennengelernt, als er in Indien als Missionar unterwegs gewesen war. Sie hatte als Lehrerin in der kleinen Dorfschule gearbeitet, bei deren Errichtung er mitgeholfen hatte, und als die Jahre ins Land gegangen waren, hatten sie sich verliebt und schließlich geheiratet. Als es dann für Mr. Bland Zeit wurde, nach England zurückzukehren, begleitete Mrs. Bland ihn selbstverständlich.

Der große, schlaksige Priester und seine winzige Frau boten ein auf anrührende Weise komisches Bild. Aber sie hatten in der Vergangenheit eine unangenehme Menge an Feindseligkeit erfahren – der englische Pfarrer und seine indische Frau hatten eine ganze Reihe kleinkarierter Menschen außerordentlich wütend gemacht. Sie hatten in vielen Gemeinden im ganzen Land ihren Dienst versehen, bevor die Dorfbevölkerung von Littleton Cotterell sie ins Herz geschlossen hatte, und sie hier einen Platz fanden, an dem sie endlich akzeptiert wurden.

Mehr oder weniger.

Mrs. Bland (für ihre vielen Freunde war sie einfach nur Jag) war eine Frau mit unzähligen guten Eigenschaften: Sie war intelligent und schlagfertig, freundlich und großzügig. Sie spielte Orgel. Ohne großes Getöse und Brimborium verköstigte sie die Schäfchen ihres Ehemannes, wenn sie in Not gerieten, und kleidete sie ein. Aber eine Schwäche hatte sie: Sie war dem absurdesten Hund der Welt restlos verfallen.

Hamlet war einer dieser unwahrscheinlich großen Hunde, die einst Deutscher Wildschweinhund genannt wurden und die wir heute als Dänische Doggen kennen. Er war von blaugrauer Färbung, hatte weiße Flecken an den Vorderbeinen und war knapp einen Meter hoch. Das bedeutete, dass sich sein Kopf ungefähr auf Höhe von Mrs. Blands Achselhöhle befand und dass er mit seinen fünfundsiebzig Kilo beinahe doppelt so viel wog wie sie. Er war freundlich, verspielt, neugierig und besaß den erschreckendsten Zug, den Tiere besitzen können: einen eigenen Kopf.

Man konnte oft beobachten, wie Hamlet mit Mrs. Bland im Dorf spazieren ging, und falls man sich nicht die Mühe machte, sie in ein Gespräch zu verwickeln, konnte man durchaus den Eindruck gewinnen, dass die einzigen englischen Worte, die sie kannte, »Hamlet! Nein!« lauteten. Im Großen und Ganzen war das Tier freundlich und gutmütig, aber seine Größe und sein Eigensinn bedeuteten zusammen mit der Machtlosigkeit seiner Herrin, dass er einen Großteil der Zeit angebunden an Zäune und Torpfosten verbringen musste. In vielen Häusern und Geschäften von Littleton Cotterell war er nämlich nicht mehr willkommen.

Manchmal ist jedoch ein riesiger, undisziplinierter Hund genau das, was man braucht, und dies war einer dieser Momente. Als Mr. Hughes, der Anführer der Protestierenden, die Blands entdeckte, grinste er sie hämisch und selbstzufrieden an, war dies doch seine Chance zu handeln. Er gab seinen Mitstreitern ein Zeichen, und diese umringten den Vikar und dessen Frau. Das Skandieren, das bis zu diesem Zeitpunkt einigermaßen gutartig gewesen war – manche hätten es vielleicht sogar »fröhlich« genannt –, nahm nun einen finster-aggressiven Ton an. Die Dinge schienen sich zum Unschönen zu wenden.

Mr. und Mrs. Bland versuchten nach Kräften, das Grüppchen zu ignorieren. Sie traten auf die Straße, um den Demonstrierenden auszuweichen. Leider existiert eine geheimnisvolle Kraft, die gelegentlich vernünftige Einzelpersonen in einen einschüchternden Mob verwandelt, ganz egal wie wohlmeinend diese Einzelnen sein mögen. Eine der Frauen machte einen Schritt auf die Blands zu. Für mich sah es so aus, als ob sie einfach nur versuchen wollte, ihr Gleichgewicht wiederzuerlangen, nachdem sie sich zu weit nach vorn gebeugt hatte, aber nun trat auch der Rest der Menge einen Schritt nach vorn. Aus einem nicht unmittelbar erkennbaren Grund nahm dabei auch die Lautstärke des gegen den Film gerichteten Skandierens zu.

Ob er diese Bewegung als eine Gelegenheit zu spielen oder als eine Bedrohung für seine geliebten Menschen betrachtete, jedenfalls war Hamlet sicher, dass sich hier etwas zusammenbraute, und begann laut und dröhnend zu bellen. Die Frau, deren Stolpern den gemeinschaftlichen Schritt der Menge verursacht hatte, schrie verängstigt auf. Der Mann neben ihr machte allein einen weiteren Schritt nach vorn und schwang sein Transparent in Richtung des Hundes, wobei er etwas Unverständliches brüllte.

Nun war Hamlet sicher, dass das Spiel angepfiffen worden war. Er bellte noch einmal aus vollem Hals und stürzte nach vorn, sodass Mrs. Bland die Leine aus der winzigen Hand gerissen wurde. Hamlet prallte mit voller Wucht gegen den Mann, der ihm entgegengetreten war, und stieß ihn gegen die Frau, die alles ausgelöst hatte. Die beiden Protestierenden landeten auf dem Hosenboden, doch Hamlet reichte das noch nicht. Unter vergnügtem Bellen fräste er sich durch die Menge. Innerhalb weniger Sekunden hatte er alle auf den Allerwertesten plumpsen lassen und sprang bellend und schwanzwedelnd um die Gefallenen herum.

Mr. Hughes begann nun wütend den Hund und dessen Halter anzuschreien. Er versuchte sich wieder hochzurappeln, um sich nachdrücklicher bei ihnen beschweren zu können, aber Hamlet deutete das Geschrei – das für ihn wohl wie Gebell klang – und die plötzliche Bewegung als Einladung, das Spiel fortzusetzen. Er hüpfte auf den Anführer des Protests zu und riss ihn ein weiteres Mal um.

»Ich fürchte, Mr. Hughes ist gerade ziemlich beschäftigt«, kommentierte Lady Hardcastle. »Vielleicht sollten wir uns auf einen Besuch bei Mr. Orum im *Dog and Duck* beschränken.«

»Ist vielleicht das Beste«, stimmte ich zu. »Hughes scheint im Moment eine ganze Menge um die Ohren zu haben.«

Als wir uns schließlich abwandten, lag Mr. Hughes auf dem Rücken, Hamlets Vorderpfoten auf seiner Brust. Der glückliche Hund hatte den Kopf zu seinem unfreiwilligen Spielgefährten gesenkt, bellte und sabberte und war sich wie üblich keiner Schuld bewusst.

7

Ich war nicht ganz sicher gewesen, ob der Abstecher zum Pub irgendetwas bringen würde. Lady Hardcastle hatte sich mit Mr. Orum unterhalten wollen, und obwohl wir wussten, dass er in einem der beiden Gästezimmer wohnte, die Old Joe vermietete, wusste keine von uns, wo er sich zurzeit aufhielt. Möglicherweise saß er in seinem Zimmer und las ein erbauliches Buch. Genauso gut konnte er aber auch der Novemberkälte trotzen, mannhaft über die Felder von Gloucestershire schreiten und so versuchen, sein Image als windzerzauster romantischer Künstler zu kultivieren. Das erschien mir im Grunde die wahrscheinlichste Variante zu sein. Jeder, der so eine Paisleykrawatte trug, hatte irgendein Image zu kultivieren.

Tatsächlich war es dann so, dass er es sich mit einem Pint von Joes bestem Cider im kleinen Nebenraum des Pubs bequem gemacht hatte und Zeitung las. Bei unserem Eintreten spähte er über die Zeitung hinweg, versteckte sich aber demonstrativ wieder dahinter, als er uns erkannte.

Lady Hardcastle ignorierte ihn und trat an den Tresen. Dort war niemand, der uns hätte bedienen können, also rief sie undamenhaft: »Mr. Arnold? Hallo?«

Keine Antwort.

»Er ist im Keller und holt irgendwas«, meldete sich Mr. Orum hinter seiner Zeitung hervor.

»Danke«, erwiderte Lady Hardcastle. »Mr. Orum, richtig?«

»Richtig«, bestätigte er und senkte nun endlich die Zeitung.

»Lady Hardcastle«, stellte sie sich vor. »Sehr erfreut.«

»Ganz meinerseits, Mylady«, erwiderte er.

»Sind Sie wegen der Filmvorführungen hier?«

»Stimmt. Nolan Cheethams Filmdingsbums.«

»Genau«, bestätigte sie. »Er wohnt bei mir im Haus. Wenn ich das recht verstehe, waren Sie früher mal befreundet?«

»Waren wir mal, ja. Was für ein Gift hat er denn verspritzt?«

»Tatsächlich hat er gar nicht viel erzählt. Der verstorbene Mr. Newhouse hat uns davon erzählt.«

»Der alte Narr? Das hätte ich wissen müssen. Der hätte seinen Mund nicht mal in einer Jauchegrube halten können. Er …« Dann schien er sich zu besinnen. »Man soll ja nicht schlecht über kürzlich Verstorbene reden, hm?«

»Vor allem dann nicht, wenn man selbst die Vorlage für deren Mord geliefert hat.«

Das Glas blieb auf halbem Weg zu seinem Mund in der Luft hängen. »Wie bitte?«

»Wie ich die Sache verstanden habe, behaupten Sie

doch, dass *Der Niedergang der Hexe* Ihre Idee gewesen ist. Und wenn Sie das Drehbuch geschrieben haben, haben Sie sich gewissermaßen auch die Methode ausgedacht, nach der Mr. Newhouse ermordet worden ist.«

»Ich habe mir nicht ausgedacht, dass Hexen ihre Opfer mit irgendwelchem Zauber töten, für den sie Puppen verwenden.«

»Nein, natürlich nicht. Aber Sie haben diese Methode in Ihre Geschichte aufgenommen, und bis ins grausamste Detail wurde sie heute in den frühen Morgenstunden auf dem Kirchhof benutzt.«

»Es sei denn, eine Hexe steckt dahinter«, erwiderte er.

»Das sollten wir nicht ausschließen. Obwohl man es schon mehr als nur ein bisschen verdächtig finden könnte, dass Sie aus dem Nichts auftauchen, nachdem Sie sich mit Ihrem alten Freund entzweit haben, und dass dann ein Mitglied seiner Truppe ermordet wird.«

Kurz wirkte er erschrocken, kehrte aber gleich wieder sein sarkastisches Selbst hervor. »Ich würde es Euphemia Selwood zutrauen, ihn wegen irgendeiner eingebildeten Beleidigung um die Ecke zu bringen. Schauspielerinnen sind im Allgemeinen sehr empfindlich. Sie haben riesige Egos, die allerdings auf zerbrechlichen Fundamenten stehen. Eine kleine Erschütterung, und schon …« Er schnipste mit dem Finger in die Luft. »Vielleicht war es auch Zelda Drayton? Die hat schon immer Ärger bedeutet.«

»Ich hatte den Eindruck, dass sie alle sehr gut befreundet sind«, entgegnete Lady Hardcastle.

»Ach ja, selbstverständlich«, sagte er ironisch. »Die

allerengsten und allerbesten Freunde. Zwischen Ihnen fällt nie ein böses Wort. Kein einziges.«

In diesem Augenblick tauchte Joe auf und sagte: »Guten Tag, Mylady. Was darf ich Ihnen bringen?«

»Ach, guten Tag, Mr. Arnold, wie schön, Sie zu sehen.«

»Ich sag Ihnen doch immer, dass Sie mich Joe nennen sollen, Mylady. Das machen alle.«

»Natürlich, Joe, tut mir leid. Ich fürchte, für Brandy ist es noch ein bisschen früh. Haben Sie vielleicht einen Limettensirup?«

»Tut mir leid, Mylady, der ist seit letztem Monat aus und wird eigentlich nicht mehr verlangt. Ich hab noch ein bisschen Sarsaparille, aber die ist schon ziemlich alt – trinkt auch kaum einer. Schmeckt wie Medizin. Vielleicht ein Ingwerbier? Wie wär's mit einem schönen Glas Ingwerbier?«

»Das wäre ganz vorzüglich. Willst du auch eins, Armstrong?«

Ich nickte.

»Dann bitte zwei, Joe. Wie ist es mit Ihnen, Mr. Orum? Darf ich Sie zu einem Glas einladen?«

Er hob seinen Krug hoch. »Gern.«

»Und macht es Ihnen etwas aus, wenn wir Ihnen Gesellschaft leisten?«, fragte Lady Hardcastle.

»Es wäre wirklich ungehobelt, sie abzuweisen, nachdem Sie so großzügig waren, mir einen Drink zu spendieren«, erwiderte er und faltete die Zeitung zusammen. Dann trank er einen Schluck von seinem frischen Krug Cider. »Auf Ihr Wohl, Mylady.«

Lady Hardcastle und ich hoben ebenfalls unsere Gläser.

»Waren Sie gestern Abend denn hier?«, fragte sie dann. »Nach der Vorführung, meine ich.«

»Das halbe Dorf war hier«, erwiderte er.

»Na ja, schon. Aber wie ist es mit Ihnen?«

»Ich auch. Warum?«

»Ich interessiere mich nur dafür, wann Basil Newhouse zuletzt gesehen wurde, das ist alles.«

»Ach ja, ich habe schon gehört, dass Sie sich ein bisschen als Amateurdetektivin betätigen. Ja, ich bin hier gewesen. Ich habe Cheetham und seine hörigen Lakaien im anderen Raum gesehen. Oder vielmehr gehört. Wichtigtuer, wie üblich, heimsen eifrig alles Lob für meine Arbeit ein.«

»Haben Sie sich mit ihnen unterhalten?«

»Eigentlich wollte ich ihnen die Meinung sagen – ich hätte auch den Dorfbewohnern, die sie angehimmelt haben, gern ein paar Dinge erklärt, wenn ich schon mal dabei gewesen wäre –, aber ich bin überredet worden, nichts zu sagen.«

»Von wem denn?«, fragte ich.

»Von Miss Caudle von den *Bristol News*. Sie wohnt ebenfalls hier. Sie sind ihr hier am Montag begegnet, Miss … Armstrong.«

»Das bin ich, ja.«

»Und wir beide haben sie heute erneut gesehen«, übernahm Lady Hardcastle wieder. »Sie hat Mr. Cheetham am Morgen besucht und ihn geradezu verhört.«

»In seiner Höhle«, warf er verächtlich ein.

»In *meiner* Höhle«, verbesserte sie ihn. »An Dreistigkeit mangelt es ihr ja nicht.«

Er lachte auf. »Das sage ich ihr. Es wird sie freuen.«

»Tun Sie das. Sie könnten mir auch den Gefallen tun und ihr auszurichten, dass sie sich künftig anmelden sollte, wenn sie noch einmal vorhat, einen meiner Gäste zu belästigen.«

Er lachte erneut. »Es wird sie sicher noch mehr freuen zu erfahren, dass sie Sie so sehr beleidigt hat.«

»Das kann ich mir vorstellen«, erwiderte Lady Hardcastle. »Haben Sie mitbekommen, wann Mr. Newhouse den Pub verlassen hat?«

»Leider nicht. Ich habe die anderen kurz nach Mitternacht aufbrechen hören – unter herzlichen Glückwünschen der versammelten Schafherde und flehentlichen Bitten, dass es eine weitere Aufführung meines Films geben möge. Mir war die ganze Szene derart zuwider, dass ich nach oben ins Bett gegangen bin und sie mit ihren Lobhudeleien alleingelassen habe.«

»Und Mr. Newhouse ist noch geblieben?«

»Soweit ich weiß, ja. Er hat noch nie eine Gelegenheit ausgelassen, sich bewundern und verehren zu lassen. Vor allem dann nicht, wenn es dazu umsonst etwas zu trinken gab.«

Ich weiß nicht, ob Lady Hardcastle weitere Fragen hatte – ich hatte gewiss welche –, aber in just diesem Moment wurden wir durch die Ankunft einer keuchenden Edna unterbrochen.

»Tut mir leid, Mylady«, japste sie. »Aber im Hause sind ein paar ... Herren eingetroffen. Behaupten, dass sie erwartet werden. Anscheinend Musiker.«

»Ach, wie wunderbar«, erwiderte Lady Hardcastle.

»Danke.« Dann wandte sie sich erneut unserem Gesprächspartner zu. »Wir müssen Sie leider wieder Ihrer Einsamkeit überantworten, Mr. Orum – wir sollten nach Hause zurückkehren und unsere Gäste begrüßen. Haben Sie sich schon ausreichend für den Rückweg erholt, Edna? Wenn Sie noch ein paar Minuten brauchen, gibt es hier noch zwei halb ausgetrunkene Ingwerbiere. Ich bin sicher, es macht Mr. Orum nichts aus.«

Mr. Orum hatte bereits wieder seine Zeitung aufgeschlagen. Edna hielt kurz inne und schüttete dann den Rest meines Ingwerbiers in Lady Hardcastles Glas.

»Wenn es Ihnen nichts ausmacht, Mylady«, sagte sie dann. »Ich könnte eine kurze Verschnaufpause gebrauchen.«

Ohne unsere Einwilligung abzuwarten, ging sie mit ihrem vollen Glas hinüber in den Schankraum, und wir machten uns auf den Heimweg.

Vor unserer Eingangstür fanden wir einen vertrauten Haufen Instrumentenkoffer vor.

»Das sind ganz zweifellos unsere Jungs«, freute sich Lady Hardcastle. »Wer sonst sollte ein Schlagzeug und einen Kontrabass vor der Haustür einer Lady abladen?«

Ich machte die Tür auf und trat dann beiseite, um sie durchzulassen.

Barty und Skins standen wie Falschgeld in der Eingangshalle herum.

»Guten Tag, meine Herren«, begrüßte Lady Hardcastle sie. »Wie überaus wundervoll, Sie zu sehen.«

»Tag, Lady H.«, erwiderte Skins und streckte ihr die

Hand entgegen. »Sind Sie sicher, dass es keine Mühe macht? Ihre Haushälterin schien ein bisschen verärgert zu sein.«

»Es macht überhaupt keine Mühe«, beruhigte sie ihn. »Ich habe es nur versäumt, sie von Ihrer Ankunft zu unterrichten, das ist alles. Wenn ich Sie nun für ein paar Augenblicke Flos Obhut überlassen dürfte, sage ich schnell den Filmleuten Bescheid, was Sache ist, dann zeigen wir Ihnen Ihre Zimmer.«

»Tachchen, Flo«, sagte Skins mit einem breiten Grinsen. »Können wir unsere Sachen irgendwo verstauen?«

»Mr. Skins«, erwiderte ich. »Wie zauberhaft, dass Sie vorbeischauen. Und Mr. Dunn. Guten Tag auch Ihnen.«

»Miss Armstrong«, erwiderte der charmante Bassist.

»Geben Sie mir Ihre Hüte. Dann sagen wir jemandem Bescheid, der sich um Ihre Instrumente kümmert.«

»Jemandem?«, fragte Skins. »Haben Sie inzwischen denn noch andere Jemande?«

»Wir erzählen Ihnen bestimmt später die ganze Geschichte, aber wir haben jetzt Dewi – Sie erinnern sich doch an Dewi, den Diener von *The Grange*? Er hilft uns leihweise für eine Woche aus.«

»Menschen wie Bibliotheksbücher ausleihen, hm?«, lästerte Skins. »Wie die Oberschicht so lebt, was, Barty?«

Während Skins ein kleines, drahtiges Energiebündel war, war Barty groß und geschmeidig und verhielt sich insgesamt eher entspannt und gelassen. Er hatte auch eine ganze Wagenladung Charme, und ich erinnerte mich noch gut an sein Techtelmechtel mit einem gewissen Hausmädchen.

»Dora ist übrigens auch hier«, sagte ich.

Barty blickte mich verständnislos an.

»Dora Kendrick«, half ich ihm auf die Sprünge. »Das Hausmädchen von *The Grange.*«

Er sah mich weiter verwirrt an.

»Nehmen Sie es ihm nicht übel«, warf Skins ein. »Er hat so viele Miezen am Start, dass er nicht mehr hinterherkommt.« Dann wandte er sich an seinen Freund. »Dora, Kumpel. Ein flatterhaftes Stück. Du hast sie *getröstet*, als wir auf der Party gespielt haben.«

Langsam schien ihm zu dämmern, von wem wir sprachen, sehr langsam. »Dora, na klar«, sagte er gedehnt. »Große Blondine, hinkt ein bisschen?«

Ich seufzte. »Nein. Sie sehen sie bestimmt später noch. Vielleicht möchte sie ja gar nicht, dass man sich an sie erinnert, aber falls sie etwas zu Ihnen sagt, tun Sie wenigstens so, als ob Sie wüssten, wer sie ist.«

»Natürlich«, erwiderte er mit einem fröhlichen Grinsen. »So mach ich's.«

Ich schickte die beiden in den Salon, während ich Dewi damit beauftragte, den Kontrabass und das Schlagzeug in die Orangerie zu bringen sowie das Gepäck auf ihre Zimmer. Miss Jones setzte Wasser für Tee auf. Dora war wie üblich nirgends zu entdecken, aber zum ersten Mal war das wahrscheinlich besser so. Sie war so schon aufreibend genug, ohne dass etwaige Leidenschaften – oder Kränkungen – durch die Anwesenheit des hübschen Bassisten wieder aufgewühlt würden.

Durch das ganze Durcheinander mit dem liegengebliebenen Zug hatten die Musiker seit dem Frühstück nichts mehr gegessen. Die Filmleute waren ihrerseits erpicht darauf zu essen, bevor sie die Dorfbevölkerung einen weiteren Abend lang unterhielten. Irgendwie hatten Lady Hardcastle und ich außerdem das Mittagessen verpasst, also einigten wir uns darauf, dass ein Halb-Lunch-halb-Dinner zum Tee unser aller Bedürfnisse befriedigen würde.

Ich half Miss Jones bei der Zubereitung einer künstlertauglichen Mahlzeit. Ihre Vorbereitungen fürs Abendessen waren zwar schon ziemlich weit gediehen, als ich ihr die spontane Planänderung mitteilte, doch es gelang mir, sie davon zu überzeugen, dass wir ihre vorzügliche Wildpastete, die fast fertig war, am Donnerstag servieren könnten.

»Dann hab ich aber immer noch nichts, was ich jetzt auf den Tisch bringen könnte«, klagte sie.

»Was hatten Sie denn fürs Lunch vorgesehen?«, fragte ich. »Könnten wir es ein bisschen aufpeppen und in etwas Eleganteres, mehr Abendessentaugliches verwandeln?«

»Ich wollte einfach nur Käsebrote machen«, erwiderte sie untröstlich.

»Packen Sie die Brote auf den Grill, dann ist es *Welsh Rabbit*, Walisischer Hase«, schlug ich vor. »Wenn wir das mit einer Gemüsesuppe servieren und dem Ganzen einen schicken Namen geben, sind alle bestimmt ganz beeindruckt von Ihrem Einfallsreichtum.«

»Käsetoast?«, rief sie. »Zum Abendessen?«

»Mit Senf. Und legen Sie noch ein Spiegelei obendrauf. Wir nennen es … *Lapin au pays des Galles.*«

»Was bedeutet das?«

»Walisischer Hase«, erklärte ich.

Sie lachte. »Ich setze die Suppe auf, und Sie kümmern sich um die Käsebrote. Schließlich sind Sie ja die Waliserin hier.«

»Da haben Sie recht. Aber Sie doch eigentlich auch. Obwohl ich das Gericht eigentlich nicht für besonders walisisch halte.«

»Es ist auch kein Hase drin.«

»Touché.«

»Außerdem bin ich gar nicht aus Wales.«

Ich starrte sie an. »Nicht? Aber Sie heißen doch Blodwen Jones. Sie könnten nicht mal walisischer sein, wenn sie einen Zylinder trügen, *Sospan Fach* sängen und dabei Seetang zubereiten würden.«

»Unser Vater stammte aus Wales. Aber ich bin in Littleton Cotterell geboren«, erwiderte sie stolz.

»Ach du liebes bisschen.«

Zum Lunch-Dinner-Tee waren wir zu siebt. Eigentlich hatte ich mit einer gedämpften Stimmung gerechnet, aber die beiden Musiker belebten die Runde. Barty und Skins legten einen Grad an Mitgefühl an den Tag, den ich von keinem der beiden erwartet hätte, und ermunterten die drei Filmleute, von ihrem alten Freund zu erzählen. Beinahe widerwillig hatten die Trauernden dann angefangen, Abenteuer, Streiche und begeisternde Bühnenauftritte zu teilen. Der Raum hallte vor Gelächter wider. Und niemand erwähnte auch nur den Walisischen Hasen.

In der Zwischenzeit hatte Barty Dunn das Feuer an

seinem legendären Charme aufgedreht und ihn ganz auf Euphemia Selwood konzentriert, die sich in seiner Aufmerksamkeit sonnte.

Er bemerkte schließlich, dass alle Gespräche um ihn herum verstummt waren, und wir ihm alle zuhörten.

»Nicht aufhören, Barty, Kumpel«, forderte Skins ihn auf und stützte das Kinn auf die Hand. »Mach einfach weiter, wir holen uns nur ein paar Tipps ab. Von dir können wir in Bezug auf die Balz alle noch was lernen.«

Der Ausdruck auf Bartys Gesicht ließ vermuten, dass er ihm in anderer Gesellschaft eher eine Kopfnuss verpasst als eine Lektion in der Kunst des Hofmachens hätte zuteilwerden lassen, aber als sowohl Lady Hardcastle als auch Zelda Skins' aufmerksame Pose kopierten und Barty andächtig anblickten, lachte er und hielt als Zeichen der Kapitulation die Hände empor.

»Man kann es einem Burschen doch nicht verübeln, dass er es versucht.«

Euphemia errötete und nahm einen Löffel Suppe, aber auch sie lächelte dabei.

Trotz der Neckerei wollte Barty das Gespräch mit Euphemia ganz offenbar nicht einstellen. »Es muss doch komisch sein, einfach nur für eine Kamera zu spielen. Ich kann ohne Publikum jedenfalls nicht mein Bestes geben.«

»Man gewöhnt sich daran«, erklärte sie. »Als kleines Mädchen hab ich ein paarmal mit meiner Mum auf der Varietébühne gestanden und zu Beginn meiner Karriere auch ein paarmal auf der Theaterbühne. Da lernt man etwas darüber, was beim Publikum ankommt. Man spielt einfach nur so natürlich man kann und stellt sich das Publikum dabei vor.«

»Wir haben schon mal etwas in der Art probiert«, entgegnete Barty und wandte sich an Skins. »Erinnerst du dich daran, als wir zusammen mit Roland Richman eine Schallplatte aufnehmen wollten?«

Skins lachte auf. »Katastrophe. Es gab mehr Typen in Overalls als Musiker. Und wir hatten nur einen Versuch, also haben wir den ganzen Morgen damit verbracht, das verdammte Stück zu proben. Als sie dann die Maschine angeworfen haben, war es totaler Müll. Vollkommen leblos. Kein Funke.«

Barty nickte.

»Aber noch mal ein bisschen zurück«, sagte Skins. »Haben Sie gesagt, dass Ihre Mutter im Varieté gearbeitet hat?«

»Genau«, bestätigte sie.

»Es ist Millie Selwood«, schaltete ich mich ein.

»Millie ...?«, sagte Skins. »Ohne Witz? Wir haben mit ihr gearbeitet. Vor ein paar Jahren saßen wir ein paar Monate im Alhambra im Orchestergraben. Erinnerst du dich, Barty? Eine piekfeine Bude. Mussten uns immer in Schale schmeißen. Ihre Mutter war fantastisch. Hat wie ein Engel gesungen. Hinter der Bühne hat sie allerdings wie ein Seemann geflucht. Das ist ja ein Ding.«

»So kenne ich sie«, bestätigte Euphemia stolz. »Sogar die Bühnenarbeiter fürchten sich vor ihr.«

»Sie arbeitet also immer noch?«, fragte Skins.

»Nicht mehr so viel wie früher, aber sie will nicht einrosten.«

»Und Sie hatten keine Lust, in ihre Fußstapfen zu treten?«

»Sie hat sich das sehr gewünscht. Mein Dad, der ihr Manager ist, ebenfalls. Allerdings habe ich zwar ihr Aussehen, aber sein musikalisches Talent geerbt. Der Gute ist vollkommen unmusikalisch. Trifft keinen einzigen Ton. Also hab ich es einfach mit der richtigen Schauspielerei probiert.«

»Der Verlust für das Varieté ist ein Gewinn fürs Kino«, warf Mr. Cheetham ein.

»*Kino*?«, fragte Lady Hardcastle. »Ach, Donnerwetter, was für ein wunderbarer Name dafür. Wir haben uns so lange mit *Bewegtbildern* und *Kinematografen* und wer weiß womit sonst noch beholfen. *Kino*, das klingt doch nach was. Ich hoffe, es setzt sich durch.«

Mr. Cheetham nickte ihr lächelnd zu. Ich hätte eine stattliche Summe darauf gesetzt, dass die Idee nicht auf seinem Mist gewachsen war, aber ihn darauf anzusprechen, wäre mir kleinlich erschienen.

Als die Suppe und der Walisische Hase verspeist waren, räumten Edna und Dora den Tisch ab und brachten statt Nachtisch Tee und Kuchen. Dora blieb wie immer stumm und quittierte den Dank der Filmleute lediglich mit einem knappen Kopfnicken. Barty Dunn ignorierte sie demonstrativ, und der Bassist tat es ihr gleich. Allerdings hatte ich den Ausdruck überraschten Wiedererkennens auf ihrem Gesicht gesehen, als sie den Hauptgang aufgetragen hatte, also wusste ich, dass die Gleichgültigkeit gespielt war.

Kuchen und Tee waren bald vertilgt, und die Unterhaltung ebbte langsam ab, als sich die Filmleute entschuldigten und sich wieder ins Frühstückszimmer zurückzogen, wo sie ihr Basislager aufgeschlagen hatten und letzte Hand an ihre Pläne für den Abend legen wollten. Als sie fort waren, wandte Lady Hardcastle sich an die Musiker.

»Nun, meine Herren. Sollen wir uns für den Moment vertagen und uns um halb acht zu Cocktails und dem Schwelgen in Erinnerungen wiedertreffen? Wir haben Ihre Instrumente sicher verstaut, aber ich bin sicher, dass wir uns auch anderweitig unterhalten können. Vielleicht mit ein paar Runden Karten?«

»Hört sich großartig an, Mylady«, erwiderte Skins. »Um die Wahrheit zu sagen, käme mir eine Pause ziemlich gelegen. Und vielleicht ein Nickerchen. Ich bin vollkommen erledigt. Keine Ahnung, woran das liegt, aber wenn ich auf Reisen bin, geht es mir immer so.«

»Das geht uns allen so, mein Lieber. Ruhen Sie sich aus. Wir brauchen Sie hellwach und quicklebendig, sonst ist es ja nicht fair, wenn wir Sie beim Kartenspiel alt aussehen lassen.«

Er musste lachen. »In Ordnung.«

»Außerdem haben wir noch ein paar interessante Neuigkeiten für Sie«, schaltete Barty sich ein, als er die Tür öffnete und hinausging. »Von Ihrem Bruder.«

»Aha?«, erwiderte Lady Hardcastle. »Wie aufregend. Können Sie uns die nicht jetzt schon erzählen?«

»Ach, das hat Zeit«, rief er ihr noch aus der Halle zu.

Um halb acht saßen wir wieder im Salon. Lady Hardcastle hatte einen Kartentisch und vier erstaunlich bequeme

Sessel bei B. Maggs & Co. in Bristol erstanden. Normalerweise kaufte sie nicht in Kaufhäusern ein, aber während eines Ausflugs nach Clifton hatten wir spontan dort vorbeigeschaut, und sie hatte aus einer Laune heraus diese paar Möbelstücke erworben. Den Tisch hatten wir bereits für unsere regelmäßigen Partien zu zweit benutzt, aber dies war sein erster Tauglichkeitstest als Vierertisch. Er bewährte sich ziemlich gut, und die Sessel wurden von beiden Musikern gelobt.

»Glauben Sie bloß nicht, Sie können uns von ihrem stümperhaften Spiel ablenken, indem sie über die Sessel sprechen, Mr. Skins«, sagte ich. »Ich zähle zehn zu drei Stiche ... Das heißt vier Punkte – und das Spiel – gehen an uns.« Ich notierte den Punktestand mit einer triumphierenden Geste auf dem kleinen Block.

»Natürlich hätten wir Sie bei einem richtigen Spiel vernichtend geschlagen. Bevor der Abend zu Ende wäre, hätten wir Ihnen Ihr ganzes Vermögen abgeknöpft.«

»Und was ist denn Ihror Moinung nach *ein richtiges Spiel*?«, fragte Lady Hardcastle.

»Poker, Lady H. Sie hätten keine Chance.«

Lady Hardcastle lächelte milde und wandte sich zu mir um. »Erinnerst du dich an unsere Pokerpartie in diesem Club in Berlin? Wie viel haben wir gleich noch von Herrn Armbrüster gewonnen?«

»Zehntausend Mark, Mylady«, erwiderte ich. »Was ungefähr fünfhundert Pfund entspricht, glaube ich.«

Skins fiel die Kinnlade herunter. »Fünfhundert? Beim Kartenspielen?«

»Nun, das und die unentgeltliche Benutzung seines

Bordells, aber dieses charmante Angebot haben wir höflich abgelehnt.«

Die beiden Männer lachten.

»Apropos«, sagte Barty. »Ich habe ein paar Neuigkeiten und eine Nachricht von Ihrem Bruder.«

»Oje«, erwiderte Lady Hardcastle. »Er gründet doch nicht etwa ein Bordell. Und ich hatte gehofft, dass Lady Lavinia einen beruhigenden Einfluss auf den dummen Jungen ausüben würde.«

Barty runzelte die Stirn. »Nein, Mylady, nichts dergleichen. Ich musste nur daran denken, weil Sie Berlin erwähnt haben.«

»Aha. Unsere Freunde im Deutschen Reich führen also mal wieder nichts Gutes im Schilde.«

»Darüber weiß ich nichts«, erwiderte er. »Aber er untersucht die Umtriebe eines bestimmten deutschen Staatsbürgers. Ein Kerl namens …«

»Burlingham«, unterbrach ihn Skins.

»Nein«, widersprach Barty. »Günther Ehrlichmann.«

Diesmal fiel *uns* die Kinnlade herunter.

»Ich fürchte, irgendwer erlaubt sich da einen üblen Scherz«, sagte Lady Hardcastle.

»Gut möglich«, erwiderte Barty. »Aber so hat sich der Kerl, den wir vor ein paar Tagen im *Rag-a-Muffin* getroffen haben, genannt.«

»Ist das ein Nachtclub?«

»Ein Nachtclub für Ragtime, ja«, bestätigte er. »Im Londoner West End.«

»Und Sie haben dort jemanden getroffen, der behauptet hat, Günther Ehrlichmann zu sein?«, fragte sie nach.

»Hat er sich Ihnen vorgestellt? Hat er Ihnen einen Grund genannt?«

»Ja und ja. Er ist nach unserem Set aufgestanden und hat sich dann zu uns durchgedrängt.«

»Eher durchgeschleimt«, warf Skins ein. »Was für ein Widerling.«

»Ja, er war nicht der angenehmste Zeitgenosse«, bestätigte Barty. »Er kommt also zu uns und sagt: ›Ich habe Sie beide schon eine ganze Zeit lang gesucht, habe viele dieser ... *Nachtclubs* auf der Suche nach zwei bestimmten *Musikern* frequentiert. Sie sind doch mit Lady Hardcastle bekannt, nicht wahr?‹ Also hab ich ihm geantwortet: ›Ja, na und? Woher kennen Sie uns denn?‹ Und er antwortet: ›Ich habe über Sie in der Zeitung gelesen. Sie sind letztes Jahr in ein Verbrechen in einem Landhaus verwickelt gewesen. Morde und Juwelen, glaube ich.‹ Er war Deutscher. Hatte einen wirklich starken Akzent. Ich hab das bestätigt, es hatte ja auch wenig Sinn, ihn anzulügen. Daraufhin hat er gesagt: ›Wenn Sie Lady Hardcastle das nächste Mal treffen, richten Sie ihr schöne Grüße von Günther Ehrlichmann aus.‹ Dann hat er sich wieder verzogen.«

»Wie hat er ausgesehen?«, fragte ich.

»Groß, dünn, blaue Augen, weißes Haar, Hakennase.«

»Hört sich sehr ähnlich an, Mylady.«

»Ja, aber ...«, erwiderte sie.

»Wir haben uns nichts weiter dabei gedacht«, übernahm Skins. »Aber am nächsten Abend ist dieser groß gewachsene Engländer in den Club gekommen, der uns irgendwie bekannt vorkam. Er hat uns seine Karte überreicht und sich als Harry Featherstonhaugh vorgestellt. Dann hat er gesagt: ›Guten Abend, meine Herren. Ich glaube, Sie kennen meine Schwester.‹ Und ich hab bei mir gedacht: ›Okay, Barty kriegt also endlich seine Quittung. Irgendein aufgebrachter Bruder, mit dessen lieber Schwester er poussiert hat.‹ Aber er sieht mir anscheinend meine Gedanken an, lächelt und sagt: ›Lady Hardcastle.‹ Also haben wir ihn uns einen Drink spendieren lassen.«

»Er hat Ihnen einen Drink spendiert?«, fragte Lady Hardcastle. »Haben Sie sich seine Karte ordentlich angesehen? Sind Sie sicher, dass er kein Hochstapler war?«

Barty lachte. »Nein, er war schon echt. Später haben wir uns lange über Sie und Miss Armstrong unterhalten.«

Lady Hardcastle zog fragend eine Augenbraue hoch.

»Nix Indiskretes«, versicherte Skins ihr hastig. »Nur ein paar Erinnerungen über das Smaragddings. Dann hat er uns das über den Rennfahrer erzählt – Sie wissen schon, die ganzen pikanten Details, die nicht in der Zeitung gestanden haben.«

»Ich bin mir sicher, dass er das schamlos aufpoliert hat«, entgegnete sie.

»Es hörte sich aber genau wie etwas an, worin Sie verwickelt wären«, erwiderte Barty. »Egal, bevor wir überhaupt darauf gekommen sind, hat er uns erzählt, dass er fürs Außenministerium arbeitet und dass seine Leute jetzt schon ein paar Tage diesen Deutschen beschattet haben. Die haben ihm dann auch gesagt, dass der Deutsche sich am Vorabend mit uns unterhalten hatte.«

»Er hat uns gefragt, worum es dabei ging. Also haben wir's ihm gesagt«, übernahm nun wieder Skins.

»Ich hätte gern seine Reaktion gesehen«, erwiderte Lady Hardcastle.

»Tatsächlich war er ziemlich gelassen«, erklärte Barty. »Er hat nur gesagt, falls wir es irgendwie arrangieren könnten, in den nächsten paar Tagen bei Ihnen vorbeizuschauen, sollten wir Ehrlichmanns Nachricht an Sie übermitteln. Wir sollten Ihnen auch sagen, dass er die Sache im Griff hat und dass Sie sich keine Sorgen machen müssen.«

»Also hatte Ihr Zug nicht wirklich eine Panne?«, fragte ich.

»Doch, hatte er tatsächlich«, erwiderte Skins. »Harry – er hat uns gesagt, wir sollen ihn Harry nennen …«

»Das tut er gern«, warf ich ein.

»Also, Harry schien es nicht für so dringend zu halten, also wollten wir eigentlich auf dem Rückweg von Gloucestershire vorbeischauen. Dann hätten wir auch ein bisschen mehr Zeit gehabt. Als der Zug dann liegengeblieben ist, dachten wir, wir könnten zwei Fliegen mit einer Klappe schlagen.«

»Und Sie sind sich absolut sicher, dass der Mann, der Sie angesprochen und den mein Bruder beschattet hat, Günther Ehrlichmann hieß?«, hakte Lady Hardcastle nach. »Es kann sich nicht um eine Verwechslung handeln? Kein Missverständnis? Sie haben sich nicht verhört oder erinnern sich nicht richtig?«

»Nein, Mylady«, erwiderte Barty und schien von ihrem plötzlichen Nachdruck etwas beunruhigt zu sein. »So hieß er bestimmt.«

»Aha«, antwortete sie. »Das Problem ist nur, Günther Ehrlichmann ist tot.«

»Tot?«, fragte Skins. »Sind Sie sicher?«

»Ziemlich sicher, mein Lieber. Ich hab ihn selbst erschossen.«

Ein paar Augenblicke war es so still, dass ich das Ticken der Uhr in der Eingangshalle hören konnte. Irgendwann fand Skins die Sprache wieder.

»Haben Sie nicht!«, rief er. Dann wandte er sich an mich. »Hat sie nicht, oder?«

»Leider doch«, entgegnete ich. »Sie müssen bestimmt schon eine Ahnung von unserem früheren Leben gehabt haben?«

»Sie haben uns ein paar Räuberpistolen erzählt, als wir hier nach Wallys Tod übernachtet haben. Aber ich dachte, dass Sie ein bisschen dick auftragen, um Ihr Publikum zu beeindrucken.«

Lady Hardcastle taxierte unsere Gäste kurz. »Ich muss zugeben, dass ich mein Publikum gern beeindrucke«, sagte sie schließlich. »Es amüsiert mich ungemein, vage Andeutungen über unsere vergangenen Taten zu machen – oder *Untaten*, wie wir sie gern nennen. Allerdings rede ich nur selten Klartext. Normalerweise kann ich mich auf Staatsgeheimnisse berufen oder behaupten, Diskretion sei eine Tugend, wenn die Leute zu naseweis werden, aber meistens will ich einfach nicht.«

»Dann sollten wir es dabei belassen«, meldete sich Barty zu Wort. »Wir wollen nicht neugierig sein.«

Skins nickte.

»Oh, aber ich befürchte, Sie könnten nun ... wie soll ich es ausdrücken ... in Dinge verwickelt worden sein, mit denen Sie lieber nichts zu tun hätten.«

»Wir fürchten uns nicht vor irgendeinem schlau daherredenden Deutschen«, entgegnete Skins.

»Wenn er wirklich Günther Ehrlichmann ist«, sagte Lady Hardcastle, »oder wenn er auch nur irgendetwas mit ihm zu tun hat, dann wollen Sie ihm wirklich, *wirklich* nicht in die Quere kommen. Und da derjenige jetzt weiß, wer *Sie* sind und Sie mit mir in Verbindung gebracht hat, ist *verwickelt* jetzt wohl leider das angemessene Wort. Ich denke, es ist nur gerecht, dass Sie die Geschichte erfahren.«

»Nur wenn Sie wollen«, bekräftigte Skins noch einmal.

»Wir sind es Ihnen schuldig. Aber vielleicht lasse ich Flo in diesem Fall erzählen. Sie hat dafür ein besonderes Talent. Wahrscheinlich ist es ihr walisisches Erbe.«

»Um genau zu sein, bin ich nur Halbwaliserin«, korrigierte ich. »Aber ich übernehme gern das Geschichtenerzählen, wenn Sie noch eine Runde Brandy mit mir trinken.«

»Wann habe ich denn jemals einen Brandy abgelehnt?«

Ich tat so, als ob ich kurz nachdenken würde. »Wissen Sie«, erwiderte ich dann, »tatsächlich könnte ich nicht behaupten, dass mir das je untergekommen ist. Vielleicht haben Sie ja ein Alkoholproblem?«

»Ich? Ein Alkoholproblem?« Sie tat ebenfalls so, als ob sie diese Möglichkeit ernsthaft in Betracht ziehen würde. »Das würde natürlich einiges erklären, nicht wahr? Aber ich glaube es trotzdem nicht. Ich mag nur dann und wann mal ein Glas Brandy.«

»Immer und immer wieder … und dann noch eins«, korrigierte ich sie.

»Wenn du darauf bestehst, Liebes«, sagte sie und streckte mir ihr Glas entgegen. »Und jetzt sei still und erzähl unsere Geschichte.«

»Sei still *und* erzähl unsere Geschichte?«

»Haben wir je die moderne Gesetzeslage daraufhin überprüft, ob sie zulässt, dass man widerborstige Dienerinnen verprügelt?«

»Ich dachte, wir hätten uns darauf geeinigt, dass Sie unsere Gäste nicht allzu sehr in Verlegenheit bringen. Hat jetzt jeder etwas zu trinken? Soll ich anfangen?«

8

»Als ich Lady Hardcastle begegnete, war ich siebzehn Jahre alt«, begann ich. »Ich hatte für eine Familie in London als Hausmädchen gearbeitet, als sie mich abwarb.«

»Ich dachte, Sie sind ein Zirkuskind«, warf Skins ein.

»Im Zirkus geboren und aufgewachsen«, bestätigte ich. »Aber Mam wollte zurück nach Aberdare, als Mamgu – meine Großmutter – krank wurde. Eigentlich lebte sie ja in Cwmdare, aber davon hat wirklich noch niemand gehört.«

»Von Aberdare habe ich auch noch nie gehört«, merkte Skins an.

»Nun, jetzt schon, nicht wahr? Sie hat mich und meine Zwillingsschwester Gwenith mitgenommen, aber unser Dad und unsere Brüder sind noch ein paar Jahre beim Zirkus geblieben. Wir sind auf die örtliche Schule gegangen, bis wir dreizehn waren, dann mussten wir uns in der großen, weiten Welt bewähren. Gwenith fand Gefallen am Stadtleben und begann in dem Krämerladen auszuhelfen, in dem unsere Mam angestellt war. Aber ich wollte mehr von der Welt sehen. Als Kinder waren wir ständig unterwegs gewesen, und ich konnte mir nicht vorstellen, mein ganzes Leben in einer winzigen Stadt zu verbringen, selbst wenn sie in so einer wunderbaren Gegend wie den walisischen Valleys lag.«

»Also sind Sie nach London gezogen?«, vermutete Skins.

»Zunächst nicht. Ein paar Jahre habe ich in Cardiff gearbeitet, für eine Familie Williams. Dort habe ich viel gelernt. Es war allerdings anstrengend. Ich war daran gewöhnt, mir meinen Tag frei einzuteilen, doch hier gab es feste Routinen und harte Arbeit, so weit das Auge reichte. Eine Küchenmagd zu sein, ist wirklich kein Zuckerschlecken. Allerdings hatten sie eine Bibliothek.«

»Wohin Sie sich verdrücken konnten?«, riet Skins.

»Wo ich lesen konnte. Ich hatte die großen Städte geliebt, wenn wir unterwegs gewesen waren. Wir kamen an und bauten das Zelt auf einem Feld oder in einem Park auf. Am nächsten Morgen ließ ich mich von irgendwem in die Stadt mitnehmen, wo ich die Bibliothek aufsuchte. Dort blieb ich den ganzen Tag, bis irgendwer aus dem Zirkus kam und mich rausschleifte. Sie wussten immer, wo sie mich finden konnten. Das habe ich vermisst, als wir uns dann niederließen. In Merthyr Tydfil gab es zwar auch eine Bibliothek, aber das war ein ganz schönes Stück entfernt. Im Haus der Williams' brauchte ich nur ein bisschen Zeit für mich. Am einfachsten war es, wenn die Familie außer Haus war, aber ich versuchte auch sonst oft mein Glück und kam mit vielem durch.«

»Bis man dich erwischt hat«, warf Lady Hardcastle ein.

»Das hat es nur einfacher gemacht«, erwiderte ich. »Ich wurde zu Mr. Williams' kleinem Projekt.«

»Hat sich wohl ein bisschen für einen Dingsbums gehalten, hm? Wie sagt man doch gleich? Einen Philanthropologen?«, fragte Skins.

Ich musste lachen, entschloss mich jedoch, ihn nicht zu verbessern. »Etwas in der Art. Als er heimkam, hat er mich auf einem Kissen auf dem Boden sitzend vorgefunden, vollkommen versunken in *Emma*. Ich dachte, er würde mir kündigen, doch stattdessen hat er sich neben mich gesetzt und sich mit mir über Jane Austen unterhalten. Ab diesem Zeitpunkt hat er mich dazu ermutigt, alles zu lesen, was ich wollte: Bücher, Zeitschriften, Zeitungen – alles, was er hatte. Dann hat er sich mit mir über das Gelesene unterhalten. Wie gesagt, ich war sein Projekt. Aber am Ende hat sich das gegen ihn gewendet. Eines Tages habe ich in einer Zeitung eine Anzeige entdeckt. Eine Agentur in London suchte nach verlässlichen Mitarbeitern.«

»Hört sich allerdings an, als ob Sie eine ganze Weile dort gewesen wären«, sagte Barty.

»Ein paar Jahre«, bestätigte ich. »Den Zeitungsausschnitt habe ich immer noch. Es war am 12. Juli 1892, ich war also fünfzehn. Ich antwortete auf die Anzeige, und nach kaum einem Monat packte ich meine Sachen, bekam ein sehr freundliches Zeugnis, verabschiedete mich unter Tränen und stieg in den Zug nach Paddington.«

»Wo Lady H. Sie umgehend eingestellt hat«, sagte Skins, der ganz offensichtlich den Fortgang der Geschichte ein wenig beschleunigen wollte.

»Nicht sofort, nein. Ich sagte ja, wir haben uns kennengelernt, als ich siebzehn war. Zwei Jahre habe ich für Sir Clive und Lady Tetherington gearbeitet …«

»Sehr gute Freunde von Roddy und mir«, unterbrach mich Lady Hardcastle.

»So gute Freunde, dass Sie, als Sie eine Kammerzofe brauchten, einfach angerauscht sind und sich eines ihrer Hausmädchen stibitzt haben«, präzisierte ich.

»Es war ja sogar noch schlimmer. Ich habe ihnen das beste Hausmädchen stibitzt, das sie hatten.«

»Zu gütig«, erwiderte ich. »Jedenfalls war das Ergebnis, dass ich ab 1894 als Kammerzofe für Lady Hardcastle arbeitete.«

»Ein ziemlicher Karrieresprung«, sagte Skins. »Vom Hausmädchen zur Kammerzofe, und das alles schon mit siebzehn. Ich hab ja schon immer gesagt, dass Sie bemerkenswert sind.«

»Bemerkenswert nutzlos«, entgegnete ich. »Ich hatte absolut keinen Schimmer von dem, was ich tat. Sir Rodericks Kammerdiener musste mich anleiten, aber zum Großteil wurstelte ich mich einfach nur so durch und hoffte das Beste. Er war ein freundlicher Mann. Jabez Otterthwaite. Aus Yorkshire …«

»Will ich bei so einem Namen doch schwer hoffen«, warf Skins ein.

»Was aus ihm wohl geworden ist?«, fragte ich mich.

»Er wollte uns nicht begleiten, als wir nach China versetzt wurden«, erklärte Lady Hardcastle. »Also hat Roddy ihm ein großartiges Zeugnis geschrieben und ihn ziehen lassen.«

»Sie wurden *versetzt*? Klingt so, als kämen wir langsam zum interessanten Teil der Geschichte«, sagte Barty. »Nicht dass ich nicht gern etwas über Ihr Leben erfahren habe«, fügte er rasch hinzu. »Es ist nur ... Sie wissen schon ...«

»Ich weiß«, beruhigte ich ihn. »Aber ich dachte, wenn ich die Geschichte schon erzähle, kann ich sie genauso gut vollständig erzählen.«

»Verstehe. Und jetzt erzählen Sie weiter.«

»Eigentlich«, meldete sich Lady Hardcastle zu Wort, »finde ich, dass Sie recht hat. Wenn wir die Geschichte schon mit Ihnen teilen, sollte ich vielleicht auch meine eigene Geschichte erzählen. Macht es dir etwas aus, meine Liebe?«

»Gar nicht«, erwiderte ich. »Machen Sie weiter. Ich schneide solange ein bisschen Käse auf.«

»Sehr gute Idee. Gibt es noch von dem Stilton? Ich liebe ja Stilton.«

Also ging ich in die Küche, um weitere Cracker zu holen und nach dem Blauschimmelkäse zu fahnden.

»Also gut, wo waren wir stehengeblieben?«, fragte Lady Hardcastle, als ich zurückkehrte. »Ach ja. Bei mir. Ich bin in London aufgewachsen, wie Sie sicher erraten haben. Papa war Staatssekretär im Finanzministerium, und Mama war ... Nun, sie war eben Mama. Und sie hat dabei auch wirklich gute Arbeit geleistet. Harry ist mein älterer Bruder. Er hat irgendeinen wenig bemerkenswerten Abschluss am King's College in Cambridge gemacht und ist unserem Vater, Sir Percival Featherstonhaugh, dann in den öffentlichen Dienst nachgefolgt. Ich hatte meine Ausbildung eigentlich zu Hause beenden, dann so ein furchtbares Mädchenpensionat in der Schweiz besuchen und schließlich jemanden heiraten sollen, der genauso wie Papa oder Harry war, sodass ich zu einer hingebungsvollen Ehefrau und Mutter werden würde, genau wie Mama. Aber ich war ungeheuer eifersüchtig auf Harry. Er ging auf eine weiterführende Schule, während ich zu Hause mit einer Reihe von zusehends überforderten Hauslehrern festsaß. Als dann verkündet wurde, dass er nach Cambridge gehen werde, schmollte ich so eindrucksvoll, dass sie irgendwann aufgaben und zustimmten, dass ich mich fürs Girton College bewerben dürfe. Das ist ein College für Mädchen in Cambridge, aber es gehört nicht zur Universität. Dort habe ich Naturwissenschaften mit ganz ordentlichem Erfolg studiert.«

»Tatsächlich mit außerordentlichem Erfolg«, warf ich ein. »Wenn Frauen dieselben Titel verliehen würden, die man Männern verleiht, würde sie landauf, landab als naturwissenschaftliches Genie gefeiert. Die Dinge, die sie weiß, würden Ihnen den Kopf schwirren lassen.«

»Wohl kaum«, lachte sie auf. »Aber ich gebe zu, dass wir genauso hart gearbeitet haben wie die Männer und dafür keinerlei Anerkennung bekommen haben. Wie auch immer. Während ich dort war, habe ich eine Menge Zeit mit dem guten alten Harry verbracht, und das hieß, dass ich auch seine Freunde kennenlernte. Einer von ihnen war Roderick Hardcastle. Ich würde gern behaupten, dass es Liebe auf den ersten Blick gewesen ist, aber die Wahrheit ist, dass wir uns ganz allmählich aufeinander zuentwickelten. Als er in London dann im Außenministerium zu arbeiten begann, waren wir verlobt.«

»Sie hat nicht erwähnt, was für ein schöner Mann er war«, fügte ich hinzu. »Sie waren ein bildhübsches Paar.«

»Das stimmt – er sah wirklich ungewöhnlich gut aus. Doch ganz egal wie begehrenswert er war, ich blieb und beendete mein Studium, und das war dann auch die Zeit, in der die Geschichte wirklich begann.«

»Das wurde auch Zeit«, warf ich ein.

»Du warst diejenige, die darauf bestanden hat, mit der Erzählung anzufangen, als du noch in der Wiege lagst.«

»Da haben Sie recht, Mylady. Bitte fahren Sie fort.«

»Vielen Dank. Eines schönen Frühlingstags in meinem Abschlussjahr war ich mit einer meiner Freundinnen in die Stadt gegangen. Wir haben im Buchladen gestöbert und uns dann entschieden, ein wenig entlang der Backs spazieren zu gehen. Wir gaben uns Mühe, wie zwei beflissene junge Damen zu wirken, die sich einfach ein wenig die Beine vertraten, aber eigentlich waren wir nur dort, damit meine Freundin *zufällig* einem Burschen aus dem Trinity College begegnen konnte, in den sie verliebt war. Um ehrlich zu sein, hatte ich diesen Teil nicht gründlich durchdacht – ich hatte nämlich keine Ahnung, was ich tun würde, falls wir ihm tatsächlich begegneten, was dann auch geschah. Ich wanderte einfach nur ziellos weiter in Richtung Fluss, während sie einander tief in die Augen schauten und Unsinn brabbelten.«

»*Sich süße Liebesworte zuraunten*?«, schlug ich vor.

»Es sich so vorzustellen, ist gewiss romantischer«, räumte sie ein. »Aber sie waren beide so ausgemachte Holzköpfe – was sie redeten, war wirklich größtenteils Unsinn. Für eine Weile beobachtete ich die Enten und kickte müßig gegen die Gänseblümchen. Irgendwann schnaufte ein Professor im Talar aus südlicher Richtung zu mir heran. ›Miss Featherstonhaugh?‹, rief er. Ich bedachte ihn mit meinem strengsten fragenden Blick. ›Verzeihen Sie‹, sagte er. ›Ich habe Ihren Bruder gekannt. Henry.‹ ›Harry‹, verbesserte ich ihn reflexhaft. Wir nannten ihn immer Harry. Henry Alfred Percival Featherstonhaugh war so ein umständlicher Name. Wahrscheinlich war Emily Charlotte Ariadne aber auch nicht viel besser. Wo war ich stehengeblieben? Ach ja, der geheimnisvolle Professor. Eine Weile quasselte er mich darüber voll, was für ein großartiger Kerl Harry doch sei und dass er von meiner Verlobung mit Roddy gehört habe. Ich dachte zunächst, ich müsste mir endlosen Small Talk über den Featherstonhaugh-Erben anhören, doch nach einer Weile begann ich Verdacht zu schöpfen, dass der zerstreute Professor nur eine Rolle war, in die er bei Bedarf schlüpfte. Hinter der schmutzigen Brille lauerte ein gerissener alter Mann. Er stellte mir Fragen über mein Studium und meine Pläne nach meinem Abschluss, dann machte er mir das unglaublichste Angebot. Er fragte, ob ich vielleicht für die Regierung Ihrer Majestät arbeiten wolle. ›Nicht im herkömmlichen Sinne, verstehen Sie? Frauen können nicht in den öffentlichen Dienst eintreten. Das würde sich nicht ziemen. Aber wir … äh … wir brauchen junge Männer und Frauen Ihres Kalibers, um … äh … um gewisse … äh … gewisse diskrete Arbeiten für uns zu erledigen. Ein bisschen Herumschnüffeln. Etwas in der Art. Nichts übermäßig Gefährliches, verstehen Sie, aber …

äh ... na ... wissen Sie, wenn Sie den jungen Hardcastle heiraten würden ... nun, ich weiß, dass er schon jetzt im Außenministerium als Star gehandelt wird und ... äh ... ja ... Als seine Gattin wären sie in einer idealen Position, um gewisse ... Informationen ... von den Freunden Ihrer Majestät im Ausland zu sammeln ... und natürlich auch von ihren Feinden.«

»Also so was wie eine Spionin?«, fragte Skins.

»Genau«, bestätigte Lady Hardcastle. »Ich habe mich in diesem Moment zu nichts verpflichtet, aber bis Roddy und ich dann verheiratet waren, hatte ich mich entschieden. Wenn ich eine Karriere als Diplomatenfrau einschlüge, konnte ich meine Stellung genauso gut zu einem praktischen Zweck nutzen. Roddy und ich waren ein ziemlich gutes Team. Wir waren jung, amüsant, und wir schmissen die besten Partys. Wir kannten die richtigen Leute. Und wir waren über jeden Verdacht erhaben. Wer hätte die Hardcastles je verdächtigt, etwas im Schilde zu führen? Um genau zu sein, war Roddy über jeden Zweifel erhaben – es war meine Wenigkeit, die die ganze Schnüffelei übernahm. Die hier die Großartigen und die Guten zu einer kleinen Indiskretion verleitete, dort ein Gespräch belauschte und dann und wann ein paar winzige Einbrüche beging. Ich habe es geliebt. Und wir haben uns in den richtigen Kreisen einen Namen gemacht.«

»Einbrüche?«, staunte Barty.

»Nur ein bisschen. Ab und zu. Schlösser kann man knacken, Fenster können aufgebrochen werden. Ich war nie besonders gut mit Tresoren, aber ich kenne da jemanden. Da waren wir also, die Lieblinge des diplomatischen

Korps, und natürlich schickte man uns an die exotischsten Orte. Verschiedene europäische Hauptstädte, die Vereinigten Staaten, Indien – alles Mögliche. Roddy wurde zum Ritter geschlagen, unser Leben war großartig. Wirklich ganz großartig. Wir waren für eine Weile wieder zurück in London, als ich die junge Armstrong hier eingestellt habe. Und jetzt bist, glaube ich, du wieder an der Reihe, meine Liebe.«

Ich nahm mir eine Scheibe Cheddar und einen Klecks Quittenkäse. »Weiß irgendwer, warum das Käse heißt?«, fragte ich. »Mit Käse hat es ja nicht viel zu tun, oder?«

»Auf Spanisch heißt es Dulce de membrillo, wenn dir das weiterhilft«, merkte Lady Hardcastle an.

»Überhaupt nicht.«

»Marmelade wurde früher aus Quitten hergestellt«, fuhr sie fort. »Es ist, glaube ich, ein portugiesisches Wort. *Marmelada* oder etwas in der Art. Ich glaube, das Wort für Quitte ist *marmelo.*«

»Das ist alles ganz faszinierend«, erwiderte ich. »Aber es hilft mir trotzdem nicht weiter. Es hat immer noch nichts mit *Käse* zu tun, oder?«

»Lemon Curd?«, versuchte sie es. »Da ist auch kein Curd – also Quark – drin. Vielleicht mögen wir einfach käsige Wörter für fruchtige Sachen.«

»Das muss dann wohl genügen«, entgegnete ich und kaute ein wenig auf meinem falschen Käse und dem Cracker herum. »Aber jetzt zurück zur Geschichte. Die Hardcastles wohnen in London, und ich stelle mich als Kammerzofe ein bisschen ungeschickt an, aber wir wursteln uns alle durch.«

»Ich komm nicht drüber weg, dass Sie erst siebzehn waren«, sagte Skins. »Alle Kammerzofen, die ich je kennengelernt habe, waren wenigstens Mitte dreißig.«

»Alle, die du je kennengelernt hast?«, fragte Barty. »Waren das denn so viele?«

»Eine ganze Menge. Ich bin rumgekommen.«

»Niemand war darüber überraschter als ich selbst«, fuhr ich fort. »Aber ich hatte genug Zeit, mich zurechtzufinden – Lady Hardcastle hatte eine Tendenz, tagelang zu verschwinden und mich mir selbst zu überlassen. Ich habe Nähen und Stopfen gelernt und wie man rätselhafte Flecken von Seide und Spitze entfernt – all die Dinge, die eine richtige Kammerzofe eben können muss. Manche der Flecken – Schlamm, Blut und Achselschweiß gehörten zu den häufigeren – wären um einiges weniger rätselhaft gewesen, wenn ich gewusst hätte, was meine Arbeitgeberin so trieb, wenn sie abwesend war. Aber ich war zu sehr damit beschäftigt, mich zu bemühen, Mr. Otterthwaites geduldigen Erklärungen zu lauschen, wie sie entfernt werden konnten, um mir über ihre Herkunft allzu viele Gedanken zu machen.«

»Ein paarmal hätte ich es dir beinahe schon gesagt«, warf Lady Hardcastle ein. »Aber ich musste die Notwendigkeit, Regierungsgeheimnisse zu hüten, gegen die Notwendigkeit abwägen, warum meine Manschette mit dem Blut eines anderen Menschen durchtränkt und die Rückseite meines Rocks schlammbespritzt war. Natürlich hätte ich etwas sagen können wie: *Ich habe meinen Informanten in einer dunklen Gasse mit einem Messer im Bauch vorgefunden und musste um mein Leben lau-*

fen, bevor die ausländischen Spione, die ihn kaltgemacht hatten, auch mich kaltmachten. Aber irgendwie schien mir das nicht etwas zu sein, was ich dem lesewütigen kleinen walisischen Mädchen, das ich als Kammerzofe in unser Haus geholt hatte, mit gutem Gewissen sagen konnte.«

»Ich für meinen Teil schöpfte keinerlei Verdacht«, fuhr ich fort. »Wenn ich nicht gesehen hätte, wie sehr die Hardcastles einander liebten, hätte ich ihre häufigen Abwesenheiten für ein Anzeichen dafür gehalten, dass sie eine Affäre hatte. Das hätte aber immer noch nicht den Schaden an ihrer Kleidung erklärt. Na ja, vielleicht doch, aber dann wäre es schon eine sehr wilde Affäre gewesen. Also habe ich einfach meine Arbeit gemacht, und obwohl ich das in ihrer Gegenwart ungern zugebe, muss ich sagen, dass sie eine mustergültige Arbeitgeberin war. Wir kamen bestens miteinander aus, und mein erstes Jahr in ihren Diensten verlief außergewöhnlich angenehm. Allerdings fiel mir auf, dass Sir Roderick das Fernweh zu packen schien. Er hatte sich schon ein paar Monate lang um eine Versetzung bemüht, und im Sommer des Jahres 1895 wurde ihm sein Wunsch dann erfüllt. Er sollte eine Stelle in Shanghai antreten.«

»Ich wollte schon immer mal nach China«, merkte Barty an. »In Limehouse bin ich mal mit einer Chinesin ausgegangen. Sie war ganz reizend. Ich hätte sie vielleicht geheiratet, aber ihre Familie wollte nichts davon wissen.«

»Du?«, fragte Skins. »Heiraten? Erzähl mir doch nichts. Der Ehe bist du doch nie näher gekommen, als mit diesem Mädchen in Shoreditch mit dem Silberblick. Und das auch nur, weil ihr Bruder dich für den Fall einer Weigerung bedroht hat.«

»Sie hatte seidiges Haar«, sprach Barty geistesabwesend weiter. »Und ganz zarte Hände ...«

Ich beschloss weiterzumachen und ihn in seinen Erinnerungen schwelgen zu lassen. »Mr. Otterthwaite lehnte es ab, seinen Herrn zu begleiten, aber aus Gründen, die ich nie ganz verstanden habe, versuchte Lady Hardcastle sehr hartnäckig, mich zum Mitkommen zu überreden.«

»Wie um alles in der Welt hätte ich denn ohne meine einigermaßen brauchbare Kammerzofe auskommen sollen?«, mischte Lady Hardcastle sich ein. »Es würde doch sicher mehr Schlamm, Blut und Achselschweiß geben. Wem hätte ich denn sonst deren Entfernung anvertrauen können?«

»Wenn Sie es so ausdrücken ... Ich habe also meiner Mutter und meiner Schwester geschrieben, meine spärlichen Habseligkeiten zusammengepackt und bin in den Royal Docks an Bord eines Dampfers gegangen, der in Richtung des geheimnisvollen Ostens aufbrach. Die Überfahrt dauerte drei Wochen. Drei Wochen! Ich hatte genug Atlanten angeschaut und ausreichend Reiseberichte gelesen, um zu wissen, dass China verdammt weit weg war ... aber drei Wochen! Früher hatte ich mal geglaubt, dass es von Mamgus Haus zum Krämerladen weit wäre.«

»Von unserer Bude ist es auch ziemlich weit bis zum Krämer«, sagte Skins.

»Aha«, erwiderte ich mit einem Stirnrunzeln. »Sir Rodney wurde jedenfalls ins Britische Konsulat nach

Shanghai versetzt, und wir wurden in einem kleinen Haus im britischen Viertel untergebracht. Um ehrlich zu sein, sah es genau wie in London aus, es war nur wärmer. Die Siedlung war von den europäischen Mächten errichtet worden, und man musste sich schon sehr anstrengen, um sie von Kensington zu unterscheiden. Meine Herrin hatte immer noch einen Hang dazu, zu seltsamen Uhrzeiten zu verschwinden, sogar noch öfter als in London, würde ich sagen, aber ich habe mir noch immer nichts dabei gedacht.«

»Vom richtigen China haben Sie also gar nichts gesehen?«, fragte Barty ein wenig enttäuscht. »Shu-chun hat mir immer versprochen, dass sie mir dort echte Wunder zeigen würde.«

»Ich *habe* ihr Wunder gezeigt«, warf Lady Hardcastle ein. »Ich habe eine Einheimische als Hausmädchen engagiert, die uns Mandarin und den Dialekt von Shanghai beigebracht hat. Dann hat sie uns in den chinesischen Bereich der Stadt geführt, wo wir einkauften, aßen und die einheimische Bevölkerung kennenlernten. Ich habe auch ein paar Kleider für uns gekauft, nicht wahr?«

»Das haben Sie. Ich wünschte, ich hätte das Kleid noch.«

»Ich auch. Irgendwann sollten wir noch mal hinfahren. Leider fanden die Konsulatsladys meine Umtriebe ziemlich skandalös – sie dachten, ich würde mich selbst in eine Einheimische verwandeln. Das ziemte sich überhaupt nicht.«

»Was wären sie erst schockiert gewesen, wenn sie gewusst hätten, was Sie wirklich getan haben. Ich war selbst ziemlich außer mir, als ich es dann eines Nachts herausfand.«

Die beiden Musiker schenkten mir nun wieder ihre volle Aufmerksamkeit.

»Es war kurz nach Sonnenaufgang. Ich hörte, wie sich die Eingangstür schloss, und dachte, es müsse Sir Roderick sein, der von einem seiner Kartenspiele heimkehrte, die die ganze Nacht gedauert hatten. Doch dann fiel mir ein, dass er daheim war. Also musste ich nachsehen.«

»Na, Sie können sich ja verteidigen«, warf Skins ein. »Das wissen wir. Ich weiß noch, was Sie mit dem alten Haddock angestellt haben.«

»Damals konnte ich das aber noch nicht. Ich war einfach nur ein ängstliches achtzehnjähriges Mädchen mit weniger Verstand als ein Kohlkopf. Aber nachgesehen habe ich trotzdem. In der Halle stand, mit dem Rücken zu mir, ein gedrungener Chinese. Ich muss wohl aufgekeucht haben, denn er drehte sich um und entpuppte sich als niemand anderes als Emily, Lady Hardcastle, die über mehreren Schichten Polsterung ein chinesisches Gewand trug.«

»Natürlich war die Katze in diesem Moment aus dem Sack, also musste ich ihr alles erzählen«, warf Lady Hardcastle ein. »Entweder das oder irgendeine Geschichte über mitternächtliche Proben mit den Damen vom Konsulat für eine Aufführung von *Der Mikado* erfinden.«

»Vielleicht hätte ich Ihnen das sogar abgenommen«, erwiderte ich. »Schließlich war ich erst achtzehn. Oder zu dem Zeitpunkt vielleicht schon neunzehn. Ich erinnere mich nicht mehr so ganz an das genaue Datum. Ich weiß nur, dass es sich Anfang des Jahres 1896 zugetragen hat. Wie dem auch sei, ich war jung, und obwohl ich vielleicht weltgewandt erschienen sein mochte, weil ich im Zirkus aufgewachsen war und so weiter, wusste ich noch immer wenig vom Leben der Reichen und Mächtigen. Ich hätte also durchaus für möglich gehalten, dass die Proben für Gilbert-und-Sullivan-Operetten in den frühen Morgenstunden stattfanden.«

»Oh, das ist auch so«, beteuerte Lady Hardcastle. »Nur nicht für den blöden *Mikado*. Wir bevorzugen auf jeden Fall *Die Piraten von Penzance*. Ich wollte schon immer mal die Rolle des Major-General Stanley übernehmen. Zufällig bin ich nämlich ein mustergültiger moderner Major-General, weißt du? Ich kann babylonische Keilschrift …«

Ich hüstelte. »Fertig, Mylady?«

»Im Großen und Ganzen ja, danke, Liebes«, antwortete sie und nippte an ihrem Brandy.

»Während ich ihr ein Bad einließ, berichtete sie mir alles, was ich Ihnen gerade erzählt habe und noch mehr«, fuhr ich fort. »Über den Professor in Cambridge, die Spionage, die tagelangen Abwesenheiten von zu Hause, die ermordeten Informanten … alles. Ich dachte, ich hätte für einen Abend genug gestaunt, aber auf eine Überraschung folgte die nächstgrößere: Sie bot mir eine weitere Stelle an.«

»Ich war so erschöpft«, fügte Lady Hardcastle hinzu. »Gewiss ist es nicht leicht, ein Schnüffler zu sein, aber für eine weibliche Spionin ist es doppelt so schwer. Das liegt an den Korsetts, wissen Sie? Roddy konnte mir nicht helfen – weder mit der Spionage noch mit den Korsetts – unsere Vorgehensweise beruhte darauf, dass er bedeutend war und repräsentierte, während ich unbemerkt und unverdächtig im Hintergrund meine Geheimaktivitäten spann. Ich brauchte eine Assistentin, eine Vertraute, eine kluge und energische Person. Jemanden, der tat, was man ihm sagte, und dennoch einen eigenen Kopf hatte, jemanden, der sich unbemerkt in der Welt der Diener- und Arbeiterschaft bewegen konnte. Kurzum, genau so jemanden wie Florence Armstrong.«

»In der Not frisst der Teufel Fliegen«, merkte ich an.

»Na ja, das auch, aber es hat sich doch herausgestellt, dass ich eine ausgezeichnete Wahl getroffen habe. Wie Sie sich vielleicht schon gedacht haben, hat sie die Stelle angenommen, und ich fing an, sie die wenigen Tricks zu lehren, die ich aus der geheimen und schlecht dokumentierten Welt der modernen Spionage kannte. Um ganz ehrlich zu sein, besteht der Hauptteil der Arbeit allerdings einfach nur darin, die Ohren zu spitzen. Darum pflegten Roddy und ich unser Image als Gastgeber und fröhliche Jungspunde. Wir gaben uns die größte Mühe, immer der letzte Schrei zu sein: Jede Person von Bedeutung wollte auf unseren kleinen Empfängen gesehen werden, und es bestand ja noch nie ein Mangel an eitlen jungen Männern im diplomatischen Dienst. Sie konnten einfach nicht widerstehen, der einfältigen Frau eines ihrer Rivalen gegenüber damit anzugeben, wie mächtig und einflussreich sie waren und wie viele kleine Geheimnisse sie kannten. Und diejenigen, denen es gelang, mir gegenüber den Mund zu halten, versuchten ausnahmslos die Frauen der Beamten und der Geschäftsleute zu beeindrucken – das war die Stelle, an der Flo dann ins Spiel kam. Ich hatte ihr einfach nur ein Tablett mit Getränken in die zarten Pfötchen zu drücken und sie damit durch den Raum zu schicken, wo sie jegliches Gespräch belauschen konnte, ohne auch nur den leisesten Verdacht zu wecken.«

»Die Stelle umfasste auch eine gewisse Anzahl an Einbrüchen. Und ein oder zwei heimliche, mitternächtliche Treffen«, ergänzte ich. Überraschenderweise war ich doch ein wenig beleidigt darüber, dass mein Anteil am Erfolg unserer Mission in Shanghai auf den einer champagnertragenden Lauscherin reduziert wurde.

»Das stimmt«, bestätigte sie. »Und das hat uns leider auch ins Verderben gestürzt; und es ist der Grund, aus dem Sie zwei nette Herren nun in Gefahr schweben.«

»Was lange währt«, lästerte ich. »Will noch jemand etwas Käse?«

»Hefebrötchen«, sagte Lady Hardcastle.

»Und für Sie?«, fragte ich unsere Gäste.

»Wir möchten auch Hefebrötchen. Und ein wärmendes Getränk. Dieser letzte Teil verlangt nach einem bequemen Platz am Kamin und etwas tröstlich Warmem in unseren Bäuchen.«

»Heiße Schokolade?«, schlug ich vor.

»Mit einem Tropfen Brandy darin«, bejahte sie.

»Ich bin gleich zurück.« Und damit ging ich wieder in die Küche.

Bei meiner Rückkehr in den Salon waren unsere vier Sessel an den frisch angezündeten Kamin gerückt worden. In der Mitte stand ein niedriger Tisch, auf dem ich das Tablett abstellte. Ich schenkte heiße Schokolade ein, Lady Hardcastle kümmerte sich um den Brandy, und Barty spießte ein Hefebrötchen auf und hielt es ans Feuer.

»Drei Jahre vergingen«, sagte ich beim Hinsetzen. »1899 war ich dann zweiundzwanzig. Ich hatte mir immer mehr von Lady Hardcastles hinterlistigen Methoden abgeschaut, wir beide sprachen inzwischen sehr viel besser Mandarin und Shanghai-Chinesisch, und die Regierung Ihrer Majestät hatte eine Menge Dinge erfahren, die ihr zu politischem, strategischem und ökonomischem Vorteil gereichten. Wir waren die erste Wahl des Außenministeriums, wenn es um Schnüffelei, Beschattung und überhaupt darum ging, unsere Nasen in die Angelegenheiten anderer Leute zu stecken.«

»Vielleicht sollte ich erwähnen«, schaltete sich Lady Hardcastle ein, »dass das vorangegangene Jahr in China ziemlich bedeutsam gewesen war. Es hatte Verträge und alles Mögliche gegeben. Die Briten kontrollierten Hong Kong, die Deutschen Tsingtao. Die Europäer rissen sich die ganze Küste unter den Nagel. Und im Jahr 1899 war das Deutsche Reich, wie Sie vielleicht wissen, ein wenig in Kriegslaune. Es kam zu Muskelspielen und Säbelrasseln, also wollten die anderen Großmächte stets darüber informiert sein, was die Kerle im Schilde führten, weshalb Roddy und ich zusammen mit Flo nordwärts nach Tsingtao geschickt wurden. Vorgeblich waren wir als Repräsentanten Ihrer Britischen Majestät dort, um unseren deutschen Freunden anhaltendes Glück mit ihrem neuen Hafen zu wünschen, doch natürlich waren wir tatsächlich da, um uns gründlich umzusehen.«

»Es wäre mindestens eine gute Gelegenheit, um unser Mandarin auszuprobieren«, sagte ich.

»Manchmal wünschte ich, das wäre alles, was wir getan hätten«, fuhr Lady Hardcastle wehmütig fort. »War es aber nicht. Uns wurde mitgeteilt, dass die Kriegsmarine des Deutschen Reichs im Pazifik, wo sie sich vor neugierigen Blicken gefeit glaubte, ein neues Schiff testete. Also benutzten wir einen Plan, den wir vorher schon einmal erprobt hatten: Roddy ließ sich zu einem Kartenspiel, zu einem Billardabend oder zu einer anderen Beschäftigung einladen, zu der nur Männer zugelassen waren. Ich täuschte sodann Kopfschmerzen oder eine ähnliche unspezifische Krankheit vor, sagte mit Bedauern meine Teilnahme an dem gleichzeitig stattfindenden Damenprogramm ab und legte mich ins Bett. Später am Abend schlichen Flo und ich uns dann aus dem Haus und sahen uns gründlich um.«

»Das muss schwierig gewesen sein«, vermutete Barty. »Zwei englische Ladys müssen da drüben doch aufgefallen sein wie zwei bunte Hunde. Vor allem Sie, Lady H. – Sie sind doch sicher anderthalb Köpfe größer als viele der chinesischen Frauen.«

»So schwierig war das gar nicht«, erwiderte ich. »In unseren chinesischen Kleidern und mit ein bisschen Theaterschminke fielen wir beiläufigen Blicken gar nicht auf. Zumal bei Nacht, im Schatten, aus der Ferne. Solange uns niemand *wirklich* ansah.«

»Aber Sie haben recht, Barty«, bestätigte Lady Hardcastle, »wir mussten umsichtig sein. Doch das Glück war uns hold. Die deutsche Werft war voller Menschen, die alle arbeiten mussten, sodass keiner von ihnen Zeit hatte, sich in den Schatten umzusehen. Im Lauf der Nacht gelang es uns, nah genug an die geheimen Bereiche heranzuschleichen und nachzusehen, was die kaiserliche Marine hier baute.«

»Und was war das?«, fragte Skins.

»Ein U-Boot«, erklärte ich.

»Und was genau ist das?«, fragte er nach.

»Ein Unterseeboot. Ein Boot, das unter der Meeresoberfläche fahren kann.«

»Sie wollen uns doch verkohlen«, erwiderte Skins. »Ein Boot unter Wasser? Wer soll das denn segeln? Meerjungfrauen?«

»Manchmal kannst du echt ein Holzkopf sein, Kumpel«, stöhnte Barty. »Du solltest mal mehr darauf achten, was in der Welt so los ist. Sie sind wasserdicht. In denen wird keiner nass.«

»Und was hat das dann für einen Sinn?«

»Man sieht sie nicht kommen«, erklärte Barty. »Eins von diesen Dingern könnte sich an dein Schiff anpirschen und es versenken, bevor du überhaupt wüsstest, dass es da ist.«

Skins verarbeitete diese Information einen Moment lang. »Und die Deutschen haben so ein Ding?«, fragte er schließlich.

»Inzwischen deutlich mehr als nur eins«, erklärte ich. »Und die von heute sind sogar noch tödlicher als das, was wir damals gesehen haben. Sie müssen bedenken, das war vor zehn Jahren.«

»Donnerwetter«, staunte Skins. »Ich sollte wohl ab und zu mal in eine Zeitung schauen.«

»Wir haben uns ein Versteck zwischen ein paar Holzkisten und Metallfässern gesucht«, erzählte ich weiter. »Lady Hardcastle hat Skizzen von Boot und Werft angefertigt, während ich mir Notizen über das Personal und die Ausrüstung gemacht habe. Dann schlichen wir uns auf demselben Weg davon, auf dem wir gekommen waren, und lagen ruckzuck im Bett, wie sich das gehörte.«

»Nicht mal die Hausangestellten wussten, dass wir weg gewesen waren«, bestätigte Lady Hardcastle. »Alles, was noch zu tun blieb, war, einen Begleitbrief zu meinen Skizzen und Flos Notizen zu verfassen und alles zusammen in die Diplomatenpost zu geben, die dann nach London weitergeleitet wurde. Ein paar Tage später waren wir schon wieder auf dem Rückweg nach Shanghai.«

»Es hätte einfach nur ein gewöhnlicher Auftrag sein sollen«, fügte ich hinzu. »Wir hatten über die Jahre Dutzende davon erledigt, aber diesmal ging alles furchtbar schief.«

»Wahrscheinlich hätten wir China auf der Stelle verlassen sollen«, sagte Lady Hardcastle. »Der Boxeraufstand hatte begonnen. Die Gewalt war zwar größtenteils noch auf ländliche Regionen beschränkt, begann jedoch, sich in die Küstenstädte auszubreiten. Für Europäer war China nicht mehr sicher. Aber wir blieben. Schließlich waren wir Briten. Wer sollte es wagen …?«

»Nicht die chinesischen Rebellen, wie sich herausstellte«, übernahm ich die Fortsetzung der Geschichte.

»Wir waren seit ein paar Wochen zurück in Shanghai, und Lady Hardcastle ging zum Lunch mit einer Freundin aus, während Sir Roderick zu Hause blieb und ein paar Dinge in seinem Arbeitszimmer erledigte. Ich begleitete Lady Hardcastle in den Club, um der Zofe ihrer Freundin Gesellschaft zu leisten. Soweit ich mich erinnere, war es sehr amüsant. Als wir zum Haus zurückkehrten, stimmte etwas nicht. Keine von uns konnte genau sagen, was uns alarmierte, aber irgendetwas war nicht in Ordnung. Dann sahen wir, dass die Eingangstür aufgebrochen worden war. Lady Hardcastle legte den Finger an die Lippen, und wir traten so leise wie möglich ein.«

»In diesem Moment sahen wir unser wunderbares chinesisches Hausmädchen in einer Blutlache auf den Fliesen liegen«, fuhr Lady Hardcastle fort. »Sie atmete noch, war aber bewusstlos. Ich weiß noch, dass mich das wütend machte. Man akzeptiert ja für sich selbst, dass man sich in Gefahr begibt, aber Mrs. Lee kämpfte nicht auf unserer Seite. Wie konnte jemand es wagen, sie niederzuschlagen und sie als vermeintlich tot zurückzulassen? Wir hätten in diesem Augenblick vielleicht das Haus verlassen und Hilfe holen sollen, aber mein Blut war in Wallung geraten. In einer Schublade des Tisches in der Eingangshalle lag *für alle Fälle* ein Revolver, und leider nahm ich ihn heraus.«

»Aus Sir Rodericks Arbeitszimmer drangen jetzt Stimmen«, fuhr wieder ich in der Erzählung fort. »Eine mit deutschem Akzent sagte: ›Wir können es nicht länger hinnehmen, dass Sie herumspionieren, Hardcastle.‹ Darauf antwortete Sir Roderick: ›Ich habe nicht die leiseste

Idee, wovon Sie sprechen, Herr Ehrlichmann. Ich bin ein Repräsentant der Regierung Ihrer Majestät hier in China. Allein die Behauptung, dass ich *spioniert* haben soll, ist aufs Äußerste unverfroren. Ich möchte so weit gehen und sie ehrenrührig nennen.‹ Wenn er wollte, konnte er sehr ehrfurchtgebietend sein. Der Deutsche erwiderte unbeeindruckt: ›Ich würde Ihre unwürdigen Leugnungen deutlich überzeugender und weniger amüsant finden, wenn wir Ihren Bericht nicht abgefangen hätten. Wir wissen, dass Sie in unserer Schiffswerft gewesen sind, *Diamantkrähe*. Nicht gerade der undurchsichtigste Deckname. Und jetzt müssen Sie den Preis für Ihre Einmischung zahlen. Sie sind allzu lange ein Stachel in unserem Fleisch gewesen. Es wird Zeit, dass wir ihn herausziehen.‹«

Bei meinen Worten füllten sich Lady Hardcastles Augen mit Tränen. Sie nahm einen Schluck von ihrer heißen Schokolade und nutzte diese Bewegung, um sie sich klammheimlich abzuwischen.

»Ein Schuss ertönte«, fuhr ich fort. »Irgendwie war die Stille danach umso schockierender. Wir hörten, wie ein Körper zu Boden fiel, dann stürzte der Deutsche aus dem Zimmer. Er kam schlitternd zum Stehen, als er uns sah. Lady Hardcastle richtete den Revolver auf ihn. Seine eigene Waffe war eine winzige Pistole mit nur einem Schuss. Er lachte. Dann sagte er: ›Ah, die gute Ehefrau und Lady. Mit einer Pistole. Wie bezaubernd. Es ist mir ein Vergnügen, Sie kennenzulernen, Lady Hardcastle, aber gehen Sie mir aus dem Weg. Mit Ihnen habe ich keinen Streit.‹ So abgeklärt, wie man es sich nur vorstellen kann, entsicherte sie den Revolver und sagte: ›Wir wurden uns noch nicht vorgestellt, Mr. ...?' Sein Lächeln verblasste zu diesem Zeitpunkt bereits ein wenig. Er schlug die Hacken zusammen und sagte mit einer kleinen Verbeugung: ›Günther Ehrlichmann von der Botschaft des Deutschen Reichs, zu Ihren Diensten.‹ Lady Hardcastle hatte den Blick nicht von ihm abgewendet. Sie entgegnete: ›Nun, Herr Ehrlichmann, ich glaube, Sie haben ein oder zwei ziemlich dumme Fehler begangen.‹«

»Er war so ein arroganter Kerl«, sagte Lady Hardcastle. »Stand einfach nur da und grinste mich an, während Roddy tot im Nebenzimmer lag.«

»Das war er tatsächlich«, stimmte ich zu. »Er sagte: ›Ich glaube nicht, Eure Ladyschaft. Ich bin kein Mensch, der Fehler macht. Und jetzt gehen Sie mir aus dem Weg, dann vergesse ich vielleicht, wie töricht Sie sich gerade verhalten. Ich habe schon gesagt, dass ich mit Ihnen keinen Streit habe, und ich glaube nicht, dass Sie das Schicksal Ihres Mannes teilen wollen.‹ Er machte einen Schritt auf sie zu und griff nach ihrer Pistole. Da drückte sie ab.«

»Ich wollte, dass er überlebt«, erklärte Lady Hardcastle. »Ich wollte, dass er sich für seine Taten verantworten muss, also schoss ich ihm in die Schulter. Der Einschlag ließ ihn rückwärts gegen den Türrahmen taumeln.«

»Sie wies mich an, nach Sir Roderick zu sehen«, sagte ich. »Er war ins Auge geschossen worden, und ich kehrte kopfschüttelnd in die Halle zurück. Lady Hardcastle ergriff wieder das Wort: ›Tatsächlich waren es mehr als nur zwei Fehler, Sie teutonischer Schwachkopf. Zunächst einmal war Roddy kein Spion. Ich bin Diamantkrähe, Sie Idiot. Zum Zweiten haben Sie eine Waffe mit nur einem

Schuss mitgebracht. Was für ein unfähiger Mörder sind Sie überhaupt?‹ Nach einer blitzschnellen Bewegung hielt Ehrlichmann plötzlich ein Messer in der unverletzten Hand. Das warf er nach ihr, doch von seiner Position auf dem Boden sitzend aus, lag in dem Wurf weder genug Kraft noch Genauigkeit, und sie wich ihm leicht aus. ›Dritter Fehler‹, fuhr sie fort, ›Sie haben sich so sehr reizen lassen, dass Sie sich selbst entwaffnet haben. Wenn Sie die beste Waffe des Deutschen Reichs sind, hat die Welt nichts zu befürchten. Vierter Fehler: Sie haben meinen geliebten Mann getötet.‹ Er war noch immer trotzig und sagte: ›Und warum sollte der Tod dieses Kartoffelkopfs ein Fehler gewesen sein?‹ Sie antwortete: ›Wegen des Fehlers Nummer fünf. Aus Gründen, die mir schleierhaft sind, glauben Sie noch immer nicht, dass ich Sie gleich töten werde.‹ Tatsächlich wirkte er ehrlich verblüfft, als sie ein zweites Mal abdrückte und seinem Leben ein Ende setzte.«

Die beiden Musiker saßen kurz sprachlos da.

»Und wie konnte er dann …?«, fragte Skins.

»Wie konnte er dann in Ihrem Club im West End auftauchen?«, beendete Lady Hardcastle seinen Satz. »Das wüsste ich auch gern. Hat Harry denn sonst nichts gesagt?«

»Nichts«, versicherte Skins.

»Nun, ich denke, Sie verstehen meine Skepsis«, erwiderte sie.

»Nach dieser Geschichte ganz bestimmt«, bestätigte er.

»Ich wüsste immer noch gern, was als Nächstes passiert ist«, mischte Barty sich ein.

»Das müssen wir uns wohl für ein andermal aufheben«, vertröstete ich ihn. »Die Kurzversion ist: Wir haben uns um Mrs. Lee gekümmert und dann das Konsulat angerufen. Oder es wenigstens versucht. Es stand nämlich unter Beschuss. Eine Gruppe der Boxerrebellen hatte es sich zur Aufgabe gemacht, europäische Ziele in Shanghai anzugreifen.«

»Ich konnte kurz mit dem diensthabenden Offizier im Konsulat sprechen«, sagte Lady Hardcastle. »Er gab mir nur den Rat, die Stadt so schnell wie möglich zu verlassen. ›Nehmen Sie ein Schiff irgendwohin‹, riet er mir. Aber das konnten wir nicht. Wir versuchten es den Rest des Tages über, doch schon zum Hafen zu gelangen, war kompliziert. Außerdem kam uns bald zu Ohren, dass die Deutschen nach ihrem Mörder suchten. Aus den Gründen, die Sie nun kennen und die die Deutschen allmählich auch begriffen, würde Ehrlichmann sich nicht mehr melden. Sie hatten eine ziemlich klare Vorstellung davon, wer dafür die Verantwortung trug, also überwachten sie den Hafen und jede Reederei in der Stadt. Uns blieb keine Wahl, als mit leichtem Gepäck ins Landesinnere zu türmen.«

»Aber China ist riesig«, warf Skins ein. »Das habe ich in einem Atlas gesehen.«

»Das stimmt«, bestätigte sie. »Darum muss der Rest der Geschichte ja auch warten. Wir haben zwei Jahre gebraucht, um China zu durchqueren, und zwei weitere, um von Indien aus wieder nach Hause zurückzukehren. Es gibt noch viel zu erzählen. Aber jetzt ist es erst mal Zeit zum Schlafengehen.«

9

Trotz der Ausschweifung der vergangenen Nacht stand ich am Donnerstagmorgen wie üblich beim ersten Hahnenschrei auf – zu dieser Jahreszeit sogar deutlich vor dem ersten Hahnenschrei. Ich wusste noch immer nichts Genaues über die Morgenroutine der Hähne, aber ich hätte stark darauf gewettet, dass sie bestimmt noch in ihren Hahnennestern schlummerten, während ich in unsere dämmrige Küche stolperte.

Die Küchenlampe hing an einem Flaschenzug in der Deckenmitte. Ich band das Seil vom Haken an der Wand ab und ließ die Lampe auf den neuen Küchentisch sinken. Eine gute Hausangestellte hat immer eine Schachtel Streichhölzer in ihrer Schürzentasche, also benutzte ich eins davon, um die Lampe anzuzünden, bevor ich sie wieder an die Decke zog und das Seil befestigte.

Erst als ich den Raum durchquerte, um den Herd anzuzünden, bemerkte ich etwas sehr Übles: Auf dem Fliesenboden lag mit einem Apfel in der ausgestreckten Hand unser Gast, die junge Schauspielerin Euphemia Selwood.

»Ach, was in drei ...«, sagte ich eher fassungslos als schockiert. »Nicht schon wieder.«

Ich fühlte am Hals nach ihrem Puls, dann noch einmal an ihrem Handgelenk, nur um sicherzugehen; sie war ganz unzweifelhaft tot. So undetektivisch das erscheinen mochte, war mein erster Gedanke nicht, Lady Hardcastle zu wecken, bevor ich die Polizei verständigte, sondern Edna und Miss Jones vor dem Anblick einer Leiche an ihrem Arbeitsplatz zu bewahren. Beide hatten einen Schlüssel für den Seiteneingang, also verriegelte ich ihn, um sicherzustellen, dass sie nicht in meiner Abwesenheit eintraten.

Ich hastete nach oben und rüttelte Lady Hardcastle wach. Dabei bemühte ich mich, leise zu sein, um unsere Gäste nicht zu stören.

»Was ist denn los?«, fragte sie verschlafen. »Ich dachte wir hätten über deinen Drang, mich vor Sonnenaufgang zu wecken, schon gesprochen. Ich gehöre nicht zu den Frühaufstehern, Liebes, wirklich nicht.«

»Weiß ich, Mylady. Und ich denke, Sie müssen zugeben, dass ich mich in dieser Beziehung in letzter Zeit wirklich rücksichtsvoll verhalten habe, aber ein Notfall ist eingetreten, und ich brauche jetzt wirklich Ihre ungeteilte und vollständig wache Aufmerksamkeit.«

Sie rappelte sich in eine sitzende Position hoch und sah sich in der Düsternis um.

»Es ist immer noch dunkel, und du hast mir keinen Tee gebracht.«

»Beides ist wahr, und ich entschuldige mich dafür. Aber die Situation ist in gewisser Weise dringlich, und ich hatte weder Zeit, den Herd anzufeuern, noch Tee zu kochen.«

Sie gähnte übertrieben. »Also? Was ist los?«

»Euphemia Selwood ist tot.«

»Sie ist *was*? Ach zum Donner …«, setzte sie an. »Nicht noch eine.«

»Ich habe fast wörtlich das Gleiche gedacht. Ich habe sie mit einem Apfel in der Hand auf dem Küchenboden vorgefunden.«

»Noch ein Todesfall nach dem Muster des *Niedergangs der Hexe* also. So stirbt doch auch ihre Filmfigur, oder nicht? Durch einen vergifteten Apfel.«

»Ganz genau. Wir müssen Sergeant Dobson und Inspektor Sunderland Bescheid sagen. Wenn ich mich gleich ins Dorf aufmache, um den Sergeant aus dem Schlaf zu klingeln, könnten Sie dann den Anruf beim Kommissariat in Bristol übernehmen?«

»Natürlich, Liebes. Wir sollten uns besser beeilen.«

Also beeilte ich mich. Hastig schnappte ich mir Hut und Mantel und zog mir ein Paar Stiefel an. Als ich so weit war, aus der Haustür zu flitzen, war Lady Hardcastle schon mitten in ihrem Telefonat.

»… Ja, ich weiß, wie früh es ist … Nein, ich habe nicht damit gerechnet, dass der Inspektor um diese Uhrzeit schon da ist … Nein, auch nicht der Gerichtsmediziner … Eben, deshalb möchte ich ja, dass Sie eine Nachricht aufnehmen … Nein, Sergeant, Sie sind kein Hotelportier, das weiß ich. Wären Sie ein Hotelportier, wären Sie um einiges hilfreicher … Ich befleißige mich genau des Tons, der mir angemessen erscheint, Sergeant, sie behindern einen von Inspektor Sunderlands Fällen ... Sehr lustig. Ich bitte Sie ja nur darum, dem Inspektor mitzuteilen, dass Lady Hardcastle angerufen und Sie darüber informiert hat, dass sich ein weiterer Todesfall ereignet hat, dass es nach Mord aussieht und dass er so gut wie sicher mit dem ersten zusammenhängt ... Das habe ich bisher noch nicht sagen können, weil Sie sich dazu entschlossen haben, mir einen Vortrag über die Arbeitszeit des Inspektors zu halten ... Sehr gut, vielen Dank, und ich bin sicher, der Inspektor ist ebenso dankbar ... Ihnen auch noch einen guten Morgen, Sergeant.«

Sie hängte den Hörer wieder an den Haken neben dem Telefon. Einen Augenblick lang befürchtete ich, dass der Holzkasten wegen der Wucht von der Wand fallen würde, aber er war stabiler, als er aussah.

»Fertig, Mylady?«

»Was für ein unverschämter ...«

»Ich rede gleich mit unserem eigenen Sergeant.«

»Guter alter Sergeant Dobson. Dieser andere Kerl ist von der Sorte, die unsere Polizei in Verruf bringt.«

Aus Gründen, die in den Nebeln der bürokratischen Undurchsichtigkeit verborgen sind, war Littleton Cotterell das Hauptquartier des polizeilichen Netzwerks in unserer Gegend. Wie Sergeant Dobson und Constable Hancock stets betonten, waren sie nicht nur für das Dorf zuständig, in dem sie stationiert waren, sondern auch für viele Dörfer und Weiler in einem Umkreis von mehreren Meilen. Aus diesem Grund waren sie auch so großzügig untergebracht – beiden Beamten stand jeweils ein kleines

Häuschen neben der Polizeiwache zur Verfügung – und ihre Fahrräder so gut in Schuss.

Als ich den Dorfplatz überquerte, bemerkte ich Licht in der Polizeiwache. Ich war ein wenig erleichtert, dass ich nicht gegen die Haustür des Sergeants würde hämmern müssen. Jemand war bereits wach.

Doch meine Erleichterung war nur von kurzer Dauer. Im Empfangsraum brannte zwar hell eine Lampe, aber er war vollkommen verwaist. Auf dem Tresen stand ein kleines Messingglöckchen, sodass Besucher einen der Beamten herbeiklingeln konnten, falls sie hinten im Büro arbeiteten oder sich um einen Gefangenen in der Zelle kümmerten. Dafür hatte ich jedoch keine Zeit. Ich klappte die Tresenplatte hoch und begab mich direkt ins Büro. Dort war allerdings auch niemand. Ich suchte weiter, und irgendwann fand ich Constable Hancock, der auf der Pritsche in der Zelle tief schlief.

Mir schien das Hämmern an Türen letztendlich also doch nicht erspart zu bleiben, doch wenigstens wäre ich auf diese Weise in der Lage, die Effekte meines Tuns abzuschätzen. Ich klopfte seitlich dreimal mit der Faust gegen die geöffnete Zellentür, und der erzielte Effekt war nicht nur leicht abzuschätzen, sondern auch sehr zufriedenstellend.

Der Constable schreckte umgehend hoch und bemühte sich, Haltung anzunehmen.

»Ich hab nicht geschlafen, Sarge, ich schwöre«, murmelte er, als seine Knie ihn im Stich ließen und er wieder auf die Pritsche mit dem schmiedeeisernen Rahmen sackte. »Ich hab nur …« Da erkannte er mich. »Ach, Miss Armstrong, Sie sind es. Wie sind Sie …?«

»Guten Morgen, Constable«, begrüßte ich ihn fröhlich. »Tut mir leid, Sie so früh aufzuwecken, aber im Haus hat es … einen Zwischenfall gegeben, und wir benötigen Ihre Hilfe so schnell wie möglich.«

Er kam langsam zu sich, fummelte an den Knöpfen seiner Jacke herum. »Was denn für ein Zwischenfall?«

»Leider muss ich Ihnen mitteilen, dass es sich wohl um einen weiteren Mord handelt«, erwiderte ich und schilderte ihm dann die Umstände meiner grausigen Entdeckung.

»Verdammt, da sollten wir wohl besser den Sergeant holen. Er wird bei so was bestimmt nicht außen vor bleiben wollen, nicht wo der Inspektor aus Bristol gestern so großes Vertrauen in ihn gesetzt hat.«

In diesem Moment hörten wir jemanden im Empfangsraum.

»Hancock!« Es war Sergeant Dobson. »Wo zum Teufel steckst du, Junge?« Schwere Schritte auf den Fliesen. Wenn du wieder in dieser verdammten Zelle liegst und schläfst, dann schwöre ich, dass ich … Oh. Guten Morgen, Miss Armstrong.« Er salutierte.

»Guten Morgen, Sergeant«, begrüßte ich ihn. »Ich hoffe, es stört Sie nicht, dass ich hier hinten bin. Wir brauchen dringend Hilfe im Haus, und die Wache war zwar offen, aber niemand saß am Tresen. Constable Hancock war hier hinten, um die Zellen zu inspizieren, also hat er mein Klingeln nicht gehört.«

In Dobsons Blick war deutlich Zweifel zu erkennen – nach seiner vorigen Bemerkung war offensichtlich, dass Hancock schon oft dabei erwischt worden war, wie er seine Nachtschicht verschlief –, aber er schien zu dem Entschluss zu kommen, dass meine Bedürfnisse Vorrang hatten.

»Welche Art von Hilfe denn, Miss?«, fragte er und bedachte Constable Hancock mit einem Seitenblick, der sagte: Um dich kümmere ich mich später noch.

Ich berichtete erneut von den Ereignissen dieses Morgens.

Der Sergeant machte sich ein paar Notizen. »Wir müssen … Wie hat sich der Inspektor noch gleich ausgedrückt, Hancock? Sicherstellen, dass …?«

»Den Tatort absichern, Sarge«, half der Constable ihm auf die Sprünge.

»Ganz genau, wir müssen ihn absichern. Hancock, geh nach drüben zu Lady Hardcastles Haus und lass dort niemanden irgendwas anrühren.«

»Zu Befehl, Sarge.«

»Ich komme gleich nach. Zuerst möchte ich noch selbst in Bristol anrufen, nur damit sie Bescheid wissen, dass wir uns darum kümmern.«

Der Constable und ich eilten hinaus.

»Danke«, sagte er, als wir meiner Fußspur quer über den Dorfanger in umgekehrter Richtung folgten.

»Wofür?«

»Dass Sie mich nicht verpfiffen haben«, sagte er ernst. »Der alte Sergeant Dobson hat mir die letzten Wochen im Nacken gesessen. Nichts kann ich ihm recht machen.«

»Bestimmt will er nur, dass Sie alles gut erledigen«, beschwichtigte ich. »Es gehört zu seinen Pflichten, die Karrieren junger Beamter zu unterstützen.«

»Kann sein«, erwiderte er. »Aber ich weiß es trotzdem zu schätzen. War nicht das erste Mal, dass ich in der Zelle eingenickt bin. Da drin ist es zwar nicht besonders bequem, aber manchmal hat man keine Wahl. Die Nachtschichten bringen mich um.«

»Das ist gar nicht gut. Vielleicht können wir Sie davon ablenken, indem wir rauszufinden versuchen, was – oder vielmehr wer – unsere Hausgäste umbringt.«

Als wir ankamen, war Lady Hardcastle angekleidet (mehr schlecht als recht – ich würde definitiv noch einmal Hand anlegen müssen, bevor sie sich in der Öffentlichkeit blicken lassen könnte). Sie begrüßte uns beide und entschuldigte sich dafür, dass es keinen Tee gab.

Ich führte den Constable in die Küche, wo er demonstrativ gründlich die Leiche und deren Umgebung untersuchte und sich dabei Notizen machte. In der Zwischenzeit zündete ich den Herd an und setzte Teewasser auf.

Das Telefon klingelte, also ließ ich den Constable bei seinen Untersuchungen allein und ging nach draußen.

»Hallo«, meldete ich mich. »Chipping Bevington zwei-drei.«

»Ah, Miss Armstrong«, erwiderte die vertraute Stimme von Inspektor Sunderland. »Guten Morgen.«

»Auch Ihnen einen guten Morgen, Inspektor. Möchten Sie mit Lady Hardcastle sprechen?«

»Ich wäre, wie immer, entzückt darüber, aber es eilt nicht, wenn sie beschäftigt ist. Ich bin zuversichtlich, dass Sie mir genauso gut mitteilen können, was bei Ihnen vorgefallen ist.«

»Sehr freundlich«, erwiderte ich. Ich machte einen ironischen Knicks (falls ein Knicks überhaupt ironisch sein kann), doch dann dämmerte mir, dass er mich gar nicht sehen konnte.

»Hm«, sagte er. Vielleicht konnte er mich am Ende ja doch sehen. »Der Bereitschaftspolizist hier hat mir die Nachricht übermittelt, dass es einen weiteren Todesfall gegeben hat.«

Nicht zum ersten Mal an diesem Morgen erzählte ich von den Ereignissen, die meine Entdeckung von Euphemia Selwoods Leiche begleitet hatten – und auf sie gefolgt waren.

Der Inspektor hörte mir aufmerksam zu und sagte dann: »Hört sich an, als hätten Sie alles im Griff. Ich kann nicht vor heute Nachmittag bei Ihnen sein, also verlasse ich mich darauf, dass Sie und Lady Hardcastle den Dorfpolizisten dabei ... helfen, so viele Beweise wie möglich zu sammeln. Auch Dr. Gosling ist noch mit einem anderen Fall beschäftigt, er wird gar nicht zu Ihnen hinausfahren können. Könnten Sie Sergeant Dobson sagen, er soll den Leichenwagen anfordern?«

»Natürlich«, erwiderte ich. »Gibt es irgendetwas, auf das wir – ich meine, auf das die Dorfpolizisten – für Sie besonders achten sollten?«

»Sie denken bestimmt an alles«, erwiderte er mit einem kleinen Lachen. »Stellen Sie nur unbedingt sicher, dass der Apfel nicht verloren geht. Wenn sie ihn in der Hand hält, besteht die Möglichkeit, dass die Jungs vom Leichenschauhaus ihn mitnehmen und wir ihn nie wiedersehen. Nehmen Sie ihn ihr ab und wickeln Sie ihn in

Packpapier. Aber seien Sie dabei sehr vorsichtig – wenn er wie sein Gegenstück im Film vergiftet ist, könnte er immer noch gefährlich sein. Ich nehme ihn mit, wenn ich komme, und dann sorge ich dafür, dass Dr. Gosling ihn zur Analyse erhält.«

»Verstanden, Inspektor.«

»Und packen Sie auch den Rest der Äpfel ein, falls Sie noch welche haben. Wenn die Möglichkeit besteht, dass der, den sie gegessen hat, vergiftet war, gibt es keinen Grund für die Annahme, dass die anderen es nicht sind. Und noch einmal: allerhöchste Vorsicht.«

»Natürlich. Sonst noch etwas?«

»Nein, das wäre alles. Den Rest überlasse ich Ihnen. Ich bin dann am Nachmittag bei Ihnen.«

Wir verabschiedeten uns, und ich hängte den Hörer auf die Gabel. Ich bildete mir gern ein, dass der Hörer dankbar dafür war, dass ich ihn sanfter behandelte als Lady Hardcastle.

Ich kehrte in die Küche zurück, wo diese bereits hart daran arbeitete, die Ermittlungsbemühungen des Constables zu überwachen. Das Wasser kochte.

»Hat denn keiner von Ihnen daran gedacht, den Kessel vom Herd zu nehmen?«, fragte ich.

»Es hat gerade erst gekocht, Liebes«, erklärte Lady Hardcastle. »Und wir wussten ja, dass du bald wieder hier sein würdest.«

Ich gab einen missbilligenden Laut von mir und goss Tee für uns alle auf.

»Sie sollten unbedingt sicherstellen, dass der Apfel gründlich untersucht wird«, schärfte sie Constable Hancock ein. »Wenn unser Verdacht zutrifft und die Todesfälle mit dem Film zusammenhängen, wird er sich als Tatwaffe herausstellen.«

»Das am Telefon war übrigens der Inspektor, Mylady«, mischte ich mich ein. »Er hat uns gebeten, den Apfel in Packpapier zu wickeln, damit er ihn Dr. Gosling bringen kann.«

»Große Geister und so weiter, hm?«, sagte sie.

»Offensichtlich. Obwohl sich, wenn ich mich recht erinnere, zwei Dumme auch oft einig sind.«

»Stimmt wohl. Könntest du mir vielleicht zwei Löffel reichen? Damit sollte ich ihn freistemmen können, ohne ihn zu berühren.«

Ich holte rasch zwei Suppenlöffel aus dem Sideboard im Esszimmer. Auf dem Rückweg sah ich mich in Lady Hardcastles Arbeitszimmer gleich nach etwas Packpapier um.

»Suppenlöffel eignen sich doch am besten«, erklärte ich bei meiner Rückkehr. »Sie sind flacher, sodass sie weniger Schaden an der Frucht anrichten.«

»Diese Frau hat einen messerscharfen Verstand«, lobte Lady Hardcastle. »Würden Sie mir da nicht zustimmen, Constable?«

»Ich hab schon immer gesagt, dass Sie beide die schlauesten Leute sind, die ich je kennengelernt habe.«

»Ach, Sie sind wirklich ein Schatz. Aber wir wursteln uns einfach nur nach bestem Wissen und Gewissen durch, genau wie alle anderen.«

»Sprechen Sie bitte nur für sich selbst, Mylady«, warf ich ein.

»Stimmt. Ich wurstle mich durch, während Armstrong

uns mit ihrem Genie überragt. Ich weiß nicht, was ich ohne sie anfangen sollte.«

»Der kleine Kerl mit der Würgeschlinge in der Gasse, die von der St. Martin's Lane abzweigt, hätte Sie jedenfalls schon mal kaltgemacht«, erwiderte ich.

»Gütiger Himmel, ja«, rief sie aus. »Den hab ich ja schon ganz vergessen. Was um alles in der Welt wollten wir da noch mal?«

»Wir haben uns nach einer Möglichkeit umgesehen, ins Garrick Theatre einzubrechen.«

»Ach ja, das stimmt, nicht wahr? Wir haben nie herausgefunden, warum dieser Russe für eine bestimmte Loge einen Monat lang jeden Abend Karten gekauft hat.«

»Wenn es sich nicht um einen ausgeklügelten Plan für einen Mord gehandelt hat, ist meine Vermutung immer noch, dass er in ein Mitglied der Schauspieltruppe verliebt war.«

»Es waren ein paar sehr hübsche Jungs und Mädchen darunter, nicht wahr?«

»Ganz zweifellos. Aber der Kerl mit der Schlinge war nicht so hübsch.«

»Vor allem nicht nach seiner Begegnung mit dir, meine Liebe«, pflichtete sie mir bei. »Du hast ihn ganz schön übel zugerichtet. Sehen Sie, Constable, ohne die junge Florence hier, läge ich tot in einer Gasse zwischen der Charing Cross Road und der St. Martin's Lane. Sie ist ein … wahres Wunder.«

Diese letzte Sprechpause kam aufgrund der Anstrengung zustande, die sie aufbringen musste, um die Mordwaffe aus dem leichenstarren Griff des Opfers zu lösen.

»So«, verkündete sie. »Und jetzt packen wir den für Simeon ein, dann können wir eine Tasse Tee trinken. Möchten Sie auch eine, Constable?«

»Sehr gern, Mylady. Aber lieber woanders, wenn das möglich ist.« Er nickte in Richtung der Leiche auf dem Fußboden.

»Aber natürlich, natürlich. Hier können wir ja nichts mehr tun.«

Ein Schlüssel rasselte in der Seitentür, gefolgt von einem höflichen, aber bestimmten Klopfen.

»Das werden Edna oder Miss Jones sein«, sagte ich. »Die anderen beiden kommen erst in einer Stunde und haben keinen eigenen Schlüssel.«

»Ich glaube, wir sollten die Küche für diesen Morgen besser absperren«, schlug Lady Hardcastle vor. »Edna und die beiden von *The Grange* haben woanders ja genug zu tun.«

Ich entriegelte die Tür und öffnete Edna.

»Ist das Schloss kaputt?«, fragte sie, flitzte herein und zog den Mantel aus.

»Ich verstehe nicht«, entgegnete ich und versuchte, ihr den Weg in die Küche zu versperren, noch hatte ich sie ja nicht auf das vorbereiten können, was sie dort erwartete.

»Ich habe den Schlüssel ins Schloss gesteckt – wie üblich –, aber es war gar nicht abgeschlossen. Als ich dann versucht habe, die Tür aufzumachen, war der Riegel vorgeschoben. Also hab ich mich gefragt, ob das Schloss vielleicht kaputt ist.«

Ein weiteres Mal schilderte ich, was vorgefallen war.

Dann ging ich ins Esszimmer. Normalerweise hätten

wir uns ins Frühstückszimmer gesetzt – es war ja immer noch Morgen –, aber die Verbrechenstafel stand eben im Esszimmer, und Lady Hardcastle wollte dem Constable zeigen, wie wir vorankamen. Während sie alle Kandidaten durchging, flitzte ich noch einmal in die Küche, um das Teetablett zu holen.

Auf dem Rückweg machte ich im Salon halt, um Edna, die die Ereignisse des Morgens verständlicherweise ziemlich erschüttert hatten, eine Tasse anzubieten. Ich tat zwei zusätzliche Zuckerstücke in ihre Tasse und schlug ihr vor, eine Weile sitzenzubleiben – sie war aschfahl.

»Es geht gleich wieder, meine Liebe«, beteuerte sie. »Nur ein kleiner Schock, mehr nicht. Ich hab unsere Ma gefunden, als sie gestorben ist, aber sie war alt und gebrechlich. Es war das Herz. Aber so was hab ich noch nie gesehen. Das arme Mädchen. So jung, so schön. Genauso vergiftet wie Phoebe im Film. Ich fürchte, dass sie damit vielleicht doch böse Geister heraufbeschworen haben. Was, wenn jetzt irgendwer von ihnen besessen ist? Was, wenn der Teufel selbst von dieser Zelda Besitz ergriffen und sie in eine echte Hexe verwandelt hat? Sie könnte das alles tun, ohne es überhaupt zu wissen.«

Ich ließ sie weiterplappern. Es gab nicht viel, was ich im Augenblick zu ihrer Beruhigung hätte sagen können bis auf: *Ach, um Himmels willen, seien Sie doch nicht so dumm!*, aber ich wusste, dass das nicht wirklich hilfreich wäre. Stattdessen sagte ich: »Sind Sie sicher, dass Sie nicht lieber heimgehen möchten? Dewi und Dora sind bald hier. Einen Tag kommen wir bestimmt auch ohne Sie klar.«

»Sehr freundlich, aber ich kann Sie nicht mit denen allein lassen. Die junge Dora ist bestimmt am Boden zerstört, sobald sie rausfindet, was hier passiert ist. Und wenn nicht, wird sie es heucheln, nur um sich für heute vor der Arbeit zu drücken. Dann haben Sie noch weniger Hilfe.«

Ich erinnerte mich, wie dick Dora aufgetragen hatte, als der Mord auf *The Grange* passiert war. Edna hatte recht: Sie würde sich alle Mühe geben, die Tragödie in einen freien Tag für sich umzumünzen.

»Ich kann nicht behaupten, dass ich anderer Meinung bin«, stimmte ich ihr also zu. »Vielen Dank. Aber wenn es Ihnen zu viel wird, lassen Sie es mich wissen.«

»Versprochen, meine Liebe. Lassen Sie mich hier einfach nur zehn Minuten mit meiner Teetasse sitzen, dann bin ich wieder so gut wie neu. Und jetzt gehen Sie und tun Sie, was Sie tun müssen.«

Gerade wollte ich noch etwas Aufmunterndes sagen, als es an der Tür klingelte. Mit einem Seufzen und einem Hochziehen der Brauen in Richtung Edna, das ausdrückte: *Es hört nie auf*, ging ich hinaus, um zu öffnen.

Es waren die Männer vom Leichenschauhaus.

»Morgen, Miss. Sie haben 'ne Leiche für uns?«, fragte der Beifahrer.

Kurz erwog ich, ihn zurechtzuweisen, er möge etwas respektvoller sein, aber erneut kam ich zu dem Schluss, dass das wahrscheinlich nicht hilfreich wäre. Stattdessen sagte ich: »Kommen Sie mit der Bahre zum Seiteneingang. Dort lasse ich Sie rein.« Ich zeigte nach links auf den Weg, der um das Haus herumführte.

Constable Hancock überwachte den Abtransport der Leiche und kehrte dann ins Esszimmer zurück. Sein Tee war inzwischen kalt.

»Ich schätze, ich sollte jetzt besser wieder los. Sergeant Dobson erwartet mich bestimmt zurück, jetzt, wo die Leiche fort ist. Danke, dass Sie mich mit Ihrem Verbrechensdingsbums auf den letzten Stand gebracht haben. Sehr informativ. Ich werde dem Sergeant alles erzählen. Er erfährt gern, wie ihr Zivilisten über solche Sachen denkt.«

»Grüßen Sie ihn von mir, ja?«, bat Lady Hardcastle. »Und sagen Sie ihm bitte auch, dass Inspektor Sunderland vorhat, heute Nachmittag herzukommen. Wahrscheinlich weiß er es schon, aber gehen wir lieber auf Nummer sicher.«

»Da haben Sie recht, Mylady. Ihnen beiden einen guten Tag. Und bis dann.«

Ich brachte ihn zur Tür.

»Haben sich denn die Filmleute schon geregt?«, fragte Lady Hardcastle bei meiner Rückkehr ins Esszimmer. »*Filmleute*. Ich muss mir diesen Spitznamen für sie wieder abgewöhnen – es sind ja nur noch zwei von ihnen übrig. Ich weiß nicht recht, wie wir ihnen diese neue Nachricht beibringen sollen.«

»Das wird sie hart treffen«, stimmte ich zu. »Sie hatten Euphemia beide sehr gern. Wir müssen rausfinden, wer für all das verantwortlich ist, bevor noch jemand zu Schaden kommt.«

»Das müssen wir. Lass mich eine Weile nachdenken, ja? Ich möchte ein bisschen Zeit mit der Verbrechenstafel zubringen – vielleicht fällt mir etwas ein, wenn ich meine Gedanken einfach nur schweifen lasse.«

»Gewiss«, erwiderte ich. »Dann bis zum zweiten Frühstück?«

»Natürlich. Kaffee und Kuchen lasse ich mir nicht entgehen. Ach, und wenn Zelda oder Cheetham auftauchen, schick sie doch bitte hier rein. Ich sollte ihnen die traurige Nachricht selbst überbringen.«

Ich ging in die Küche zurück, um anwesend zu sein, wenn die Helfer von *The Grange* eintrafen. Miss Jones, ganz die tapfere Soldatin, die sie war, stimmte mir zu, dass die Küche nicht benutzt werden sollte, bevor sie nicht gründlich vom Inspektor untersucht und dann noch gründlicher geschrubbt worden wäre. Besser mehr als nur einmal. Und mit dem stärksten Putzmittel, das sie finden konnte.

Edna bot ihr gerade ihre Hilfe an, als Dora und Dewi durch die Seitentür hereinkamen. Ich stimmte Ednas Mutmaßung zu, dass Dora versuchen würde, den Schrecken und den Kummer, der vom Tod eines weiteren Hausgastes ausgelöst würde, für sich auszunutzen, also hatte ich mir eine kleine Ansprache zurechtgelegt, die Mitgefühl für sie zum Ausdruck bringen und dennoch keinen Zweifel daran lassen sollte, dass von ihr weiterhin voller Einsatz erwartet würde. Wie sich herausstellte, hatte Edna alles gut unter Kontrolle.

»Was ist denn passiert?«, fragte Dora, nachdem sie ihren Mantel in die Stiefelkammer gehängt hatte. »Was machen Sie alle hier?«

»Bitte, setzen Sie sich, Dora«, sagte ich. »Sie auch, Dewi. Leider haben wir schlechte Nachrichten.«

Sie leisteten meiner Aufforderung Folge.

»Als ich heute Morgen hier heruntergekommen bin, habe ich Miss Euphemia Selwood tot auf dem Küchenboden vorgefunden.«

Dora kreischte auf. »Ach, du lieber Gott«, rief sie dann und begann zu jammern.

»Reiß dich zusammen, Mädchen«, wies Edna sie scharf zurecht. »Du hast die Frau ja kaum gekannt.«

»Ja ... aber ...«, schluchzte Dora.

»Ja aber gar nichts«, erwiderte Edna. »Wir sind alle betrübt – sie war eine reizende junge Dame –, aber es hat ja keinen Sinn, wenn du dich jetzt so aufführst.«

»Ich glaube nicht, dass ich einfach weitermachen kann, als wäre nichts.«

»Ach, halt den Mund«, blaffte Edna. »Ich kenne dich, seit du ein kleines Kind bist, und du bist schon immer ein faules Stück gewesen. Dein ganzes Leben hast du damit zugebracht, die Arbeit von dir fernzuhalten, es wird allmählich Zeit, dass du damit nicht mehr durchkommst. Wir trinken alle eine schöne Tasse Tee, um uns zu beruhigen, dann machen wir uns wieder an die Arbeit.«

Dora schniefte. »Wie ist sie denn gestorben?«

»Wir glauben, es war ein vergifteter Apfel«, erklärte ich.

Das führte zu neuerlichen Angstschreien.

»Was um alles in der Welt ist denn jetzt schon wieder los«, stöhnte Edna, deren Tonfall »scharf« schon weit hinter sich gelassen hatte und sich inzwischen »außerordentlich verärgert« näherte.

»Ich hab die Äpfel mitgebracht«, erklärte Dora.

»Wie bitte?«, fragte ich. Das war eine neue Information.

»Es gab hier im Haus keine Äpfel, also habe ich welche von *The Grange* mitgebracht. Ich liebe Äpfel. Ich hätte den vergifteten selbst essen können. Ich hätte diejenige sein können, die tot auf dem Boden lag.«

»Zu schön, um wahr zu sein«, murmelte Miss Jones leise.

Dora tat so, als hätte sie sie nicht gehört.

»Ich möchte, dass Sie mit Inspektor Sunderland sprechen, sobald er herkommt«, sagte ich zu ihr. »Er wird wissen wollen, wo die Äpfel herstammen.«

Dora war wie vom Donner gerührt. »Sie glauben doch nicht, er könnte denken, dass ich was damit zu tun habe?«

Ich unterdrückte ein Lächeln und entschied mich dazu, sie ein bisschen zu quälen: »Na ja, es sieht schon ein bisschen verdächtig aus, oder? Wir haben keine Äpfel im Haus, Sie bringen welche mit, die arme Euphemia beißt von einem ab und fällt tot um.«

»Aber ... Sie denken doch nicht wirklich ...« Dann begann sie wieder zu jaulen.

Miss Jones rollte mit den Augen. »Also, ich kann hier nicht den ganzen Vormittag herumsitzen, wenn die Küche außer Betrieb ist. Wir müssen sehen, was Mr. Holman für uns tun kann.«

»Sie haben doch noch die Wildpastete«, fiel mir ein.

»Das stimmt. Also sollten wir nicht viel brauchen. Ich gehe ins Dorf und hole alles Nötige.«

»Wenn Sie viel zu tragen haben, sollten Sie vielleicht Dora mitnehmen«, schlug Edna mehr als nur eine Spur hoffnungsvoll vor. »Aber behalten Sie sie im Auge – sie will wahrscheinlich abhauen, wo sie nun weiß, dass ihr die Polente auf den Fersen ist.« Sie zwinkerte, doch Dora verstand den Witz nicht, sondern jammerte aufs Neue los.

Die ganze Zeit über war Dewi mucksmäuschenstill geblieben. Erst als die beiden losgegangen waren, sagte er schließlich: »Das mit Miss Euphemia tut mir leid. Ich hab sie gemocht. Sie war nett.«

»Und hübsch«, ergänzte ich.

Er lief rot an. »Wunderschön.«

Ich tätschelte ihm die Hand.

»Ich sollte jetzt wohl besser nach Mr. Cheetham sehen«, sagte er dann. »Er ist bestimmt außer sich, der Arme.«

Edna verschwand auch, um irgendetwas Wichtiges zu erledigen, sodass ich mit meinem inzwischen kalten Tee allein blieb. Es war an der Zeit nachzusehen, ob die übrigen Filmleute mittlerweile aufgestanden waren.

Das waren sie. Sie schäumten geradezu über vor Begeisterung und überboten sich darin, uns von dem gewaltigen Andrang zur zweiten Vorführung von *Der Niedergang der Hexe* zu berichten. Entgegen unseren Erwartungen war sie sogar noch erfolgreicher als die erste gewesen. Wir ließen sie ausreden, dann entschuldigte ich mich und überließ Lady Hardcastle die schwierige Aufgabe, ihnen die schlechten Neuigkeiten zu überbringen.

Während ich für Mr. Cheetham und Miss Drayton ein leichtes Frühstück vorbereitete, schilderte Lady Hardcastle ihnen die grausige Entdeckung dieses Morgens. Wie befürchtet nahmen sie die Nachricht sehr schlecht auf; Zelda kreischte sogar ängstlich auf, sodass ich es in der Küche noch hören konnte. Einmal mehr suchten sie gemeinsam Zuflucht im Frühstückszimmer. Ich brachte ihnen ihr Essen und überließ sie dann ihrem Kummer.

Skins und Barty standen als Letzte auf und waren von den Neuigkeiten ebenso schockiert.

»Sie hätten uns wecken sollen«, beschwerte sich Skins.

»Tut mir leid«, entgegnete ich. »Aber was hätten Sie denn tun können?«

»Da haben Sie wohl recht«, räumte er ein. »Geht's dir gut, Kumpel?«

»Hm?«, fragte Barty.

»Ob's dir gut geht. Du hast dich doch ein bisschen in die junge Phemie verguckt, oder? Ich hab doch gesehen, wie du sie immer angeschaut hast.«

»Hab ich, ja. Es ist schon ein Schlag, um ehrlich zu sein. Man hat mir mehr als einmal gesagt, ich soll Leine ziehen, aber kein Mädchen hat sich je ermorden lassen, um mich loszuwerden.«

Der Kummer und der Tränenreichtum, der das Haus erfüllt hatte, mussten einen größeren Effekt auf mich gehabt haben, als mir bewusst gewesen war – das ist der einzige Grund, der mir für meinen plötzlichen Kicheranfall einfällt.

»Sie sind wirklich ein frischer … irgendwas, Mr. Dunn«, sagte ich. »Danke.«

»Keine Ursache. Gibt es etwas, was wir für Sie tun können, bevor wir wieder losziehen?«

»Nein, aber Sie haben meinen Tag aufgeheitert. Miss Jones hat das Dorf nach etwas Essbarem durchkämmt, wenn Sie Zeit haben, zum Lunch zu bleiben.«

»Ich weiß nicht genau«, erwiderte Skins. »Um ein Uhr vierundvierzig fährt ein Zug nach Gloucester ab, und ich hab dem Typen mit dem Karren Bescheid gesagt, er soll uns um … na, eigentlich genau jetzt abholen kommen.«

»Es wäre wirklich wundervoll, berichten zu könne, dass in genau diesem Augenblick die Türglocke läutete, aber leider war das nicht der Fall. Wir hatten genug Zeit, um Dewi die Instrumente der Jungs aus der Orangerie holen zu lassen und uns zu verabschieden, bevor der »Typ mit dem Karren« tatsächlich klingelte und sie nach Chipping Bevington brachte. Ich war traurig, dass sie uns verließen.

Allerdings blieben wir nicht lange ohne weitere Hausgäste. Während Lady Hardcastle und ich ein bemerkenswert köstliches Mittagessen zu uns nahmen – Zelda und Cheetham hatten abgelehnt, uns Gesellschaft zu leisten –, klingelte es erneut an der Tür. Diesmal war es Inspektor Sunderland. Ich brachte ihn ins Esszimmer.

»Ach, Inspektor«, begrüßte ihn Lady Hardcastle. »Kommen Sie rein und setzen Sie sich. Essen Sie mit uns – es ist genug für alle da.«

»Danke, Mylady. Normalerweise müsste ich ablehnen, aber ich war den ganzen Morgen unterwegs und muss zugeben, dass ich mehr als nur ein bisschen Appetit habe.«

»Bedienen Sie sich. Kosten Sie unbedingt die Wildpastete, eines der besten Gerichte unserer Miss Jones.«

Er nahm das ihm angebotene Stück Pastete und auch noch ein paar der anderen Köstlichkeiten, die Miss Jones gezaubert hatte.

»Wie immer ist es eine Freude, Sie zu sehen«, sagte Lady Hardcastle, »aber langsam wünschte ich mir, wir könnten uns gelegentlich unter weniger betrüblichen Umständen treffen.«

»Ich denke allmählich genauso.«

»Möchten Sie vielleicht den *Tatort* in Augenschein nehmen?«

»Es besteht keine Eile. Ich werfe einen kurzen Blick darauf, bevor ich wieder aufbreche, aber ich bezweifle, dass ich dort noch etwas finde, was ich nicht auch aus Constable Hancocks Bericht erfahren kann. Er ist ein gewissenhafter Arbeiter.«

»Er ist ein Schatz«, erwiderte sie. »Wie geht denn der Rest Ihrer Ermittlungen voran? Hat Simeon irgendwas herausgefunden?«

»Armer, alter Gosling. Mit diesem Fall hat er überhaupt kein Glück. Erst gestern ist die Leiche im Leichenschauhaus angekommen – soweit ich weiß, hatte der Leichenwagen eine Panne –, und als sie dann tatsächlich eintraf, war er schon wieder unterwegs und hat sich um eine andere Angelegenheit gekümmert. Eigentlich wollte er dann heute die Arbeit an Newhouse beginnen, aber auf der Polizeiwache in St. George ist irgendetwas Fieses ausgebrochen, also musste er sich um die Kranken kümmern.«

»*Etwas Fieses*?«

»Ich weiß nicht, ob Sie die Einzelheiten ausgerechnet beim Essen erfahren möchten.«

»Ah, da haben Sie recht. Der Anflug eines flauen Gefühls im Magen, wie Großmutter zu sagen pflegte?«

»Mehr als nur ein Anflug und mehr als nur ein flaues Gefühl. Ich beneide Gosling wirklich nicht. Aber jedenfalls sind wir der genauen Todesursache kein Stück näher gekommen, und auch die junge Miss Selwood muss noch für eine kleine Weile ein Rätsel bleiben.«

»Ein Stich durchs Herz ist doch bestimmt weithin als ein möglicherweise tödliches Ereignis anerkannt«, warf ich ein.

»Da haben Sie wohl recht. Aber ohne den Bericht der Gerichtsmedizin können wir uns nicht sicher sein. Wir müssen da wirklich außerordentlich genau vorgehen. Ich habe mehr als einen Fall erlebt, bei dem ein Mann in der einen Straße vergiftet, in der nächsten erstochen und in einer dritten abgeladen worden ist. Nur eine gründliche Autopsie kann uns Sicherheit geben.«

»Da hat er nicht unrecht, Flo«, stimmte Lady Hardcastle ihm zu. »Und wir wissen ja bereits, dass er erstochen worden ist, bevor man ihm seine Kleidung angezogen hat – weder im Jackett noch in der Weste gab es ein Loch, erinnerst du dich?«

»Wenn diese verdammten Kerle von der Leichenhalle nicht so übereifrig gewesen wären, hätte Gosling die Leiche noch am Tatort gesehen«, klagte der Inspektor. »Das hätte ihm bestimmt schon etwas verraten.«

»Heute Morgen sind sie auch umgehend eingetroffen«, überlegte ich.

»Wären sie beim Abliefern der Leichen im Leichenschauhaus doch nur genauso schnell wie beim Abholen vom Tatort, dann hätten wir inzwischen die Hälfte unserer Antworten. Ach, na ja, das können wir wohl nicht ändern, fürchte ich.« Er zog sein Notizbuch aus dem Jackett und blätterte es auf der Suche nach einer leeren Seite durch. »Was haben Sie über den Mord an Miss Selwood herausgefunden?«

»Es sah ganz eindeutig nach einem weiteren kinematographischen Mord aus«, erwiderte ich.

»Ich wette, dass die Zeitungen ihn morgen genauso nennen werden. Ich habe gehört, dass Dinah Caudle im Dorf ist, es besteht also nur eine geringe Chance, dass wir das alles lange unter Verschluss halten können.«

»Sie war anscheinend sehr erpicht darauf, über die Geschichte zu berichten und sie so reißerisch wie möglich darzustellen«, sagte ich. »Aber zurück zur Leiche. Sie lag mit einem halb gegessenen Apfel in der Hand auf dem Boden. Vielleicht ist sie nicht wie ihre Filmfigur an einem vergifteten Apfel gestorben, aber wir sollten das auf jeden Fall denken.«

»Hat ihr Körper ansonsten keinerlei Flecken oder Wunden aufgewiesen? Keine Anzeichen für einen Kampf?«

»Wenigstens nicht, soweit ich sehen konnte. Ihr Kopf und ihr Gesicht waren unversehrt, und auch die Küche war noch in demselben Zustand, in dem wir sie hinterlassen hatten.«

»Was hatte sie an?«

»Was meinen Sie?«

»Trug sie ihr Nachthemd?«

»Ah, ach so. Nein, sie trug noch dieselbe Kleidung wie am Vorabend, als sie mit den anderen Filmleuten aufgebrochen war.«

»Wissen Sie, wann sie zurückgekehrt sind?«

»Jedenfalls nicht, bevor wir zu Bett gegangen sind.«

»Und wann war das?«

»Was meinen Sie, Mylady? Mitternacht?«

»Um den Dreh«, bestätigte sie. »Wir hatten einige Übernachtungsgäste und haben lange geplaudert, aber ich glaube nicht, dass es viel später als Mitternacht gewesen sein kann.«

»Weitere Gäste?«, fragte der Inspektor.

»Ja. Vielleicht erinnern Sie sich an sie: Skins Maloney und Barty Dunn.«

»Die Musiker von Clarissa Farley-Strouds Verlobungsfeier«, erwiderte er. »Charmante Schlingel. Oder schlingelhafte Charmeure. Ich habe mich nie ganz entscheiden können, was genau.«

»Ein bisschen was von beidem«, erwiderte sie. »Ihr Zug ist hier in der Nähe liegengeblieben – wenigstens haben sie das behauptet –, also haben wir ihnen angeboten, hier zu übernachten.«

»Sehr gastfreundlich«, sagte der Inspektor und machte sich eine Notiz. »Sie haben sich also ungefähr um Mitternacht zurückgezogen und haben die *Filmleute*, wie Sie sie nennen, nicht gehört?«

»Genau.«

»Danke. Sie haben sie also nicht zurückkehren hören, sollen wir ungefähr eine Stunde dafür ansetzen, in der Sie sich fürs Bett fertig gemacht haben und tief genug eingeschlafen sind, um nicht mitzubekommen, wie drei Leute das Haus betreten haben?«

»Hört sich vernünftig an.«

»Das heißt, sie sind vermutlich nicht vor ein Uhr morgens hier gewesen. Wir sollten Mr. Cheetham und Miss Drayton wenigstens noch einmal die gleiche Zeitspanne zugestehen, um sich aus Ihrer Karaffe einen großzügigen Schlummertrunk zu genehmigen und ins Bett zu gehen, sodass Miss Selwood allein in der Küche zurückblieb, weil sie noch Appetit auf einen nächtlichen Imbiss hatte. Sie isst also einen vergifteten Apfel und stirbt auf dem Küchenboden zwischen, sagen wir, zwei und drei Uhr morgens.«

»Warum nicht später?«, fragte ich.

»Sie war noch nicht umgezogen«, erklärte Lady Hardcastle. Wenn es später gewesen wäre, hätte sie wahrscheinlich schon ihr Nachthemd getragen. Sie hat sich noch vor dem Zubettgehen einen Imbiss genehmigt.«

»Ganz genau«, sagte der Inspektor. »Und Miss Armstrong hat die Leiche etwa um sechs Uhr früh entdeckt.«

»Richtig«, bestätigte ich.

»Mit dem Apfel in der Hand?«

»Ja. Ist das von Bedeutung?«

»Möglicherweise. Man würde doch erwarten, dass er davongerollt wäre, als sie hinfiel. Ihr Griff wäre doch nicht mehr fest genug, wenn sie einmal tot war.«

»Es sei denn, das Gift hat eine Art von Krampf ausgelöst«, merkte Lady Hardcastle an.

»Vielleicht«, räumte er ein.

»Sie hielt ihn noch immer fest, als ich ihn aus ihren Händen gestemmt habe, damit wir ihn Simeon geben können«, erklärte Lady Hardcastle und wirkte einen Moment lang sehr nachdenklich. »Aber das kann ja nicht stimmen. Ich habe angenommen, dass es die Leichenstarre war, aber wir schätzen den Todeszeitpunkt auf nicht früher als zwei Uhr. Ich habe ihr den Apfel ungefähr um … Was meinst du, meine Liebe? Um acht?«

»Ein bisschen früher, würde ich sagen.«

»Ich habe um kurz nach sieben angerufen«, warf der Inspektor ein. »Falls Ihnen das weiterhilft.«

»Sagen wir also halb acht. Sie wäre nach unserer derzeitigen Schätzung nicht länger als fünf Stunden tot gewesen, war aber steif wie ein Brett.«

»Leichenstarre«, wiederholte ich.

»Nein, für die volle Leichenstarre braucht es ungefähr zwölf Stunden. Nach weniger als fünf Stunden wären erst die kleineren Muskeln davon betroffen.«

»Richtig«, stimmte der Inspektor ihr zu. »Ich bin beeindruckt. Woher wissen Sie …?«

»So was schnappt man auf, mein Lieber. Sie wissen ja, wie das ist«, sagte sie leichthin.

»Nein«, widersprach er. »Die meisten Menschen schnappen das nicht einfach auf. Ich bin beeindruckt. Dieser Fall ist wirklich sehr seltsam. Wir brauchen Dr. Goslings Bericht jetzt dringender denn je.«

»Er erledigt das schon, Inspektor, keine Sorge. Ich kenne Simeon schon viele, viele Jahre. Er gibt gern den tollpatschigen Tölpel – er hält das wohl für liebenswert, was es bis zu einem gewissen Gard auch ist –, aber er ist überaus scharfsinnig und lässt Sie nicht im Stich.«

»Diesen Eindruck habe ich auch selbst schon gewonnen. Er ist ein guter Mann.«

»Ist er.«

»Wie geht es mit Ihrer Verbrechenstafel voran?«

»Ich dachte schon, Sie würden mich nie fragen«, freute sie sich. »Essen Sie weiter – ich glaube, das Sandwich ist eins der berühmten Brote von Old Joe aus dem *Dog and Duck* –, wir erklären Ihnen solange alles.«

Und für die nächste halbe Stunden taten wir genau das.

»Ich wusste, dass ich mich auf Sie beide verlassen kann«, lobte der Inspektor, als wir mit der Auflistung der Verdächtigen fertig waren. »Und da ich den ganzen Nachmittag bleiben kann, würde ich gern mit ein paar Leuten sprechen. Ich bin außerdem mit dem eigenen Fahrzeug da, also besteht keine Eile.«

»Haben Sie sich Dr. Goslings Auto ausgeliehen?«, fragte ich.

»Nein. Zwar haben wir Gosling mit einem Polizeiwagen nach St. George geschickt, falls irgendwelche Gefangenen verlegt werden müssen, aber am Ende habe ich sein Auto nicht gebraucht. Der Kriminalpolizei steht seit gestern ein eigener Wagen zur Verfügung. Ich war überrascht, wie schnell man hier ist.«

»Armer Simeon«, sagte Lady Hardcastle. »Er ist noch nie ein Draufgänger gewesen. Wir sollten ihn mit seiner Fahrweise nicht zu sehr aufziehen.«

Der Inspektor machte ein Gesicht, das ziemlich deutlich zum Ausdruck brachte, warten Sie nur ab, bis Sie einmal in Eile sind und Gosling fährt. Was er dann mit einem Blick in sein unvermeidliches Notizbuch sagte, war aber nur: »Ich muss mich mit den überlebenden Filmleuten unterhalten; ich bin sehr neugierig auf diesen Aaron Orum; und ich sollte wohl auch mit Dinah Caudle sprechen, obwohl ich von unseren früheren Begegnungen her weiß, dass sie mich vermutlich nur auf die Palme bringen wird.«

»Gehören Sie denn nicht zu ihren Bewunderern?«, fragte ich.

»Von denen hat sie schon genug, da braucht sie einen alten Knacker wie mich nicht. Mir geht ihre Art auf die Nerven. Ich kann gar nicht genau erklären, warum.«

»Ich fand sie auch nicht besonders angenehm, falls Sie das irgendwie tröstet«, sekundierte ihm Lady Hardcastle.

»Es gehört sich zwar nicht, über Leute hinter ihrem Rücken zu reden, das weiß ich, aber bei ihr läuft mir regelmäßig die Galle über. Und ihr Techtelmechtel mit Orum spricht auch nicht gerade für sie. Für jemanden in ihrer Position erscheint es mir ein wenig schmuddelig, sich bei so einem alten Gecken einzuschmeicheln.«

»Was ist mit den Hughes?«, fragte ich.

»Bei den beiden steigt mir auch der Rogen«, erwiderte er.

»Verständlich. Aber wollen Sie mit ihnen sprechen?«

»Das muss ich wohl, könnte ja sein, dass sie irgendwas gesehen haben. Obwohl ich stark bezweifle, dass sie etwas mit dem Mord zu tun haben. Sie sind, wie man so schön sagt, polizeibekannt, aber eigentlich sind sie einfach nur ein paar verwirrte Quälgeister. Wenn es nach mir ginge, würde ich sie von der Straße scheuchen. Das Dumme ist, dass eine der geschätztesten Freiheiten des Engländers die Freiheit ist, ein verwirrter Quälgeist zu sein, also sind wir dazu verpflichtet, sie gewähren zu lassen.«

»Der Vikar hat das Gleiche gesagt«, entgegnete ich. »Doch sie sind bestimmt nicht so einfach und einfältig, wie sie aussehen. Und selbst wenn sie uns alle wirklich nur von unseren Sünden erlösen wollen, kann es ihnen nicht gefallen haben, dass die zweite Vorstellung des *Niedergangs der Hexe* ein noch größerer Publikumsmagnet war. Könnte sie das dazu gebracht haben, einen weiteren Warnschuss abzugeben?«

»Vielleicht müssen Sie sie in ihrem Stützpunkt in Bristol aufsuchen«, überlegte Lady Hardcastle.

»Sind sie denn fort?«, fragte er.

»Sie hatten einen kleinen Zusammenstoß mit dem Hund der Pfarrersfrau«, erklärte sie.

»Der Vikar hat seinen Hund auf sie gehetzt?«

»Um Himmels willen, nein. Er wollte nur spielen. Er ist ein reizendes Geschöpf – der Hund, meine ich, obwohl der Vikar auch seinen ganz eigenen Charme versprüht –, aber er hat einen Hang dazu, ein bisschen aufgedreht zu sein. Er ist sich der Auswirkungen seiner Größe und seiner Kraft nicht ganz bewusst. Und nun ja …«

»Er hat die Hughes und ihre Claqueure umgerissen«, übernahm ich. »Sie sind auf ihrem Allerwertesten gelandet. Es war wie eine große Kegelpartie.«

»Das hätte ich wirklich gern mitangesehen«, entgegnete der Inspektor mit einem hämischen Grinsen. »Ich bezweifle, dass man den neuen Polizeiorden des Königs einem Hund verleihen kann, vor allem keinem zivilen, aber ich bin versucht, ihm ein schönes Steak zu kaufen. Schon oft hätte ich diese Truppe gern einfach umgerissen. Das Tier hat den Gesetzeshütern einen großen Gefallen getan.«

»Können wir irgendetwas für Sie tun, während Sie all diese Gespräche führen?«, fragte Lady Hardcastle.

»Wenn Sie wollen, dürfen Sie mich gern begleiten. Ich schätze Ihre Meinung sehr. Dobson und Hancock sollen sich nach möglichen Zeugen umhören. Jeder und jede aus dem Dorf, die zu dieser Filmvorführung gegangen sind oder die im Pub waren, könnten etwas mitbekommen haben. Es ist eine langweilige Arbeit, aber dafür werden die beiden ja bezahlt. Oh, tatsächlich könnten Sie da ein bisschen behilflich sein. Sind Sie noch immer so gut mit Lady Farley-Stroud befreundet?«

»Das bin ich, ja.«

»Dürfte ich Sie dann vielleicht bitten, sich bei ihr zu erkundigen, was an den beiden Abenden vorgefallen ist, das wäre wirklich sehr hilfreich. Und ich glaube, sie ist kooperativer, wenn *Sie* mit ihr sprechen.«

»Natürlich«, willigte Lady Hardcastle ein. »Sofort?«

»Nein, das hat Zeit. Zuerst will ich mich mit Cheetham unterhalten.«

Ich räumte den Esstisch ab.

10

Mr. Cheetham und Miss Drayton saßen still im Frühstückszimmer. Er war in eine chaotische Ansammlung von mit Schreibmaschine beschriebenen Papieren vertieft, während sie anscheinend einen Schal häkelte. Oder eine Decke. Vielleicht war es auch der Teil einer Weste. Ihre Bewegungen waren ruckartig und nervös, und sie ließ in den wenigen Augenblicken meiner Anwesenheit mehr als eine Masche fallen.

»Mr. Cheetham?«, sagte ich leise.

Er blickte von seiner Arbeit auf. Er wirkte blass und erschöpft. »Bitte nennen Sie mich doch Nolan. Ich glaube, die Formalitäten haben wir inzwischen weit hinter uns gelassen.«

»Gewiss, Mr. Cheetham. Inspektor Sunderland von der Kriminalpolizei in Bristol ist hier. Er würde sich gern im Esszimmer mit Ihnen unterhalten.«

»Geben Sie mir nur eine Minute, um das hier aufzuräumen«, sagte er und zeigte auf die verstreuten Papiere. »Ich bin gleich bei Ihnen.«

Als er schließlich den Kopf zur Tür hereinsteckte,

saßen wir alle schon um den Esstisch. Zum Glück hatte Edna das Kaffeetablett hereingebracht, und ich goss uns gerade eine Tasse ein, also sahen wir nicht allzu sehr aus, als ob wir das berühmte Yeames-Gemälde nachstellten.

»Bitte, treten Sie doch ein und setzen Sie sich«, sagte Lady Hardcastle. »Inspektor, das ist Mr. – oder bevorzugen Sie Colonel? – Cheetham. Mr. Cheetham, das ist Inspektor Sunderland von der Kriminalpolizei in Bristol.«

»Colonel ist heutzutage ja mehr ein Ehrentitel«, entgegnete Cheetham. »Guten Tag, Inspektor.«

»Guten Tag, Mr. Cheetham«, erwiderte der Inspektor den Gruß. »Ich möchte Ihnen wegen Ihrer beiden verstorbenen Freunde mein Beileid aussprechen.«

»Danke.«

»Keinesfalls will ich Ihnen noch mehr Kummer bereiten, aber würde es Ihnen etwas ausmachen, mir zu berichten, was an den letzten Abenden vorgefallen ist? Ich versuche, mir ein möglichst detailliertes Bild zu machen.«

»Natürlich, Inspektor. Wo soll ich anfangen?«

»Lady Hardcastle und Miss Armstrong haben mir bereits geschildert, was sie am Dienstagabend miterlebt haben. Sie sind im Saal eingetroffen, als Sie sich dort schon eine ganze Weile aufhielten.«

»Wir haben unsere Apparaturen aufgebaut, ja.«

»Hatten Sie irgendwelche Probleme hineinzugelangen?«

»Wegen der Demonstration? Wir mussten ein paar wenig sachkundige Beleidigungen über uns ergehen lassen, aber nichts Ernstes.«

»Was waren das für Beleidigungen?«

»Ach, das Übliche eben. Gottlos hier, satanisch da, du sollst nicht und so weiter … Sie kennen das ja.«

»Das stimmt leider«, bestätigte der Inspektor und machte sich Notizen. »Hat irgendwer Sie mit etwas Konkretem bedroht?«

»Sie meinen außer mit ewiger Verdammnis?«

»Ja, abgesehen davon.«

»Nein, es gab ein bisschen Keifen und Geschiebe und Gestoße, aber keiner von ihnen hat gesagt, dass er irgendwen von uns umbringen will.«

»Wer schob und stieß denn?«

»Hughes«, antwortete Cheetham. »Ich bin ihm früher schon begegnet. Er stellt sich gern so dar, als ob er Gottes Werk vollbringt, aber tief im Inneren ist er nur ein gemeiner kleiner Ganove.«

»Da kann ich Ihnen nicht widersprechen. Nach allem, was ich höre, ist die Vorführung ein Erfolg gewesen.«

»Ein großer Erfolg, ja. Wissen Sie, viele haben ja aufgegeben, diese Art von Vorführung auf die Dörfer zu bringen. In den Städten gibt es inzwischen spezielle Lichtspielhäuser, und jeder, der auf Tournee geht, hält sich eigentlich an die größeren Städte. Ich hingegen glaube, dass man hier das wirkliche Publikum trifft, das richtige englische Volk.«

Hier findet man die Tölpel, die nicht viel rumkommen und deshalb auch den mittelmäßigsten Krempel begeistert aufnehmen, dachte ich, aber seine Freunde waren ermordet worden, also war ich nett und behielt es für mich.

»Und nach der Vorstellung sind Sie ins *Dog and Duck*

übergesiedelt, richtig? An dieser Stelle endet Lady Hardcastles Bericht.«

»Ach ja, Sie sind heimgegangen, nicht wahr, Mylady? Nun, wir sind von der begeisterten Menge geradezu in den Pub gezerrt worden. Sie bestanden den ganzen Abend darauf, uns einen nach dem anderen auszugeben. Die Kneipe war voll bis unters Dach.«

»Ist Ihnen niemand aufgefallen oder verdächtig vorgekommen?«

Cheetham lachte. »Es ist niemand im Hintergrund herumgeschlichen und hat sich den Schnurrbart gezwirbelt, wenn Sie das meinen.«

»Er hätte sich auch über den Bart streichen können«, gab der Inspektor zu bedenken.

»Ach, Sie spielen auf meinen Erzfeind an, den bösen Aaron Orum?«

»War er denn da?«

»Mit seiner neuesten Flamme, nahmen wir an. Ich habe sie kurz in dem kleinen Nebenraum gesehen.«

»Wer ist denn diese Flamme?«, fragte der Inspektor. »Steht sie auf unserer Liste?«

»Die Frau von der Zeitung«, erwiderte Cheetham. »Ist hier gestern mit ihrem ordentlichen kleinen Notizbuch aufgekreuzt und hat irgendwelche Andeutungen gemacht.«

»Aha. Dinah Caudle von den *Bristol News*. Gibt es da eine romantische Verstrickung?«

»Schwer zu sagen, Sir«, warf ich ein. »Sie saßen gemeinsam im Nebenzimmer, als ich ihnen vorgestern zum ersten Mal begegnet bin, aber sie wohnen ja nun mal beide im Pub. In manchen Kreisen mag es unziemlich sein, dass ein Mann und eine Frau in der Öffentlichkeit gemeinsam etwas trinken, aber sie konnten sich auch schlecht gegenseitig ignorieren.«

»Ich kenne diesen Lüstling allerdings von früher«, sagte Cheetham. »Wenn er sie noch nicht bespringt, hat er es bestimmt versucht.«

»Ruhig, ruhig«, mahnte der Inspektor. »So etwas ist doch nicht nötig.«

»Ich muss mich entschuldigen, Mylady«, sagte Cheetham. »Aber nein, mit Orum habe ich nicht gesprochen. Er hat mir auf, man könnte sagen, ironische Weise zugeprostet, aber ich habe ihn ignoriert.«

»Aha, und wann haben Sie den Pub verlassen?«

»So gegen ein Uhr morgens, würde ich sagen.«

»Sie alle zusammen?«

»Nein. Ich werde ewig bedauern, dass wir Basil in der Obhut einiger Dorfbewohner zurückgelassen haben. Er war ganz in seinem Element: kostenlose Getränke, eine dicke Zigarre und einem gebannten Publikum irgendwelche Ammenmärchen erzählen. Wir hätten ihn da nicht wegzerren können, aber ich wünschte, wir hätten es getan.«

»Und haben Sie auf Ihrer Rückkehr zum Haus draußen noch irgendwen getroffen?«

»Ein paar der Feiernden sind mit uns aufgebrochen, aber sie sind alle ins Dorf hineingegangen.«

»Aha«, erwiderte der Inspektor. »Das lässt ein beunruhigend großes Loch in Ihrer Geschichte zurück. Hancock hat die Leiche um …«, er blätterte seine Notizen durch, »… um etwa fünf Uhr morgens entdeckt. Das heißt, es gibt vier Stunden, über die wir nichts Genaues wissen. Wir müssen herausfinden, wann Newhouse den Pub verlassen hat. Ach, na ja, das klären wir ein andermal. Möchten Sie fortfahren, Mr. Cheetham?«

»Sicher. Obwohl ich fürchte, dass mein Bericht von letzter Nacht Ihnen auf langweilige Weise bekannt vorkommen wird. Noch ein außergewöhnlich erfolgreicher Abend. Ein sogar noch größeres Publikum. Noch mehr Begeisterung für den Film …«

»Sie haben … *Der Niedergang der Hexe* ein zweites Mal gezeigt, wenn ich das recht verstehe.«

»Das stimmt. Wir sind alle sehr stolz auf das Werk. Und wir lassen nicht zu, dass die Taten eines Verrückten diesen Erfolg schmälern. Also ja, wir haben den Film erneut gezeigt. Wir haben die Darsteller hier – das passiert ja nicht allzu häufig –, und wir wollten unser Meisterwerk präsentieren.«

Der Inspektor machte sich weiter Notizen. »Und nach der Vorführung sind Sie wieder ins *Dog and Duck* gegangen?«

»Genau wie beim ersten Mal, Inspektor. Wir wurden den ganzen Abend eingeladen und sind ungefähr um eins aufgebrochen.«

»Und dann sind Sie auf direktem Weg hierhergekommen?«

»Auf direktem Weg, ja.«

»Und dann sind Sie sofort zu Bett gegangen?«

»Wir haben noch ein bisschen in der Küche geplaudert, dann sind Zelda und ich zu Bett gegangen, während Phemie sich noch etwas zu essen mitnehmen wollte.«

»Danke, Sir. Ich würde sagen, das ist für den Moment alles. Sie haben auf jeden Fall einige fehlende Details geliefert. Gibt es noch etwas, was Sie hinzufügen möchten? Irgendetwas, was uns dabei helfen könnte, den Täter zu finden?«

»Gerade fällt mir nichts ein, Inspektor, nein.« Cheetham erhob sich und wollte gehen.

»Nur noch eine letzte Frage«, hielt ihn der Inspektor zurück und blickte auf. »Wer hat Ihrer Meinung nach Basil und Euphemia getötet?«

Die Frage schien Mr. Cheetham zu überrumpeln, und er antwortete: »Orum«, bevor er sich noch davon abhalten konnte.

»Danke, Sir. Würden Sie bitte Miss Drayton zu uns hereinschicken?«

Cheetham ging, ohne die Tür hinter sich zu schließen.

Das Haus war mit allen modernen Annehmlichkeiten ausgestattet, aber seltsamerweise gab es keine Klingeln für die Dienstboten. Meistens war das unproblematisch – es gab nur wenig Personal, und ein herzhafter Schrei genügte normalerweise. Aber das ziemte sich nicht wirklich, wenn Gäste anwesend waren, also musste meine Wenigkeit sich in die Küche verfügen, um weitere Erfrischungen anzufordern. Diesmal ging es um Tee.

Edna nagelte mich mit einer Erörterung der alten Kunst des Bodenschrubbens fest – etwas, was ihr ausdrücklich verboten worden war, bevor der Inspektor nicht alles … inspiziert hatte. Miss Jones brachte ihre Einwände dagegen vor, in einem Raum zu arbeiten, in dem vor so kurzer

Zeit noch eine Leiche gelegen hatte. Ich entschied mich, weder etwas über das zerlegte Vorderviertel des toten Schafs in der Speisekammer zu sagen, noch über die Makrelenkadaver, die sie letzte Woche noch im Spülbecken ausgenommen hatte. Stattdessen hörte ich aufmerksam zu, gab ein paar missbilligende Laute von mir, sagte ein paarmal an den richtigen Stellen »Ach, ich weiß ja« und versicherte ihr dann, dass bald alles wieder seinen normalen Gang gehen würde.

Als ich ins Esszimmer zurückkehrte, hatte sich Zelda Drayton schon am Tisch niedergelassen, und alle hatten sich einander vorgestellt. Ich setzte mich auf meinen angestammten Platz neben Lady Hardcastle und lauschte.

Zeldas Schilderung der Ereignisse der letzten beiden Tage fügte nur wenig zu dem hinzu, was wir bereits wussten. Sie war etwas wohlwollender in Bezug auf Aaron Orum, obwohl deutlich wurde, dass auch sie ihm noch nachtrug, wie die Freundschaft zwischen ihm und Cheetham zu Bruch gegangen war. Interessant fand ich ihre Reaktion auf die Todesfälle.

»Also«, sagte sie mit rauchiger Stimme, »man macht sich schon so seine Gedanken, nicht wahr? Wer ist als Nächstes dran? Ganz zweifellos die Hexe. Die bei lebendigem Leib verbrannt wird. Ich bin nicht sicher, ob ich hierbleiben und darauf warten sollte.«

Der Inspektor ließ sie noch eine Weile ihre Befürchtungen zum Ausdruck bringen, und irgendwann verfiel sie in nervöses Schweigen.

»Danke, Miss Drayton«, sagte er dann. »Ich bin mir sicher, dass Sie sich keine Sorgen machen müssen. Wir klären den Fall im Handumdrehen.« Er blätterte noch einmal seine Notizen durch. »Ach, noch eine Sache. Ich wollte Ihren Redefluss nicht unterbrechen, aber Sie haben ausgesagt, dass Sie Mr. Orum am Dienstagabend von seinem Tisch haben aufstehen sehen.«

»Das ist richtig.«

»Ich habe mich gefragt, warum Sie das erwähnt haben. Erschien Ihnen das irgendwie von Bedeutung zu sein?«

Einen Augenblick lang dachte sie nach. »Keine Ahnung. Es ist mir nur aufgefallen, das ist alles. Und natürlich war er die einzige andere mir bekannte Person im Pub, also musste es mir wohl auffallen.«

»Haben Sie gesehen, wo er hingegangen ist? Vielleicht an den Tresen?«

»Jetzt, wo ich darüber nachdenke, fällt mir ein, dass er in den großen Schankraum gekommen ist. Wir wollten gerade gehen, und es sah so aus, als ob er direkt auf uns zukäme, aber dann ist er abgebogen.«

»Konnten Sie sehen, wohin er wollte?«

Sie hielt inne. »Wahrscheinlich ist er zu Basil gegangen. Wenigstens auf die kleine Menschentraube zu, die ihn umgab.«

»Aber Sie haben nicht gesehen, dass er sich tatsächlich mit Mr. Newhouse unterhalten hat?«

»Nein, wir waren schon draußen in der Kälte. Das könnte ich nicht mit Sicherheit behaupten.«

»Danke«, erwiderte der Inspektor. »Sie waren eine große Hilfe.«

»Gern geschehen«, sagte sie und erhob sich. »Wenn Sie mich noch brauchen, wissen Sie ja, wo Sie mich finden.«

»Und bevor irgendjemand von uns noch ein weiteres Wort sagen konnte, hatte sie schon den Raum verlassen.

»Das war sehr erhellend«, meldete Lady Hardcastle sich zu Wort.

»Sie meinen die Tatsache, dass sich ihre Version mit der von Mr. Cheetham deckt?«, fragte ich.

»Das ist Ihnen beiden also auch aufgefallen«, sagte der Inspektor.

»Zum Teil wortgleich«, fügte ich hinzu.

»Sie haben sich ganz ohne Zweifel abgesprochen«, sagte Lady Hardcastle.

»Sie haben ja auch mehrere Stunden zusammen im Frühstückszimmer verbracht«, erinnerte ich sie. »Sie hatten eine Menge Zeit, um ihre Aussagen aufeinander abzustimmen. Und was war das mit ihrer Befürchtung, sie könnte die Nächste sein? Im einen Augenblick ist sie vollkommen verängstigt, im nächsten hält sie sich an eine sauber geprobte Version der Ereignisse.«

»Das passiert häufiger, als man glauben würde«, warf der Inspektor ein. »Seltsamerweise sind es meistens die Unschuldigen, die sich so viel Mühe machen. Sie wollen sicherstellen, dass man sie nicht fälschlicherweise mit irgendwelchen Verbrechen in Verbindung bringt, also passen sie auf, dass sie eine stimmige Geschichte erzählen.«

»Oje«, seufzte Lady Hardcastle. »Und ich dachte schon, dass wir hier auf etwas gestoßen wären.«

»Wahrscheinlich nicht«, entgegnete er. »Aber es ist dennoch bemerkenswert.«

»Sie haben beide etwas gegen Aaron Orum«, fuhr ich

fort. »Die Geschichte, dass er in den Schankraum gekommen sein soll, hörte sich für mich ein bisschen übertrieben an.«

»Da stimme ich Ihnen zu, aber wir können noch nichts ausschließen.«

»Wir haben das bei unserer früheren Beschäftigung oft erlebt, nicht wahr, Flo? Manchmal wissen die Leute etwas, was sie nicht preisgeben wollen, aber sie finden einen Weg, es so zu verklausulieren, dass sie einen in die richtige Richtung lenken und man es selbst herausfindet.«

»Das stimmt«, pflichtete ich Lady Hardcastle bei. »Obwohl es genauso oft vorkam, dass sie nur alte Rechnungen begleichen wollten, indem sie jemanden anschwärzten.«

»Das Schicksal eines Polizisten ist nicht immer leicht«, merkte der Inspektor an. »Und auch nicht immer vollkommen klar. Sollen wir jetzt im Pub vorbeischauen?«

»Ich dachte, Sie würden nie fragen«, rief Lady Hardcastle aus.

»Um uns mit Orum und Caudle zu unterhalten.«

»Oh. Wie furchtbar enttäuschend. Wir könnten uns doch aber wenigstens ein schnelles Gläschen genehmigen. Wenn wir schon mal da sind.«

»Es ist mir nicht gestattet, im Dienst zu trinken, Mylady«, entgegnete er.

»Nein, mein Lieber, das weiß ich doch. Aber Flo und ich sind ja nicht im Dienst, oder? Hol unsere Mäntel, Flo – die letzten Tage sind anstrengend gewesen, und ich bin der Meinung, dass wir unbedingt einen guten Tropfen gebrauchen können.«

»Zu Befehl, Mylady«, erwiderte ich mit einem angedeuteten Strammstehen, dann setzte ich die Segel in Richtung der Garderobe in der Halle.

Wie üblich saß Aaron Orum mit einem Krug Cider und einer Zeitung im kleinen Nebenraum des Pubs. Wenn es nicht die Zeitung vom Dienstag gewesen wäre, wäre es mir schwergefallen zu entscheiden, ob er sich seit unserer ersten Begegnung am Montag überhaupt von der Stelle gerührt hatte. Auch anwesend – unschicklich dicht neben Mr. Orum – war die eifrigste Journalistin der *Bristol News*, Miss Dinah Caudle.

Bei unserem Eintreten sahen sie beide zu uns herüber. Mr. Orum wirkte ein wenig verblüfft, aber Miss Caudle kannte uns ja alle drei. Während uns Mr. Orum also mit einem verwirrten Stirnrunzeln bedachte, verwandelte ihr Starren sich rasch in ein unaufrichtiges Lächeln.

»Lady Hardcastle, wie geht es Ihnen? Und Inspektor Sunderland, was für eine Ehre, Besuch von einem der besten Köpfe der Kriminalpolizei von Bristol zu erhalten. Ich dachte, Sie wären inzwischen schon zu wichtig, um sich mit Zeugenbefragungen abzugeben. Ich dachte, Sie hätten Lakaien in Uniform, die das für Sie erledigen.«

Lady Hardcastle erwiderte kurz angebunden: »Guten Tag.«

Inspektor Sunderland lächelte. »Guten Tag, Miss Caudle. Ich kann also davon ausgehen, dass Sie bereits mit Sergeant Dobson gesprochen haben?«

»Oh nein, Inspektor. Nichts so Ehrfurchtgebietendes wie ein Sergeant. Wir mussten uns mit Constable Provinztölpel begnügen, nicht wahr, Aaron?«

Mr. Orum lächelte sie an und nickte.

»Er heißt Hancock«, erwiderte der Inspektor, »ein sehr fähiger junger Beamter. Ich hoffe, Sie haben seine Fragen vollumfänglich, ehrlich und … höflich beantwortet.«

»Er ist ein impertinenter Flegel«, entgegnete sie.

»Sie finden es also impertinent, wenn man sich darum bemüht, einen Mörder zu stellen? Einen Mörder, der schon zwei Menschen auf dem Gewissen hat und möglicherweise noch einmal zur Tat schreiten wird?«

»Es ist eine Frechheit, wenn ein solcher Dummkopf unbescholtene Bürger befragt, als ob sie gewöhnliche Verbrecher wären.«

»Dann tut es mir sehr leid, aber ich fürchte, ich muss Sie noch weiter beleidigen«, antwortete der Inspektor gelassen. »Ich würde nämlich selbst gern von Ihnen beiden hören, was sich an den letzten beiden Abenden zugetragen hat.«

»Dann muss ich Sie wohl enttäuschen, Inspektor. Ich habe woanders einen dringenden Termin.« Ihr Tonfall wurde etwas sanfter, als sie sich an Mr. Orum wandte. »Sehen wir uns später?«

Orum lächelte erneut. »Aber natürlich. Wir haben ja schließlich sonst nichts vor.«

Sie erwiderte sein Lächeln, bevor sie sich vom Tisch erhob und in den großen Schankraum hinüberging. Wir hörten das Klappern ihrer Absätze auf den Fliesen, als sie eilig zur Treppe ging, die zu ihrem Zimmer hinaufführte.

»Ich habe keinen dringenden Termin«, sagte Mr. Orum. »Und ich beantworte sehr gern Ihre Fragen, Inspektor … Sunderland, richtig?«

»Richtig, Sir.«

»Sehr erfreut. Mein Name ist Aaron Orum. Künstler, Erneuerer, Geschäftsmann, Lebemann ...«

»... Kasper«, fügte ich still hinzu. Wenigstens hoffte ich, dass ich es nicht laut aussprach. Lady Hardcastles unvermitteltes Lächeln ließ mich allerdings daran zweifeln.

»Bitte, setzten Sie sich doch«, fuhr Orum fort. »Sie alle.«

»Danke, Sir«, erwiderte der Inspektor. Er legte seine ordentlich gebürstete Melone vor sich auf den Tisch und zog Notizbuch und Stift aus der Innentasche seines Jacketts. »Haben Sie eine der Filmvorführungen besucht?«

»Beide«, antwortete Orum.

»Beide? Wirklich?«

»Wirklich und wahrhaftig. Ich habe am zweiten Abend eigentlich ein anderes Programm erwartet – und zum Großteil wurde mir das auch geboten –, aber es hat mich trotzdem gerührt, meinen Film zum zweiten Mal diese Woche als Hommage an den armen Basil zu sehen.«

»Ihren Film?«

»Ja, Inspektor, meinen Film. Sie haben die Geschichte inzwischen doch bestimmt gehört. Alle anderen scheinen sie jedenfalls zu kennen.«

»Seien Sie so gut, Sir, erklären Sie mir, wie der Film aus Mr. Cheethams Produktion *Ihr* Film sein kann.«

»Ich sollte das nicht immer wieder erklären müssen.«

»Es ist Ihnen ja offenkundig sehr wichtig. Ich hätte gedacht, dass Sie die Geschichte gern jedem erzählen, der zuzuhören bereit ist. Sie scheinen schließlich eine

Art Diebstahl anzudeuten. Sie wünschen doch zweifellos eine Entschädigung. Oder Rache?«

»Sieh einer an!«, sagte Orum und richtete sich drohend auf. »Ein paar Wochen Haft dafür, dass ich einen Polizisten vermöbelt habe, schrecken mich übrigens nicht.«

»Dann ersparen Sie sich doch eine Gefängnisstrafe, indem Sie sich wieder setzen und mir erklären, wovon Sie reden.«

»Und mich dadurch weiter belaste?«

»Weiter, Sir?«

»Sie haben doch durch die Blume zum Ausdruck gebracht, dass Sie glauben, ich hätte Basil und Euphemia getötet.«

»Das wollte ich ganz gewiss nicht andeuten«, widersprach der Inspektor. »Ich möchte nur die Tatsachen des Falls ergründen, damit wir den Mörder aufspüren können.«

Orum setzte sich seufzend wieder hin.

»Na gut«, lenkte er erschöpft ein. »Vor langer Zeit«, setzte er unheilschwanger an, »verborgen in den wirbelnden Nebeln der Vergangenheit, waren Nolan Cheetham und ich befreundet. Kindheitsfreunde, enge Gefährten. Unsere Freundschaft überstand die Prüfungen der Pubertät, die Rivalitäten in Bezug auf Mädchen und die Erschöpfung unserer langen Arbeitstage in der Mühle. Wir hatten eine gemeinsame Leidenschaft, wissen Sie, eine Leidenschaft für das Theater. Und wir arbeiteten gemeinsam daran, wurden gewissermaßen berühmt. Und die Möglichkeiten fächerten sich vor uns auf wie eine diamantene Straße.«

»Aha«, erwiderte der Inspektor. »Falls es Ihnen nichts ausmacht, dass ich auf Ihrer Metapher herumtrample, muss ich sagen, dass eine diamantene Straße sich ein wenig rutschig anhört.«

»Trampeln Sie ruhig, geschätzter Herr. Rutschig und trügerisch war das Pflaster. Bald kamen wir von unserem funkelnden Pfad ab.«

»Wodurch wurde dieses ... Abkommen vom Pfad denn verursacht?«

»Das, was Männer immer dazu bringt, vom Pfad des Ehrgeizes und der Großartigkeit abzuweichen, mein lieber Inspektor. Eine Frau.«

»Sie haben eine lebenslange Freundschaft wegen einer Frauengeschichte beendet?«

»Oh weh und ach, wäre es doch nicht wahr«, bestätigte Orum. »Ihr Name war Elsie Butterworth. Ein liebreizendes Mädchen. Wir wollten heiraten, sie und ich. Aber Cheetham hat ihr den Kopf verdreht. Dabei wollte er sie gar nicht. Er liebte sie nicht. Er wollte nur verhindern, dass ich mit ihr zusammenkam. Sie hat dann auch wirklich unsere Verlobung gelöst und ist mit ihm gegangen. Innerhalb eines Monats hatte er sich wieder von ihr getrennt. Das hätte ich noch verschmerzen können, wenn sie wirklich ineinander verliebt gewesen wären, glaube ich, aber als ich herausfand, dass er sich ihr einzig und allein genähert hatte, um uns auseinanderzubringen, war ich außer mir. Ich habe ihm eine reingehauen und unser gemeinsames Unternehmen verlassen. Heute reden wir kaum noch miteinander.«

»Ich möchte Ihre Erfahrung ja nicht herabwürdigen«,

antwortete der Inspektor, »die, da bin ich mir sicher, einen tiefgreifenden Einfluss auf Ihr Leben hatte, aber es fällt mir schwer einzusehen, warum irgendetwas davon dazu führen sollte, dass *Der Niedergang der Hexe* Ihr Eigentum ist.«

»Sie sind kein geduldiger Mann, Inspektor, oder? Ich dachte nur, ein paar Hintergrundinformationen wären hilfreich, um die Vollständigkeit unserer Entzweiung zu unterstreichen. Als wir noch befreundet waren, haben wir über alles Mögliche geredet. Die Ideen umschwirrten uns wie das Feuerwerk in der Guy-Fawkes-Nacht. Eines Abends war der Whiskey in Strömen geflossen, und wir begannen, über Hexerei im 17. Jahrhundert zu fabulieren. Anfang des Jahrhunderts gab es nämlich ein paar berühmte Prozesse, wissen Sie? Die Hexenprozesse von Pendle. Ich destillierte aus dieser Geschichte ein Stück über eine Hexe, die sich in einen Jungen aus dem Dorf verliebt, sich aber erst ihrer Rivalin entledigen muss, einer schönen jungen Frau. Ich glaube, das könnte sich einigermaßen bekannt anhören?«

Der Inspektor blickte zu mir und Lady Hardcastle, um sich das bestätigen zu lassen.

»Das ist die Geschichte des *Niedergangs der Hexe*«, sagte ich. »Wenigstens in Grundzügen.«

»Ich habe nicht nur die Grundzüge geliefert«, übernahm Orum wieder. »Mir ist die Idee gekommen, die junge Frau mit einem vergifteten Apfel zu ermorden, ich kam darauf, dass ihr Verehrer dem Wahnsinn anheimfällt und sich vom Kirchturm stürzt, meine Idee war der Hexenjäger ... einfach alles. Die ganze Handlung ist meine Idee gewesen.

Cheetham hatte damit begonnen, die Requisiten zu skizzieren, die wir auf der Bühne brauchen würden, sowie die Kulissen, die wir bauen mussten. Spezialeffekte, nannte er das. Wir haben die ganze Nacht daran getüftelt.«

»Aber dann haben Sie dieses Stück nie auf die Bühne gebracht?«, vermutete der Inspektor.

»Nein, sein Verrat setzte unserer Partnerschaft ein Ende, bevor wir das Projekt richtig in Angriff nehmen konnten.«

»Ich kann mir gut vorstellen, dass es Ihnen Kummer bereiten muss, dabei zuzusehen, wie dieselbe Geschichte zu einem Film wurde.«

»Sie machen sich gar keine Vorstellung, Inspektor.«

»Hat dieser Kummer jemals dazu geführt, dass Sie sich revanchieren oder sogar an ihm rächen wollten?«

Orum lachte auf. »Ich bin ein Mann der Worte und Ideen, Inspektor, nicht der Revanche und Rache.«

»Sie sagten immerhin, Sie hätten Ihren guten Freund verprügelt.«

»Ach ja, aber das geschah im Eifer des Gefechts. Ich übe meine Rache lieber, indem ich das tue, was ich gerade tue: Ich spiele den Geist beim Festessen. Ich hoffe inbrünstig, dass dieser erbärmliche kleine Betrüger an seiner Schuld schier erstickt, jedes Mal wenn er mich sieht. Ich habe es in der Vergangenheit mit einer direkteren Herangehensweise versucht. Ich habe ihm Briefe geschrieben, verstehen Sie, habe ihm die Situation in deutlichen, rechtlichen Worten auseinandergesetzt, aber er ignoriert das einfach. Ich habe darüber nachgedacht, ihn zur Rede zu stellen, ihn mir in aller Öffentlichkeit vorzuknöpfen, aber das würde auch nichts bringen. Niemand hält sich ja für den, der etwas falsch gemacht hat, oder? Jeder hat irgendeine selbstgefällige Rechtfertigung für die eigenen Taten parat. Aber nun, da ich weiß, wie sehr ihn das alles mitnimmt, denke ich, dass meine Anwesenheit vor Ort, gewissermaßen als der sprichwörtliche Stachel in seinem Fleisch, meinen Zweck genauso gut erfüllen wird.«

»Also haben Sie sichergestellt, dass er Sie bemerkt, nehme ich an.«

»So oft wie möglich.«

»Zum Beispiel hier im Pub am Abend der ersten Vorstellung?«

»Und am zweiten«, bestätigte Orum. »Ich habe gelauert, gelächelt, mein Glas erhoben – aber ich habe mich ihm nie genähert; habe ihm nie die Genugtuung eines offenen Streits verschafft; habe ihm nie die Gelegenheit gegeben, seine Lügen zu verbreiten und das Unschuldslamm zu spielen.«

»Aber mit Basil Newhouse haben Sie sich unterhalten, nachdem Cheetham gegangen war?«

»Natürlich. Basil und ich waren alte Freunde. Er hat schon seit frühesten Tagen mit uns im Theater zusammengearbeitet. Ich habe mich ja mit Cheetham zerstritten, nicht mit seiner gesamten Truppe. Ich wollte ihm zu der beeindruckenden schauspielerischen Leistung gratulieren, die er in meiner Geschichte vollbracht hat.«

»Hat er sich gefreut, Sie zu sehen?«

»Basil Newhouse war geradezu der Inbegriff der Gutmütigkeit. Er freute sich über jeden, mit dem er sich unterhalten konnte.«

»Wann hat er den Pub denn verlassen?«

»Das weiß ich leider nicht, Inspektor. Ich habe ihm gratuliert, wir haben kurz in Erinnerungen über die alten Zeiten geschwelgt, dann haben wir einander versichert, dass wir in der Zukunft gern mal wieder miteinander arbeiten würden. Anschließend habe ich ihn seinem begeisterten Publikum überlassen und mich selbst ins Schlummerland zurückgezogen.«

»Erinnern Sie sich, wann das in etwa war?«

»So um zwei.«

»Und was geschah am darauffolgenden Abend?«

»So ziemlich das Gleiche, nur ohne den armen Basil. Ich ... ähm ... bin, kurz nachdem Cheetham und seine Ladys abgezogen sind, ins Bett gegangen.«

»Also ungefähr um eins«, hakte der Inspektor nach und blickte auf seine Notizen.

»Wenn Sie das sagen«, erwiderte Orum. »Ich muss zugeben, dass ich mir nicht die Mühe gemacht habe, auf die Uhr zu sehen.«

»Hat irgendwer beobachtet, wie Sie nach oben gegangen sind?«

»Ob irgendwer ...? Wollen Sie etwa andeuten, dass ich Ihnen nicht die Wahrheit sage, Inspektor?«

»Nein, Sir, aber eine Bestätigung wäre hilfreich.«

»Dinah hat es vielleicht gesehen.«

Der Inspektor blickte auf, nachdem er noch einmal kurz seine Notizen konsultiert hatte. »Vor einer Minute schienen Sie mir ein bisschen unsicher zu sein.«

»Ach ja? Wann genau?«

»Als Sie erwähnt haben, dass Sie zu Bett gegangen sind.«

»Oh. Ja. Ich habe darüber nachgedacht, ob es der Mühe wert wäre, Ihnen von meinem kleinen Missgeschick zu erzählen. Dann habe ich entschieden, dass es zu unbedeutend ist, um Sie damit zu behelligen. Und mit dem Fall hat es auch nichts zu tun.«

»Ich würde es begrüßen, wenn ich über die Relevanz der Information selbst entscheiden könnte, Sir, wenn es Ihnen nichts ausmacht.«

»Aber natürlich, natürlich. Es geht ja nur um etwas, was gar nicht passiert ist. Ich hatte nämlich eigentlich vor, gestern Abend vor dem Zubettgehen noch einen Spaziergang zu machen. Manchmal hilft mir das, den Kopf freizubekommen und besser einzuschlafen. Ich bin also nicht direkt nach oben gegangen. Vielmehr habe ich den Pub durch die Seitentür verlassen und wollte in die kalte Nachtluft hinaustreten, doch ich bin im Dunkeln gegen etwas gestoßen und habe mir die Schienbeine aufgeschürft. Das hat mich geärgert und mir die Stimmung verdorben, also habe ich auf dem Absatz kehrtgemacht und bin wieder nach drinnen gehumpelt.«

»Und dann sind Sie direkt ins Bett gegangen«, vollendete der Inspektor.

»Und zwar sehr aufgebracht.«

Die nun entstehende Pause überbrückte ich mit einer eigenen Frage. »Worüber sind Sie denn gestolpert?«

»Irgendein Trottel hatte ein Fa …« Orum hielt kurz inne und wirkte verblüfft. »… ein Fahrrad im Hof liegenlassen«, beendete er dann den Satz.

Der Inspektor machte sich ein paar letzte Notizen und blickte sich dann um.

»Vielen Dank für Ihre Zeit, Sir. Ich glaube, ich habe nun alles, was ich brauche. Es ist wohl nicht sehr wahrscheinlich, dass Miss Caudle zurückkommt, oder? Wären Sie bitte so nett, ihr auszurichten, dass ich mich noch immer gern mit ihr unterhalten würde?«

»Natürlich, Inspektor. Ich helfe gern, wo ich kann.«

»Danke. Dann wünsche ich Ihnen einen guten Tag. Wohnen Sie weiterhin hier im Pub?«

»Ich habe mein Zimmer bis Samstag gebucht«, erklärte Orum lächelnd. »Man sagt, die Feierlichkeiten hier im Dorf anlässlich der Guy-Fawkes-Nacht seien etwas, was man sich nicht entgehen lassen dürfe. Ich möchte gern noch die Freude und die Aufregung eines ländlichen Samhain erleben, bevor ich in die Stadt zurückkehre.«

»Verstehe, Sir«, entgegnete der Inspektor. »Ich melde mich vielleicht noch einmal bei Ihnen, wenn ich weitere Informationen zum Hergang der Ereignisse benötige.«

»Jederzeit.«

Wir erhoben uns und wandten uns zum Gehen.

Als wir draußen waren, drehte sich der Inspektor zu Lady Hardcastle um. »Sarwin?«

Sie nickte in meine Richtung. »Bei allen das Keltentum betreffenden Fragen verweise ich Sie an meine kleine, walisische Geschäftspartnerin.«

»Samhain ist das irische Fest, das den Winterbeginn markiert«, erläuterte ich. »Es fällt tatsächlich auf den ersten November – Lady Hardcastle und ich haben uns erst neulich über *Nos Galan Gaeaf* unterhalten.«

Er sah mich verständnislos an. »Allmählich habe ich das Gefühl, dass Sie mich aufziehen wollen, Miss Armstrong.«

»Das ist die walisische Variante. Ein altes Fest, um das Ende der lichten Zeit und die Ankunft der Finsternis zu begehen. In unserer heutigen Welt fällt das alles auf *All Hallows' Eve* oder Allerheiligen.«

»Warum hat er dann behauptet, es wäre morgen?«

»Mein lieber Inspektor«, erklärte Lady Hardcastle, »weil er ein aufgeblasener alter Angeber ist, der keine Ahnung hat, wovon er spricht. Er spielt nur eine Rolle.«

»Sein Verhalten wirkt in der Tat ein wenig ... affektiert«, räumte er ein.

»Nicht wahr? Aber manchmal vergisst er das, als wir uns gestern mit ihm unterhalten haben, klang er nicht annähernd so blumig. Es ist alles nur aufgesetzt, ein Betrug, ein gekünstelter Mummenschanz, Inspektor.«

»Wie dumm, so zu tun, als ob er mir nur widerwillig Auskunft geben wollte, bevor er dann alles wie in einem Varieté-Monolog vor uns ausgebreitet hat. Irgendetwas stimmt nicht mit diesem Burschen.«

»Er ist einer von den Kaltblütigen«, schaltete ich mich ein. »Bei aller blumigen Aufgeblasenheit. Es ist *eine* Sache, einem Freund im Affekt eine Kopfnuss zu verpassen, aber die Art, wie er Mr. Cheetham verfolgt und verhöhnt, hat etwas Finsteres an sich.«

In nachdenklichem Schweigen spazierten wir zum Haus zurück, aber nicht bevor der Inspektor sich nicht gründlich im Hof neben dem Pub umgesehen hatte.

Als wir zu Hause ankamen, waren die Filmleute noch immer in ihren Zimmern, Edna schrubbte noch immer den Boden, und Miss Jones begann in der *infizierten*

Küche widerstrebend mit den Vorbereitungen fürs Dinner. Dewi und Dora waren nach *The Grange* zurückgerufen worden, um den Hausangestellten dort bei einem nicht näher benannten Notfall beizustehen, der das Ergebnis der Renovierung der ausgebrannten Küche war.

Ich machte eine Kanne Tee.

Im Esszimmer stand Lady Hardcastle vor der Verbrechenstafel und schrieb etwas an den Zeitstrahl am unteren Ende.

»… und wir haben hier noch immer diese riesigen Lücken …« Sie deutete auf den leeren Raum zwischen zwei und fünf Uhr am frühen Mittwochmorgen. »Und hier …« Sie zeigte auf eine ähnliche Lücke zwischen zwei und sechs Uhr heute früh.

»In der Tat«, pflichtete der Inspektor ihr bei. »Andererseits, wüssten wir genau, was zu diesen Zeiten passiert ist, wären wir nicht hier und würden uns Notizen auf Ihrer Tafel machen; wir würden den Mörder festnehmen.«

»Wohl wahr, wohl wahr. Ich werde aber den Eindruck nicht los, dass es einer der Filmleute war, wissen Sie?«

»Und warum?«

»Euphemia ist in diesem Haus getötet worden. In einer verschlossenen Küche. Wer dort Zugang hatte, muss im Haus gewesen sein.«

Der Inspektor dachte einen Moment darüber nach. »Aber wenn sie einen vergifteten Apfel gegessen hat, müsste der Mörder ja gar nicht an sie herangekommen sein. Woher haben Sie Ihre Äpfel?«

»Ach ja, das wollte ich schon längst erwähnen. Normalerweise haben wir keine Äpfel im Haus. Miss Jones hatte genug davon, dass niemand welche aß, also hat sie keine mehr bestellt.«

»Wie kommen Sie dann zu der ganzen Schale?«

»Anscheinend mag Dora Kendrick sehr gern Äpfel und war enttäuscht, dass es hier keine gab. Also hat sie welche von *The Grange* mitgebracht.«

»Aha«, sagte der Inspektor und schrieb sich etwas auf. »Sie wissen nicht zufällig, wo sie dort oben ihre Äpfel herbekommen?«

»Nicht mit Bestimmtheit«, antwortete ich. »Auf dem Grundstück stehen ein paar Apfelbäume, aber sie könnten sie genauso gut bei Weakley im Dorf gekauft haben.«

»Wie ist denn diese Dora Kendrick?«

»Sie müssen sich mit ihr auf *The Grange* unterhalten haben, als bei Clarissa Farley-Strouds Verlobungsfeier der Trompeter gestorben ist.«

»Ach ja, ich erinnere mich. Eine vorlaute junge Frau. Hatte einen Hang dazu, sich emotional zu geben, wenn sie glaubte, es würde ihr zum Vorteil gereichen.«

»Genau die«, bestätigte ich.

»Hatte sie nicht etwas mit einem der Musiker?«

»Ich muss Sie zu Ihrem guten Gedächtnis beglückwünschen, Inspektor«, lobte ich.

»Ich habe so meine Augenblicke. Halten Sie diese Kendrick für fähig, einen Mord zu begehen?«

Ich machte eine kleine Pause. »Ich habe sie damit aufgezogen, als ich herausgefunden habe, dass sie die Äpfel mitgebracht hat. Aber das war nicht ernst gemeint.«

»Hatte sie irgendwas gegen Euphemia Selwood?«

Ich dachte nach. »Na ja … Vielleicht …«

»Reden Sie weiter.«

»Der Musiker, mit dem sie auf der Feier *etwas hatte*, hat uns hier besucht. Barty Dunn. Sie haben sich gestern beim Dinner gegenseitig ignoriert, während Barty mit Euphemia geflirtet hat.«

»Ich habe schon erlebt, dass Männer oder Frauen aus geringfügigerem Anlass gemordet haben.«

»Das stimmt wohl«, räumte ich ein. »Und sie hat das tödliche Obst mitgebracht.« Dann fiel mir unvermittelt etwas ein. »Ach, aber jeder hätte es sein können – die Tür war nicht abgeschlossen.«

»Woher weißt du das?«, fragte Lady Hardcastle.

»Bevor ich nach oben gegangen bin und Sie aufgeweckt habe, habe ich den Riegel vorgeschoben, um sicherzugehen, dass Edna und Miss Jones nicht ohne Vorwarnung über die Leiche stolpern. Als ich Edna dann später hereingelassen habe, sagte sie, es wäre nur der Riegel vorgeschoben, aber nicht abgeschlossen gewesen. Ich habe das nicht überprüft – aber ich habe angenommen, dass die Tür von vornherein nicht abgeschlossen war. Das würde aber bedeuten, dass sie die ganze Nacht hindurch nicht verschlossen war. Jeder hätte hereinkommen können.«

»Oder entwischen«, fügte Lady Hardcastle hinzu. »Es ist ein großes Haus. Da gibt es viele mögliche Verstecke. Jemand hätte sich auf die Lauer legen können. Oder die Person war gefangen, als die Filmleute heimkamen und sich dann noch so lange in der Küche aufhielten. Der Mörder hat die Äpfel vielleicht bei ihrer Ankunft vergiftet und dann … ach, ich weiß nicht, vielleicht hat er sich in die Vorratskammer geschlichen, um sich zu verstecken, bis sie zu Bett gegangen sind und er zur Seitentür wieder hinausschlüpfen konnte. Nun, so lautet zumindest meine Theorie.«

»Wir sollten keine voreiligen Schlüsse ziehen«, sagte der Inspektor. »Zum jetzigen Zeitpunkt können wir nur sehr wenig ausschließen. Persönlich würde ich im Moment einen kleinen Betrag auf Orum wetten. Dieser Kerl hat etwas wenig Vertrauenswürdiges an sich.«

»Oh ja, er ist auf jeden Fall ein Schurke«, stimmte Lady Hardcastle zu. »Aber wenn das schon ein Verbrechen wäre, säße die Hälfte aller Kerle, die mir jemals begegnet sind, im Kittchen.«

»Da haben Sie wohl recht, Mylady. Ich habe nur …«

Das Klingeln des Telefons unterbrach ihn.

»Entschuldigung«, sagte ich. »Da sollte ich rangehen.«

Ich kam einen Augenblick später wieder zurück. »Es ist für Sie, Inspektor. Ein Sergeant Williams. Er sagt, es sei sehr dringend.«

»Er ist der diensthabende Sergeant in Bristol. Ein zuverlässiger Mitarbeiter. Wenn er sagt, es ist dringend, dann stimmt das auch. Entschuldigen Sie mich, meine Damen.«

Dann ging er in die Eingangshalle.

»Weißt du, was ich mir wünsche«, fragte Lady Hardcastle, während wir auf seine Rückkehr warteten.

»Was Sie sich wünschen … Wünschen Sie sich noch immer, ein Eisbär zu sein?«

Sie lachte. »Nein.«

»Wünschen Sie sich, jemand würde ein Korsett erfinden, das sich selbst dem Körper anpasst? Eines Tages kriegen Sie das mit diesen Schnüren schon hin.«

»Ich wünschte auf jeden Fall, jemand würde beschließen, dass diese verdammten Dinge auf einen Schlag aus der Mode kämen. Aber nein. Ich wünschte, jemand würde eine Art Wahrheitsserum erfinden. Ach, oder einen Gedankenleseapparat. Gibt es bei deinem Freund Jules Verne vielleicht etwas in der Art? Ich finde es so mühselig, all diese Leute zu befragen. Ich habe genug davon, angelogen zu werden. Es wäre doch zu schön, sich mit jemandem zu unterhalten und mit Gewissheit feststellen zu können, ob er die Wahrheit sagt. Und was tatsächlich die Wahrheit ist, falls er gelogen hat.«

»Das wäre ziemlich großartig, nicht wahr«, stimmte ich ihr zu. »Obwohl wir es früher doch auch ziemlich gut geschafft haben, die Wahrheit zu ergründen.«

»Letztendlich, ja. Ich habe immer vermutet, dass das an einer Vielzahl von Dingen lag, weißt du? Zunächst mal das Schockmoment: Stell dir vor, du bist ein ausländischer Agent und wirst geschnappt, aufgrund welcher Informationen auch immer. Du sitzt in irgendeinem dunklen Keller und wartest auf das Verhör. Du wappnest dich dagegen, weißt aber, dass du die Oberhand behalten wirst. Du bist schon von den raffiniertesten Leuten befragt worden, hast Prügel von den härtesten von ihnen eingesteckt. Dann kommt plötzlich eine groß gewachsene, atemberaubend schöne englische Lady herein …«

»Sie?«

»Natürlich ich, du Dummerchen. Ganz elegant und überaus charmant und von ausgesuchter Höflichkeit. *Das wird ein Kinderspiel*, denkst du bei dir. *Diese dämliche Frau hat keine Chance.* Dann tritt ihre Assistentin ein – eine winzige Waliserin mit einem verschlagenen Lächeln –, und du denkst bei dir: *Na, wenn das alles ist, was sie zu bieten haben, bin ich hier in Nullkommanichts wieder draußen, und alle meine Geheimnisse sind sicher.* Aber dann, bumm-zack-krach, ein Wirbel aus Fäusten und Ellbogen, und du liegst mit dem Gesicht nach unten auf dem Tisch, den Arm mit irgendeinem gemeinen chinesischen Haltegriff fixiert. Es fühlt sich an, als ob er gleich aus der Gelenkpfanne springt.«

Ich lachte. »Und genau in diesem Moment haben Sie dann Ihren Charme spielen lassen. Sie haben ihr Vertrauen gewonnen, und die Leute haben sich fast überschlagen in ihrem Eifer, Ihnen alles zu erzählen, was Sie wissen wollten.«

»Genau das. Folter ist meines Erachtens überbewertet. Es hilft zwar, wenn man in der Lage ist, glaubhaft eine physische Bedrohung darstellen zu können, aber Menschen reden auch gern. Am liebsten über sich selbst und darüber, wie schlau sie sind.«

»Stimmt. Aber vielleicht sollte ich Mr. Orum trotzdem ein wenig kitzeln. Sie wissen schon, nur um ihm klarzumachen, dass wir es ernst meinen.«

»Vielleicht solltest du das tun.«

Unsere Überlegungen wurden durch die Rückkehr von Inspektor Sunderland unterbrochen.

»Tut mir wirklich leid, aber ich muss in die Stadt zurück.«

»Oje«, erwiderte Lady Hardcastle. »Ich hoffe, es ist nichts allzu Schlimmes.«

»Nichts Schlimmes, nein, aber in einen meiner anderen Fälle kommt ein bisschen Bewegung. Es sieht so aus, als ob wir eine Falschmünzerbande hochnehmen können, wenn wir geschickt vorgehen. Wir arbeiten schon seit ein paar Monaten daran und haben jetzt eine Nachricht bekommen, dass sie ihre Pressen in einem verlassenen Lagerhaus unten am Hafen aufbauen.«

»Dann wollen wir Sie nicht aufhalten«, erwiderte Lady Hardcastle. »Sie müssen los. Aber wenn Sie dort vielleicht auf zwei überzeugend aussehende Fünfpfundnoten stoßen – Armstrongs Zahltag ist nicht mehr allzu weit hin …«

»Zehn Pfund pro Woche?«, lachte der Inspektor. »Ich habe mir wirklich den falschen Beruf ausgesucht.«

»Man kann sich Großzügigkeit leisten, wenn es sich um Falschgeld handelt«, erwiderte sie.

Ich lächelte ihr ironisch zu. »Man wird Ihre Leiche niemals finden, das wissen Sie schon, oder?«

Der Inspektor nahm noch einen letzten Schluck Tee. »Gut«, sagte er dann. »Ich sollte mich besser auf den Weg machen. Bestimmt könnten die Kollegen die Bande auch allein dingfest machen, aber ich bin einfach gern dabei, wenn sie zum letzten Schlag ausholen.«

»Natürlich, Inspektor«, sagte Lady Hardcastle. »Das verstehen wir doch. Gibt es irgendetwas, was wir in der Zwischenzeit tun können?«

»Machen Sie einfach weiter, Mylady. Ich weiß, dass ich mich auf Sie beide verlassen kann.«

»Danke, Sie sind zu liebenswürdig.«

»Nur noch eine Sache«, fügte er lächelnd hinzu.

»Schießen Sie los, mein Lieber.«

»Dürfte ich mir wohl noch ein Stück Kuchen mitnehmen?«

11

Inspektor Sunderland brach mit einem Stück Kuchen – »für meine Frau, wissen Sie? Sie mag Früchtekuchen so gern« – und mit unseren guten Wünschen auf. Lady Hardcastle blieb im Esszimmer, um nachzudenken. Ich räumte das Teegeschirr zusammen und ging damit in die Küche, um nachzusehen, ob ich dort bei irgendetwas helfen könnte.

»Eigentlich nicht«, sagte Miss Jones, als ich ihr das Angebot machte. »Ich schätze, ich hab alles unter Kontrolle. Aber ich kann nicht sagen, dass ich mir nicht ein paar Gedanken um unsere Sicherheit mache.«

»Wegen der Morde?«

»Natürlich. Zwei sind schon tot. Jede von uns könnte die Nächste sein.«

»Wenn es ein nächstes Mal gibt«, gab ich zu bedenken. »Aber bis jetzt sind ja die beiden Schauspieler wie ihre Filmfiguren gestorben.«

»Ich weiß, was Sie sagen wollen, aber wir waren ja alle im Publikum, oder? Was, wenn der Mörder nicht nur etwas gegen *Der Niedergang der Hexe* hat, sondern gegen alles, was mit Lichtspielen zu tun hat? Lady Hardcastle hat mich am Dienstag dabei gefilmt, wie ich einen Fisch ausgenommen habe. Was, wenn Sie alle morgen aufwachen und mich ausgenommen vorfinden, gefüllt mit Thymian und Lorbeer? Und mit meinem Kopf auf einem Teller für die Katze unserer Ma?«

»Wir finden den Verantwortlichen, lange bevor die Katze Ihrer Mutter Ihren Kopf zum Abendessen verspeist«, versprach ich.

»Ich bitte darum. Ich kümmer mich ja nicht um den ganzen abergläubischen Unsinn, aber wenn ein Verrückter hier sein Unwesen treibt, der es auf alles abgesehen hat, was etwas mit Film zu tun hat, dann müssen wir alle auf der Hut sein.«

»So habe ich das noch gar nicht betrachtet«, gab ich zu. »Ich werde Lady Hardcastle Bescheid sagen. Und wie ist es mit Ihnen, Edna? Machen Sie sich Sorgen?«

»Ich, Liebes? Nein, Ich bin nicht mal annähernd interessant genug, als dass ich irgendwelchen Mördern auffallen würde. Und mich hat sie nur dabei gefilmt, wie ich die Treppengeländer abgewischt habe. Wenn Sie mich also nicht gerade mit einem Staubwedel erdolcht auffinden, sollte ich wohl auf der sicheren Seite sein.«

»In Ordnung, dann streichen wir Sie von der Liste der möglichen Opfer. Und wie klappt es mit der Arbeit? Kommen Sie ohne Ihre Assistenten gut klar?«

»Es geht schon, jetzt, wo wir nur noch zwei Gäste haben. Wir kommen jetzt auch ohne die beiden von *The Grange* zurecht. Um ehrlich zu sein, könnte ich ein langes, glückliches Leben führen, wenn die beiden hier nicht alles in Unordnung bringen würden. Dewi ist ein netter Kerl, aber er taugt vor allem dazu, Sachen von hohen Regalen zu holen. Und diese Dora, nun ja, vollkommen nutzlos und dabei noch unverschämt. Es würde mir nicht gerade das Herz brechen, wenn ich sie nie mehr wiedersehen müsste.«

»Soll ich Lady Hardcastle bitten, auf *The Grange* Bescheid zu geben, dass wir sie nicht mehr brauchen?«

»Das ist natürlich Ihre Entscheidung, Miss Armstrong. Aber mir wäre das recht.«

»Verstanden. Ich sehe mal, was Lady Hardcastle dazu meint. Unsere Gäste verlassen uns wieder am ... am ... Um ehrlich zu sein, bin ich mir gar nicht sicher, ob sie am Samstag oder Sonntag aufbrechen, aber es dauert jedenfalls nicht mehr lange.«

»Sie machen keine Mühe, ihre Zimmer sind immer ganz ordentlich.«

»Wunderbar. Und wie geht es Ihrem Dan? Wie kommt er zurecht?«

»Noch so ein Taugenichts. Sagen wir einfach so: Ich bin nicht nur wegen dem Geld dankbar für die zusätzlichen Stunden, die ich hier arbeiten kann.«

»Macht er so viele Umstände?«, fragte ich nach.

»Er ist eine unerträgliche Nervensäge und nichts anderes. Ununterbrochen jammert er und beschwert sich. Es ist wirklich eine Wohltat, nicht zu Hause zu sein. Obwohl er mir das auch nicht leichter macht. Man würde doch denken, dass ein Mann seines Alters in der Lage ist, einen Schinken zu kochen oder auch mal einen Besen in die Hand zu nehmen, oder? Ich arbeite hier den ganzen Tag – und ich will damit nicht sagen, dass mir das was ausmacht –, dann komme ich heim und finde … Was glauben Sie, was ich dort vorfinde?«

»Er hat die Wäsche gemacht, das Haus geputzt und eine leckere Suppe gekocht?«

Sie lachte auf. »Ha, das wäre zu schön. Meistens sitzt er in unserer Wohnstube, trinkt Cider mit seinen Kumpels und beschwert sich darüber, dass sein Abendessen noch nicht fertig ist.«

Jetzt musste ich lachen.

»Wenn ich den blöden groben Klotz nicht so sehr lieben würde, würde ich mir das niemals bieten lassen. Übrigens will er mir immer noch nicht verraten, wie er sich eigentlich das Bein gebrochen hat. Und ich hab inzwischen aufgegeben, ihn danach zu fragen.«

»Sie haben doch gesagt, es ist bei der Arbeit passiert. Er arbeitet auf der Lock-Carradine-Farm, oder?«

»Sie heißt jetzt nur noch Lock, meine Liebe. Noah und Audrey haben geheiratet.«

»Stimmt ja. Das wusste ich eigentlich.«

»Manchmal arbeitet er da, aber im Moment erledigt er ein paar Gelegenheitsjobs für Toby Thompson. Zumindest hat er das bis zu der Sache mit dem Bein getan.«

»Tut mir leid, das haben Sie ja schon erzählt. Mr. Thompson hält Milchkühe, nicht wahr? Kühe sind gefährliche Kreaturen.« Ich wollte das vor Edna und Miss Jones nicht auswalzen, aber ich habe Todesangst vor Kühen.

»Die trampeln einen zu Tode, ohne auch nur mit einem ihrer großen Triefaugen zu blinzeln«, bestätigte sie. »Aber die sind jetzt so ziemlich alle im Stall, wo sie überwintern. Sein Unfall hatte auch nichts mit den Rindviechern zu tun. Nein, ich glaube, dass er hingefallen ist, als er irgendwas Leichtsinniges gemacht hat, und dass es ihm jetzt peinlich ist zuzugeben, was es war. Aber ich krieg es schon noch raus.«

»Und wie steht es mit Ihnen, Miss Jones?«, fragte ich und wandte mich an die Köchin. »Kommen Sie zurecht?«

»Mir geht es gut, Miss Armstrong. Es hat gar keine Mühe gemacht, die Gäste zu bekochen. Sie haben einen einfachen Geschmack. Um ehrlich zu sein, würde ich gern mal ein bisschen was Ausgefalleneres machen, aber das wollen die gar nicht.«

»Nein, wahrscheinlich nicht. Und wie geht es Ihrer Mutter? Kommt sie gut ohne Sie zurecht?«

»Ich weiß, dass ich das nicht sagen sollte – denn es klingt irgendwie selbstsüchtig –, aber ich bin fast schon enttäuscht darüber, wie gut sie alles ohne mich schafft. Ein Teil von mir hat wohl gehofft, dass sie völlig aufgeschmissen wäre, ohne dass ich ihr Dinge hole und für sie trage, aber es hat fast den Anschein, als ob sie mich gar nicht braucht.«

»Sie braucht Sie ganz bestimmt«, versicherte ich ihr. »Wahrscheinlich gibt sie sich nur besondere Mühe, um Ihnen die Arbeit zu erleichtern. Aber bald ist wieder alles so wie früher, Sie werden sehen.«

»Vielleicht«, erwiderte sie. »Aber wenn Sie sagen würden, dass Sie mich hier ein bisschen länger brauchen, auch wenn die Gäste wieder fort sind, dann bin ich nicht sicher, ob ich ablehnen würde.«

»Aha. Nun, das bespreche ich dann auch mal mit Lady Hardcastle.«

»Wie ist es denn mit Ihnen, meine Liebe?«, fragte Edna. »Wie verkraften Sie und Lady Hardcastle denn das alles? Und sind Sie schon in der Frage weitergekommen, wer diese ganzen schrecklichen Sachen angerichtet hat?«

»Leider nicht. Wie üblich haben wir eine Menge Verdächtige, aber keinen wirklichen Beweis. Wir hatten gehofft, dass Dr. Goslings Autopsie der Leichen uns voranbringen würde, aber das alles verzögert sich immer noch.«

»Kann man an einer Leiche denn so viel ablesen?«, fragte Edna.

»Normalerweise lässt sich herausfinden, woran die betreffende Person gestorben ist. Manchmal können sie auch den Todeszeitpunkt besser eingrenzen, und was vorher und nachher mit ihnen passiert ist.«

»Nach dem Tod?«, fragte sie »Wer will so was denn wissen?«

»Manchmal kann man sagen, ob eine Leiche noch transportiert worden ist. Die Art, wie sich die Blutergüsse nach dem Tod bilden, unterscheidet sich entsprechend.«

»Das ist ja ein Ding. Wer hätte das gedacht? Wussten Sie das, Miss Jones? Faszinierend, oder?«

Miss Jones schien sich mit diesen Informationen weniger wohlzufühlen. »Na ja, schon«, erwiderte sie unbehaglich. »Aber man weiß doch inzwischen, was passiert ist, oder? Mr. Newhouse wurde ins Herz gestochen, und Miss Selwood mit einem Apfel vergiftet. Man muss doch niemanden aufschneiden, um das herauszufinden.«

Ich entschloss mich, ihr nicht zu erklären, dass sich herausfinden ließ, wann Mr. Newhouse erstochen wurde und ob er tatsächlich daran oder an etwas anderem gestorben war. Die Wunde in der Brust konnte ihm nach seinem Tod beigebracht worden sein, um eine falsche Fährte zu legen.

Für Euphemia galt das Gleiche: Was für ein Gift war es? Und hatte es wirklich im Apfel gesteckt? Einen Apfel unter mehreren zu vergiften, von denen jeder hätte essen können, schien mir ein sehr stümperhafter Plan zu sein. Wenn der Tod durch Apfel nicht so gut zu Mr. Newhouse' Ableben gepasst hätte – beide waren wie ihre Filmfiguren gestorben –, hätte der Apfel auch ein Zufall sein können. Zumindest konnte er ein Requisit sein, die Leiche inszeniert – wie wir es auch bei der von Mr. Newhouse vermuteten –, um einen möglichst starken Eindruck zu erzielen. Und inzwischen wussten wir außerdem, dass die Seitentür die ganze Nacht über unverschlossen gewesen war, also konnte jeder die mörderische Inszenierung arrangiert haben.

»Von Ihnen hat ja keine die Äpfel gekauft?«, versicherte ich mich noch einmal.

»Nein«, antwortete Miss Jones. »Wir haben ja gemeinsam entschieden, keine mehr zu kaufen.«

»Daran erinnere ich mich.«

»Ich war es auch nicht«, beteuerte Edna. »Ich kann Äpfel nicht leiden. Ihre Beschaffenheit und den sauren Geschmack mag ich nicht.«

»Hm«, erwiderte ich. »Würden Sie mich kurz entschuldigen, meine Damen? Ich muss mit Lady Hardcastle reden.«

»Ist alles in Ordnung?«, fragte Edna.

»Ich denke schon. Und ich vergesse auch nicht, ihr gegenüber zu erwähnen, was wir besprochen haben.«

Dann ließ ich sie weiterarbeiten, kehrte ins Esszimmer zurück und schloss sorgfältig hinter mir die Tür.

»Was stimmt denn nicht, Liebes?«, fragte Lady Hardcastle, als ich mich ihr gegenüber niederließ.

»Was soll denn nicht stimmen?«, fragte ich.

»Du hast die Tür zugemacht. Das ist immer ein Zeichen dafür, dass etwas nicht stimmt.«

»Manchmal auch nur dafür, dass es zieht.«

»Es ist tatsächlich ein bisschen frisch«, räumte sie ein. »Aber ich glaube nicht, dass es hier um Durchzug geht. Dir geht etwas im Kopf herum. Es ist zwar ein winziger Kopf, aber darin wohnt ein gewaltiger Geist. Nun komm schon, erzähl der lieben Emily alles. Red es dir von der Seele.«

»Geht es mir denn jetzt im Kopf herum oder liegt es mir auf der Seele?«

»Soweit ich das beurteilen kann, könnte es groß genug sein, um deine gesamte obere Hälfte auszufüllen.«

»Es ist gar nichts Tiefgreifendes. Ich habe nur gerade über den Apfel nachgedacht, das ist alles.«

»Was ist damit?«

»Nun, es besteht immer noch die Möglichkeit, dass Euphemia gar nicht durch einen vergifteten Apfel gestorben ist …«, setzte ich an.

»Große Geister scheinen noch immer gleich zu denken. Kurz vor deinem Eintreten ist mir der gleiche Gedanke gekommen.«

»Wirken irgendwelche der gängigen Gifte denn sofort?«, fragte ich.

»Nicht wirklich. In einer ausreichend hohen Dosis wirkt Zyankali einigermaßen rasch – es braucht ungefähr eine Minute –, aber zwanzig Minuten sind wahrscheinlicher. Und wenn es hochdosiert vorhanden gewesen wäre, hätten wir es gerochen. Es riecht nach Mandeln.«

»Was ist mit den anderen?«

»Wie wir schon herausgefunden haben, brauchen Gifte ein Weilchen, bis sie wirken.«

»Wenn sie also tatsächlich vergiftet wurde, könnte es zum Beispiel auch im Pub passiert sein?«

»Könnte es wohl.«

»Ich rede mal mit Daisy. Vielleicht hat sie irgendwas gesehen.«

»Keine schlechte Idee. Sie ist zwar flatterhaft, beobachtet aber scharf.«

»Stimmt.«

»Um mal auf eine profanere Haushaltsebene zu kommen: Ist in der Welt der Dienerschaft denn alles so weit in Ordnung?«

»Miss Jones und Edna haben alles im Griff. Und hören Sie auf, sie *Dienerschaft* zu nennen.«

»Natürlich, Liebes. Wie du meinst. Und du hast meine Erlaubnis, in den Pub zurückzukehren und deine Freundin zu befragen.«

Ich wandte mich zum Gehen, zögerte aber noch. Lady Hardcastle bemerkte das.

»Stimmt noch etwas nicht?«

»Nicht im eigentlichen Sinn«, erwiderte ich. »Aber

sind Sie nicht wenigstens ein bisschen besorgt wegen dieser Sache mit Günther Ehrlichmann?«

»Ich kann nicht bestreiten, dass ich darüber nachgedacht habe, aber es ist doch alles verflixt unwahrscheinlich. Sogar unmöglich. Günther Ehrlichmann wurde vor den Augen einer sehr zuverlässigen Zeugin – nämlich dir – in den Kopf geschossen. Er ist tot. Was auch immer in London vor sich geht, mit ihm hat es nichts zu tun. Wenn diese ganze Angelegenheit vorbei ist, setze ich mich mit Harry in Verbindung und frage ihn, was um alles in der Welt er da für ein Spielchen treibt, uns unsere Freunde mit einer Geistergeschichte vorbeizuschicken.«

»Aber sollten wir denn nicht …«

»Sollten wir was nicht? Die Türen gegen ein eingebildetes deutsches Phantom verrammeln?«

Ich lächelte und ging. Ganz offenbar hatte sie keine Lust auf eine Diskussion.

Den Drang, mit Daisy zu sprechen, hatte ich schon seit Mittwochmorgen verspürt, als Mr. Newhouse' Leiche gefunden worden war. Wenn irgendjemand wusste, was an den beiden Abenden im Pub passiert war, dann war es die neugierigste Kellnerin der Welt. Zumal dieselbe Kellnerin auch noch ein glühender Fan der Filmkunst war. Frustrierenderweise hatte ich bisher keine Gelegenheit zu einer Plauderei mit ihr gehabt.

Als ich wieder einmal den Dorfanger umrundete, war es fünf Uhr und bereits ziemlich dunkel. Es war auch nicht allzu warm, sodass ich über den Schwall vergleichsweise warmer Luft froh war, als ich die Tür zum Schankraum öffnete.

Es war eine knifflige Entscheidung: Wenn ich in den Nebenraum ging, hätte ich eher Gelegenheit zu einem diskreten Gespräch mit Daisy, aber dort würde ich vielleicht Orum oder Caudle begegnen. Hier draußen, im großen Schankraum, brannte das Feuer größer und heller, die Gespräche waren lauter und rauer und die Kellnerin war wesentlich beschäftigter. Sie redete mit einem der jungen Knechte, der mehr Zeit im Pub als auf dem Feld zu verbringen schien.

Ich ging zum Tresen und beugte mich darüber, um ihre Aufmerksamkeit zu erregen.

Sie bemerkte mich nicht.

Ich räusperte mich laut und demonstrativ. »Miss Spratt. Können wir uns kurz unterhalten?«

Sie wandte sich von dem jungen Burschen ab, der ihr schöne Augen machte, setzte einen bösen Blick auf und holte schon Luft, um den Störenfried zurechtzuweisen. Dann erkannte sie, wer sie beim Poussieren unterbrochen hatte.

»Ach«, rief sie aus, und ihr Gesicht erhellte sich. »Du bist es. Wie schön, dich zu sehen. Wie geht es dir? Es muss ein Schock gewesen sein, Euphemia Selwood so zu finden.«

»Es freut mich auch, dich zu sehen. Und mir geht es gut, danke. Dieser Tage scheint das schon fast normal zu sein. Für uns jedenfalls.«

»Der Ärger scheint an euch zu kleben, das stimmt. Egal. Was kann ich dir bringen?«

»Ich hätte gern einen Brandy, bitte. Und schenk dir selbst auch einen ein.«

»Ich nehme lieber einen kleinen Cider, wenn das recht ist. Noch was?«

»Ein paar Minuten deiner Zeit?«

Sie warf dem Mann noch einen Blick zu. »Na gut, schieß los«, sagte sie nach ein paar Sekunden des Nachdenkens. »Der kommt schon wieder.«

»Natürlich kommt er wieder. Du bist Kellnerin, und dein Vater ist der Metzger am Ort. Was könnte sich ein junger Mann sonst noch wünschen?«

»Ich seh auch gut aus und habe Charme und so«, sagte sie und warf sich kokett in Pose.

»Im Überfluss. Aber darum geht es mir nicht.«

»Darum geht es nie irgendwem«, entgegnete sie betrübt.

»Ach, still. Ich brauche jetzt dein anderes großes Talent.«

»Nämlich?«

»Du bist ... eine gute Beobachterin.«

»*Neugierig*, sagt unsere Ma immer.«

»Wenn ich dir nicht Honig ums Maul schmieren wollte, würde ich es genauso ausdrücken. Aber ich brauche deine Hilfe, also bist du heute eben eine gute Beobachterin; eine Seherin wichtiger Dinge, eine Quelle großen Wissens.«

»Solange ich dabei immer noch hübsch und charmant sein kann, bin ich meinetwegen auch neugierig.«

»Du bist das fleischliche Ebenbild einer Göttin. Und damit meine ich keine der alten, verhärmten. Also? Was hast du gesehen?«

»Ich habe alles gesehen«, erwiderte sie. »Hier drin passiert nichts, was ich nicht mitkriege. Was willst du wissen?«

»Du hast doch an beiden Abenden nach der Filmvorführung hier ausgeschenkt, oder?«

»Habe ich. Der alte Joe hat mir an beiden Abenden ein paar Stunden frei gegeben, da der Großteil des Dorfes sowieso in den Gemeindesaal gegangen ist. Solange ich nach Ende der Vorstellung wiederkommen würde – um ihm beim Ansturm danach zu helfen –, hat ihm das nichts ausgemacht. Er ist ein guter Kerl, der alte Joe.«

»Das stimmt. Wir versuchen gerade, die Ereignisse der beiden Abende zu rekonstruieren. Nach den Vorführungen scheinen alle hierhergekommen zu sein, also dachte ich mir: *Wer hat sie kommen und gehen sehen? Meine gute Freundin Daisy.* Und hier bin ich.«

»Geht es dir um jemand Bestimmten?«, fragte sie und beugte sich verschwörerisch zu mir herüber.

»Aaron Orum«, sagte ich.

Sie richtete sich auf. »Hab ich's doch gewusst! Ich hab ihm von Anfang an nicht über den Weg getraut. Du glaubst also, er ist es gewesen?«

»Wir glauben, dass wir nicht wissen, was er angestellt hat, das ist alles. Er behauptet, am Dienstag gewartet zu haben, bis Cheetham und die anderen fort waren, bevor er sich mit Basil Newhouse unterhalten hat.«

»Das stimmt. Ich hab ihn kurz, nachdem sie gegangen sind, aus dem Nebenraum kommen sehen. Hier drin war ein Riesengedränge, und die Tür zwischen den beiden Räumen stand offen. Er muss gesehen haben, dass sie gegangen sind. Hat wahrscheinlich nur auf seine Gelegenheit gewartet.«

»Konntest du hören, worüber sie gesprochen haben?«

»Nicht von hier aus. Wie gesagt, hier war die Hölle los. Aber unsere Ma müsste es wissen. Sie hat Mr. Newhouse die ganze Zeit angehimmelt. Unser Dad hat sie ordentlich gepiesackt deswegen.«

»Ist sie drüben im Laden?«

»Sollte sie eigentlich. Dad schließt gleich, aber sie macht noch die Buchhaltung, also wird sie noch eine Weile da sein. Klopf nachher einfach an, dann lassen sie dich rein.«

»Danke. Am nächsten Abend behauptet er, früher ins Bett gegangen zu sein.«

»Auch das stimmt. Hat sich nach hinten raus verdrückt, sobald Cheetham weg war.«

»Er behauptet, dass er spazieren gehen wollte, aber zurückgekehrt ist, weil er im Hof über ein Fahrrad gestolpert ist.«

»Das ist gelogen«, sagte sie bestimmt. »In unserem Hof haben noch nie irgendwelche Fahrräder herumgelegen. Ich weiß, dass die Dinger beliebt sind, aber ich glaube nicht, dass ich hier irgendwen kenne, der Rad fährt. Vielleicht Mrs. Bland. Stimmt, ich hab sie mit einem Fahrrad durchs Dorf fahren sehen. Aber sie kommt damit nie hierher. Warum auch? Die Blands wohnen ja um die Ecke. Nicht dass ich sie hier drin schon jemals gesehen hätte. Dürfen Pfarrer überhaupt trinken? Ich hab mich schon gewundert, dass sie überhaupt heiraten durften, aber unsere Ma hat mir erzählt, dass das Zölibat nur für die Katholiken gilt.«

»Da hat sie recht«, bestätigte ich. »Und ich glaube auch nicht, dass es irgendwelche Beschränkungen gibt, nur maßvoll zu trinken.«

»Das ist aber nicht das, was die Meute vor dem Gemeindesaal behauptet hat. Die sagen, wir sollen alle Buße dafür tun, dass wir uns die Filme angeschaut haben, und dass wir unsere Sünden nur noch schlimmer machen, indem wir den Abend bei einem Zechgelage bis spät in die Nacht ausklingen lassen.«

»Sie sind also nicht mit euch hergekommen?«, fragte ich.

Sie lachte. »Machst du Witze?«

»Wahrscheinlich schon. Mir ist nur gerade eingefallen, dass sie schon fort waren, als wir am Dienstag den Gemeindesaal verlassen haben. Keine Ahnung, wo sie hin sind.«

»Die wohnen alle im alten Haus der Seddons, raus Richtung Chipping. Irgendein reicher Fatzke aus der Stadt hat es gekauft, als die Seddons ausgezogen sind. Er hat irgendwas mit ihrer Gruppe zu tun. Die verziehen sich jede Nacht dorthin, bevor es richtig kalt wird.«

»Hat einer von denen vielleicht ein Fahrrad?«, fragte ich.

»Nicht, soweit ich gesehen habe. Die marschieren nur in Reih und Glied zu ihrer alten Motorkutsche und knattern dann die Straße runter.«

»Ich frage mich, wovon Orum dann geredet hat.«

»Er hat sich das wahrscheinlich ausgedacht, hat behauptet, dass er gleich wieder umgekehrt ist, falls jemand ihn hat rauskommen sehen. In Wirklichkeit ist er aber bestimmt zu euch ins Haus geschlichen und hat Miss Selwood vergiftet.«

»Immer mit der Ruhe«, lachte ich. »Wir dürfen keine voreiligen Schlüsse ziehen. Aber es erscheint mir doch seltsam, bei so einem Detail zu lügen. Man fragt sich, was er wirklich vorhatte.«

»Na, er wollte Miss Selwood ermorden«, beharrte sie. »Hab ich doch gesagt.«

»In Ordnung, nehmen wir mal an, er hat es getan. Warum?«

»Warum tun Mörder denn das, was sie tun? Weil sie verrückt sind. Keine gesunde Person würde doch eine andere umbringen.«

»Du würdest dich wundern«, erwiderte ich. »Ist dir denn sonst noch was aufgefallen? Noch irgendwas Verdächtiges?«

»Mir ist aufgefallen, dass meine beste Freundin und ihre Herrin es nicht für nötig befunden haben, mir hier drin einen Besuch abzustatten.«

»Das ist aber nicht wirklich verdächtig. Wir statten dir ja ziemlich oft keinen Besuch ab.«

»Nein«, stimmte sie mir betrübt zu. »Ich weiß. Ach, da fällt mir was ein. Du hast doch die Meute drüben beim Gemeindesaal erwähnt, mit ihren Schildern und dieser ...«

»*Du* hast sie erwähnt.«

»Ach ja? Na ja, jetzt, wo ich drüber nachdenke, hab ich, glaub ich, einen von denen am Dienstagabend durchs Fenster linsen sehen. Den Anführer.«

»Hughes?«, fragte ich.

»Heißt der so? Er und seine Frau scheinen jedenfalls die Anführer zu sein.«

»Ja, das ist Hughes. Wann ist das gewesen?«

»Nach Mitternacht, würde ich schätzen.«

»Wir sind alle ungefähr um zehn vom Gemeindesaal aufgebrochen«, überlegte ich. »Und sie waren zu dem Zeitpunkt schon weg. Wenn der Rest von ihnen in der Motorkutsche zum alten Haus der Seddons rausgefahren ist, warum hat Hughes sich dann noch im Dorf herumgedrückt? Und war er allein?«

»Er steckt mit Orum unter einer Decke«, erklärte Daisy. »Sie haben sich verbündet. Löst ihre beiden Probleme, oder? Orum wird seinen Rivalen los und Hughes die *Verbreiter des Schmutzes* oder wie auch immer er sie nennt.«

»Möglich«, entgegnete ich bedächtig. »Nur ist Cheetham immer noch am Leben und wohlauf, schlägt sich bei uns im Haus den Bauch mit Miss Jones' feinsten kulinarischen Kreationen voll. Und der Dreck wird immer noch unters Volk gebracht. Sogar noch mehr als vorher, jetzt, wo die Geschichte des Films in ihren gruseligen Details in unserem eigenen Dorf zum Leben erwacht.«

»Gut, dann gebe ich auf.«

Das ungeduldige Klopfen eines Krugs auf dem Tresen rief ihr auf einmal wieder ihre Pflichten ins Bewusstsein.

»Darum sollte ich mich besser kümmern«, sagte sie. »Entschuldige, meine Liebe.« Dann hielt sie noch einmal inne. »Wir sind doch in Sicherheit, oder?«

»In Sicherheit?«, fragte ich.

»Vor dem Morden. Zwei Menschen sind tot, und niemand weiß, wer dafür verantwortlich ist. Jede von uns könnte die Nächste sein.«

»Miss Jones hat vor Kurzem fast das Gleiche gesagt. Die Morde scheinen aber mit dem Film in Verbindung zu stehen. Ich glaube nicht, dass dir irgendeine Gefahr droht.«

Sie schürzte nachdenklich die Lippen. »Nur dass wir alle in einem Film mitspielen, jetzt wo deine Herrin mit ihrer Kamera herumgelaufen ist.«

»Auch das hat Miss Jones schon angemerkt. Aber ganz ehrlich, ich glaube, wir alle müssen uns keine Sorgen machen.«

»Du vielleicht nicht. Du mit deinen orientalischen Faustschlägen und alldem kannst dich ja gegen jeden verteidigen. Aber was ist mit dem Rest von uns?«

»Jetzt geh, und bedien deinen Kunden«, forderte ich sie auf. »Ich statte deiner Mutter einen Besuch ab.«

Dann überließ ich sie der Fürsorge des hübschen Knechts.

Als ich dort eintraf, war die Metzgerei wirklich bereits geschlossen. Allerdings drang noch Licht durch die Fensterläden, also folgte ich Daisys Rat und klopfte kräftig an die Tür. Kurz darauf wurde der Laden beiseitegeschoben, und ein wütendes Gesicht starrte zu mir heraus. Entweder war es was Erbliches, oder Eunice Spratt hatte ihrer Tochter den »Du hast hoffentlich einen guten Grund, mich zu stören«-Blick beigebracht, denn das Gesicht, das mich durch die Scheibe der Ladentür hindurch anschaute, war beinahe identisch mit dem, das mich vorhin im Pub böse angefunkelt hatte. Es zeigte genauso schnell ein einladendes Lächeln, als Mrs. Spratt mich erkannte.

Sie kämpfte mit den Riegeln und öffnete die Tür.

»Guten Abend, meine Liebe«, begrüßte sie mich freundlich. »Wir haben schon geschlossen, aber für Sie können wir sicher noch eine Kleinigkeit finden.«

»Keine Sorge, Mrs. Spratt. Ich bin nicht wegen Fleisch hier.«

»Ach so. Unsere Daisy ist im Pub.«

»Ihretwegen bin ich auch nicht hier. Um genau zu sein, habe ich gerade mit ihr gesprochen. Ich wollte mich kurz mit *Ihnen* unterhalten. Darf ich reinkommen?«

Sie machte die Tür ganz auf und trat beiseite. »Kommen Sie, Liebes. Fred und ich machen gerade noch die Buchhaltung. Ich will das rasch hinter mich bringen, damit wir wieder zur Filmvorstellung gehen können. Hier im Dorf hatten wir nicht mehr so viel Spaß seit ... ich weiß nicht wie lange. Trotz der ganzen Tragödien. Ich meine, ich möchte ja nicht hartherzig klingen oder so, aber ich liebe eine gute Filmvorführung. Seit den Morden ist der Film noch beliebter geworden. Im Vergleich zum Anfang kommen jetzt noch viel mehr Leute. Vielleicht sollten wir eine Kollekte veranstalten oder so etwas? Sie wissen schon, ein bisschen Geld für die Familien und so weiter. Was denken Sie, meine Liebe? Wäre das eine gute Idee? Wir machen das hier ja normalerweise, oder, Fred?« Sie hielt kurz inne, als ob sie Luft für einen neuerlichen Wortschwall holen müsste, schien aber einen untypischen Moment der Selbsterkenntnis zu haben. »Sie müssen schon entschuldigen, dass ich hier so losplappere. Was können wir für Sie tun? Mehr Fleisch, ja?«

»Oh. Nein danke. Ich glaube, wir kommen mit dem zurecht, was wir haben. Ich wollte Ihnen nur ein paar Fragen stellen.«

»Sie stören uns gar nicht, oder, Fred?«

Fred schrubbte gerade den Hackklotz hinter dem Tresen und blickte auf. »Hm?«

»Ich habe gesagt, Miss Armstrong stört uns nicht.«

»Überhaupt nicht«, erwiderte er. »Können wir Ihnen was anbieten? Ich habe heute ein paar sehr gute Würste gemacht, wenn ich mich selbst loben darf.«

»Sie will kein Fleisch«, erklärte Mrs. Spratt ungeduldig. Dann wandte sie sich mir zu. »Ich glaube, er wird allmählich ein bisschen taub, wissen Sie?« Dann wieder lauter: »Sie möchte mit mir reden.«

Ich hätte schwören können, dass alle im Ort sich darüber Sorgen machten, dass *sie* taub wurde. Vielleicht hatte ich das aber auch falsch in Erinnerung.

Er nahm sein Schrubben wieder auf. »Dann lass ich dich damit weitermachen, mein kleines Äpfelchen.«

»Was wollten Sie denn von mir wissen?«, fragte sie und setzte sich wieder an ihre Bücher. »Es macht Ihnen doch nichts aus, dass ich derweil hiermit weitermache, oder?«

»Überhaupt nicht. Gerade war ich im *Dog and Duck* und habe mich mit Daisy unterhalten ...«

»Die kann einem ja eine Frikadelle ans Ohr schwatzen, plappert ununterbrochen.«

Mir wurde langsam klar, woher meine Freundin das

hatte. »Ja. Sie redet gern. Wir versuchen Inspektor Sunderland bei der Aufklärung der Morde zu helfen …«

»Schlimme Sache«, unterbrach sie mich. »Na, ich kann ja nicht sagen, dass es mich groß überrascht. Ich meine, ich mag ja eine gute Schauergeschichte hin und wieder, aber wenn man sich so mit dem Übersinnlichen einlässt, na ja, dann muss doch einfach etwas Schlimmes passieren, oder?«

Ich runzelte die Stirn.

»Er wurde doch mit Hexerei umgebracht«, sagte sie, als ob das alles erklären würde. »Und die arme Euphemia Selwood … Dunkle Mächte sind heraufbeschworen worden. Und das alles so kurz vor *All Hallows' Eve*. Da sind sie ja am mächtigsten, wissen Sie?«

»Ich glaube, wir sollten uns nicht voreilig auf eine Todesursache festlegen«, entgegnete ich. »Wenigstens nicht, bevor die Polizei ihre Ermittlungen abgeschlossen hat.«

»Legen Sie sich meinetwegen nicht fest, meine Liebe, aber ich sage Ihnen, es ist Hexerei. Sie werden schon sehen.«

»Ich bin gespannt, Mrs. Spratt«, erwiderte ich mit einem Augenzwinkern.

»Vergessen Sie nur nicht, es Ihrem Inspektor Soundso zu sagen. Sonst verfolgt er von Anfang an eine falsche Spur.«

»Das könnte schon sein.«

Mr. Spratt blickte auf und rollte mit den Augen – seine Taubheit schien nur punktuell zu sein. Offensichtlich war das Übersinnliche immer wieder Thema im Hause Spratt, ein Thema, auf das er keine große Lust hatte.

Daher bemühte ich mich, auf weniger okkultes Terrain zurückzugelangen. »Daisy hat mir erzählt, dass Sie sich am Dienstagabend nach der Vorstellung mit Basil Newhouse unterhalten haben.«

Mr. Spratt lachte schnaubend auf.

»Das habe ich«, bestätigte Mrs. Spratt. »Und du kannst dein Maul halten, Frederick Spratt. Er hat mich damit schon die ganze Zeit getriezt. Dabei hab ich mich nur unterhalten. Dieser Basil war ein reizender Mensch, Gott sei seiner Seele gnädig. Ganz zauberhaft ist er gewesen.«

»Basil, hm?«, fragte Mr. Spratt immer noch belustigt.

»Zeig mal ein bisschen mehr Respekt vor den Toten«, blaffte sie.

»Und Sie waren mit ihm noch im Gespräch, als Aaron Orum in den Hauptraum herüberkam?«, fragte ich.

»Ja, stimmt. Was für ein unangenehmer Kerl.«

»Orum? Wieso?«

»Basil hat uns alles darüber erzählt, wie dieser Orum sich mit dem netten Mr. Cheetham überworfen hat, und dann kommt Orum einfach wie Graf Rotz herüberstolziert und fängt an, mit Basil zu plaudern, als ob sie immer noch die besten Freunde wären.«

»Es war also ein freundliches Gespräch?«

»Freundlicher ging es kaum. Sie haben sich über einige gemeinsame Bekannte von früher unterhalten, über den Film – Orum war voll des Lobes darüber. Dann hat Orum Basil gefragt, wo sie alle wohnen, ob es weit weg ist und ob es dort schön ist. Dann hat er Basil noch gefragt, wann er zu Lady Hardcastle zurückgehen will, und vielleicht ... sollten ... sie ...« Sie verstummte.

»Was ist los, Mrs. Spratt?«, fragte ich.

»Er war es, nicht wahr? Er hat die ganzen Bücher über Hexerei gelesen, als er noch mit Cheetham zusammengearbeitet hat. Er kennt die Zaubersprüche aus dem Effeff. Er wollte nur sicherstellen, dass Basil allein wäre, sodass er ihn zur alten Esche locken und ihn dort ermorden konnte. In Eschen steckt ja mächtige Magie. Dann noch auf dem Kirchhof. Das verstärkt die Kraft noch einmal.«

Ich ließ sie weiter über Hexerei fantasieren, aber ich fand auch, dass Orum tatsächlich sehr verdächtig wirkte. Offenbar hatte er sich große Mühe gegeben herauszufinden, wo Basil Newhouse sich zu welcher Zeit aufhalten würde. Im besten Fall war das ein bisschen neugierig, im schlimmsten Fall war es geradezu bedrohlich.

»Wir klären die Sache bestimmt auf«, versicherte ich. »Und Sie müssen sich auch nicht mehr weiter um Hexerei sorgen. Erinnern Sie sich sonst noch an irgendetwas?«

»Nein, Liebes. Das ist alles. Fred und ich sind kurz darauf gegangen und haben den armen Basil nie mehr wiedergesehen.«

»In Ordnung«, sagte ich. »Dann lasse ich Sie jetzt weiterarbeiten. Vielen Dank.«

»Keine Ursache. Lady Hardcastle helfe ich doch immer gern.«

Ich verließ das Geschäft und machte mich auf den Weg zurück zum Haus. Kurz dachte ich darüber nach, wie jemand, der so überzeugt davon war, dass der Film ein furchtbares Übel entfesselt hatte, darüber nachdenken konnte, in den Gemeindesaal zu gehen, um ihn sich noch ein zweites Mal anzuschauen. Aber das war vergebliche

Liebesmüh: Wenn die Menschen so leicht zu begreifen wären, hätten meine Herrin und ich ja nichts mehr zu tun.

Zu Hause saß Lady Hardcastle noch immer im Esszimmer und starrte auf die Verbrechenstafel.

»Das ging aber schnell«, sagte sie bei meinem Eintreten.

»Ich bin eine Stunde fort gewesen«, erwiderte ich leicht verwirrt.

»Tatsächlich? Donnerwetter. Wie doch die Zeit vergeht, wenn man ...«

»... vollkommen ratlos ist?«, schlug ich vor.

»Wie die Mittelmeerflotte seiner Majestät bei ihren Manövern.«

»Alle schwimmen?«

»Wie du so scharfsinnig feststellst: Alle schwimmen. Zwei Leichen in zwei Tagen und noch überhaupt keine Idee, was hier vor sich geht.«

»Abgesehen von Hexerei«, erwiderte ich.

»Na ja, das ist natürlich eine Möglichkeit.«

»Eunice Spratt ist felsenfest davon überzeugt.«

»Meiner Bewunderung für Eunice Spratt tut das keinen Abbruch. Fred hat vielleicht die geheime Kunst der Metzgerei zur Vollendung gebracht, aber alle wissen, dass das Geschäft vor Jahren schon den Bach runtergegangen wäre, wenn Eunice nicht die Hand am Ruder gehabt hätte. Doch während ich große Ehrfurcht vor ihrer Geschäftstüchtigkeit habe, beeindruckt sie mich weniger mit ihrer ... Wie soll ich es nennen, ohne durch und durch wie ein Snob zu klingen?«

Ich zuckte mit den Achseln.

»Sagen wir es einfach frei heraus. Wenn ein skrupelloser Händler ihrem Mann minderwertiges Fleisch andrehen wollte, würde sie ihn in Nullkommanichts durchschauen und zum Teufel jagen. Aber sobald von Geistern und Monstern und langbeinigen Hexen die Rede ist, verwandelt sie sich in einen Einfaltspinsel der schlimmsten Sorte. Denk nur dran, wie sie auf diesen Unsinn reingefallen ist, den dieses Medium im Frühling veranstaltet hat.«

»Leichtgläubig vielleicht, aber verlässlich, wenn es um weltliche Angelegenheiten geht. Sie sagt, Orum und Newhouse hätten wie zwei alte Freunde miteinander geplaudert, und Orum habe sich besonders dafür interessiert, wo Newhouse wohnte und wann er hierherkommen wollte, solche Sachen.«

»Und sie glaubt, er wollte herausfinden, wo und wann er ihn am besten verhexen könnte?«

»Es ist schon ein bisschen verdächtig«, beharrte ich.

»Könnte aber auch die völlig normale Neugier eines alten Freundes sein. Ich glaube nicht, dass wir daraus irgendwelche Schlüsse ziehen können.«

»Da gebe ich Ihnen recht. Aber ich würde heute Abend trotzdem gern die Vorstellung besuchen, damit wir ihn im Auge behalten und sehen können, was er vorhat.«

»Oh, ach, was für ein listiger Plan«, rief sie aus. »Sollen wir ihn beschatten, wie wir es früher gemacht haben? Ich habe die alten Tricks noch immer auf Lager, weißt du? Und ich mag solche Nacht-und-Nebel-Aktionen ja.«

»Na ja …«, entgegnete ich zögerlich, »… das können

wir natürlich tun, wenn Sie wollen. Aber mir hat eigentlich nur vorgeschwebt, dass wir die Vorstellung besuchen und uns dann den anderen anschließen, wenn sie alle in den Pub hinüberwechseln. Ich bin mir nicht sicher, ob wir dazu irgendwelche fortgeschrittenen Spionagetechniken brauchen.«

»Wahrscheinlich hast du wie immer recht. Das heißt aber, dass wir zeitig zu Abend essen müssen.«

»Oder spät.«

»Das wäre vielleicht vorzuziehen. Um die Wahrheit zu sagen, bin ich noch immer ziemlich voll vom Lunch. Kannst du Miss Jones bitte unsere neuen Pläne mitteilen? Ich rede mit den Filmleuten.«

»Was von ihnen übrig ist.«

»Ich weiß. Man fühlt sich schon ein bisschen verantwortlich. Schließlich haben sie unter unserem Dach gewohnt. Wir haben ihnen unsere Gastfreundschaft gewährt, und zwei von ihnen haben das mit ihrem Leben bezahlt.«

»Wir haben ihnen eine Übernachtungsmöglichkeit und ein paar Mahlzeiten geboten, keinen Rund-um-die-Uhr-Personenschutz vor Strauchdieben und Straßenräubern.«

»Oder vor Hexen.«

»Vor allem nicht vor Hexen«, pflichtete ich bei. »Dafür bin ich gar nicht richtig ausgebildet.«

»Ich denke, du würdest selbst eine ganz vorzügliche kleine Hexe abgeben.«

Ich runzelte die Stirn.

»Du bist listig. Gerissen. Flink ...«

»Hört sich mehr nach einem Fuchs als nach einer Hexe an«, entgegnete ich.

»Ooh, ja. Mit einem buschigen Schwanz. Vielleicht solltest du deinen Ehrgeiz als Hexe zurückstellen und eine Karriere als Fuchs erwägen. Oder als Dachs. Ich liebe ja Dachse.«

»Ich kümmere mich dann mal wegen des Abendessens, einverstanden?«

»Natürlich, Liebes. Ich gehe nach oben. Ich glaube, ich sollte mich umziehen.«

»Wäre ich eine Hexe«, sagte ich, als ich das Zimmer verließ, »könnte ich Sie in eine zurechnungsfähige Frau verwandeln.«

»Und wo bliebe da der Spaß?«, rief sie mir nach. »Du wärst meiner im Handumdrehen überdrüssig.«

Damit hatte sie wahrscheinlich recht.

12

Miss Jones willigte ein, ein Dinner vorzubereiten, an dem wir uns bei unserer Rückkehr schnell selbst bedienen konnten, also ging ich nach oben.

»Ach, da bist du«, sagte Lady Hardcastle, als ich ihr Schlafzimmer betrat. »Gerade rechtzeitig. Meinst du, du kannst vielleicht deine magischen Kräfte bei meinem Haar anwenden, meine kleine Hexe? Es sieht einfach nur furchterregend aus.«

»Es sieht ein bisschen wie ein Vogelnest aus«, stimmte ich zu. »Allerdings fürchte ich, dass Nestartigkeit sein natürlicher Zustand sein könnte. Wir scheinen einen ständigen Kampf zu führen, es in einen herzeigbaren Zustand zu versetzen.« Ich nahm eine Bürste zur Hand und begann, meine magischen Kräfte walten zu lassen.

»Haben Sie denn schon mal erwogen«, fragte ich, als ich an einem besonders widerspenstigen Knoten zerrte, »das Chaos einfach anzunehmen? Sie könnten Ihre Rolle als verschrobene alte Schachtel kultivieren und Ihre Frisur frei und wild wuchern lassen. Das würde uns viele Stunden Arbeit ersparen.«

»Tagsüber, wenn man einen Hut aufsetzen kann, ist es ja kein so großes Problem. Ich habe mal drüber nachgedacht, alles einfach abzuschneiden und mir eine Auswahl an Perücken für jegliche Abendanlässe zuzulegen, aber auch um die müsste man sich ein bisschen kümmern. Nein, für den Augenblick verlasse ich mich lieber auf meine treue Zofe.«

»Wie Sie meinen, Mylady«, sagte ich und fuhr mit dem Bürsten fort.

»Ist Miss Jones mit unseren Dinnerplänen denn einverstanden?«

»Ja. Und wie steht es mit den Filmleuten?«

»Ich habe am Frühstückszimmer angeklopft, aber keine Antwort erhalten. Als ich die Tür aufgemacht habe, war der Raum verwaist, und unsere Gäste waren ausgeflogen. Sie müssen das Haus wohl verlassen haben, als ich noch am Grübeln war.«

»Sie versinken schon sehr in Ihre Grübelei«, pflichtete ich ihr bei.

»Es braucht eine ganze Menge geistiger Energie, um so intensiv nachzudenken«, erwiderte sie. »Da hat man dann keine mehr übrig, um auf das Kommen und Gehen der Hausgäste zu achten. Aber egal. Wir nehmen ihr Verschwinden einfach als Zeichen dafür, dass auch sie nicht den Wunsch nach einem frühen Dinner verspürt haben. Wenn wir sie später im Gemeindesaal treffen, überbringen wir ihnen dann die frohe Kunde von Miss Jones' spätem Imbiss.«

Zu diesem Zeitpunkt war meine Arbeit fast schon verrichtet. »So«, sagte ich und steckte die letzte lose Strähne fest. »Besser kriege ich es ohne ein Gerüst und schweres Gerät nicht hin.«

Sie betrachtete sich im Spiegel. »Es sieht fantastisch aus, meine Liebe, vielen Dank. Das grüne Kleid mit dem bestickten Rock, würde ich sagen.«

»Oder das blaue mit dem chinesischen Kragen?«

»Welches auch immer du für das bessere hältst, Liebes.«

»Dann also das blaue.«

Eine Viertelstunde später waren wir beide angekleidet und fertig für einen Abend außer Haus. Edna und Miss Jones hatten sich schon zum Gemeindesaal aufgemacht, also verriegelte ich die Türen, und wir gingen die Straße hinunter in Richtung Dorfplatz.

Es war ein weiterer frischer, wolkenloser Abend. Ein großer Vollmond stand hoch am Himmel und tauchte das Dorf in einen angenehm hellblauen Glanz. Schmutzigeres gelbliches Licht drang hingegen durch die ungeputzten Pubfenster am Ostrand des Dorfangers, eine weitere Lichtquelle waren die geöffneten Türen des Gemeindesaals an der nördlichen Seite.

»Du warst doch vorhin schon draußen, meine Liebe«, sagte Lady Hardcastle, als wir uns der Grünfläche näherten. »Ist es denn noch zu matschig, um über das Gras zu laufen?«

»Ja, ich denke schon. Der Untergrund ist weich bis schlammig.«

»Dann sollten wir unsere Stiefel schonen«, entschied sie und machte sich auf den Weg um den Platz herum.

Als wir uns dem *Dog and Duck* näherten, hörten wir

von drinnen einen Aufruhr. Lautes Rufen und wenigstens ein Schrei wurden von Möbelrücken begleitet, wobei mehr als ein Glas zu Bruch ging. Wir blieben auf der Straße stehen, als die Tür vor uns aufflog, und Aaron Orum herausgestürmt kam.

»Hilfe!«, schrie er. »Die Dämonen! Teufel aus der Hölle!« Dann setzte er seinen Weg zur Kirche in einer Geschwindigkeit fort, die darauf schließen ließ, dass er wirklich glaubte, von Dämonen verfolgt zu werden. Eine Schar belustigter Gäste folgte ihm nach draußen, die Getränke noch immer in der Hand. Keiner von ihnen machte irgendwelche Anstalten, ihm hinterherzulaufen.

»Potzblitz!«, rief Lady Hardcastle. »Mr. Arnold?«

Old Joe Arnold, der zahnlose Wirt, war zusammen mit seinen aufgeregten Gästen nach draußen gekommen. »Guten Abend, Mylady.«

»Was um alles in der Welt geht denn hier vor sich?«, fragte sie.

»Ich weiß nicht genau. Im einen Moment hat er noch seine Pastete im Nebenraum gegessen, dann ist er brüllend in den großen Schankraum gerannt gekommen und hat rumgeschrien, die Teufel wären hinter ihm her.«

Dinah Caudle, die für eine Pastete und ein Pint in einem Dorfpub viel zu glamourös gekleidet war, drängte sich durch die Menschentraube. Die Diamanten an ihrem Hals glitzerten im Licht der Laternen.

»Aus dem Weg, ihr Nichtsnutze«, rief sie. »Warum hat denn keiner von euch versucht, ihm zu helfen? Wo ist er hin?«

Zu diesem Zeitpunkt hatte Orum die Kirche erreicht,

und wir konnten hören, wie er gegen die schwere Eichenpforte hämmerte.

»Wir sollten ihm folgen«, sagte Lady Hardcastle. »Komm mit, Armstrong, bevor er noch irgendeine Dummheit macht. Und Sie kommen auch besser mit, Miss Caudle. Vielleicht können Sie helfen.«

Mit diesen Worten raffte sie ihren Rock und eilte schnellen Schrittes in Richtung der Kirche auf der anderen Seite des Dorfangers. Ich seufzte und folgte ihr, Miss Caudle im Schlepptau.

Orums Hämmern hatte zu nichts geführt, also kam er mit Verspätung auf die Idee, es stattdessen mit der Türklinke zu versuchen. Die Kirchentür öffnete sich, und er verschwand rasch im Inneren.

Der Aufruhr hatte die Aufmerksamkeit der Hughes' und ihres Protestmobs erregt, die für ihre Demonstration sowieso noch kein Publikum hatten – die wenigen Filmliebhaber, die früh eingetroffen waren, verlagerten sich nämlich inzwischen vom Gemeindesaal hin zur Kirchentür.

Durch den geschickten Einsatz ihrer lauten, gebieterischen Stimme und einiger Schiebetechniken, die sie früher im Jahr von der Rugbymannschaft von Littleton Cotterell gelernt hatte, gelang es Lady Hardcastle, sich durch die immer dichter werdende Menge, durch das Friedhofstor und bis hin zur Tür zu drängeln, bevor irgendjemand auch nur die Gelegenheit hatte, sich dagegen zu wehren. Sie drückte die Klinke herunter.

»Abgeschlossen«, keuchte sie. »Er hat die Tür verriegelt.«

»Ich würde die Tür ebenfalls verriegeln, wenn mir Dämonen auf den Fersen wären«, sagte ich.

»Wie kommt es, dass wir dieselbe Strecke gerannt sind, du aber nicht nach Luft schnappst?«

»Ich bin eben zehn Jahre jünger und verbringe nicht den ganzen Tag damit, auf meinem immer breiter werdenden Hinterteil zu sitzen.«

»Das wird es wohl sein«, erwiderte sie zerstreut und trat einen Schritt zurück, um einen genaueren Blick auf die Kirche werfen zu können. »Solange es nur eine befriedigende Erklärung gibt.«

Miss Caudle, die ähnlich stark schnaufte wie meine Herrin, hatte uns endlich eingeholt.

»Stehen Sie beide nur hier herum und plaudern?«, japste sie. »Oder wollen sie die Sache vielleicht ernstnehmen?«

Lady Hardcastle beachtete sie gar nicht. »Was meinst du, wie kommen wir jetzt rein? Vielleicht durch die Sakristei?«

»Vielleicht. Obwohl ich die auch abschließen würde, wenn ich der Vikar wäre.«

»Du könntest doch niemals Vikar werden, Liebes. Du bist viel zu klein, um über das Pult zu schauen.«

»Ich könnte mich auf eine Kiste stellen.«

Miss Caudle stieß ein verzweifeltes »Argh« aus und drängte sich dann zurück in die Menge, um einen besseren Überblick zu bekommen.

Lady Hardcastle machte sich in die entgegengesetzte Richtung auf, zur Rückseite der Kirche, dort würde sie durch die Tür zur Sakristei möglicherweise ins Innere gelangen. Sie richtete sich abrupt auf, als wir aus der kleinen Gruppe von Schaulustigen ein kollektives Aufkeuchen vernahmen. Die Leute standen noch immer vor dem Tor und hatten daher eine bessere Sicht auf die Kirche als wir.

Als wir aufblickten, konnten wir gerade noch Aaron Orum an der Spitze des Kirchturms erkennen, wo sich sein Umriss vor dem Vollmond abzeichnete. Wir traten wieder vor das Friedhofstor und zu den anderen auf die Straße, um besser sehen zu können.

Orum lehnte sich über das Geländer und hielt dann kurz inne – offenbar hielt er nach seinen teuflischen Verfolgern Ausschau. Er schien sich ein wenig beruhigt zu haben und sich vor den Ausbunden der Hölle sicher zu wähnen, die ihn aus dem Pub getrieben hatten.

Mit einem unvermittelten, herzzerreißenden Schrei taumelte er unvermittelt vom Geländer zurück in Richtung der anderen Seite des Kirchturms. Als er außer Sicht war, schrie er erneut auf, doch diesmal von der Kirchenrückseite. Dann setzte Stille ein.

Einen Moment lang standen wir einfach nur starr vor Schreck da. Wir wussten alle, was gerade passiert sein musste. Der Bann wurde durch den Aufschrei von einem Mann aus Hughes' Gefolge gebrochen. Alle machten wir einen Schritt auf die Kirchentür zu, aber einmal mehr wurde unser Vorrücken aufgehalten, diesmal vom Klang einer Polizeipfeife.

»Bleiben Sie bitte, wo Sie sind, meine Damen und Herren«, bellte Sergeant Dobson in seiner gebieterischsten Exerzierplatzstimme. »Constable Hancock und ich kümmern uns darum.«

In der Menge wurde gemurrt, aber trotz des verständlichen Drangs herauszufinden, was passiert war, schienen sie dem Befehlston des Polizisten gehorchen zu wollen. Vielleicht lag es auch daran, dass ihnen allmählich schwante, was sie vorfinden würden, wenn sie sich auf die andere Seite der Kirche begeben würden. Ich bezweifelte, dass viele von ihnen schon einmal einen durch einen Sturz zerschmetterten Körper gesehen hatten, aber ich traute ihnen ausreichend Fantasie zu, um sich vorzustellen, dass sie das nicht aus erster Hand bezeugen wollten.

Sergeant Dobson, mit Constable Hancock im Schlepptau, drängte sich durch die Menge und stellte sich vor das Friedhofstor.

»Los, Junge«, sagte er leise zum Constable. »Sieh es dir an und berichte mir dann.«

Im fahlen Mondlicht konnte ich den Gesichtsausdruck des Constables nicht erkennen, aber nach dem ängstlichen Klang seines »In Ordnung, Sarge« zu urteilen, vermutete ich, dass er nicht allzu glücklich aussah. Dennoch drückte er das Tor auf und verschwand vorsichtig um die Kirche herum, außer Sichtweite.

»Sergeant? Hallo! Sergeant!«, Lady Hardcastle musste die Stimme erheben, um das immer lauter werdende Stimmengewirr zu übertönen.

»Lady Hardcastle?«, erwiderte der Sergeant. »Sind Sie hier?«

»Ja, Sergeant. Armstrong auch.«

Er wandte sich zu uns um. »Machen Sie bitte Platz«, rief er. »Lassen Sie sie durch.«

Die Menge teilte sich gehorsam, sodass wir neben ihn unter die Überdachung des Friedhofstors treten konnten.

»Zum Glück sind Sie so rasch hier aufgetaucht, Sergeant«, sagte Lady Hardcastle. »Ich hätte nicht gern versucht, selbst eine so kleine Menschenmenge allein unter Kontrolle zu halten.«

»Wir waren ... ganz in der Nähe, als alles losging«, erklärte er. Ich deutete das als ein Eingeständnis, dass er das Ende seiner Schicht mit seinem Kollegen zusammen bei einem Gläschen im *Dog and Duck* gefeiert hatte.

»Waren Sie nahe genug dran, um zu sehen, was seine Panik ausgelöst hat?«, fragte ich.

»Soweit ich weiß, hat er im Nebenraum einfach nur zu Abend gegessen und ist auf einmal durchgedreht. Hat die Augen aufgerissen, rumgeschrien und geschimpft.«

»Über Dämonen«, warf Lady Hardcastle ein.

»Etwas in der Art.«

»Was hat er denn gegessen?«, fragte ich. »Der alte Joe hat, glaube ich, gesagt, es war eine Pastete. Wissen Sie, was für eine?«

»Joe hat heute Abend seine berühmte Pastete mit Hühnchen und Pilzen serviert. Sehr lecker. Ich habe mich später selbst auf eine gefreut.«

»Schon wieder Pilze?«, fragte ich.

»Du glaubst doch nicht etwa ...?«, erwiderte Lady Hardcastle.

»Nun, von echten Dämonen ist er bestimmt nicht gejagt worden, oder? Etwas hat ihn durchdrehen lassen. Gibt es denn nicht Pilze, die Halluzinationen auslösen?«

Sie dachte kurz nach. »Ich glaube schon«, sagte sie

schließlich. »Aber nicht in dieser Gegend. Ich erinnere mich an Berichte religiöser Zeremonien unter den Stämmen der amerikanischen Ureinwohner. Ich bin mir ziemlich sicher, dass sie einen Pilz für ihre Rituale benutzen. Aber das ist im Westen der Vereinigten Staaten, glaube ich. Die … Nein, es hat keinen Zweck, ich erinnere mich nicht an den Namen des Stammes. Aber das kann es doch nicht sein – ich glaube, wir sind einfach nur versessen auf Pilze.«

»Es würde sich vielleicht trotzdem lohnen, Dr. Gosling die Pastete untersuchen zu lassen«, gab ich zu bedenken. »Wir vergeben uns ja nichts, wenn wir gründlich vorgehen.«

»Falls Joe sie nicht schon weggeworfen hat«, merkte der Sergeant an. »Ich beschlagnahme sie als Beweismittel.«

»Guter Mann«, lobte ihn Lady Hardcastle.

Constable Hancock kam wieder hinter der Kirche hervor.

»Sie sollten besser mitkommen und sich das ansehen, Sarge.«

»Ist er …?«, fragte Dobson.

Der Constable nickte schwach. »Ich wollte nicht zu nah herantreten. Ich … ähm … ich wollte die Leiche nicht anrühren. Ich habe meinen Mantel über ihr ausgebreitet, damit niemand sie ansehen muss.«

Wahrscheinlich wollte er sich den Anblick vor allem selbst ersparen, dachte ich bei mir. Nicht dass er ohne Laterne im Stockdunklen viel hätte erkennen können.

»Ich möchte nicht, dass irgendetwas schiefgeht«, sagte

der Sergeant. »Sie bewachen die Leiche, und ich kümmere mich um die Leute hier.«

Constable Hancock zog sich widerwillig auf seinen Posten zurück.

An der Spitze der Menge entstand eine Unruhe, als Dinah Caudle sich durchdrängte.

»Ist er …«, fragte sie mit kaum hörbarer Stimme.

Der Sergeant sah sie sanft an. »Leider ja, Miss. Aber er war sofort tot, wenn das ein Trost ist, er musste nicht leiden.«

»Das ist kein Trost«, erwiderte sie.

Ich hörte sie leise schniefen, aber sonst sagte sie nichts mehr. Als ich mich zu der Stelle umwandte, an der sie gerade noch gestanden hatte, war sie fort, in der Menge verschwunden.

Sergeant Dobson wandte sich wieder praktischen Angelegenheiten zu. »Dürfte ich Sie vielleicht um einen Gefallen bitten, Mylady?«, fragte er.

»Jederzeit, Sergeant, das wissen Sie doch.«

»Es ist so, wir sind ja nur zu zweit, und wir sollten beide besser hierbleiben, um die Angelegenheit unter Kontrolle zu halten. Ich weiß ja, dass Sie mit Inspektor Sunderland gut auskommen – würde es Ihnen sehr viel Mühe machen, ihn anzurufen und ihm zu sagen, was hier passiert ist, bitte? Ich denke, dass ihn das interessieren wird.«

»Das macht gar keine Mühe«, entgegnete sie.

»Danke, Mylady. Die Wache ist nicht verschlossen, und das Telefon … Na, Sie wissen ja, wie man ein Telefon benutzt.«

»Überlassen Sie das ruhig uns, Sergeant. Komm mit, Armstrong. Überbringen wir dem Inspektor die schlechte Nachricht.«

Mit diesen Worten machten wir uns auf zur kleinen Dorfpolizeiwache.

Inspektor Sunderland erreichten wir nicht. Der diensthabende Sergeant erklärte Lady Hardcastle, dass er wegen einer wichtigen Angelegenheit die Wache verlassen hatte und nicht vor dem nächsten Morgen zurückerwartet wurde. Sie hinterließ eine Nachricht und skizzierte die Ereignisse des Abends, dann kehrten wir zur Kirche zurück.

Da die Dorfpolizisten Wache hielten und den Zugang zum Kirchhof abriegelten, gab es nichts zu sehen, also erging sich die kleine Menge in wilden Spekulationen darüber, was den Mann möglicherweise dazu getrieben haben konnte, sich von der Spitze des Kirchturms in den Tod zu stürzen. Doch wilde Spekulationen konnte man ebenso gut in der Wärme und vergleichsweisen Bequemlichkeit des *Dog and Duck* anstellen. Vielleicht war es sogar noch leichter, wenn Joes beste Biere und Cider die Spekulationsmuskeln ein wenig lockerten.

Als wir am Friedhofstor eintrafen, war also außer Sergeant Dobson niemand mehr da.

»Wo sind denn alle hin?«, fragte Lady Hardcastle.

»In den Pub«, erklärte der Sergeant wehmütig.

»Sogar Hughes und seine Protestler?«

»Es gibt ja nichts mehr, wogegen sie protestieren könnten«, erwiderte er. »Die Filmvorführung ist abgesagt. Wie heißt er gleich ... Dieser Cheetham ... Er ist rausgekommen und hat ihnen gesagt, dass alles abgeblasen ist. Es hat nicht lange gebraucht, bis ihnen aufgegangen ist, dass sie es in diesem Fall besser auf der anderen Seite der Straße hätten, mit einem prasselnden Feuer im Rücken und einem Pint in der Hand.«

»Wo ist Mr. Cheetham denn hin?«, fragte ich.

»Zurück zu Ihnen nach Hause, sofern ich das mitbekommen habe. Er und die zauberhafte Miss Zelda. Ich habe sie in der Dunkelheit irgendwann aus den Augen verloren, aber sie sind in diese Richtung gegangen.«

»Wir folgen ihnen gleich«, entschied Lady Hardcastle. »Leider war Inspektor Sunderland nicht in seinem Büro, aber ich habe beim diensthabenden Sergeant eine Nachricht hinterlassen. Ich habe ihm vorgeschlagen, dass wir die Leiche zu Dr. Fitzsimmons bringen, damit nichts mit ihr passiert, er bestand allerdings darauf, dass die Leichenhalle der einzig geeignete Ort sei und dass er ohne Verzögerung den Wagen losschicken werde. Sie sollten nicht allzu lange warten müssen.«

»Gut, Mylady«, erwiderte der Sergeant. »Ich schätze, das überlasse ich dann dem jungen Hancock. Es scheint ja nicht allzu viel Sinn zu ergeben, dass ich hier noch rumstehe, wenn alle anderen gegangen sind. Ich sage ihm noch wegen des Leichenwagens Bescheid und dann ...«

»Schnurstracks zurück ins *Dog and Duck*?«, vermutete ich.

»Nur auf ein kleines Glas«, bestätigte er. »Aus medizinischen Gründen.«

»Also gut«, sagte Lady Hardcastle. »Wir gehen nach

Hause und versichern uns, dass sich um Mr. Cheetham und Miss Drayton gekümmert wird. Wir sehen uns dann morgen wieder, nehme ich an. Das ist eine schlimme Angelegenheit, und ich bin entschlossen, ihr auf den Grund zu gehen.«

Der Sergeant tippte sich zum Abschied gegen die Krempe seines Polizeihelms, und wir ließen ihn seine Pflicht tun.

Nolan Cheetham und Zelda Drayton saßen in unserer Küche und aßen still von dem kalten Imbiss, den Miss Jones für uns vorbereitet hatte.

»Ich hoffe, es macht Ihnen nichts aus, dass wir schon ohne Sie angefangen haben«, sagte Zelda. »Bei dem ganzen Schrecken haben wir gar nicht gemerkt, wie hungrig wir waren.«

»Machen Sie sich keine Sorgen«, erwiderte Lady Hardcastle, als wir uns zu ihnen an den Küchentisch setzten. »Es tut mir nur leid, dass wir nicht unter fröhlicheren Umständen gemeinsam essen können. Ich weiß, dass Sie sich alle mit Mr. Orum zerstritten hatten, aber der Verlust eines Freundes, selbst eines ehemaligen Freundes, muss Sie hart treffen, nachdem Sie gerade erst zwei noch engere Freunde verloren haben. Seien Sie unseres tiefsten Mitgefühls versichert.«

»Vielen Dank«, erwiderte Cheetham. »Aber wir reißen uns einfach zusammen und machen weiter.«

»Den Eindruck machen Sie auch«, sagte Lady Hardcastle. »Ich weiß nicht, ob ich selbst die Kraft dazu finden würde.«

»Es ist mir fast peinlich, das zuzugeben«, antwortete Zelda, »aber irgendwie bin ich sogar erleichtert, dass es nicht mich erwischt hat. Ich habe wirklich erwartet, dass ich die Nächste wäre, dass ich bei lebendigem Leib verbrennen würde.« Sie erschauderte. »Aber wir sind eben im Showbusiness, und die Show muss weitergehen.«

»Nach diesem Motto haben wir im Zirkus auch gelebt«, merkte ich an.

»Sie waren beim Zirkus?«

»Meine Familie. Mein Vater war Messerwerfer.«

»Ich dachte, Sie hätten erzählt, Sie seien aus Wales.«

»Das sage ich für gewöhnlich. Es ist einfacher zu erklären. Meine Mutter stammte aus Aberdare, und wir haben den Zirkus verlassen und sind dorthin zurückgekehrt, als meine Großmutter krank wurde.«

»Donnerwetter«, erwiderte sie. »Ich habe auch mal eine Zeit beim Zirkus gearbeitet, wissen Sie?«

»Ach ja?«, fragte Lady Hardcastle. »Manchmal beneide ich die Leute aus dem Showbusiness ja. Sie haben so viele aufregende Möglichkeiten. Man würde denken, dass es nur die Bühne gibt, aber jetzt arbeiten Sie beim Film, und wir erfahren, dass Sie schon mal beim Zirkus waren. Das ist alles so glamourös.«

»Ich habe auch beim Zirkus gearbeitet«, warf ich ein.

»Und das war auch sehr glamourös. Oft frage ich mich, wie du mit dem Stumpfsinn des normalen Lebens zurechtkommst.«

»Mich um Sie zu kümmern, macht mir Freude«, sagte ich, ohne nachzudenken. Wir liefen Gefahr, rührselig zu werden, wenn wir so weitermachten, also brachte ich uns rasch wieder auf den ursprünglichen Pfad. »Was haben Sie denn im Zirkus gemacht, Miss Drayton?«

»Meine Schwestern und ich haben im Varieté eine lustige Chaosnummer aufgeführt. Sie wissen schon, man tut so, als ob man hinfällt und so weiter. Die Nummer war so aufgebaut, dass wir eigentlich ernsthaft etwas aufführen wollten, aber alles schieflief. Sie war sehr sorgfältig choreografiert. Eines Abends ist ein Mann hinter die Kulissen gekommen und hat uns die doppelte Gage angeboten, wenn wir in seinem Wanderzirkus auftreten. Also haben wir zum Ende der Woche beim Theater gekündigt und sind losgezogen, um unser Glück zu versuchen.«

»Die Freiheit der offenen Straße«, sagte Lady Hardcastle. »Das romantische Leben des fahrenden Schaustellers. Der Schaustellerin.«

»Etwas in dieser Art, ja.«

»Ihr betrübter Ton lässt mich darauf schließen, dass die Dinge sich nicht ganz nach Ihren Vorstellungen entwickelt haben.«

»Leider nicht«, bestätigte Zelda. »Da draußen gibt es wunderbare Zirkusse. Ich bin sicher, dass Sie viel schönere Erinnerungen haben als wir, Flo. Aber schäbig, unordentlich und pleite wären drei geeignete Wörter, um Harry Hopwoods *Zug der Wunder* zu beschreiben. Zwei Wochen haben wir durchgehalten, bevor wir, so schnell unsere Beine uns trugen, zum Varieté zurückgelaufen sind.«

»Wie schade«, sagte Lady Hardcastle. »Und doch ist keine Erfahrung umsonst. Bestimmt haben Sie etwas daraus gelernt.«

»Leider ja. Ich habe gesagt, wir sind zum Varieté zurückgelaufen, aber tatsächlich musste ich humpeln. Eines Abends, als wir eine neue Nummer geprobt haben, habe ich mir nämlich den Fuß verletzt. Was wir taten, war fürs Theater genug, aber im Zirkus mussten wir eine Schippe drauflegen. Ich hab es übertrieben und zahle bis heute die Rechnung dafür. So bin ich überhaupt zur Schauspielerei gekommen, wissen Sie? Von da an musste ich mich mit kleinen Rollen zufriedengeben. Eines Tages hab ich mir dann gesagt: Zelda, Mädchen, entweder verbringst du dein Leben damit, die Brosamen aufzupicken, die bei anderen Nummern abfallen, oder du machst etwas aus dir. Also habe ich an einem Theater mit festem Ensemble unten an der Südküste vorgesprochen und seitdem nie mehr zurückgeblickt.«

»Potztausend. Gut gemacht«, lobte Lady Hardcastle.

»Und da habe ich sie dann entdeckt«, schaltete Cheetham sich ein. »Ich war krank, und mein Arzt hatte gesagt, dass ein bisschen Meeresluft Wunder wirken würde. Er empfahl Blackpool, aber ich bin immer schon gern gereist und habe mich nach Süden auf den Weg gemacht. Wie es der Zufall wollte, haben Aaron und ich gerade nach einer Hauptdarstellerin für eine unserer Shows gesucht, und als ich sie dann in diesem kleinen Theater an der Küste gesehen habe … nun …«

»Wie wundervoll«, rief Lady Hardcastle begeistert. »Ich vermisse das Reisen ja auch, wissen Sie. Wir sollten mal wieder irgendwohin fahren, Flo.«

»Ich habe nicht annähernd so viel von der Welt gesehen wie Sie«, sagte er.

»Da bin ich nicht sicher. Ich bin größtenteils nach

Osten gereist. Die Ausnahme waren ein paar Monate mit Roddy in der Botschaft in Washington, aber die Hälfte des Erdballs ist Emily-frei geblieben.«

»Ich hingegen bin meistens nur nach Westen gefahren. Ich hatte das große Glück, Amerika bereisen zu können.«

»Wie aufregend. Sind Sie wegen der Arbeit dort gewesen?«

»Ja. Ich wollte sehen, wie sie dort ihre Filme drehen. Es war eine Offenbarung, das kann ich Ihnen versichern, und New Jersey wird bestimmt einmal die Filmhauptstadt der Welt.«

»New Jersey, glauben Sie? Ich hätte eher auf New York City getippt.«

»Nein«, erwiderte er mit einem nachsichtigen Lächeln. »Mr. Thomas Edisons Firma ist im Besitz der Patente für den Film, und die sitzt nun mal in New Jersey. Das wird die reichste Stadt im ganzen Land, sobald das Kino richtig ins Laufen kommt. Denken Sie an meine Worte.«

»Dann sollten wir dort unbedingt mal vorbeischauen. Haben Sie sonst noch etwas gesehen?«

»Nein. Leider hatte ich dafür nicht genug Geld. Aber die Filmindustrie zieht inzwischen Geschichtenerzähler aus dem ganzen Land an. Ich habe dort Leute aus Kalifornien, aus New Orleans, aus Chicago kennengelernt … von überallher. Man kann sich einfach nur in eine Bar in Fort Lee, New Jersey, setzen und den Geschichten lauschen. Das gibt einem das Gefühl, alle sechsundvierzig Staaten bereist zu haben.«

»Hört sich wunderbar an. Wir müssen unbedingt mal dorthin fahren.«

»Wenn Sie sich fürs Filmgeschäft interessieren, sollten Sie das unbedingt tun.«

»Aber in der Zwischenzeit verspreche ich Ihnen, dass wir die schrecklichen Dinge aufklären, die Ihren Freunden zugestoßen sind.«

»Bis heute Abend war ich davon überzeugt, dass Aaron uns in Verruf bringen wollte«, sagte Zelda.

»Es sieht jedenfalls so aus, als würde irgendwer das versuchen«, stimmte ich zu. »Die ganzen Todesarten stammen aus Ihrem Film.«

»Und das bedeutet, dass ich die Nächste bin«, erwiderte sie. »Verbrannt auf dem Scheiterhaufen.«

Ich runzelte die Stirn. Das wäre tatsächlich der nächste Todesfall im Ablauf des Films, aber nachdem Aaron Orum gestorben war, konnte man sich bezüglich des Opfers nicht mehr sicher sein. Im Film war es schließlich George gewesen, der hübsche junge Mann aus dem Dorf, der verrückt geworden war und sich vom Kirchturm gestürzt hatte. Aber ich hielt den Mund.

Stattdessen wechselte Lady Hardcastle mühelos in ihre Rolle als charmante Gastgeberin und lenkte die Unterhaltung auf fröhlichere Themen. Die anderen schienen ebenso erpicht wie ich darauf zu sein, die Schrecken der letzten paar Tage zu vergessen, also verbrachten wir eine angenehme Stunde damit, alles Mögliche zu besprechen, vom Dorfleben bis zu der besten Methode, Suppenflecken von einem Smoking zu entfernen.

Dann bot Lady Hardcastle den Filmleuten noch einen Brandy an und schlug vor, sich im Salon ein wenig zu entspannen, während sie für uns Klavier spielte, aber sie lehnten ab. Wir gingen alle früh zu Bett und waren froh über die Tatsache, dass sich ein weiterer furchtbarer Tag seinem Ende zuneigte.

Wo auch immer wir auf der Welt für eine gewisse Zeit gelebt hatten, hatte Lady Hardcastle neben der *Times* auch immer die Lokalzeitung abonniert. Die *Bristol News* erschienen zweimal pro Woche, dienstags und freitags, und wurden pünktlich zum Frühstück am kommenden Tag ins Haus geliefert.

Da wir Gäste hatten, spielte ich mit dem Gedanken, die Zeitung zu bügeln, damit die Tinte trocknete, aber ich entschied schließlich, dass das nur Angeberei gewesen wäre. Stattdessen legte ich sowohl die *Times* als auch die *Bristol News* auf den Frühstückstisch, damit jeder sich bedienen konnte. Dabei fiel mir auf, dass über die kürzlichen Ereignisse im Dorf auf der Titelseite der Lokalzeitung unter der Schlagzeile *Übersinnliche Morde in einem Dorf in Gloucestershire* berichtet wurde.

Es folgten mehrere Absätze sensationsheischender Prosa »von unserer Gesellschaftskorrespondentin«, die grob die drei Morde und ihren Zusammenhang mit der Handlung von *Der Niedergang der Hexe* skizzierten. Dinah Caudle hatte ihre Titelseite bekommen, und dem Ton nach zu urteilen, genoss sie es in vollen Zügen.

Bei ihrer Ankunft machte Miss Jones sich umgehend an die Vorbereitungen fürs Frühstück, während ich Lady Hardcastle den Tee brachte.

Als ich eintrat, war sie bereits wach, aber noch nicht lange.

»Guten Morgen, Mylady. Ich bringe Ihnen Ihren Tee.«

»Florence aus der Familie Armstrong, du bist eine Lebensretterin. Teebringerin und Vorbotin eines strahlenden neuen Tages.«

»Bei *strahlend* wäre ich mir heute leider nicht so sicher. Wir stehen in der Zeitung.«

»In der *Times*? Wie glamourös.«

»Nein. In den *Bristol News*. Und das Bild, das dort vom Dorf gezeichnet wird, ist nicht gerade schmeichelhaft.«

»Das war doch zu erwarten. Schließlich waren bei uns drei inzwischen tote Unterhaltungskünstler zu Gast.«

»Einen etwas erfindungsreicheren Teil ihrer Schmährede reserviert sie übrigens für Sie.«

»Diese Caudle? Das war ja zu erwarten. Ich fand sie nicht sehr sympathisch und vermute, dasselbe traf auch umgekehrt zu.«

»Nun, wir wissen ja, wo sie sich aufhält, für den Fall, dass sie einen kleinen ... Unfall haben soll.«

»Manchmal kannst du ziemlich angsteinflößend sein. Ich bin froh, dass du auf meiner Seite stehst.«

»Immer«, erwiderte ich und wandte mich zum Gehen. »Frühstück gibt es in einer halben Stunde.«

»Ich werde mich bemühen, mich aufzuraffen. Danke für den Tee.«

Zurück im Erdgeschoss wurde ich davon überrascht, dass sowohl Zelda als auch Mr. Cheetham bereits im Frühstückszimmer saßen.

»Guten Morgen, Miss Armstrong«, begrüßte mich Mr. Cheetham. »Ist der Tee frisch?« Er zeigte auf die Kanne auf dem Tisch.

»Guten Morgen, Sir. Und Madam.« Ich lächelte Zelda an. »Er ist innerhalb der letzten zehn Minuten aufgebrüht worden, würde ich sagen.«

»Sehr gut«, erwiderte er.

»Soll ich Ihnen eine Tasse eingießen?«

»Nein danke, das schaffen wir schon.«

»Wie Sie wünschen. Miss Jones macht gerade Frühstück. Leider haben wir nicht erwartet, dass schon so viele so frühzeitig auf den Beinen sein würden, also dauert es wenigstens noch eine halbe Stunde.«

»Für mich hört sich das perfekt an. So haben wir genug Zeit, um eine Tasse Tee zu trinken und Zeitung zu lesen.«

»Nehmen Sie es sich nicht zu sehr zu Herzen«, warnte ich ihn vor.

Er sah mich verwirrt an. Ich zeigte auf die Titelseite der *Bristol News*.

»Ach das«, sagte er und nahm die Zeitung zur Hand. »Das perlt an mir ab. Man hat mich schon Schlimmeres genannt als einen ... *gotteslästerlichen Verbreiter von verdorbenem Schmutz*. Sie hätten mal die Besprechungen unserer Inszenierung von *Romeo und Julia* sehen sollen. Und erinnerst du dich noch daran, wie wir damals aus dem Theater von Hull gejagt worden sind, Zel? Was war das gleich noch mal?«

»*Das Herz des Troubadours*«, half Zelda ihm aus.

»Genau, stimmt«, sagte er lachend. »Basils Stück. Er war zwar ein guter Charakterdarsteller, aber es stellte sich heraus, dass er ein völlig unfähiger Dramatiker war.«

Zelda lächelte warmherzig bei der Erinnerung an ihren Freund.

»Wenn Sie noch irgendetwas brauchen, ich bin in der Küche«, ließ ich sie wissen. »Leider sind wir nie dazu gekommen, Glocken anbringen zu lassen, aber normalerweise genügt ein Ruf oder ein Pfiff.«

»Wir kommen zurecht, meine Liebe«, wehrte Zelda ab.

Dann ließ ich sie allein.

Nach dem Frühstück zog Lady Hardcastle sich in ihr Arbeitszimmer zurück und verkündete, »sich um ihre Korrespondenz kümmern« zu wollen, obwohl ich vermutete, dass sie sich in einsame Grübeleien versenken würde. Bei drei Todesfällen und keiner klaren Idee davon, wer dafür verantwortlich sein könnte, war sie ganz bestimmt mehr als nur ein wenig frustriert.

Auf mich wartete etwas Näharbeit. Gerade wollte ich mich damit in die Küche setzen und bei einer Tasse Tee ein bisschen mit Edna schwatzen, als es an der Tür klingelte.

»Guten Morgen, Miss Armstrong«, begrüßte mich Inspektor Sunderland, als ich öffnete.

»Guten Morgen, Inspektor«, erwiderte ich. »Bitte, kommen Sie doch rein.«

»Danke«, sagte er und reichte mir seinen Hut.

»Machen Sie es sich im Salon bequem, während ich Lady Hardcastle Bescheid sage, dass Sie hier sind.«

»Steht ihre Verbrechenstafel denn noch immer im Esszimmer?«, fragte er.

»Ja. Ich habe nicht die Energie, sie ständig hin- und herzurücken, also lassen wir sie einfach dort drin und verdecken sie mit einem Laken. Ich tue gern so, als ob sie eine abstrakte Bildhauerarbeit wäre.«

»Dürfte ich in diesem Fall die Frechheit besitzen, darum zu bitten, dass wir uns im Esszimmer treffen? Ich denke, Ihre vollgemalte Tafel könnte uns nützlich sein.«

»Gewiss, Inspektor. Ich bringe Ihnen Tee. Wir wollten gerade eine Kanne aufbrühen.«

Ich geleitete ihn ins Esszimmer und informierte Lady Hardcastle dann auf meinem Weg in die Küche über seine Ankunft. Als ich mit dem Tablett zurückkehrte, saßen beide bereits plaudernd am Esstisch. Die Verbrechenstafel war aufgedeckt.

Die Tafel hatte sich seit dem Beginn unserer Ermittlungen schon ziemlich stark verändert. Zwei mögliche Verdächtige, Euphemia Selwood und Aaron Orum, waren neben Basil Newhouse unter *Verstorben* eingruppiert worden. Die Notiz unter Dinah Caudles Porträt, die eine amouröse Verbindung zu Aaron Orum andeutete, war inzwischen doppelt unterstrichen. Ganz offenbar hielten beide diese Information für bedeutsam, obwohl ich der Meinung war, dass ihre aufrichtige Verzweiflung über Orums Tod ein bisschen für sie sprach.

Auch die Hughes waren nun doppelt unterstrichen, und eine neue Notiz fragte: »Nimmt niemand sie ernst genug?«

»Bei Notizen, die die Filmleute betrafen, hatten wir immer Vorsicht walten lassen – schließlich gehört es sich überhaupt nicht, die eigenen Hausgäste des Mordes zu verdächtigen –, aber die vielen Fingerabdrücke im Kreidestaub unter den Porträts von Nolan Cheetham und Zelda Drayton bewiesen mir, dass viel von ihnen die Rede gewesen war.

Mittlerweile hatte sich das Gespräch allerdings ganz offenbar verlagert.

»Der Inspektor hat mir erzählt, dass er nächste Woche zusammen mit Mrs. Sunderland in der Kirche singen wird«, teilte mir Lady Hardcastle mit.

»Als Teil eines Chors, möchte ich dringend hinzufügen«, warf er ein.

»Dürfen wir kommen? Wir würden Sie gern mal wieder unter weniger ermittlerischen Umständen erleben, nicht wahr, Flo?«

»Wenn es Ihnen nichts ausmacht«, erwiderte ich.

»Ich würde mich sogar außerordentlich geehrt fühlen«, sagte er. »Und Mrs. Sunderland liegt mir ständig damit in den Ohren, Sie endlich zum Dinner einzuladen.«

»Vielleicht dürfen ja wir Sie und Ihre Gattin zu einem kleinen Imbiss einladen?«

»Ich leite Ihr Angebot gern weiter, Mylady, vielen Dank.«

»Sehr gut«, freute sie sich. »Und jetzt, wo Flo hier ist, sollten wir vielleicht mit der Arbeit fortfahren. Als Sie eingetreten sind, bin ich nicht umhingekommen zu bemerken, dass Sie ganz durch den Wind zu sein schienen, wie Sergeant Dobson sich vielleicht ausdrücken würde. Stimmt irgendetwas nicht?«

»Tut mir leid«, sagte der Inspektor und rührte seinen Tee um. »Ich dachte eigentlich, ich hätte mich auf der Fahrt hierher schon wieder beruhigt. Aber Sie haben recht: Ich bin bis aufs Äußerste durch den Wind.«

»Oje. Was ist denn passiert?«

»Die neue Leichenhalle ist abgebrannt.«

»Um Himmels willen. Ist irgendwer verletzt worden?«

»Zum Glück konnte den einzigen Menschen, die sich dort aufhielten, kein weiterer Schaden mehr zugefügt werden, als die Verbrecher die Gasleitungen aufgedreht und die Halle angezündet haben.«

»Ach, sieh einer an. Wer sollte denn eine Leichenhalle niederbrennen?«

»Da draußen laufen ein paar höchst seltsame Gestalten herum«, erwiderte der Inspektor niedergeschlagen. »Die Sache hat uns allerdings zurückgeworfen. Dr. Gosling hatte noch mit keiner der Autopsien begonnen, und alle drei Leichen lagen in der Halle.«

»Glauben Sie, die Brandstiftung hat etwas mit unserem Fall zu tun?«

»Ich würde auf jeden Fall sagen, dass sie etwas mit *einem* Fall zu tun hat. Dort lagen eine ganze Reihe von Mordopfern. Ich würde es einigen der einfallsreicheren Verbrecher der Stadt durchaus zutrauen, sich auf diese Weise belastender Beweise zu entledigen. Einer der Toten hatte seinen Lebensunterhalt als Schläger für eine der Banden verdient, die das Gebiet unten bei den neuen Lagerhäusern für Tabak kontrollieren. Normalerweise werden solche Morde quasi öffentlich verrichtet, als Zeichen der Stärke, aber an dieser Leiche war etwas Merkwürdiges. Allmählich frage ich mich, ob sie ein Geheimnis hätte enthüllen können.«

»Und nun geht das nicht mehr«, stellte ich fest.

»Nein. Aber das gilt eben auch für alle anderen. Es ist außerordentlich frustrierend.«

»Können Sie ohne Leiche überhaupt Mordanklage erheben?«

»In diesem Fall sollte das kein Problem sein. Es gibt ja eine Menge zuverlässiger Zeugen, die Mr. Newhouse, Miss Selwood und Mr. Orum tot gesehen haben. Allerdings verkompliziert es die Angelegenheit natürlich.«

»Simeon muss außer sich sein. Er ist kaum ein paar Wochen auf dieser Stelle, und schon brennt sein Arbeitsplatz nieder.«

»Er ist nicht gerade bester Laune. Ich glaube, er hat sich darauf gefreut, Sie zu beeindrucken, Mylady.«

»Der Arme.«

»Er kommt später hierher. Sie können ihm Ihr Beileid also persönlich aussprechen.«

»Ich werde ihn natürlich gnadenlos damit aufziehen. Aber für Sie ist das doch auch schlimm. Was wollen Sie jetzt tun?«

»Ich mache ganz normal weiter. Eigentlich bin ich hergekommen, um mich mit der Gesellschaftskorrespondentin der *Bristol News* über ihren Artikel in der heutigen Ausgabe zu unterhalten, aber ich dachte, ich teile Ihnen vorher rasch die Neuigkeiten von der Leichenhalle mit.«

»Und schnorren eine Tasse Tee«, fügte ich hinzu.

»Das gehört zu unserer Ausbildung. Die gesamte Polizei läuft teebetrieben, und uns wird beigebracht, wie wir in jedem Ort den besten Stoff ausfindig machen.«

»Ich fühle mich geehrt, dass wir als Quelle des besten Tees betrachtet werden«, freute sich Lady Hardcastle. »Können wir sonst noch etwas für Sie tun? Wenn es Ihnen hilft, begleiten wir Sie gern zum *Dog and Duck.*«

»Danke, aber in diesem Fall, glaube ich, komme ich besser ohne Sie klar. Dem Ton ihres Artikels nach zu urteilen, gehört sie nicht zu Ihren größten Bewunderinnen.«

»Da haben Sie wohl recht, fürchte ich. Zwar weiß ich nicht, womit ich sie gegen mich aufgebracht habe, aber sie scheint ganz offensichtlich etwas gegen mich zu haben. Würden wir uns zu sehr einmischen, wenn wir uns derweil auf dem Kirchhof umsehen? Sergeant Dobson hat gestern Abend den Zugang abgesperrt, doch ich möchte den Tatort gern selbst unter die Lupe nehmen.«

»Keineswegs, Mylady. Ich weiß, dass ich mich darauf verlassen kann, dass Sie beide keine Beweise zerstören. Ich komme dann gleich ebenfalls dorthin, aber es schadet nie, noch ein weiteres Augenpaar zur Verfügung zu haben.«

»Sehr gut«, rief sie. »Dann haben wir unseren Vormittag ja bereits geplant. Passt dir das, Flo?«

»Natürlich, Mylady. Ich hole unsere Mäntel.«

»Danke, Liebes. Und ich gehe schnell in die Orangerie und hole meinen Zeichenblock.«

13

Es war wieder ein strahlend frischer Herbsttag in Littleton Cotterell. Auf dem Anger lag leichter Raureif, sodass wir auf unserem Weg zur Kirche Fußspuren hinterließen. Trotz der schrecklichen Ereignisse der letzten Tage ging das Dorfleben seinen gewohnten Gang. Die Geschäfte hatten geöffnet, und die Menschen verrichteten ihr Tagwerk, als ob die Morde an drei Fremden ein alltägliches Vorkommnis wären. Traurigerweise war so etwas in Littleton Cotterell tatsächlich ziemlich alltäglich.

Das Friedhofstor war verschlossen, und auf dem reifbedeckten Boden waren keine Spuren zu erkennen, also hatte niemand den Kirchhof betreten. Wir folgten dem Weg an der Westseite um das Gebäude herum.

Man konnte nicht ohne Weiteres erkennen, wo Aaron Orum sein vorzeitiges Ende gefunden hatte.

»Dort drüben muss er aufgeschlagen sein«, sagte Lady Hardcastle und gestikulierte in Richtung der Rasenfläche auf der anderen Seite des Wegs. »Dafür, dass jemand umgekommen ist, ist hier nicht viel zu sehen.«

Sie hatte recht. Der Boden war von Stiefeln aufgewühlt, und es war offensichtlich, dass hier etwas passiert war, allerdings gab es keinen besonderen Hinweis darauf, was es genau gewesen sein mochte. Ich weiß nicht, ob ich den Abdruck seines Körpers auf der Erde erwartet hatte, aber irgendwie fühlte es sich falsch an, dass nichts auf das tragische Verlöschen eines Menschenlebens hinwies.

»Wie gut, dass wir nicht aufgrund von Fußspuren herausfinden müssen, was hier gestern Abend passiert ist«, sagte ich. »Was für ein Chaos.«

»Das ist es wirklich, nicht wahr?«, entgegnete Lady Hardcastle. »Ein paar von der Regierung zur Verfügung gestellte Stiefel können wirklich ein verheerendes Durcheinander anrichten, auch wenn sie nur ihre Arbeit tun. Und dennoch erzählt uns das eine eigene Geschichte. Ich fertige ein paar Skizzen an, damit wir nach Belieben über den Tatort nachdenken können.«

»Haben Sie eigentlich mal darüber nachgedacht, einfach nur Fotos zu machen?«, fragte ich.

»Tatsächlich habe ich das. Dabei habe ich mich aber in philosophischen Betrachtungen über den Unterschied zwischen dem verheddert, was ich sehe, und dem, was tatsächlich da ist.«

»Zwischen beidem gibt es einen Unterschied?«

»Einen ziemlich großen sogar, findest du nicht? Eine Zeichnung ist eine Interpretation dessen, was ich sehe, während ein Foto nichts weiter als die chemische Reaktion auf das Licht ist, das vom Tatort reflektiert wird. Aus Gründen, die ich nur schwer erklären kann, bevorzuge ich es, meine eigenen Eindrücke festzuhalten.«

»Auf Grundlage eines gut gemachten Fotos könnten Sie sich Ihre Eindrücke doch jederzeit neu formen«, gab ich zu bedenken. »Und bei Ihrem ersten Eindruck entgeht Ihnen vielleicht ein wesentliches Detail.«

»Ja, diese Gedanken habe ich ebenfalls gehabt. Aber ganz egal wie oft ich sie hin- und hergewendet habe, steht nun einmal fest, dass ich sehr gern zeichne.«

»Ich wollte Sie davon ja nicht abhalten, sondern Ihnen nur eine modernere Alternative aufzeigen.«

»Und das weiß ich auch zu schätzen. Vielen Dank.«

»Soll ich Sie jetzt in Ruhe lassen?«

»Deine Gesellschaft ist mir immer eine Freude, aber es ist wohl ziemlich langweilig, einer Frau dabei zuzusehen, wie sie die Skizze eines Tatorts anfertigt. Wenn du also ein bisschen spazieren gehen willst – ich bin hier eine Weile beschäftigt.«

»Vielleicht sehe ich mich auf dem Kirchhof um.«

»Bitte sehr«, ermunterte sie mich, während sie mit der geheimnisvollen, fast magischen Arbeit begann, nur mit Stift und Papier das Bild der Umgebung zu erzeugen. Geistesabwesend sagte sie noch: »Der Tod eines Menschen ist etwas Schreckliches, aber ich muss schon sagen, dass ich besonders bedauere, dass es Orum getroffen hat.«

»Er war definitiv auch mein Spitzenreiter bei den Wetten auf die wahrscheinlichsten Verdächtigen«, pflichtete ich ihr bei. »Sein Tod eröffnet das Feld der Möglichkeiten auf sehr unwillkommene Weise wieder neu.«

»Nicht wahr? Andererseits sind wir nun wieder in der vertrauten Lage, eine Serie von Morden aufklären zu müssen.«

»Wir könnten es einfach aussitzen«, schlug ich vor. »Wer auch immer am Ende noch am Leben ist, muss der Mörder sein.«

»Sehr richtig. Es ist zwar eine grausame Vorgehensweise, aber viel weniger anstrengend, als sich wirklich zu bemühen, den Täter zu stellen.«

»Wer ist denn inzwischen Ihr Hauptverdächtiger?«

»Na ja, zum einen ist da Nolan Cheetham.«

»Das wäre aber sehr langweilig. Wo Orum jetzt tot und nur noch Zelda von der Truppe übrig ist, ist er der Einzige, der mit der Handlung des Films ausreichend vertraut ist, um die Mordmethoden so gewissenhaft nachahmen zu können.«

»Ja, es wäre wirklich sehr banal, nicht wahr? Ganz zu schweigen davon, dass es auf lange Sicht ziemlich dumm wäre. Die Faszination des Todes macht seinen Film vielleicht zu einem Erfolg, aber er könnte diesen Erfolg ja nicht wiederholen, wenn er all seine Hauptdarsteller dafür umbringen muss.«

»Sie haben mir mal gesagt, ich solle nie unterschätzen, wie dumm ein Mörder sein kann«, erwiderte ich.

»Ach ja? Wie weise von mir. Brava, Emily. Aber egal ob dumm oder nicht, es erscheint mir insgesamt zu verzweifelt.«

»Da stimme ich Ihnen zu. Also Zelda?«

»Es gibt keinen Grund, warum sie nicht alle drei auf dem Gewissen haben könnte«, räumte sie ein. »Es würde allerdings jeden Tag schwieriger, ihre Umtriebe geheim zu halten. Cheetham müsste inzwischen Bescheid wissen.«

»Und es ist schon unwahrscheinlich, dass sie ihre

Freunde ermordet, nur um ein Quäntchen Berühmtheit zu erlangen.«

»Stimmt auch wieder. Berühmtheit ... Berühmtheit ... Was ist mit dieser Caudle? Gott weiß, dass es für eine Frau schwer ist, überhaupt bei irgendetwas ernstgenommen zu werden. Aber hier hat sie es nun mit ihrer Geschichte auf die Titelseite der *Bristol News* geschafft.«

»Glauben Sie denn wirklich, dass sie drei Menschen töten würde, nur um ihre Geschichte auf die Titelseite zu bekommen?«

»Ich habe eine ziemliche Abneigung gegen diese Frau entwickelt«, erwiderte Lady Hardcastle. »Man hätte nicht mal große Mühe, mich davon zu überzeugen, dass sie drei Menschen umbringen würde, um eine anständige Tasse Tee zu bekommen.«

Ich musste lachen. »Und die Hughes haben wir auch noch nicht ausgeschlossen.«

»Die tugendhaften Hughes, ja. Über die wissen wir eigentlich gar nichts.«

»Das stimmt. Aber was würden ihnen die drei Morde denn bringen?«

»Sie unterstreichen ihre Behauptung, dass Cheethams Film einen verderblichen Einfluss ausübt. Du hast doch die Zitate in der Zeitung gelesen.« Sie blätterte ihr Notizbuch auf. »*Irgendwer ist zu einem ruchlosen Mörder geworden, weil er dieses üble Stück sogenannter Unterhaltung angeschaut hat. Ein ansonsten anständiger Mensch hat sich vom Licht abgewandt und ist von diesen flimmernden Schatten aus der Hölle selbst auf den Pfad der Bosheit und Verdammnis geführt worden.*«

»Warum sollte man darauf warten, dass jemand verdorben wird, wenn es so einfach ist, selbst die Morde zu begehen? Wollen Sie das zum Ausdruck bringen?«

»Wir haben schon unvernünftigere Mordmotive gesehen.«

»Stimmt wohl«, räumte ich ein. »Wissen Sie was, ich hatte unrecht, als ich gesagt habe, die ganze Truppe wäre getötet worden.«

»Ach ja?«

»Ja. Was ist denn mit dem Burschen, der George gespielt hat?«

»George?«, fragte sie und versuchte sich zu erinnern, wer das war. »Ach, der junge Mann aus dem Dorf, der sich in das schöne Mädchen verliebt? Der verrückt geworden ist und sich vom …« Sie blickte sich auf dem schlammigen Kirchhof um.

»Genau der. Warum ist er denn auf diese Werbetour nicht mitgekommen? Vielleicht ist er ja wütend darüber, außen vor gelassen worden zu sein, also bringt er nach und nach den Rest der Besetzung um.«

»Aber warum dann Orum?«, fragte sie.

»Ein alter Groll«, erklärte ich bestimmt. »Sie müssen sich in der Vergangenheit zerstritten haben.«

Sie blickte von ihrer Skizze auf und lächelte. »Nun, ich sage ja immer, dass wir nichts ausschließen sollten, bevor wir nicht sämtliche Fakten kennen. Und im Moment ist das genauso wahrscheinlich wie alles andere.«

»Auch Lady Farley-Stroud könnte unsere Mörderin sein, falls sie mit den Taten etwas ungeschickt die Werbetrommel für die Filmvorstellung zu rühren versuchte.«

»Jetzt weiß ich mit Sicherheit, dass dir langweilig ist«, sagte sie kichernd. »Lauf los und geh spielen. Ich brauche hier nicht mehr lange.«

Also machte ich einen Rundgang über den Kirchhof.

Bei Tageslicht fiel mir auf, dass der Kirchhof um einiges größer war, als ich geglaubt hatte. Von der alten Eberesche aus, unter der wir am Mittwoch Basil Newhouse gefunden hatten, hatte ich im Zwielicht vor der Morgendämmerung nur einige Grabsteine erkennen können. Im Schein der Herbstsonne konnte ich jetzt deutlich mehr sehen.

Die zahlreichen Gräber waren ordentlich und gut gepflegt. Die älteren Grabsteine waren von dunklen Flechten überzogen, und einige von ihnen neigten sich gefährlich zur Seite, als ob sie von einem unbeholfenen Riesen umgestoßen worden wären. Es gab an dieser Stelle keine Mauer, aber die Grenze des Kirchhofs war durch eine Hecke und Bäume markiert, von denen viele ebenso alt zu sein schienen wie die Eberesche, die ich aber wie üblich nicht identifizieren konnte. Ein wettergegerbter alter Karren stand neben einer Lücke in der Hecke, die eine Art Durchgang bildete. Auf dem Karren war Stroh aufgeschichtet, was mir komisch vorkam, bis ich bemerkte, dass ein Esel in Reichweite angebunden war, der sich selbst an dem Futter bediente. Gerade dachte ich darüber nach, wie seltsam ein Esel auf einem Kirchhof war, als ich jemanden meinen Namen rufen hörte.

»Armstrong!« Es war Lady Hardcastle. Das musste

ja so sein. Kaum hatte ich mich ein wenig entfernt und mich ein paar Augenblicke mit meinen eigenen Gedanken beschäftigt, rief sie mich zurück.

»Schon unterwegs, Mylady«, rief ich. »So schnell ich kann«, fügte ich leiser hinzu. »Ich eile.«

Als ich mich jedoch umdrehte, sah ich, dass sie mich nicht aus einer Laune heraus zurückrief, sondern weil Inspektor Sunderland zu ihr gekommen war, begleitet von ihrem alten Freund Dr. Gosling. Ich beschleunigte meinen Schritt.

»Simeon und der Inspektor sind hier«, sagte Lady Hardcastle.

»Das sehe ich. Guten Morgen, meine Herren.«

Beide erwiderten meinen Gruß und tippten sich gegen die Hüte.

»Was gibt es denn für Neuigkeiten unserer örtlichen Repräsentantin der vierten Gewalt?«, fragte Lady Hardcastle.

Der Inspektor blickte finster. »Ich nehme meine Pflichten und meine Verantwortung als Diener der Krone außerordentlich ernst. Ich bin von Berufs wegen dazu verpflichtet, alle meine Mitbürger gleich zu behandeln … aber diese verdammte Frau bringt mich auf die Palme.«

Lady Hardcastle lachte. »Ich bin ja auch eine geduldige und langmütige Seele, aber ich muss zugeben, dass sie auf mich den gleichen Effekt hat. Ich glaube, es liegt an ihrer Art.«

»Ich habe noch selten eine so unhöfliche, arrogante … und … anmaßende Person wie diese leidige Reporterin getroffen«, pflichtete er ihr bei.

Nun war Dr. Gosling mit Lachen an der Reihe. »Na, na, alter Freund, jetzt aber mal ganz mit der Ruhe. Ist allerdings ein schönes Wort: anmaßend. Ich muss es selbst auch öfter benutzen. In der Welt der Medizin habe ich ein paar Kerle in leitenden Positionen kennengelernt, die das auf ihre Visitenkarte drucken sollten: *Mr. J. Fitzherbert Fotherington-Smythe, Allgemeinarzt und anmaßender alter Knacker.*«

»Nun«, sagte der Inspektor noch immer fassungslos. »Ich meine, wo gibt es denn so etwas, Sie hat meine Fragen danach, wo sie sich zu den Mordzeitpunkten aufgehalten hat, einfach ignoriert und mich stattdessen mit dem Versagen der Bristoler Kriminalpolizei konfrontiert, *die Hexe von Littleton Cotterell* festzunehmen ...«

»Um ehrlich zu sein«, unterbrach ihn Dr. Gosling, »ist es Ihnen ja tatsächlich noch nicht gelungen, die Hexe dingfest zu machen, oder? Sie liegt damit also nicht ganz falsch.«

»Ich bin mir nicht zu fein dafür, Sergeant Dobson anzuweisen, Sie aus Versehen den Nachmittag über in eine Zelle einzusperren, wissen Sie?«, erwiderte der Inspektor. »Als sie dann endlich zur Vernunft gekommen ist und meiner höflichen Bitte um Auskunft nachkam, hat sich leider herausgestellt, dass sie nirgends hingegangen ist, nichts gesehen hat und dass es einige Zeugen für ihre vollständige Standorttreue gibt.«

»Leider?«, fragte ich.

»Ja, leider«, bekräftigte er. »Ich hätte sehr gern einen Vorwand dafür gehabt, *sie* nach alldem ein paar Stunden ins Kittchen zu werfen.«

»Wir haben schon darüber nachgedacht, dass sie die Morde vielleicht selbst begangen hat, um als Erste vor Ort zu sein und die Sensationsmeldung abliefern zu können«, warf Lady Hardcastle ein.

»Der Gedanke ist mir auch schon gekommen, Mylady. Aber sie hat Alibis für alle drei Tatzeitpunkte.«

»Vielleicht hat sie einen Komplizen«, schlug ich vor.

»Auch daran habe ich schon gedacht«, erwiderte er. »Aber dann ist es mir so schwergefallen, mir vorzustellen, dass irgendjemand freiwillig mit ihr zusammenarbeiten würde, dass ich auch diese Möglichkeit wieder verwerfen musste. Nein, sie ist ein Plagegeist, aber sie ist harmlos.«

»Immerhin ist sie eine weitere Verdächtige, die wir von der Liste streichen können«, sagte Lady Hardcastle. »Und sie musste dafür nicht mal sterben.«

»Das ist wirklich ein Jammer«, sagte Inspektor Sunderland.

Sie lächelte. »Und was ist mit dir, Simeon, mein alter Freund? Was gibt es für Neuigkeiten aus dem Labor?«

»Außer dass ich alle meine Leichen verloren habe? Ich bin wahrscheinlich die Lachnummer beim alljährlichen Dinner der Gerichtsmediziner.«

»Gibt es so was denn wirklich?«, fragte sie.

»Bestimmt beraumen sie extra eins an. Nur damit sie sich über mich lustig machen können.«

»Du bist doch nicht schuld, mein Lieber. In der Unterwelt geht das Gerücht, dass deine Arbeitsräume einem Streit zwischen irgendwelchen Banden zum Opfer gefallen sind.«

»Seit wann kennst du dich denn mit den Gerüchten der Unterwelt aus?«

»Du würdest staunen, mein Lieber. Aber um ehrlich zu sein, hat der Inspektor es uns erzählt.«

»Was auch immer der Grund dafür sein mag, es verkompliziert die Mordermittlungen. Du weißt schon, wenn man keine Leichen hat und so weiter. Aber ich habe trotzdem ein paar Neuigkeiten.« Aus seiner Aktentasche zog er einen braunen Umschlag, den er Inspektor Sunderland reichte.

Er redete weiter, während der Inspektor den Inhalt inspizierte. »Der Apfel, den du der toten Schauspielerin aus dem schraubstockartigen Griff gehebelt hast – erinnere mich doch daran, dass wir darüber später noch sprechen, Emily. Entschuldigung, wo waren wir stehengeblieben? Ach ja, der Apfel. In der Schale gab es einen kleinen Einstich, und der Apfel selbst enthielt eine erstaunlich große Menge an Zyankali. Es war genug, um sie in Sekundenschnelle zu töten. Na ja, es hätte ehrlicherweise auch noch für ihre Familie, all ihre Freunde und eine zufällig vorbeitrottende Elefantenherde gereicht. Und dann wäre immer noch etwas übrig gewesen.«

»So sieht es wohl aus«, meldete sich der Inspektor, während er den Bericht studierte.

»Entweder wollte der Mörder wirklich ganz, ganz, ganz sichergehen, dass sie tot war, oder er hatte keinen Schimmer von dem, was er tat, und spritzte einfach nur immer weiter das Zeug hinein, bis er es für ausreichend hielt.«

»Was ist mit der Pastete?«, fragte Lady Hardcastle.

»Die Pastete?«, erwiderte Dr. Gosling.

»Ja, waren seltsame Pilze darin?«

»Es war auf jeden Fall eine Hühnchen-Pilz-Pastete«, sagte er mit verständnislosem Blick.

»Aber war an den Pilzen irgendetwas merkwürdig? Könnten sie vielleicht aus Amerika stammen? Und von der Sorte sein, die für bestimmte religiöse Zeremonien benutzt werden?«

»Ich hatte noch keine Gelegenheit, das zu untersuchen. Wir sehen uns wirklich seltener, als ich es mir wünschen würde, altes Haus, aber wenn wir uns treffen, bringst du mir immer eine Pastete voller Giftpilze mit.«

»Bitte, sieh dir das mal genauer an. Ich habe eine Theorie. Im amerikanischen Südwesten gibt es Pilze, die von einigen der Ureinwohner verwendet werden, um einen Rausch und Visionen zu erzeugen.«

»Nun, wenn es so wäre ...«, entgegnete er langsam. »Ehrlich gesagt habe ich keine Ahnung, wie ich das überprüfen sollte. Woher weißt du denn so was?«

»Ach«, erwiderte sie leichthin. »Man liest doch hier und da über solche Dinge.«

»So, so, tut man das? Nun, ich bezweifle, dass es in den medizinischen Standardlehrbüchern irgendetwas gibt, was mir da weiterhelfen würde. Ich höre mich mal um, ob irgendjemand einen Pilzkundler kennt. Vielleicht auch einen Ethnologen, der auf den amerikanischen Kontinent spezialisiert ist.«

»Das wäre ganz fantastisch«, entgegnete Lady Hardcastle. »Vielen Dank. Weißt du, falls Orum solche Pilze gegessen hat, könnte das erklären, wieso er sich von Dämonen verfolgt wähnte.«

»Das stimmt wohl«, sagte er nachdenklich. »Ich tue mein Bestes.«

»Wir kennen nämlich zufällig jemanden, der vor Kurzem in New Jersey gewesen ist.«

Dr. Gosling lachte. »New Jersey? Ich dachte, du hast gesagt, diese Dinger wachsen im Südwesten.«

»Und in Mittelamerika«, fügte sie hinzu.

»Das ist tausende Meilen von New Jersey entfernt, altes Mädchen«, gab er zu bedenken. »Das reicht noch nicht, um deinen Verdächtigen festzunehmen, wer auch immer derjenige sein mag.«

»Wir werden ja sehen«, sagte sie. »Wir werden sehen.«

Lady Hardcastle lud die Herren zum Kaffee ins Haus ein. Sie waren beide Männer in hoher Position, die schrecklich beschäftigt mit furchtbar wichtiger Arbeit waren, die auf keinen Fall warten konnte, also nahmen sie die Einladung selbstverständlich umgehend an.

Ich ließ sie im Esszimmer bei der Verbrechenstafel zurück, während ich den Kaffee aus der Küche holte und nachsah, wie alles dort voranging.

»Guten Morgen, die Damen«, sagte ich beim Eintreten.

»Guten Morgen, Miss Armstrong«, erwiderte Miss Jones.

»Guten Morgen, meine Liebe«, sagte Edna. »Wie geht's, wie steht's?«

»Ich bin in bester Verfassung, danke, Edna. Wie steht es mit Ihnen?«

»Kann nicht klagen«, erwiderte sie.

»Sie kann zwar nicht, tut es aber trotzdem gleich,

wenn Sie ihr auch nur eine klitzekleine Gelegenheit dazu geben«, warf Miss Jones ein.

»Besser man lässt es raus, als man frisst es in sich rein, hat unsere Ma immer gesagt«, erwiderte Edna. »Man sollte nichts sich aufstauen lassen.«

»Sie könnten es wenigstens ab und zu mal ausprobieren«, grummelte Miss Jones leise.

»Und was staut sich denn gerade in Ihnen auf?«, fragte ich. »Steht Dan noch immer auf der Verletztenliste?«

»Das tut er, der verschlagene alte Gauner. Er hat mir jetzt tatsächlich endlich erzählt, wie er sich überhaupt das blöde Bein gebrochen hat. Er ist über ein Fahrrad gestolpert. Ein Fahrrad, also bitte!«

»Oje«, sagte ich. »Wie um alles auf der Welt ...?«

»Das ist genau das, was ich gesagt habe. ›Daniel Gibson‹, hab ich gesagt, ›wie konnte ein ausgewachsener Mann denn am helllichten Tag über ein Fahrrad stolpern? Hast du dir wieder zusammen mit diesem Toby Thompson einen hinter die Binde gegossen?‹ Er hat geantwortet: ›Ich weiß nicht, Schatz, ich hab's einfach nicht gesehen.‹ Also hab ich gesagt: ›Wie zum Teufel konntest du denn ein verflixtes riesiges Fahrrad übersehen?‹ Und er hat geantwortet: ›Es hat da im hohen Gras rumgelegen. Das schwöre ich.‹«

»Was hat denn ein Fahrrad im hohen Gras verloren?«, fragte ich. »Und wann ist das gewesen?«

»Das hab ich ihn beides auch gefragt. Aber er hat nur irgendwas von Winterweide, den Kälbern von diesem Jahr und der alten Hütte gebrummt, also bin ich jetzt auch nicht schlauer.«

»Aber Sie sind der Lösung schon einen Schritt näher«, sagte ich. »Wenigstens wissen Sie jetzt, dass ein Fahrrad für alles verantwortlich ist.«

»Und falls ich je herausfinde, was für ein Volltrottel sein Fahrrad in einem Feld hat liegen lassen, hab ich mit dem ein Hühnchen zu rupfen.«

»Ich bin froh, dass dieses Rad nicht mir gehört«, sagte ich.

»Ich bin mit den Dingern ja nie zurechtgekommen«, mischte sich Miss Jones ein. »Meine Cousine hat ihres mal mit zu uns gebracht, um es uns zu zeigen. Sie hat gar nicht mehr davon aufgehört, wie wunderbar Radfahren ist, aber ich hab das nicht verstanden. Wenn man mal den Dreh raushat, dass man nicht alle paar Meter auf die Nase fällt, bekommt man vom Sattel einen tauben Hintern.«

»Da haben Sie nicht unrecht. Also gut, abgesehen von ungeschickten Ehemännern und tauben Hintern, ist sonst denn alles in Ordnung? Sind Mr. Cheetham und Miss Drayton gut versorgt?«

»Wir haben alles im Griff«, sagte Edna. »Kurz nachdem Sie gegangen sind, haben wir ihnen noch mal Tee gemacht, dann haben sie sich wieder im Frühstückszimmer eingeschlossen. Miss Drayton wirkt allerdings ein bisschen nervös, muss ich sagen. Sie hat irgendwas von Fensterschlössern geplappert. Ich habe einfach nur gelächelt und die Hausangestellte gespielt, die über nichts Bescheid weiß. Schlösser an den Fenstern, also wirklich. Wer hat denn von so was schon mal gehört? In der Stadt braucht man das vielleicht, aber hier gibt es doch niemanden, der mehr als einen Riegel am Fenster hat.«

»Vielleicht muss ich versuchen, Sie zu beruhigen«, erwiderte ich. »Haben Sie denn irgendeine Ahnung, was sie da drin den ganzen Tag anstellen?«

»Keinen blassen Schimmer. Miss Drayton kommt immer mal wieder raus und bittet uns um Tee – sie ist wirklich höflich –, aber ich gehe dort nie hinein, bevor sie das Zimmer nicht verlassen haben. Und dann ist der Raum immer picobello in Ordnung, als ob keiner drin gewesen wäre.«

»Sehr merkwürdig«, sagte ich. »Trotzdem ist es für sie eine schwere Zeit, und jeder reagiert ja anders auf solche Sachen, oder?«

»Ich finde, sie sollten eine gute, altmodische Totenwache halten«, schlug Edna vor. »Alle betrinken sich bis zur Besinnungslosigkeit und singen gemeinsam etwas zum Klavier. So verabschiedet man sich richtig.«

»Ich würde sagen, da haben Sie recht«, stimmte ich zu. »Aber jedem das Seine. Lassen wir sie einfach in Frieden. Ich nehme jetzt einfach dieses Kaffeetablett mit ins Esszimmer.«

»Bleiben die Herren von der Polizei denn zum Essen?«, fragte Miss Jones.

»Gute Frage«, erwiderte ich. »Ich lasse es Sie wissen.«

»... und er hat gesagt, dass er in den Vereinigten Staaten gewesen ist.« Lady Hardcastle stand wie eine Dozentin vor der Verbrechenstafel und erklärte ihre neueste Theorie.

»Ich gebe dir ja recht, dass er so an deine geheimnisvollen Pilze hätte kommen können«, antwortete Dr. Gosling. »Falls wirklich welche in der Pastete gewesen sind. Aber New Jersey ist genauso weit vom Arizona-Territorium weg wie wir von Konstantinopel.«

»Und dennoch besitze ich ein wunderbares Paar türkischer Slipper«, erwiderte sie. »Solche Dinge machen die Runde. Wer sagt denn, dass nicht irgendein geschäftstüchtiger junger Unternehmer, diese *Visionenpilze* in einem Tante-Emma-Laden in Fort Lee, New Jersey, verkauft?«

»Um der Wahrheit die Ehre zu geben, Mylady«, mischte ich mich ein, »haben Sie diese Slipper tatsächlich auf einem Basar in Istanbul gekauft und nicht etwa in einem Tante-Emma-Laden in Knightsbridge.«

»Dein enzyklopädisches Gedächtnis bringt mich noch mal ins Grab.«

»Der Inhaber des Stands war ein wortgewandter kleiner Kerl mit einem Goldzahn, der Sie die ganze Zeit *Malady* genannt hat, was ich sehr angemessen fand.«

»Wie dem auch sei«, erwiderte sie betont gelassen, »Nolan Cheetham hat eine gewisse Zeit auf demselben Kontinent verbracht, von dem diese Pilze stammen.«

»Ich weiß, du hast mich immer für einen Einfaltspinsel gehalten, wenn es darum ging, Menschen und ihre Beweggründe einzuschätzen ...«, setzte Dr. Gosling an.

»Du hast über die Menschen immer so gestaunt«, warf Lady Hardcastle ein. »Du verstehst zwar, wie die Maschinerie funktioniert, aber nicht den Geist, der sie kontrolliert.«

»Wohl wahr, altes Haus«, räumte er ein. »Wohl wahr. Aber, siehst du, sogar ein Einfaltspinsel wie ich ist vollkommen perplex bei der Vorstellung, dass Cheetham seine Freunde umbringen sollte, nur um seinen Ehrgeiz zu befriedigen. Es ergibt einfach keinen Sinn. Er hätte ja dann keine Freunde mehr, mit denen er seinen Triumph feiern könnte, ganz zu schweigen davon, dass er die sprichwörtliche Gans schlachten würde, die goldene Eier legt.«

»Ich habe schon dieselbe Bemerkung über Gänse gemacht«, bekräftigte ich. »Es kommt einem wirklich töricht vor, die eigenen Mitarbeiter umzubringen. Was, wenn er wegen all der Aufmerksamkeit wirklich einen Erfolg mit dem Film feiert? Wie soll er an seinen Erfolg anknüpfen, wenn er keine Schauspieler mehr hat, die im nächsten Film mitspielen?«

»Wenn ich das recht verstehe, ist er schon jetzt ziemlich erfolgreich. Vorhin hat er mich gefragt, ob er das Telefon benutzen dürfe, und ich habe dann zufällig mitbekommen, wie er über zahlreiche neue Buchungen und Einspielergebnisse und dergleichen mehr geredet hat. Ich habe nicht den Eindruck, dass die Morde ihm irgendwie geschadet hätten.«

»Es kommt mir immer noch abwegig vor«, beharrte ich. »Tote Schauspieler können nicht mehr spielen.«

»Bestimmt kann er neue engagieren«, wandte Lady Hardcastle ein. »Falls er herzlos genug ist, um sie um die Ecke zu bringen, wird er nicht lange zögern, sie zu ersetzen.«

»Möglich«, räumte ich ein. »Obwohl viele Schauspieler auch abergläubisch sind. Er weiß bestimmt, wie schwierig es sein kann, jemanden davon zu überzeugen, für die Todestruppe zu arbeiten. So viel spricht dagegen, selbst für jemanden, der kein Problem damit hat, einen Mord zu begehen.«

»Wer ist es dann gewesen?«, fragte sie. »Dinah Caudle?«

»Sie ist doch kaum mehr als ein verzogenes Gör«, wandte der Inspektor ein.

»Verzogene Gören können eine Menge Unheil anrichten«, gab sie zu bedenken.

»Bei der Kirche war sie ehrlich aufgebracht. Sie ist ja keine Schauspielerin und hätte nie so überzeugend heucheln können.«

»Vielleicht. Haben Sie denn ihre Alibis für die anderen beiden Nächte schon überprüft, Inspektor? Wir wissen ja, dass sie mit Orum zu Abend gegessen hat, als er durchgedreht und aus dem Pub gestürmt ist.«

»Um ehrlich zu sein, hat in dem Fall keiner ein wasserdichtes Alibi. Nicht mal Sie beide.«

»Wir sind aber doch Muster der Tugend«, erwiderte sie. »Wir können es unmöglich gewesen sein.«

»Und ich kann mich erinnern, Ihnen einmal erklärt zu haben, dass Sie, sollte ich mich jemals dazu entschließen, jemanden loszuwerden, die Leiche nie finden würden«, rief ich ihm ins Gedächtnis.

»Daran erinnere ich mich nur zu gut, ja«, bestätigte er. »Wissen Sie eigentlich, dass Sie eine ziemlich furchteinflößende Frau sind?«

»Das behaupten die Leute immer wieder. Dabei empfinde ich mich selbst als einnehmend und charmant.«

»Das bist du auch, meine Liebe. Beachte sie gar nicht«, unterstützte mich Lady Hardcastle.

»Sie waren doch diejenige, die mir vorhin gesagt hat, wie angsteinflößend ich bin.«

»Ach ja? Das habe ich sicher nicht so gemeint.«

Ich knurrte skeptisch.

»Wie dem auch sei«, schaltete sich Inspektor Sunderland ein, »leider haben nur sehr wenige Menschen überprüfbare Alibis. Zwei der Morde wurden mitten in der Nach begangen, als alle Verdächtigen behaupten, dass sie in ihren Betten geschlafen haben und es deshalb niemanden gibt, der ihre Aussage untermauern oder ihr widersprechen könnte. Der Vorfall ereignete sich in einem gut gefüllten Pub.«

»Unter dessen Besuchern Mr. Cheetham sich allerdings nicht befand«, gab ich zu bedenken.

»Damit hat sie recht«, pflichtete Lady Hardcastle mir bei. »Cheetham hielt sich im Gemeindehaus auf, wo er seinen Projektor aufbaute.«

Der Inspektor dachte einen Augenblick nach. »Das muss ich eingestehen. Obwohl man fragwürdige Pilze jederzeit in eine Pastete schmuggeln könnte.«

»Wollen Sie sich mit Hughes unterhalten?«, fragte Lady Hardcastle.

»Das habe ich die ganze Zeit vor mir hergeschoben«, gab der Inspektor zu. »Aber ich denke, die Zeit ist jetzt reif.«

»Wieso haben Sie das vor sich hergeschoben?«, fragte ich nach.

»Ich finde ihn sehr anstrengend«, erklärte er. »Ich würde bis zum letzten Atemzug für sein Recht kämpfen, seine Meinung offen kundtun zu dürfen. Aber ich würde ebenfalls bis zum letzten Atemzug dafür kämpfen, dass ich ihm dabei nicht zuhören muss. Allerdings fürchte ich, dass ich mich mit ihm und seiner zauberhaften Frau werde auseinandersetzen müssen, wenn ich meine Arbeit ordentlich und gut verrichten will.«

»Dürfen wir Sie begleiten?«, fragte Lady Hardcastle.

»Ich würde mich über Ihre Begleitung freuen. Allerdings muss ich Sie darauf hinweisen, dass Sie selbst darum gebeten haben, mich zu begleiten. Sie können mich also nicht für irgendeine Frustration oder Verärgerung verantwortlich machen, die Sie später vielleicht verspüren.«

»Einverstanden. Flo, wärst du so lieb und würdest Miss Jones Bescheid sagen, dass wir beim Lunch zu sechst sind? Sie bleiben doch, meine Herren?«

»Leider muss ich wieder in die Stadt«, erwiderte Dr. Gosling. »Ein andermal vielleicht.«

Miss Jones hob gerade Eischnee unter einen Teig, als ich den Kopf zur Küchentür hineinstreckte.

»Zum Lunch sind wir zu fünft, Miss Jones. Ich weiß nicht genau, wann wir zurück sein werden, wahrscheinlich um die Mittagszeit herum.«

»Heißt das, wir sind eingeladen?«, fragte Edna mit einem schelmischen Funkeln im Blick.

»Nein«, erwiderte ich. »Inspektor Sunderland gibt uns die Ehre.«

»Oh, das hab ich mir schon gedacht, meine Liebe. Ich habe auch noch nie einen Polizisten erlebt, der sich eine kostenlose Mahlzeit hätte entgehen lassen. Ich wollte noch sagen, dass die anderen beiden, Mr. Cheetham und Miss Drayton, ausgegangen sind.«

»Ach«, erwiderte ich. »Ich frage mich, wie sie … Egal. Dann sind wir also zu dritt.«

»Verstanden, Miss Armstrong«, bestätigte Miss Jones. »Sonst noch was?«

»Im Augenblick nicht. Danke, meine Damen.«

Dann schloss ich mich dem Befragungsteam an, und wir machten uns auf in Richtung Dorfanger.

14

Die Motorkutsche hatte ihre Passagiere bereits abgesetzt, und die Demonstration war in vollem Gange, als wir am Ende der Straße anlangten und quer über den Platz schauen konnten. Nach drei vollen Tagen wütenden Wedelns sahen die Schilder schon ein bisschen ramponiert aus, aber deren Träger wirkten nicht weniger aufgebracht und erpicht darauf, der Berieselung der leicht zu beeindruckenden Massen mit Schmutz ein Ende zu bereiten. Die Filmvorführung musste gestoppt werden.

»Wir tun nichts Ungesetzliches«, erklärte Mr. Hughes, als wir uns näherten.

»Das stimmt, Sir«, bestätigte Inspektor Sunderland. »Zwar verschwenden Sie Ihre Zeit, aber ansonsten ist nichts zu beanstanden.«

»Das Werk des Herrn zu verrichten ist niemals Zeitverschwendung«, entgegnete Mr. Hughes.

»Dem kann ich nicht widersprechen«, sagte der Inspektor. »Aber in diesem Fall ist Gott vielleicht bereit, Ihnen einen Tag frei zu geben. Heute Abend gibt es keine Vorstellung. Es ist Guy-Fawkes-Nacht.«

»Ein weiteres heidnisches Fest«, erwiderte Mr. Hughes.

»Ach ja?«, mischte Lady Hardcastle sich ein. »Ich dachte bisher, es wäre die Feier zur Vereitelung des Plans, das Parlament in die Luft zu jagen.«

»Ja. Na ja«, murmelte er. »Aber so wird es ja heute nicht mehr gefeiert. Es ist zu seinen heidnischen Wurzeln zurückgekehrt.«

»Wie dem auch sei«, übernahm wieder der Inspektor, »sicherlich können Ihre Kameraden ein paar Augenblicke auf Sie verzichten, jetzt, wo Sie wissen, dass es heute für Sie keine Vorführung zu verhindern gibt. Ich würde Ihnen gern ein paar Fragen stellen.«

»Worüber denn?«

Der Inspektor zog die Augenbrauen hoch, erwiderte aber nichts.

»Niemand aus unserer Gruppe hatte irgendetwas mit diesen schrecklichen Todesfällen zu tun«, beteuerte Hughes.

»Niemand hat etwas Derartiges angedeutet«, beschwichtigte ihn der Inspektor. »Aber ich würde meine Pflicht vernachlässigen, wenn ich es unterließe, Informationen von allen möglichen Zeugen zu sammeln. Wir sollten wohl einen schönen, ruhigen Tisch im *Dog and Duck* finden können.«

»Ich trinke nicht.«

»Ich habe Mr. Arnold davon überzeugt, dass es sich für ihn lohnen würde, auch Tee und Kaffee anzubieten«, schaltete sich Lady Hardcastle ein. »Da es hier ja keine Teestube gibt, war ich der Ansicht, dass er damit Kunden gewinnen könnte. Und er hat mir zugestimmt.«

»Ich setze keinen Fuß in dieses Haus der Sünde und der Ausschweifungen«, beharrte Hughes.

»Dann also auf die Polizeiwache?«, schlug der Inspektor vor. Sein Ton war zwar immer noch höflich, aber wir konnten alle erkennen, dass er allmählich die Geduld verlor.

Hughes dachte kurz nach. Den Pub zu besuchen, würde einen Verrat an seinen Prinzipien darstellen, wohingegen das Betreten einer Polizeiwache eine Demütigung darstellte. Wer außer Verbrechern und ihren Opfern war denn jemals an so einen Ort? Und da er ja nicht das Opfer eines Verbrechens war, würde das bedeuten …

»Also gut«, willigte er ein. »Dann also ins *Dog and Duck*. Aber ich werde mich dort nicht einen Augenblick länger als nötig aufhalten. Und ganz gewiss werde ich kein alkoholisches Getränk zu mir nehmen.«

»Das habe ich verstanden, Sir«, erwiderte Inspektor Sunderland. »Ich bestelle eine Kanne Tee, und dann können Sie davon trinken oder auch nicht, ganz wie Sie wünschen.«

Hughes reichte sein Schild an seine Frau weiter und ging mit uns über den Dorfplatz zum Pub. Daisy kam aus der Metzgerei ihres Vaters, als wir uns näherten, und bedachte mich mit einem fragenden Blick. Mit den Lippen formte ich den Satz: *Ich erzähl dir's später*, dann eilte sie die Straße hinunter zum Pub, wo sie ihre zweite Arbeit begann.

Wir folgten ihr nach drinnen. Lady Hardcastle und der Inspektor führten ihren *Gast* an einen Tisch etwas abseits, während ich eine Kanne Tee bestellte. Daisy hatte eilig ihren Mantel abgelegt, strich sich die Schürze glatt und trat hinter den Tresen.

»Ist er es gewesen?«, flüsterte sie mir zu. »Unsere Ma hat das schon vermutet. Sie traut diesen Leuten nicht über den Weg.«

»Das letzte Mal, als ich mit ihr gesprochen habe, hat sie darauf bestanden, dass es Aaron Orum gewesen ist«, erklärte ich.

»Aber der ist ja jetzt tot, nicht wahr?«

»Vielleicht haben ihn Schuldgefühle dazu getrieben, sich das Leben zu nehmen.«

Sie stutzte. »Oh. Ach, das wäre schon möglich, oder? Also ist es nicht Hughes gewesen? Sondern tatsächlich Orum?«

Ich musste lachen. »Wir wissen es nicht. Der Inspektor vernimmt so viele Zeugen wie möglich. Können wir das später besprechen? Jetzt brauchen wir erst mal eine Kanne Tee für vier.«

»Also keine vier Pints Cider? Das wäre viel einfacher.«

»Vor dem Mittagessen. Du liebe Güte, nein. Hughes ist Abstinenzler, und sogar unsere Grenze für Alkohol liegt beim zweiten Frühstück. Setz Wasser auf, sei so lieb.«

»Ich bring euch den Tee gleich rüber.«

Als ich zu den anderen kam, waren sie schon mitten im Gespräch. Inspektor Sunderland konsultierte beim Reden seine Notizen.

»Sie wurden gesehen, wie Sie nach Mitternacht durch das Fenster des Pubs gespäht haben, und zwar in der Nacht, in der Basil Newhouse getötet worden ist.«

»Das kann ich schon gewesen sein«, bestätigte Hughes. »Ich war noch … spazieren.«

»Spazieren? In Littleton Cotterell? Nach Mitternacht?«, fragte der Inspektor. Sie wohnen doch im alten Seddon-Haus an der Straße Richtung Chipping Bevington, nicht wahr? Nach Zeugenaussagen hat der Rest Ihrer Gruppe das Dorf schon vor zehn verlassen.«

»Wir haben alle gemeinsam die Motorkutsche zum Haus genommen.«

»Und dann sind Sie allein zurückgekommen?«

»Ich konnte nicht schlafen, also hab ich mir die Beine vertreten.«

»Das Haus der Seddons ist gut fünf Meilen von hier entfernt. Das ist ziemlich weit für einen nächtlichen Spaziergang.«

»Im Haus gibt es ein Fahrrad«, erklärte Hughes. »Damit bin ich ins Dorf zurückgefahren. Ich wollte mich mit eigenen Augen davon überzeugen, was der Film für Auswirkungen auf das Dorf gehabt hat.«

»Und was haben Sie gesehen?«

»Ausschweifung. Zechgelage. Trunksucht.«

»In anderen Worten, die guten Leute von Littleton Cotterell, die einen schönen Abend im Pub verbringen«, erwiderte der Inspektor gelassen.

»Dieser schreckliche Film hatte sie ganz offenbar aufgewühlt und angestachelt.«

»Was haben Sie als Nächstes getan?«

»Ich hatte erfahren, was ich wissen wollte, also bin ich zum Haus zurückgeradelt.«

»Haben Sie auf dem Rückweg irgendetwas Ungewöhnliches beobachtet?«

»Nichts besonders Ungewöhnliches, nein. Ein paar

Trunkenbolde, die nach Hause torkelten, und noch einen Kerl auf einem Fahrrad, aber nichts Außerordentliches.«

»Hat irgendjemand gesehen, wie Sie ins Haus zurückgekehrt sind?«

»Nein, alle haben schon geschlafen.«

Lady Hardcastle hatte die ganze Zeit über aufmerksam zugehört. Nun lächelte sie Hughes freundlich an und sagte: »Sie nehmen Ihre Mission sehr ernst, nicht wahr, Mr. Hughes?«

»Natürlich. Wir verrichten Gottes Werk.«

»Manchmal müssen Sie sich doch furchtbar einsam fühlen«, fuhr sie fort. »Nur Sie und Ihre Frau, die sich einer gottlosen Welt widersetzen.«

»Haben Sie den Eindruck, dass wir allein sind? Sie haben doch gesehen, wie viele Menschen wir versammeln konnten, um gegen Cheethams Schmutz zu kämpfen. Und das ist nur ein kleiner Teil unserer Gefolgschaft in Bristol. Im ganzen Land gibt es verwandte Seelen. Tatsächlich sogar auf der ganzen Welt.«

»Das wusste ich ja gar nicht«, erwiderte sie. »Sie sind also Teil einer internationalen Organisation?«

»Eine Bruderschaft«, bestätigte er stolz.

»Wie aufregend.«

Inspektor Sunderland war sich ganz offenbar nicht sicher, worauf Lady Hardcastle hinauswollte, und warf mir einen fragenden Blick zu. *Sollten wir sie unterbrechen?* Ich schüttelte nur den Kopf. *Sie weiß, was sie tut.*

Hughes hatte von unserem stummen Austausch nichts mitbekommen. »Wir verbreiten unsere Botschaft im ganzen Empire, in Europa, sogar in den Vereinigten Staaten.«

»Wäre es nicht wunderbar, wenn Sie die Gelegenheit hätten, die anderen einmal kennenzulernen?«, fragte Lady Hardcastle. »Haben Sie je daran gedacht, Ihre Kollegen aus den anderen Teilen der Welt persönlich zu treffen?«

»Wir hatten so eine Zusammenkunft bereits«, erwiderte er stolz. »Wir haben uns in El Paso getroffen.«

»Du meine Güte«, rief Lady Hardcastle. »Wie exotisch. In Spanien?«

Er lachte. »Könnte man denken, aber nein. Das liegt in Texas. In Amerika.«

»Sieh einer an. Das ist ja sogar noch viel exotischer als Spanien. Was für ein Abenteuer. Die Überfahrt muss doch bestimmt wochenlang gedauert haben.«

»Es war eine ziemlich lange Reise«, bestätigte er. »Aber das ist es wert gewesen.«

»Das kann ich mir vorstellen. Um ehrlich zu sein, beneide ich Sie ein bisschen. Ich bin nur mal in Washington gewesen.«

Er lächelte sie milde an.

»Tut mir so leid, Inspektor«, sagte Lady Hardcastle auf einmal. »Ich habe mich einfach in Ihre Vernehmung gedrängt. Entschuldigen Sie.«

»Keine Ursache, Mylady. Sie haben das Ganze ein wenig aufgelockert. Aber wenn ich nun fortfahren darf …?«

»Natürlich«, erwiderte sie.

»Danke. Sie sind also ins ehemalige Haus der Seddons zurückgekehrt …«

»Ich wünschte, Sie würden das Haus nicht dauernd so nennen«, unterbrach ihn Hughes. »Es gehört jetzt

Mr. Nathaniel Biddiscombe. Er hat mit diesen gottlosen Seddons nichts am Hut.«

»Dann also im Biddiscombe-Haus«, verbesserte sich der Inspektor. »Was haben Sie getan, als sie dort ankamen?«

»Ich bin sofort zu Bett gegangen. Die Anstrengung der Radtour war genau das, was ich gebraucht hatte. Ich bin fast auf der Stelle eingeschlafen.«

»Und Sie waren in aller Frühe wieder auf den Beinen, um zu Ihrer Mahnwache zurückzukehren?«

»Ganz recht«, bestätigte Hughes. »Ich habe gemeinsam mit der Gruppe ein einfaches Frühstück zu mir genommen. Dann haben wir für den Erfolg unseres Anliegens und für den Niedergang Cheethams und seiner heidnischen Gefolgschaft gebetet. Wir standen startbereit in der Auffahrt, als die Motorkutsche die Straße herunterkam.«

»Und am nächsten Abend?«

»Ich bin zum Haus zurückgekehrt und nicht mehr ausgegangen.«

»Und gestern Abend?«

»Wir haben uns der Menge angeschlossen, als Orum vom Turm gestürzt ist, aber sobald klar war, dass wir nichts tun konnten, um zu helfen, haben wir das Dorf verlassen und sind wieder zum Haus zurückgefahren.«

»Danke, Mr. Hughes«, sagte der Inspektor und klappte sein Notizbuch zu. »Sie haben uns sehr geholfen.«

»Kann ich jetzt gehen?«

»Sie konnten schon immer gehen«, erwiderte der Inspektor. »Aber ja, ich habe alles, was ich brauche. Sie dürfen natürlich gern noch bleiben und Ihren Tee austrinken.«

»Nein danke. Ich gehe wieder an meine Arbeit und verlasse diesen Sündenpfuhl.«

»Wie Sie wünschen. Guten Tag.«

Hughes verschwand, ohne sich noch einmal umzusehen.

»Wo haben Sie denn Ihre Befragungstechniken gelernt, Mylady?«, fragte der Inspektor, als wir wieder zurück in unserem Esszimmer waren und die Verbrechenstafel überarbeiteten.

»Meine was?«, fragte sie. Sie machte ein paar Notizen auf die Tafel und schenkte dem Inspektor deshalb nicht ihre volle Aufmerksamkeit. »Ach, wegen der Amerikasache?«

»Ja«, bestätigte er. »Das war sehr geschickt.«

»Nur ein kleiner Einfall, den wir in einem früheren Leben hatten. Tatsächlich haben wir erst neulich wieder darüber gesprochen. Wie sich herausstellt, erzählen einem die Menschen wirklich gern alles, was sie wissen – man muss einfach nur die richtige Atmosphäre schaffen, dann plappern sie drauflos. Einschüchterung hat natürlich auch ihre Meriten, aber Folter ist doch recht mittelalterlich, finden Sie nicht auch?«

»Einige meiner Kollegen würden Ihnen da widersprechen. Und ich habe mehr als einmal erlebt, wie ein Geständnis aus einem hartgesottenen Kerl geprügelt worden ist. Ich selbst habe jedoch immer eine weniger brutale Herangehensweise bevorzugt. Sie sollten Fortbildungen für die Polizei veranstalten.«

»Ich glaube kaum, dass die brutaleren unter Ihren Kollegen einer schrulligen Lady mit einer Schwäche für sentimentale Melodien und Brandy irgendwelche Aufmerksamkeit schenken würden.«

Er lächelte. »Jedenfalls hätte er *mir* bestimmt nicht von seiner Amerikareise erzählt.«

»Nein, wahrscheinlich nicht. Aber wenn ich ihn direkt darauf angesprochen hätte, hätte er das mir gegenüber auch nicht getan. Man muss einen Weg finden, dass sie von allein darüber plaudern.«

»Und so wissen wir jetzt, dass er vielleicht Zugang zu Ihren geheimnisvollen Pilzen hatte. Ich weiß allerdings nicht, ob uns das irgendwie weiterhilft.«

»Um Ihnen die Wahrheit zu sagen«, erwiderte sie, während sie weiter die Verbrechenstafel studierte, »bin ich mir da auch nicht sicher. Es macht ihn zu einem Verdächtigen im Mordfall Orum, aber für die anderen beiden Nächte hat er Alibis. Schwache, unbestätigte Alibis, das gebe ich zu.«

»Ich sehe kein richtiges Motiv für den Mord an Mr. Orum«, wandte ich ein. »Nur sehr wenige Menschen wussten über seine Verbindung zum Film Bescheid.«

»Vielleicht ist das gar nicht so wichtig«, entgegnete der Inspektor. »Wenn wir davon ausgehen, dass Hughes einen Skandal heraufbeschwören wollte, um den Film aus dem Verkehr zu ziehen, würde es gar nicht darauf ankommen, wer im Einzelnen ums Leben kommt, solange es nur auf eine Weise geschieht, die mit der Handlung in Zusammenhang steht.«

»Stimmt«, bestätigte Lady Hardcastle. »Und der junge Bursche, der den unbedarften George gespielt hat, ist ja nicht auf diese Reise mitgekommen, also musste jemand anderes dran glauben. Ich glaube, Gertie hat mir erzählt, dass er irgendwo im Ausland unterwegs ist, um *Lady Windermeres Fächer* aufzuführen.«

»Schon möglich«, räumte ich ein. »Irgendwer scheint auf jeden Fall die dargestellten Todesarten nachahmen zu wollen.« Da kam mir ein Gedanke. »Es sei denn ...«

»Es sei denn, was?«, fragte Lady Hardcastle.

»Lassen Sie uns mal annehmen, dass unsere Theorie stimmt: Mr. Orum wurden im Pub fragwürdige Pilze verabreicht, und seine teuflischen Visionen begannen in dem kleinen Nebenraum. Er ist nach draußen und dann zur Kirche geeilt. Dort hat er sich eingeschlossen und schließlich vom Turm gestürzt, um den Dämonen zu entkommen. Genau wie im Film.«

»So habe ich es mir auch zusammengereimt«, bestätigte der Inspektor.

»Aber was, wenn die Pilze bei ihm eine Vision von flauschigen Lämmern erzeugt hätten, die über eine Frühlingswiese tollen? Vor denen hätte er doch nicht erschrocken Reißaus genommen, oder? Und wie hätte der Giftmischer denn sicherstellen wollen, dass er in St. Arild's Zuflucht suchen würde, selbst wenn er oder sie irgendwie Einfluss auf die Vision nehmen konnte? Und einmal dort, wie hätte er dazu überredet werden können, tatsächlich zu springen? Es gibt einfach zu viele ... Wie drücken Sie sich immer aus, Mylady?«

»Zu viele Variablen?«, schlug sie vor.

»Genau«, bestätigte ich. »Zu viele Variablen, zu viele veränderliche Details. Das ist wirklich eine sehr unzuverlässige Art, jemanden umzubringen, wenn man zugleich den verderblichen Einfluss von Filmen anprangern möchte.«

»Das ist ein überzeugendes Argument«, stimmte Lady Hardcastle mir zu. »Wirklich sehr überzeugend.«

»Sie haben etwas davon gesagt, dass die Visionen beeinflusst worden sein könnten«, hakte der Inspektor nach. »Machen diese Pilze einen denn für Einflüsterungen empfänglich? Wie Hypnose etwa?«

»Wir müssen die Ergebnisse von Simeons Nachforschungen abwarten«, sagte Lady Hardcastle. »Er wird es wissen. Wenn sie so funktionieren, müsste unser Verdächtiger an jenem Abend im Pub gewesen sein und ihm etwas eingeflüstert haben.«

»Das wären aber eine Menge Verdächtige«, sagte ich. »Der Pub war gerammelt voll – wir haben sie ja alle aus der Tür stürzen sehen, als sie ihm gefolgt sind.«

»Aber es bringt Dinah Caudle wieder ins Spiel«, merkte sie an.

»Lassen Sie uns keine voreiligen Schlüsse ziehen, bevor wir nicht noch ein bisschen mehr von Gosling erfahren haben«, bremste sie der Inspektor. »In der Zwischenzeit muss ich mich mal vergewissern, dass in der Wache alles in Ordnung ist. Dürfte ich Ihre Gastfreundschaft noch ein bisschen mehr strapazieren und Ihr Telefon benutzen?«

»Aber natürlich, Inspektor. Und das strapaziert überhaupt nichts. Zum Lunch bleiben Sie aber?«

»Danke«, erwiderte er. »Sehr gern.«

Ich ging in die Küche, um nachzusehen, wie weit sie dort waren. Miss Jones hatte hart gearbeitet und uns Ehre gemacht.

»Ich sehe einen Bonus auf Sie zukommen«, erklärte

ich. »Für Sie auch, Edna. Sie beide haben sich diese Woche selbst übertroffen, und ich weiß, dass Lady Hardcastle Ihre Bemühungen zu schätzen weiß. Genau wie ich. Vielen Dank.«

»Wir tun doch nur unsere Arbeit«, erwiderte Miss Jones.

»Sie hat recht«, pflichtete Edna ihr bei. »Das ist doch selbstverständlich. Ich sage natürlich nicht Nein zu einem Bonus – solange Dan noch ausfällt, zählt in unserem Haus jeder Penny –, aber ich würde nie einen erwarten.«

»Nichtsdestoweniger werde ich mich dafür einsetzen, dass Ihre tadellosen Bemühungen nicht ohne Belohnung bleiben.«

»Ich sage Ihnen, was Sie tun könnten«, entgegnete Edna, »und das würde die Herrin auch keinen Penny kosten.«

»Schießen Sie los«, forderte ich sie neugierig auf.

»Unser Dan liebt ja seine Zigarren. Und Mr. Newhouse hat so gute geraucht. Er hat einen – wie heißt es doch gleich? –, einen Thermidor in seinem Zimmer.«

»Einen Humidor?«, vermutete ich.

»So heißt es«, bestätigte sie. »Und es ist ja nicht so, dass er ihn noch weiter braucht.«

»Ich sehe darin kein Problem. Mr. Newhouse war, solange er lebte, ein großzügiger Mann, ich bin mir sicher, dass es ihn freuen würde zu wissen, dass seine Zigarren nach seinem Ableben irgendwem noch eine Freude bereiten.«

»Ich nehme mir aber nur ein paar davon«, erwiderte

sie eilig. »Dan zu sehr zu verwöhnen, ist keine gute Idee. Sonst gewöhnt er sich noch daran und mault rum, wenn sie alle sind.«

»Nehmen Sie sich so viele oder so wenige Sie wollen.«

Dann ließ ich sie weiterarbeiten und ging zu Lady Hardcastle und Inspektor Sunderland zurück, die im Esszimmer noch immer auf die Verbrechenstafel starrten.

Ich berichtete von meiner Unterhaltung mit Edna.

»Gute Idee«, freute sich Lady Hardcastle. »So werden sie nicht verschwendet. Rauchen Sie auch gern Zigarren, Inspektor?«

»Das kann ich nicht gerade sagen, ich bin nie richtig auf den Geschmack gekommen. Als ich noch jünger war, habe ich manchmal Pfeife geraucht, aber Mrs. Sunderland mag den Tabakgeruch an meiner Kleidung nicht, also habe ich damit aufgehört. Ich trage aber noch immer meine leere Pfeife mit mir herum.« Er zog die vertraute Bruyère-Pfeife hervor. »Die Leute scheinen Pfeifenrauchern zu vertrauen, selbst wenn sie nicht rauchen.« Er hielt den Pfeifenkopf umfasst und deutete mit dem Mundstück auf eine der Zeichnungen an der Verbrechenstafel. »Eignet sich auch gut, um auf Sachen zu zeigen.«

»Sieh an«, staunte Lady Hardcastle. »Das sieht wirklich gut aus. Was meinst du, Flo? Sollte ich mir auch eine Pfeife zulegen?«

»Eine altmodische Tonpfeife mit langem Holm, Mylady. Obwohl, wenn Sie nur auf Dinge zeigen wollen, würde es ein Bleistift auch tun.«

»Wo bleibt denn da der Spaß? Ich muss doch meinen Ruf als schrullige Exzentrikerin kultivieren.«

»Ich denke nicht, dass irgendwer an Ihrer schrulligen Exzentrik zweifelt«, beruhigte ich sie.

»Na, dann ist ja alles gut.«

Das Gespräch verlagerte sich bald wieder auf die Morde, aber soweit ich das beurteilen konnte, käuten wir immer nur dieselben Beobachtungen und Argumente wieder. Und den Satz »Warum um alles in der Welt sollte er so etwas tun?«, kann man auch nur ein paarmal hören, bevor man mit den Gedanken in Richtung Lunch abschweift.

Die Ankunft von Edna mit einer großen Schüssel Eintopf und Knödeln rettete mich.

»Danke, Edna«, sagte Lady Hardcastle. »Das ist genau, was wir jetzt brauchen.«

»Gern geschehen, Mylady. Aber Miss Jones hat die ganze Arbeit gemacht – ich hab es nur reingetragen.«

»Wie dem auch sei«, erwiderte Lady Hardcastle, »Ihre harte Arbeit weiß ich zu schätzen. Ach, und Miss Armstrong hat mir von den Zigarren erzählt. Nehmen Sie sich so viele Sie wollen.«

»Das ist sehr freundlich von Ihnen, Mylady«, entgegnete Edna. »Obwohl ich Schwierigkeiten habe, den Ther …, den Humidor zu finden. Ich dachte eigentlich, er steht auf Mr. Newhouse' Nachttisch, aber ich kann ihn einfach nicht mehr finden.«

»Wie seltsam«, erwiderte Lady Hardcastle. »Ich gehe mal davon aus, dass Sie sich gründlich umgesehen haben?«

»Ich habe das Zimmer auf den Kopf gestellt«, beteuerte Edna. »Aber er ist nicht mehr da. Es steht ja sonst nicht viel drin, und so eine große, alte Kiste man kann schlecht irgendwo verstecken.«

»Vielleicht hat Mr. Cheetham sie an sich genommen«, vermutete ich. »Oder Zelda Drayton. Sie mochte Mr. Newhouse sehr gern – vielleicht ist der Geruch der Zigarren für sie ein tröstliches Andenken an ihn.«

»Das wäre wohl möglich«, sagte Edna langsam. »Aber vergessen Sie nicht, dass ich auch ihre Zimmer sauber mache, und da hab ich die Kiste auch nirgends gesehen.«

»Wirklich sehr eigenartig«, sagte Lady Hardcastle. »Ist Ihnen sonst noch etwas aufgefallen, was fehlt?«

»Nein, Mylady, sonst nichts. Aber ich will Sie nicht aufhalten. Ich dachte nur, Sie wüssten das vielleicht gern, das ist alles.«

»Natürlich, Edna, natürlich«, entgegnete Lady Hardcastle. »Danke, dass Sie es uns mitgeteilt haben.«

Edna knickste und verschwand.

»In jedem anderen Haushalt würde ich davon ausgehen, dass die Dienerschaft sich die Zigarren unter den Nagel gerissen hat«, sagte der Inspektor. »Nach meiner Erfahrung gibt es üblicherweise eine sehr banale Erklärung für so etwas. Ich kann gar nicht mehr zählen, wie oft ich gerufen worden bin, um den Diebstahl eines teuren Gegenstands zu untersuchen, nur um schließlich festzustellen, dass er hinter eine Kommode gerutscht oder unter einem achtlos hingeworfenen Mantel begraben war.«

»Sie haben wahrscheinlich recht«, stimmte Lady Hardcastle zu. »Machen wir uns darum im Moment keine Gedanken, sondern kosten wir lieber diesen Eintopf. Ich bin am Verhungern.«

Unmittelbar nach dem Essen erhielt Inspektor Sunderland einen Anruf von der Bristoler Kriminalpolizei, die dringend um seine Anwesenheit beim Verhör eines Verdächtigen in einem anderen Fall bat. Lady Hardcastle und ich waren also wieder allein und auf uns gestellt.

»Was nun, Mylady?«, fragte ich, während ich damit begann, den Esstisch abzuräumen.

Sie seufzte. »Ich habe das Gefühl, wir sollten uns auf die Suche nach Hinweisen begeben oder weitere Zeugen befragen, aber ich muss zugeben, dass ich mehr als nur ein bisschen ratlos bin. Vielleicht besteht die Chance, dass eine Ablenkung meinem armen, benebelten Hirn erlaubt, sich neu zu sortieren und die Angelegenheit zu gegebener Zeit neu zu betrachten. Vielleicht aus einem anderen Blickwinkel.«

»Oft hilft das«, stimmte ich ihr zu. »Was schwebt Ihnen vor?«

»Ich habe mir noch immer nicht das Filmmaterial angesehen, das wir von den Dorfbewohnern aufgenommen haben. Ich dachte, ich ziehe mich in die Orangerie zurück und sehe mal nach, was für Schätze wir da gehoben haben. Bestimmt kann ich etwas davon im Gemeindesaal vorführen, um die allgemeine Laune zu verbessern und die Leute daran zu erinnern, dass Filme insgesamt nicht so schlimm sind.«

»Hört sich doch nach einem sehr guten Plan an. Ich werde derweil ein bisschen nähen.«

»In Ordnung, meine Liebe. Wir treffen uns hier wieder um …« Sie blickte auf ihre Armbanduhr. »Sollen wir sagen um halb drei zu einer Tasse Tee?«

»Also, bis um halb drei«, sagte ich und trug die Teller in die Küche.

Dann schnappte ich mir meinen Nähkorb und einen weiteren auf unerklärliche Weise zerrissenen Rock – ich hatte schon lange den Verdacht, dass Lady Hardcastle ihre Kleidung mutwillig beschädigte, nur um mich auf Trab zu halten – und setzte mich damit an den Küchentisch. Die Lichtverhältnisse waren gut, der Raum war warm, und ich konnte bei der Arbeit mit Miss Jones plaudern.

Zunächst redeten wir über die schlechte Versorgung mit frischem Fisch im Dorf – unbesehen welchen vom Fischhandel in Chipping Bevington zu bestellen, war immer ein Risiko. Dann wandten wir uns dem Thema zu, wie viel besser es ihrer Mutter ging, seit sie sich mehr um sich selbst kümmern musste – Miss Jones wusste nicht recht, ob sie sich darüber freuen sollte, aber jedenfalls rückten ihre eigenen Wünsche wieder mehr in Reichweite. So kamen wir auf ihre Wünsche. Es bestand keinerlei Zweifel, dass sie eine außerordentlich begabte Köchin war, und ich war froh, dass sie keine Anstalten machte, ihr Licht unter den Scheffel zu stellen.

»Ich würde gern im Ritz lernen«, erklärte sie ernst. »Oder im Carlton. Bei jemandem, der sein Handwerk von Escoffier gelernt hat. Oder bei Escoffier selbst. Überlegen Sie nur, was ich alles lernen könnte! Dann würde ich eine Hotelküche übernehmen und das Restaurant zu einem Ort machen, von dem man spricht.«

»Ich habe noch nie einen weiblichen Küchenchef getroffen. Das wäre wirklich wunderbar.«

»Ja, na ja«, erwiderte sie traurig. »Daran wird mein Plan wohl scheitern, oder? Sie haben noch nie einen getroffen, weil Frauen in den großen Küchen nicht willkommen sind, wenigstens nicht, um dort zu kochen. Wir sind natürlich gut genug, um Töpfe zu spülen und Zwiebeln zu schneiden, aber keiner wird mich kochen lassen.«

»Sie sollten sich als Mann verkleiden«, scherzte ich. »Und sich maskiert in die Festung schleichen.«

Unvermittelt öffnete sich die Hintertür, und Lady Hardcastle eilte herein.

»Wer ist maskiert?«, fragte sie.

»Miss Jones verkleidet sich als junger Mann, um eine Anstellung in der Küche des Ritz zu bekommen.«

»Na sieh einer an, das ist ja mal eine ausgezeichnete Idee. Freut mich für Sie.«

»Ich mach es ja nicht wirklich«, ruderte Miss Jones zurück. »Das war nur eine von Miss Armstrongs Tagträumereien.«

»Ach so«, erwiderte Lady Hardcastle. »Denen gibt sie sich gern hin. Aber wenn Sie irgendwelche Ratschläge brauchen, ist sie eine gute Adresse. Sie hat sich selbst mehr als einmal als Junge verkleidet.«

»Ist nicht wahr!«, rief Miss Jones.

»Doch, Sie hat recht. Damit habe ich mich oft aus kniffligen Situationen befreit.«

»Und dich in noch viel kniffligere gebracht«, ergänzte Lady Hardcastle.

»Wer nicht wagt, der nicht gewinnt«, erwiderte ich. »Das Geheimnis ist weite Kleidung, um die Rundungen zu verstecken, und eine große Kappe, um das Haar darunterzustopfen. Dann muss man einfach nur ein paar vorbeigehenden Mädchen irgendwelche Anzüglichkeiten hinterherrufen und mit jemandem eine Schlägerei anzetteln. Eigentlich ist es gar nicht so schwierig.«

»Ich schätze, ich muss einen anderen Weg finden, um eine berühmte Köchin zu werden«, entgegnete Miss Jones.

Lady Hardcastle dachte kurz nach. »Ich glaube, ich kenne da ein, zwei Leute, die behilflich sein könnten, falls es Ihnen damit ernst ist. Ich würde Sie nicht gern verlieren, aber ich würde Sie auch nur ungern hier festhalten, wenn Sie Ihre eigene Küche leiten könnten, bei der sich alles von Rang und Namen die Klinke in die Hand gibt.«

»Das ist wirklich sehr großzügig, Mylady«, erwiderte Miss Jones. »Aber ich fühle mich hier schon sehr wohl.«

»Für den Augenblick, meine Liebe. Für den Augenblick. Doch wenn Sie jemals der Hafer sticht, lassen Sie es mich wissen. Wir finden schon etwas für Sie.«

Miss Jones lächelte.

»Nun«, sagte ich, »jetzt wo Sie die Karriere Ihrer Köchin geplant haben, was können wir für Sie tun? Es ist ja noch nicht Zeit für den Tee – Sie sagten halb drei.«

»Das weiß ich. Aber ich möchte, dass du dir etwas auf dem Film ansiehst, den wir aufgenommen haben. Wir brauchen hier wirklich Klingeln.«

»Oder eine Art Haustelefon«, schlug ich vor.

»Noch besser. Ich beschäftige mich mal damit, sobald wir unsere unmittelbaren Probleme gelöst haben. Doch jetzt müssen wir erst mal ein bisschen Film begutachten. Na los, Beeilung.«

Ich legte meine Näharbeit aus der Hand und stand auf.

»Ist das mein Rock?«, fragte sie.

»Ja. Wie haben Sie das wieder geschafft …?«

»Es war eine Kaminzange, wenn ich mich recht entsinne. Und ein Schürhaken. Und ein aufmüpfiges Feuer. Eins führte zum anderen, und das Ergebnis siehst du jetzt vor dir.«

Ich seufzte. »Lassen Sie uns einfach Ihren Film anschauen.«

Lady Hardcastle hatte wenige Haushaltsregeln. Im Grunde erwartete sie nur, dass Edna, Miss Jones und ich den Betrieb am Laufen hielten. Ich hatte fünfzehn Jahre Zeit gehabt, um mich daran zu gewöhnen, aber für die anderen beiden war das sehr überraschend gekommen, denn sie hatten vorher in Häusern gearbeitet, in denen strikt auf die Einhaltung von Regeln geachtet und jeder ihrer Schritte kontrolliert und überwacht wurde. Edna hatte am Anfang ziemlich die Nase über Lady Hardcastle und ihren laxen Umgang mit Haushaltsangelegenheiten gerümpft. Nach einer Weile hatten beide es jedoch zu schätzen gelernt, eigenverantwortlich darauf zu achten, dass alles rundlief. Die Qualität ihrer Arbeit verbesserte sich dabei merklich. Sowieso hatte sich keine von ihnen je vor der Arbeit gedrückt, aber als sie erst einmal bemerkten, dass sie als fähige, erfahrene Arbeitskräfte betrachtet wurden, wurde es für sie allmählich zur Ehrensache, ihre Arbeit auf bestmögliche Weise zu erledigen.

Obwohl es also nur wenige Regeln gab, existierte eine, auf deren Einhaltung Lady Hardcastle unverbrüchlich pochte: Niemand durfte die Orangerie putzen oder aufräumen. Auf den ersten Blick ergab das schon Sinn. Im Studio standen teure Gerätschaften, die sonst hätten beschädigt werden können. Außerdem gab es halbfertige Projekte, die ruiniert gewesen wären, wenn irgendein Teil von ihnen umgestoßen oder verstellt worden wäre. Es gab hier gefährliche Chemikalien, für das Entwickeln von Filmen. Aber wenn man Lady Hardcastles Persönlichkeit und ihre Gewohnheiten bedachte, begann diese Regel ein wenig leichtsinnig zu wirken.

Lady Hardcastle war unordentlich. Sie ging durch die Welt, umgeben von einer Wolke aus Chaos und Unordnung. Sie konnte einen Raum betreten, sich mit jemandem unterhalten und wieder gehen, scheinbar ohne irgendetwas angefasst zu haben. Doch sobald sie weg war, herrschte in diesem Raum ein heilloses Durcheinander, als ob ein Wirbelsturm hindurchgefegt wäre.

In Kombination hatten die Regel, nicht aufzuräumen, und Lady Hardcastles Hang zum Chaos zur Folge, dass die Orangerie einem Schlachtfeld glich, auf dem die außerordentlich heftigen Kämpfe erst vor Kurzem geendet hatten. Die Fensterläden waren zwar geschlossen, und der Raum war nur von zwei Öllampen erhellt, doch das Ausmaß der Unordnung war noch immer deutlich zu erkennen. Auf jeder verfügbaren Fläche stapelten sich … Dinge. Einige davon waren nicht zu identifizieren, andere waren ganz offensichtlich Abfall, manche hätte man mit anderen zusammen in einer Schublade oder einem Schrank verstauen sollen, wo man sie bei Bedarf viel einfacher hätte finden können.

Sie ging zum Projektor und fummelte an der Filmrolle herum.

»Setz dich, Liebes«, forderte sie mich auf. »Ich brauche noch einen Moment. Das verdammte Ding bleibt immer wieder hängen.«

»Würde ich ja gern«, entgegnete ich. »Aber wohin …?«

Sie drehte sich zu mir um, und ich gestikulierte in Richtung des Stuhls und des Schemels, auf denen sich Schachteln und Papiere türmten.

»Wohin auch immer«, erwiderte sie, als ob ich die dümmste aller jemals geäußerten Fragen gestellt hätte.

»Und wo soll ich die … Dinge hinlegen?«

»Einfach auf den Boden. Leg sie dann einfach an ihren Platz zurück, wenn wir wieder gehen. Hier hat alles System.«

Ich biss mir auf die Zunge und tat wie geheißen. Da ich mich für den Schemel entschieden hatte, musste ich eine unerwartet schwere Kiste, eine Menge Filz, etwas Garn, zwei Fleischspieße und eine Dose Bartwachs auf den Boden räumen. Dann setzte ich mich auf den Schemel und wartete.

»Fertig«, verkündete sie schließlich. »Würdest du das Licht für mich dimmen? Dann können wir es uns ansehen.«

Als der Raum in Finsternis getaucht war, schaltete sie die Lampe des Projektors an und begann, die Kurbel zu drehen.

»Ich habe wirklich den Eindruck, als ob eine Art gleichmäßig getaktetes Uhrwerk besser geeignet wäre«, sagte sie, während die Bilder über die Leinwand zuckten und stolperten.

»Worauf soll ich achten?«, fragte ich.

»Es dauert nur noch ein paar Augenblicke«, vertröstete sie mich. »Ich hätte den Film an der richtigen Stelle angehalten, aber diese Lampe ist immer noch heiß genug, um ihn anzukokeln, selbst wenn sie aus ist ... Ach, da haben wir's. Was siehst du?«

»Sieht aus wie ein Fahrrad, das an der Friedhofsmauer lehnt.«

»Genau. Darum ging es mir zwar nicht, aber behalt es im Gedächtnis ... Verdammt, jetzt ist es weg – ich muss noch mal zurückspulen.«

Mir bot sich daraufhin das komische Bild, die Dorfbewohner rückwärtsgehen zu sehen, während sie nach der Stelle suchte, die sie mir zeigen wollte. »Da«, rief sie, als die Kamera sich wieder der Kirche zuwandte. »Siehst du, was da neben der Metzgerei den Hügel hinauf verschwindet?«

Es handelte sich um einen kleinen, mit Heu beladenen Karren. Er schien von einem Esel gozogen zu werden, den ein gebeugter Mann in einem kurzen dunklen Mantel am Halfter führte.

»Sieht aus wie der Karren, den wir auf dem Kirchhof gesehen haben. Wenn er weiter den Hügel hinauffährt und dann links abbiegt, landet er auf der Straße, die hinter der Kirche vorbeiführt.«

»Ganz genau. Schau es dir weiter an.«

Es folgte ein Sprung, an dem wir den Film angehalten, und die Kamera für eine andere Einstellung bewegt hatten. Das Fahrrad lehnte noch immer gut sichtbar an der Friedhofsmauer. Der kesse kleine Junge, den Lady Hardcastle dazu überredet hatte, neben der Kirche für uns Aufstellung zu nehmen, blickte unsicher in die Kamera. Die mit der gesamten Gefolgschaft der Hughes besetzte Motorkutsche fuhr von rechts ins Bild, und alle begannen auszusteigen.

»Achte nicht auf die Demonstranten, sondern auf das Fahrrad«, forderte Lady Hardcastle mich auf.

Ich tat, was sie von mir verlangte. Einige Sekunden später trat eine gebückte Gestalt in einem Marinemantel und einer Mütze hinter dem Bus hervor. Sie stieg auf das Fahrrad und fuhr davon.

»Das ist der Kerl mit dem Esel gewesen«, sagte ich.

»Sieht auf jeden Fall wie derselbe Mann aus«, bestätigte sie und begann den Film wieder aufzurollen. »Dreh das Licht wieder hoch, ja? Ich packe das rasch weg.«

»Messen Sie dem gebeugten Kerl irgendeine Bedeutung bei?«, fragte ich, als die Lampen wieder angingen.

»Ich hätte ihn gar nicht beachtet. Aber als ich gesehen habe, dass zwischen ihm und sowohl dem Esel als auch dem Fahrrad eine Verbindung bestand, bin ich ins Grübeln gekommen. Es könnte natürlich eine ganz banale Erklärung dafür geben, dass der Esel auf dem Kirchhof rumstand, und Fahrräder sind auch ziemlich verbreitet. Aber sie tauchen in diesem Fall immer wieder auf, und langsam fangen sie an, mich zu stören.«

Ich überlegte kurz. »Dan Gibson hat sich das Bein gebrochen, als er draußen auf Toby Thompsons oberem Feld über ein Fahrrad gestolpert ist. Und hat Aaron Orum nicht behauptet, dass er vor dem Pub über eins gestrauchelt ist?«

»Genau«, bestätigte sie. »Orum schien es ein bisschen peinlich zu sein, aber er hat definitiv ein Fahrrad erwähnt.«

»Hughes ebenfalls«, fuhr ich fort. »Er ist damit vom Haus der Seddons ins Dorf gefahren und hat ausgesagt, dass er auf dem Heimweg noch eine weitere Person auf einem Fahrrad gesehen hat.«

»Stimmt. Im Moment ist es noch nicht mehr als eine klitzekleine, Ahnung, was da in mir aufkeimt, aber dennoch eine Ahnung. Was hältst du von einer Spritztour zu Toby Thompsons oberem Feld?«

»Ich hole unsere Fahrausrüstung«, rief ich.

15

Als wir mit Lady Hardcastles kleinem roten Rover über die Straßen flitzten, war ich froh über den Schutz, den der schwere Mantel, die Handschuhe, der Hut, das Halstuch und die Brille mir boten, die ich vor unserem Aufbruch angezogen hatte. Draußen war es alles andere als warm.

»Ich finde wirklich«, rief ich über das Dröhnen des Motors, das Rauschen des Windes und das Schaben der Reifen hinweg Lady Hardcastle zu, »dass unser nächstes Auto eine Art geschlossene Kabine haben sollte, in der wir geschützt sitzen können.«

»Es ist schon ein bisschen frisch, nicht wahr?«, brüllte Lady Hardcastle zurück. »Ich rede mal mit Fishy – vielleicht kann er uns ja so was konstruieren.«

Als wir um die Kurve rasten, begann ich daran zu zweifeln, ob es klug wäre, sich ein Auto anzuschaffen, das von ihrem Freund Lord Riddlethorpe, dem Rennfahrer, entworfen worden war. Sie fuhr schon in dem kleinen Rover mit einer Höchstgeschwindigkeit von vierzig Stundenkilometern waghalsig genug. Die Gefahr, die sie für die Bürger und die Wildtiere von Gloucestershire in einem noch leistungsstärkeren Wagen darstellen würde, vermochte ich mir kaum vorzustellen.

Ich sagte jedoch nichts, weil wir unser Ziel ganz offenbar gerade erreicht hatten: Wir hatten an einem Tor angehalten, hinter dem ein Feld steil abfiel. Zu unserer Linken hügelabwärts lagen die saftigen Weiden von Toby Thompson. Hügelaufwärts zu unserer Rechten lag ein Stück unebenen Landes, das zu einer Baumgruppe führte. Lady Hardcastle zeigte auf den trockenen Schlamm unter dem Tor.

»Wie ich vermutet habe.«

Ich betrachtete die Stelle, auf die sie wies, und erkannte die schmalen Spuren von Fahrradreifen.

»Zu den Bäumen hinauf, glaube ich«, sagte sie und ging voran.

Der kleine Hain schien eine natürliche Grenze zu Toby Thompsons oberem Feld zu bilden. Man konnte ihn kaum als Wäldchen bezeichnen, doch die Bäume standen immerhin in mehreren Reihen und versperrten einem die Sicht auf die andere Seite.

Lady Hardcastle deutete erneut auf den Boden. »Ha!«, rief sie triumphierend. »Ich wette, dass Ednas Mann genau hier über das Rad gestolpert ist und sich verletzt hat.« Das Gras war in einem großen Kreis niedergetrampelt, und es existierten schwache Reifenspuren an den Stellen, wo die Erde zu sehen war. »Ich würde meinen, er ist hier raufgekommen, um sich vor der Arbeit zu drücken. Hier kann er unter den Bäumen sitzen, rauchen, vielleicht Zeitung lesen. Er hat einen perfekten Blick nach unten über die Felder, falls sein Chef auftaucht. Wenn er aufpasst, kann er zum Tor raus- und den Hügel wieder runtergeschlichen sein, bevor er entdeckt wird. Niemand wäre auf seine Drückebergerei aufmerksam geworden, wenn er nicht über das Fahrrad gestolpert wäre und sich das Bein gebrochen hätte.«

Das schien eine vernünftige Einschätzung der Lage zu sein. Der Großteil der Farm breitete sich unter uns aus, sodass Dan eine gute Sicht gehabt hätte, während er wegen der Bäume selbst nicht zu sehen gewesen wäre.

»So viel haben wir uns schon zusammengereimt«, merkte ich an. »Aber was daran ist so aufregend, dass wir den ganzen Weg hier heraufgekommen sind?«

»Geduld, kleine Dienerin. Wenn ich recht habe, wird alles hinter den Bäumen enthüllt werden.«

Wir trotteten den Hügel hinauf, und meine Einstellung zu meinem schweren Mantel begann sich allmählich zu ändern. Im Auto hatte er ein willkommenes Bollwerk gegen den bitterkalten Fahrtwind gebildet. Jetzt war er nur noch eine unförmige Belastung, und ich begann auf eine höchst undamenhafte Weise zu schwitzen.

Schwer atmend, traten wir zwischen die Bäume. Es dauerte ungefähr eine Minute, bis wir die schmale, aber dichte Baumgruppe durchquert hatten. Je weiter wir vorankamen, desto besser konnten wir einen Blick auf das werfen, was sich dahinter befand.

»Ha!«, rief Lady Hardcastle erneut. Es war der Tag der kleinen Triumphe. »Was siehst du?«

»Eine Hütte«, antwortete ich, als das Gebäude deutlicher zu erkennen war. »Wie es aussieht, ist sie schon lange verlassen.«

»Allerdings nicht unbenutzt, vermute ich. Lass uns mal einen Blick hineinwerfen.«

»Bist du bewaffnet?«, fragte Lady Hardcastle leise, während wir uns durch das Gras näher an die alte Hütte schlichen.

»Sie haben nichts davon erwähnt, dass eine Bewaffnung nötig sein könnte.«

»Ach, Verzeihung, habe ich das nicht? Ich habe jedenfalls die hier eingesteckt.« Sie zog eine kleine Pistole aus ihrem Mantel. »Das ist eine Browning Taschenpistole. Hübsch, nicht wahr?«

»Sehr niedlich. Die haben Sie schon eine Ewigkeit und verlangen von mir jedes Mal, wenn Sie sie hervorziehen, wieder, dass ich sie bestaune. Aber Sie haben nicht angekündigt, dass es auf diesem kleinen Ausflug zu gewalttätigen Handlungen kommen könnte.«

»Ich dachte, du trägst immer eine tödliche Waffe mit dir herum.«

»Ach, Sie meinen die antike Muskete, die ich in meinen Röcken verstecke?«, erwiderte ich. »Aber es dauert immer so lange, die hervorzufummeln.«

»Sei nicht so bissig, Liebes. Bleib einfach hinter mir. Ich beschütze dich schon.«

Die kleine Hütte war einstmals geweißelt gewesen, hatte nun aber eine schmutzig graue Farbe angenommen. Einige der Fensterrahmen waren morsch, in manchen saßen keine Scheiben mehr, und die weiße Farbe blätterte ab. Wo das Glas noch intakt war, starrte es vor Schmutz. Doch wo die Glasscheiben fehlten, hatte irgendwer Packpapier von innen davorgeklebt, um den schlimmsten Wind abzuhalten. Irgendjemand lebte hier.

Ich hielt mich zurück und ließ Lady Hardcastle vorsichtig durch das nächstgelegene Fenster spähen – schließlich war sie diejenige mit einer Waffe.

»Irgendwer hat sich ganz ohne Zweifel vor Kurzem hier aufgehalten«, erklärte sie. »Auf dem Tisch stehen emaillierte Becher und Teller – außerdem sehe ich einen halben Laib Brot.«

»Irgendwelche Lebenszeichen?«, fragte ich. Ich behielt die Straße hinter den Bäumen im Auge, sodass niemand uns überrumpeln konnte.

»Nichts zu sehen, nichts zu hören. Ich zähle fünf Teller. Fünf Leute veranstalten einen ziemlichen Lärm. Ich würde sagen, keiner ist zu Hause.«

»Sollen wir uns drinnen mal umsehen?«, schlug ich vor. »Wenn wir schon den ganzen Weg hierher auf uns genommen haben?«

»Du hast meine Gedanken gelesen. Allerdings nehme ich an, dass die Tür verriegelt ist.«

Damit hatte sie recht.

An der alten Tür war kein Schlüsselloch zu erkennen, aber jemand hatte ein nagelneues Schließband angebracht und es mit einem massiven Vorhängeschloss gesichert. Ich nahm meine Brosche ab und zog die darin verborgenen Dietriche hervor.

»Meine Arbeitgeberin hat es vielleicht versäumt, mir mitzuteilen, dass unsere Spritzfahrt uns in Lebensgefahr bringen könnte«, erklärte ich, »und für die Zukunft sei angemerkt, dass ich mir in diesem Fall ein Messer in den

Ärmel gesteckt hätte, aber ich verlasse das Haus nie ohne meine Dietriche.«

»Die ich dir gekauft habe«, merkte sie an.

»Als Geburtstagsgeschenk, ja. Und dafür bin ich zutiefst dankbar. Und jetzt gehen Sie mir aus dem Licht.«

Große Vorhängeschlösser mochte ich schon immer. Sie waren schwer und stabil. Sie erzeugten den Eindruck von Unverwundbarkeit und Schutz. Und ich konnte sie innerhalb von Sekunden knacken.

»Wenn wir drin sind«, sagte ich, als ich das Schloss vom Schließband nahm, »haben wir keine Möglichkeit abzuschließen. Wenn irgendjemand vorbeikommt, solange wir drin sind, weiß er Bescheid, dass etwas nicht stimmt.«

»In diesem Fall könnten wir sowieso nicht viel tun, um zu entkommen. Lass uns das Schloss einfach wieder anhängen und hoffen, dass sie glauben werden, sie hätten vergessen abzuschließen.«

»Es sei denn …«, sagte ich langsam. »Meinen Sie, eins dieser Fenster lässt sich vielleicht öffnen?«

»Das Küchenfenster sieht so aus«, erwiderte sie.

»In diesem Fall sollten Sie hineingehen und es öffnen. Ich schließe die Tür wieder ab und klettere dann durch das Fenster hinein.«

»Falls jemand kommt, sitzen wir trotzdem fest.«

»Das stimmt, aber wir gewinnen ein paar zusätzliche Sekunden, während sie sich an der Tür zu schaffen machen. Das gibt uns Zeit, um …«

»Um was, meine Liebe?«

»Um uns etwas zu überlegen«, erwiderte ich. »Vielleicht gibt es dort drin ein Versteck. Wenn wir die Tür einfach offenlassen, überrumpeln sie uns, sobald sie ankommen. So aber haben wir eine Chance, unentdeckt zu bleiben.«

»Das ist ein gutes Argument. Lass uns hoffen, dass es so weit nicht kommt. Mir gefallen unsere Chancen so oder so nicht.«

Ein paar Augenblicke später standen wir beide im Inneren der Hütte, und die Tür war wieder fest abgeschlossen.

Links neben der Eingangstür befand sich die Küche. Wie Lady Hardcastle bereits angemerkt hatte, wies sie Spuren kürzlicher Benutzung auf. Neben dem Brot und dem billigen Geschirr entdeckten wir ein Stück Käse, einen Krug Milch, eine Handvoll Äpfel und eine Dose Tee.

Rechts neben der Tür befand sich die Wohnstube. Hier lehnten zwei Feldbetten an der Wand, deren Bettzeug ordentlich zusammengerollt darunterlag. Drei Klappstühle wie diejenigen, die um den Küchentisch standen, waren hier vor dem Kamin aufgestellt.

Und auf dem Boden lag eine Leiche.

»Na, das kommt ja unerwartet«, sagte Lady Hardcastle und durchquerte den Raum, um sie in Augenschein zu nehmen.

»Ich nehme an, sie ist tot«, vermutete ich.

»Ja und nein. Am Leben ist sie gewiss nicht, aber das war sie auch nie. Es ist eine Puppe.«

Sie drehte mir den Kopf der Puppe zu, sodass ich ihr wächsernes Gesicht erkennen konnte.

»Zelda Drayton«, sagte ich.

»Sieht so aus, ja. Das kommt sogar noch unerwarteter.«

Sie legte die Puppe wieder so hin, wie wir sie vorgefunden hatten, und wir sahen uns um.

In der Wohnstube gab es ansonsten nicht viel Interessantes zu sehen, und eine Untersuchung der Küche erbrachte nur Beweise dafür, dass sich Mäuse am Brot, dem Obst und dem Käse bedient hatten.

Im oberen Stockwerk gab es zwei weitere Räume, die beide als Schlafzimmer dienten. In beiden standen zwei weitere Feldbetten, obwohl nur drei der vier Betten in Benutzung zu sein schienen. Wir teilten uns auf.

Ich ging in den Raum über der Küche. Zwei Menschen hatten hier geschlafen, und an den Kleidern, die in unordentlichen Haufen auf dem Boden lagen, konnte ich erkennen, dass es zwei Männer sein mussten. Wenigstens einer von ihnen rauchte gern Zigarren, die er in einem Reisehumidor aufbewahrte, an dem eine Messingplakette mit den Initialen BN angebracht war.

»Das sollten Sie sich ansehen«, rief ich.

»Komme«, antwortete Lady Hardcastle, als sie über den Gang zu mir kam. »Dort drüben gibt es wenig Bemerkenswertes; zwei Garnituren Damenkleidung, obwohl nur eins der Betten benutzt wird. Abgesehen davon ist es picobello sauber. Was hast du …?«

Ich hielt den Humidor hoch.

»Das kommt wirklich sehr unerwartet. Was ist in dem Schrank?«

Ich öffnete die Tür und sah hinein, darin hingen zwei Anzüge unterschiedlicher Größe, ein Hut und zwei Perücken.

»Ein paar Anzüge. Ein paar Perücken«, verkündete ich.

»Ein paar was?«

Ich trat beiseite. »Sehen Sie selbst.«

»Ich würde ja sagen, das kommt unerwartet, aber bei so vielen Überraschungen beginne ich allmählich, darauf gefasst zu sein.«

»Das hat sich in Ihrem Kopf wahrscheinlich besser angehört als ausgesprochen«, erwiderte ich.

»Ich rede viel, wenn der Tag lang ist, Liebes – du kannst wirklich nicht erwarten, dass jede meiner Äußerungen ein Geniestreich ist. Was liegt denn da?«

Auf dem Nachttisch stand ein Glasbehälter mit der Aufschrift **MADAME THIBODEAUXS KUGELFISCHPULVER**, sowie ein Fläschchen mit der Aufschrift **ZYANKALI** und eine leere Spritze mit einer subkutanen Nadel.

»Nichts Gutes«, erwiderte ich. Ich hob das Glas Kugelfischpulver hoch, um die Dokumente zu betrachten, auf denen es stand. »Obwohl die hier ziemlich interessant aussehen.«

Lady Hardcastle trat zu mir, und wir sahen uns die Dokumente gemeinsam an.

Unsere Lektüre wurde vom Geräusch eines sich nähernden Motorfahrzeugs unterbrochen.

»Verflixt und zugenäht!«, sagte Lady Hardcastle. »Zeit, sich zu verstecken. Leg das wieder hin und komm mit mir in das zweite Schlafzimmer. Dort im Kleiderschrank haben wir beide Platz, er ist größer als der hier.«

In wenigen Augenblicken hatte ich alles wieder so hingelegt, wie ich es gefunden hatte, und wir hatten zu zweit in den beinahe leeren Kleiderschrank gezwängt.

Dann warteten wir ab.

Ohne Teppiche oder Vorhänge, die den Schall hätten schlucken können, konnten wir selbst von unserem beengten Versteck aus alles ziemlich klar mitanhören. Die Türen eines Kastenwagens schlugen zu, und zwei Männer plauderten fröhlich miteinander. Wir hörten, wie das Vorhängeschloss klappernd angehoben und entriegelt wurde.

In der Hütte hörten wir dann das Stampfen ihrer Stiefel auf dem Steinboden. Sie redeten weiter. Die Stimmen hörten sich zwar vertraut an, aber ich konnte sie nicht wirklich zuordnen.

»Was bin ich froh, wenn diese Geschichte vorbei ist«, sagte Stimme Nummer eins. »Ich hab schon in vielen schäbigen Hütten gewohnt, aber normalerweise gibt es wenigstens eine Zimmerwirtin und morgens eine frische Kanne Tee. Das hier taugt doch nicht als Behausung für Menschen.«

»Heute Nacht sind wir unterwegs«, erklärte Stimme Nummer zwei. »Nur noch eine Vorstellung, dann können wir uns vom Acker machen.«

»Das kommt nicht eine Sekunde zu früh, soweit es mich betrifft«, erwiderte Stimme Nummer eins.

»Ist das Kabel lang genug?«

»Keine Ahnung, Kumpel. Vergiss aber nicht die Tasche – darin ist sein ganzer Kram.«

Es folgte ein bisschen Gepolter und Gerumpel, als sie irgendetwas nach draußen schleppten. Die Tür des Wagens wurde geöffnet, dann wieder geschlossen. Die Männer kehrten in die Wohnstube zurück.

»Wo ist noch das … wie heißt es gleich?«, fragte Stimme Nummer zwei.

»Das Zeug?«, fragte Stimme Nummer eins lachend.

»Na, du weißt schon. Das Glas. Ich erinnere mich nicht an den blöden Namen.«

»Oben. Er wollte es sicher verstaut wissen. Ich hole es.«

Schwere Stiefelschritte polterten die Holztreppe herauf und in das zweite Schlafzimmer. »Brauchen wir sonst noch was?«, rief der Eigentümer der Stiefel. Er hörte sich beängstigend nah an.

»Nein, das ist alles«, ertönte die Antwort aus größerer Entfernung. »Komm schon, wir dürfen nicht rumtrödeln. Wir müssen den ganzen Kram noch aufbauen.«

Die Stiefel trampelten die Stufen wieder hinunter, und die beiden Männer verschwanden und schlossen die Tür hinter sich. Wir warteten ab, bis wir den Wagen wegfahren hörten, bevor wir aus dem Kleiderschrank stolperten und unsere Kleidung wieder in Ordnung brachten.

»Das kommt wirklich …«

»… unerwartet«, beendete ich ihren Satz. »Das kann man wohl sagen.«

Wir verließen die Hütte auf dem umgekehrten Weg, auf dem wir sie betreten hatten – ich kletterte aus dem Küchenfenster, knackte das Schloss an der Haustür, während Lady Hardcastle das Fenster wieder schloss und noch einmal überprüfte, dass wir keine Spuren hinterlassen hatten.

»Wenn alles gut geht«, sagte sie, als ich das Vorhängeschloss wieder anbrachte, »haben wir sie noch vor dem Abend dingfest gemacht. Aber falls etwas schiefgeht, ist es besser, die Dinge so zu hinterlassen, wie wir sie vorgefunden haben, um uns nicht zu verraten. Andererseits bin ich mir gar nicht sicher, dass sie es bemerken würden, wenn irgendetwas nicht an seinem Platz wäre. Falls sie sich heute Abend verdrücken wollen, werden sie bei Kerzenschein umherstolpern, ihre Sachen zusammenraffen und in ihren Wagen packen.«

Wir machten uns auf den Weg zurück, durch die Baumgruppe und das Feld hinunter.

»Sie sind mit ordentlichen finanziellen Mitteln ausgestattet, wenn sie einen Kastenwagen haben«, merkte ich an. »Wer um alles in der Welt hat denn schon einen Kastenwagen? Unseren Ladenbesitzern geht es gut, und trotzdem schicken alle einen Burschen auf einem Fahrrad los, um die Sachen auszuliefern.«

»Ja, wer hat wohl so etwas?«, fragte sie. »Wer hat einen Kastenwagen?«

»Die Totengräber«, fiel es mir plötzlich ein. »Sie sind die ganze Woche über in so einem Wagen unterwegs gewesen. Uns wäre gewiss aufgefallen, wenn sonst noch jemand damit herumgefahren wäre.«

»Meinst du?«

»Natürlich. Wir ziehen oft eine Kinderschar an, die *Töff-töff* ruft, wenn wir im Rover vorbeifahren. Stellen Sie sich doch nur vor, was für ein Aufsehen ein zweiter Wagen erregt hätte.«

»Aber ein Leichenwagen?«

»Ich glaube, ich habe die Stimmen erkannt. Ich wette zehn zu eins, dass das daran liegt, dass wir den Männern schon zweimal begegnet sind.«

»Bist du dir sicher?«

»So ziemlich.«

»Nun, das …«

»Bitte, sagen Sie es nicht. Aber Sie haben recht, es kommt unerwartet.«

»Ich wollte eigentlich sagen: *Das genügt mir*, Miss Besserwisserin. Und jetzt komm schon, trödle nicht. Wir müssen zurück ins Dorf.«

»Bin ich mit Fahren dran?«, fragte ich hoffnungsvoll.

»Im Leben nicht. Wir haben es eilig. Wir haben jetzt wirklich keine Zeit dafür, dass du vorsichtig um jede Kurve linst, ob eine Kuh auf der Straße steht.«

»Ob ein Mensch auf der Straße steht«, verbesserte ich sie. »Obwohl Kühe stets ein Grund zur Sorge sind. Schreckliche Kreaturen.«

»Muh!«, erwiderte sie und versuchte, einen Wettlauf in Richtung Tor anzuzetteln.

Ich schlug sie mühelos, hielt ihr das Tor auf und ließ sie in den Rover steigen. Dann kurbelte ich den Motor an und sprang neben ihr ins Automobil.

»Was haben Sie hier draußen denn zu finden gehofft?«, fragte ich, als wir losfuhren.

»Einen Beweis dafür, dass Hughes nicht im alten Seddon-Haus gewohnt, sondern dass er sich die ganze Zeit hier versteckt hat.«

»Wozu?«

»Um leichter ins Dorf und von dort wieder wegzukommen, um Basil Newhouse und Euphemia Selwood zu ermorden. Und um Aaron Orum mit diesen Pilzen zu vergiften. Er hat zugegeben, dass er mit einem Fahrrad gefahren ist, und Dan Gibson hat sich wegen so eines Geräts in Toby Thompsons oberem Feld eine Verletzung zugezogen. Ich habe einfach nur eins und eins zusammengezählt.«

»Um auf eins zu kommen«, sagte ich.

»Na ja, vielleicht auf anderthalb. Ich hatte doch recht, dass hier oben etwas vor sich ging. Und jetzt habe ich auch eine Vorstellung davon, was genau. Aber wir müssen zu einem Telefon gelangen, und dann müssen wir uns zu den Feierlichkeiten der Guy-Fawkes-Nacht begeben, um einen weiteren Mord zu verhindern.«

Sie gab Gas.

Nachdem wir nur eine alte Dame, zwei Pferde und einen Fasan in Angst und Schrecken versetzt hatten, erreichten wir vergleichsweise unbeschadet das Haus. Lady Hardcastle überließ es mir, den kleinen Rover in seinen Unterstand zu manövrieren, während sie nach drinnen eilte, um einen Anruf zu tätigen.

»Was gibt es denn für Neuigkeiten von den Gesetzeshütern?«, fragte ich, während ich mich des schweren Mantels entledigte.

»Der Schalterbeamte in Bristol hat mir gesagt, dass Inspektor Sunderland unterwegs sei, dass er ihm aber ganz bestimmt bei nächster Gelegenheit meine Nachricht zukommen lasse. Es war der Übellaunige, also mache ich mir nicht allzu viel Hoffnung. Allerdings hat er mir mitgeteilt, dass Simeon auf dem Weg zu uns ist. Wahrscheinlich ein Privatbesuch. Anscheinend hat er gesagt, dass er mal ein richtiges Feuerwerk auf dem Land miterleben will, und ist vor ungefähr einer Stunde aufgebrochen.«

»Wenn die Männer aus der Leichenhalle in den Fall

verwickelt sind, sollten wir uns wohl auch mit Dr. Gosling in Verbindung setzen«, überlegte ich. »Sollen wir Sergeant Dobson anrufen?«

»Das wäre der nächste Punkt auf meiner Liste gewesen«, erklärte sie. »Und du sieh nach, ob Cheetham und Zelda noch hier sind.«

Ich sah an ihrem üblichen Aufenthaltsort – dem Frühstückszimmer – nach, aber sie waren nicht anwesend, also lief ich nach oben in ihre Schlafzimmer. Als ich beide Zimmer verlassen vorfand, begab ich mich in die Küche.

»Wann sind Mr. Cheetham und Miss Drayton denn aufgebrochen?«, fragte ich Miss Jones.

»Das kann ich nicht genau sagen. Mr. Cheetham ist, kurz nachdem Sie und die Herrin fort waren, in die Küche gekommen. Er hat gefragt, ob ich Miss Drayton gesehen hätte. Als ich das verneint habe und ihm sagte, dass ich sie seit dem Vormittag schon nicht mehr gesehen hätte, wurde er ganz aufgeregt. Hat gesagt, sie wäre verschwunden. Ich habe ihm angeboten, den Sergeant anzurufen, aber er hat nur geantwortet, dass er sich darum kümmern würde. Dann ist er gegangen.«

»Er hat das Haus verlassen?«, versicherte ich mich.

»Ich habe jedenfalls gehört, wie die Eingangstür zugeschlagen ist.«

Ich stieß einen ziemlich unfeinen Fluch aus.

»Tut mir leid, Miss«, entschuldigte sie sich betreten.

»Nein, nein, Sie haben doch nichts falsch gemacht. Ich fürchte nur, dass wir zu spät sein könnten. Danke, Miss Jones.«

Dann eilte ich hinaus und holte unsere Mäntel.

In früheren Zeiten hatten die Feierlichkeiten zur Guy-Fawkes-Nacht auf dem Dorfanger stattgefunden. Als aber die Kricketmannschaft des Dorfes um die Jahrhundertwende Erfolge erzielte, war es dem Clubmanager gelungen, das Festkomitee davon zu überzeugen, dass der Schaden, der dabei dem Kricketfeld zugefügt wurde, inakzeptabel sei. Also wurde das Freudenfeuer inzwischen auf einem kleinen Feld am Fuß des Hügels errichtet, auf dem *The Grange* lag, das Zuhause von Sir Hector und Lady Farley-Stroud.

In Wintermäntel und Wollschals eingehüllt und mit unseren wärmsten Stiefeln an den Füßen, eilten wir hinüber zum Feld. Eine erkleckliche Anzahl von Dorfbewohnern war bereits anwesend und plauderte fröhlich in der kalten Luft. Old Joe aus dem *Dog and Duck* hatte einen behelfsmäßigen Stand aufgebaut, an dem er Gewürz-Cider verkaufte, der über einem kleinen Feuer in einer Art Hexenkessel erhitzt wurde. Mr. Holman machte ein Bombengeschäft mit warmen Pasteten, der Gemüsehändler Mr. Weakley mit kandierten Äpfeln. Alles war von Laternen erhellt, sodass die ganze Szene festlich-fröhlich wirkte. Wir hatten es allerdings zu eilig, um uns daran zu erfreuen.

Lady Farley-Stroud entdeckte uns und bahnte sich einen Weg durch die kleine Menge auf uns zu.

»Guten Abend, Emily«, sagte sie freundlich. »Ich war mir nicht sicher, ob du es schaffen würdest. Ich habe in den vergangenen Tagen ja nicht viel von dir gesehen.«

»Hallo, Gertie«, begrüßte Lady Hardcastle sie zerstreut. »Tut mir so leid. Wir hatten wirklich viel um die Ohren mit der einen oder anderen Angelegenheit.«

»Stimmt ja, stimmt«, erwiderte Lady Farley-Stroud. »Um ehrlich zu sein, fühle ich mich deshalb auch ein bisschen schuldig. Es kommt mir so vor, als hätte ich dir das alles eingebrockt. Du hättest nicht annähernd so viele Sorgen gehabt, wenn unsere Küche nicht abgebrannt wäre.«

»Unsinn, meine Liebe. Du konntest ja nicht wissen, dass das alles passieren würde.«

»Stimmt schon. Und trotzdem ist das nicht gut gelaufen. Ich weiß wirklich nicht, ob ich noch mal irgendwelche Filmvorführer ins Dorf einlade.«

»Ich bin mir sicher, dass diese Woche nicht typisch für Filmfestivals im Allgemeinen ist«, beschwichtigte Lady Hardcastle sie.

Lady Farley-Stroud knurrte skeptisch.

»Hör zu, es tut mir so leid, dass ich unser Gespräch abkürzen muss«, erklärte Lady Hardcastle, »aber heute Abend arbeitet die Zeit gegen uns. Wann zündet ihr das Feuer an?«

»Punkt sieben Uhr, meine Liebe. Warum?«

»Danke. Ich gehe nur davon aus, dass dann etwas Besorgniserregendes passieren wird, und das möchte ich nicht verpassen.«

Lady Farley-Stroud wirkte nach diesen Worten bereits ziemlich besorgt. »Sollten wir es dann nicht besser aufhalten?«

»Um ehrlich zu sein, bin ich mir nicht sicher, ob das hilfreich wäre. Alles wird wahrscheinlich viel geschmeidiger verlaufen, wenn wir die Dinge sich einfach entfalten lassen.«

»Wie du meinst, meine Liebe. Du hast uns in der Vergangenheit noch nie in die falsche Richtung gelenkt.«

»Danke«, erwiderte Lady Hardcastle, dann eilten wir beide weiter.

Als wir erst einmal die Menge durchquert hatten, die sich vor den Essensständen gebildet hatte, konnten wir das Freudenfeuer besser sehen, ein ungefähr viereinhalb Meter hoher Stapel Brennholz. Er bestand aus Scheiten, abgefallenen Ästen, Resten aus der Schreinerei und sogar aus einigen kaputten Stühlen.

»Kannst du erkennen, was sich oben auf dem Scheiterhaufen befindet?«, fragte sie.

»Nicht bei diesen Lichtverhältnissen«, entgegnete ich. »Ich habe eigentlich mit einer Guy-Fawkes-Figur gerechnet, aber ich sehe nur einen schwarzen Fleck.«

»Sollen wir also einfach davon ausgehen, dass es eine mit einem schwarzen Tuch bedeckte Guy-Fawkes-Puppe ist? Ist das nicht ein wenig theatralisch für ein Guy-Fawkes-Feuer in einem Dorf?«

»Theatralisch ist wahrscheinlich genau der passende Ausdruck«, stimmte ich zu. »Finden Sie nicht, wir sollten etwas unternehmen?«

»Noch nicht«, bremste sie mich. »Lass uns erst einmal die Ereignisse abwarten, ja? Ich frage mich, wo Simeon steckt.«

»Habe ich da gerade meinen Namen gehört?«

Wir drehten uns um und sahen Dr. Simeon Gosling auf uns zukommen. Mit dem Schal, den er sich bis zur Nase hinauf- und der gefütterten Kappe, die er sich bis über beide Ohren hinuntergezogen hatte, war er kaum zu erkennen, aber seine Stimme und sein Gebaren ließen keinerlei Zweifel zu, dass es sich um ihn handelte.

»Simeon, mein Lieber, wie schön, dich zu sehen«, begrüßte ihn Lady Hardcastle.

»Das konnte ich mir doch nicht entgehen lassen. Ich kann gar nicht abwarten zu sehen, was ihr Landeier euch für die Guy-Fawkes-Nacht einfallen lasst.«

»Ich denke, heute Nacht wirst du dein blaues Wunder erleben. Hast du irgendwo Sergeant Dobson gesehen, als du hergekommen bist?«

»Habe ich. Er hat mir aufgetragen, dir mitzuteilen, dass er und Hancock bereitstehen. Ein tapferer Kerl, dieser Sergeant. War er mal beim Militär?«

»Davon bin ich eigentlich ausgegangen. Aber man ist ja nicht gern so neugierig.«

»Was für eine dreiste Lüge«, warf ich ein. »Sie stecken doch für Ihr Leben gern die Nase in anderer Leute Angelegenheiten.«

»Armstrong hat da nicht ganz unrecht, altes Mädchen«, bestätigte er. »Du hattest schon immer einen Hang zur Schnüffelei.«

»Ihr seid zwar unentschuldbar unhöflich, liegt aber zweifellos richtig. Ich werde also die Lebensgeschichte von Sergeant Walter Dobson zu gegebener Zeit ergründen. Für den Moment sollten wir aber die Augen offen und nach etwas Ungewöhnlichem Ausschau halten. Ich wette ja auf die schwarze Gestalt oben auf dem Scheiterhaufen.«

Mir fiel eine Bewegung zu unserer Rechten auf. Ich stieß Lady Hardcastle an und machte sie darauf aufmerksam. »Cheetham ist hier.«

»Ganz recht.« Sie winkte ihm zu, ließ sich aber nicht ablenken. »Beobachtet den Scheiterhaufen. Ich glaube, es geht gleich los.«

Als wir uns dem Scheiterhaufen wieder zuwandten, sahen wir Lady Farley-Stroud flankiert von zwei kräftigen Männern aus dem Rugbyclub, die beide eine brennende Fackel in der Hand hielten.

»Meine Damen und Herren, Bewohner von Littleton Cotterell«, rief Lady Farley-Stroud mit dröhnender Stimme. »Vielen Dank, dass Sie zu unserer kleinen Feier gekommen sind. Meine Herren? Walten Sie Ihres Amtes …«

Die beiden Fackelträger drehten sich um und marschierten zum Scheiterhaufen hinüber. Perfekt choreografiert beugten sie sich gleichzeitig vor und hielten ihre Fackeln an das Stroh, das den großen Holzstapel an beiden Seiten umgab. Das Stroh loderte sofort auf, und die Flammen breiteten sich rasch aus. Nach dem Geruch zu urteilen, den uns die warme Luft entgegenwehte, war es mit Petroleum getränkt worden, damit es auch wirklich brannte.

Ein anerkennendes Gemurmel lief durch die Menge, als sich das Feld mit Wärme und Licht füllte.

Die Flammen wanderten aufwärts, bis sie das schwarze Tuch erreicht hatten, das die Gestalt am oberen Ende des Scheiterhaufens verhüllte, es ansengte und dann gänzlich verbrannte.

Dann ein plötzliches Aufkeuchen der in der Hitze und dem Licht versammelten Dorfbevölkerung: Oben auf dem brennenden Scheiterhaufen stand an einen dicken Pfahl gefesselt Zelda Drayton.

Die Menge verstummte und erstarrte augenblicklich schockiert, nur eine einzelne Stimme schallte über das Feld.

»Zelda!«

Nolan Cheetham wollte auf das Feuer zulaufen.

Als er den ersten Schritt machte, bewegte auch Zelda sich. Ihr rechter Arm hob sich, und sie zeigte direkt auf ihn. Er machte noch zwei Schritte, bevor er sich an die Kehle griff und nach vorn kippte. Dann lag er regungslos auf dem Bauch. Ein weiteres helles Leuchten flackerte an der Spitze des Scheiterhaufens auf, als Zelda vollständig von den Flammen eingeschlossen wurde.

16

Daraufhin entstand ein wildes Geschrei. Die Menge stürzte vorwärts. Lady Farley-Stroud stand noch immer zwischen uns und dem Feuer. Sie hatte sich zu uns umgewandt, als Zelda den Arm gehoben hatte, und hob nun ihrerseits gebieterisch die Hand.

»Bleiben Sie zurück!«, rief sie laut. Wir wurden noch ein bisschen hin und her geschubst, aber Lady Farley-Strouds Anweisung duldete keinen Widerspruch, und die Menge verharrte. Lady Hardcastle gab Lady Farley-Stroud ein Zeichen, woraufhin sie uns vortreten ließ.

Dr. Gosling untersuchte den ausgestreckt daliegenden Nolan Cheetham.

»Er ist tot«, sagte er. »Ich kann keinen Puls fühlen und sehe auch keinen Atem. Der Körper ist allerdings ungewöhnlich steif, als ob sich alle Muskeln auf einmal verkrampft hätten. Wenn ich ihn nicht gerade hätte umfallen sehen, würde ich darauf tippen, dass die Leichenstarre bereits eingesetzt hat.«

»Wie bei Euphemia Selwoods Leiche«, merkte ich an. »Sie war steif wie ein Brett, als wir sie gefunden haben.

Lady Hardcastle musste ihr den Apfel mit einem Löffel aus den Fingern stemmen.«

»Ich wünschte, ich hätte die Möglichkeit gehabt, ihre Leiche zu untersuchen«, erwiderte Gosling.

Freiwillige aus dem Guy-Fawkes-Komitee hatten derweil damit begonnen, das Feuer zu löschen, aber inzwischen brannte es schon zu gut. Sie schütteten zwar ein halbes Dutzend Eimer Wasser darauf, doch das Ergebnis waren lediglich Dampf und aufstiebende Asche. Nachdem sie sich kurz mit Lady Farley-Stroud abgestimmt hatten, konzentrierten sie ihre Bemühungen stattdessen darauf, die Menge unter Kontrolle zu halten.

Lady Hardcastle blieb nun nicht mehr ruhig.

»Das habe ich nicht kommen sehen«, sagte sie. »Ich dachte, wir hätten das Rätsel gelöst, als wir die Puppe gefunden haben. Ich habe nicht damit gerechnet, dass sie Cheetham töten würde.«

»Wer, sie?«, fragte Gosling.

»Zelda Drayton.«

»Sie steckt hinter alldem? Aber sie ist doch jetzt tot – wir haben die arme Frau doch gerade in Flammen aufgehen sehen.«

»Nein, Sir«, erklärte ich. »Das ist nur eine Puppe gewesen. »Wir haben die Puppe heute Nachmittag bei unserer Schnüffelei gefunden.«

»Die sah aber ziemlich lebensecht aus«, erwiderte er.

»Das sollte sie auch«, erläuterte Lady Hardcastle.

»Aber warum?«, fragte er nach. »Warum sollte sie denn eine Puppe von sich selbst verbrennen?«

»Damit wir sie alle für tot halten. Sie würde mit Mord

davonkommen, wenn wir alle glaubten, dass sie verbrannt wäre.«

»Aber wir hätten die Puppe doch im Feuer gefunden«, entgegnete Dr. Gosling noch immer nicht überzeugt.

»Für den Fall hatte sie vorgesorgt«, erklärte ich. »Sie haben doch gesehen, wie das schwarze Tuch, das die Puppe bedeckt hat, verschwunden ist. Ich nehme an, das war eine Variante von etwas, was auch Bühnenmagier benutzen. Haben Sie schon mal was von Pyropapier gehört?«

»Ich komme nicht annähernd so oft ins Varieté, wie ich gern würde.«

»Es ist ein dünnes Material aus …«

»Nitrozellulose«, half Lady Hardcastle mir aus. »Dasselbe Material, aus dem Filme hergestellt werden.«

»Danke, Mylady. Aus Nitrozellulose. Sie brennt hell und hinterlässt keine Asche. Zauberer benutzen sie als Spezialeffekt bei manchen ihrer Tricks. Ich wette, dass sie eine Möglichkeit gefunden hat, die Puppe aus einem ähnlichen Material zu basteln. Das Gesicht bestand aus Wachs, das ist also geschmolzen. Wenn die Kleidung und alle Teile, die sie wie ein Mensch aussehen ließen, verbrannten, würden nur ein paar verkohlte Reste des Holzrahmens übrig bleiben. Und wer würde schon Verdacht schöpfen, wenn er in den Überresten eines dörflichen Feuers verkohltes Holz fände?«

»Sie zeichnen ein überzeugendes Bild«, räumte Dr. Gosling ein, »obwohl ich zugeben muss, dass mir kein Grund dafür einfallen will, warum sie all ihre Freunde umbringen sollte.«

»Damit bist du nicht allein«, pflichtete ihm Lady Hardcastle bei. »Ich wollte sie das eigentlich fragen, sobald wir sie erwischt hätten.«

»Und wie wolltest du das tun?«

»Sie hat Komplizen. Sie haben die Puppe hergebracht, und ich wollte ihnen eigentlich folgen. Ich habe vermutet, dass sie wahrscheinlich anwesend sein würden, um sicherzustellen, dass alles nach Plan verlief und dass sie sich nach dem Ende der Vorstellung dann wieder in ihren Schlupfwinkel zurückziehen würden. Sie haben in ihrem Versteck noch ein bisschen was zu tun – aufräumen und so weiter –, also hatte ich vor, ihnen zu folgen und zu sehen, wo sie mich hinführen würden.«

»Wie wolltest du sie denn identifizieren?«

»Ich hatte eigentlich gehofft, dass du das für mich übernehmen würdest. Es sind deine Mitarbeiter aus der Leichenhalle.«

Bevor er noch etwas antworten konnte, traten ein Mann und eine Frau zu uns heran.

»Entschuldigen Sie bitte«, sagte der Mann, »aber hat hier irgendjemand gesagt, dass dieser arme Kerl Nolan Cheetham ist?«

Dr. Gosling richtete sich auf. »Das stimmt. Und Sie sind ...?«

»Entschuldigen Sie, Sir«, erwiderte der Mann. Seine vorstehenden Schneidezähne ließen ihn leicht lispeln. Er zog eine Visitenkarte aus der Manteltasche. »Dr. Wilfred Peneger, zu Ihren Diensten. Das hier ist meine Tochter Ellen.«

»Sehr erfreut. Ich bin Dr. Gosling, der Gerichtsmediziner aus Bristol. Und ja, Lady Hardcastle hat diese Leiche als Nolan Cheetham identifiziert.«

»Die Leiche?«, fragte Dr. Peneger. »Er ist tot?«

Die junge Frau kreischte erschrocken auf.

»Ja, leider«, bestätigte Dr. Gosling.

»Und woran ist er gestorben?«

»Das konnten wir noch nicht feststellen. Ich werde eine Autopsie vornehmen müssen.«

»Nun, ich fürchte, dann kann ich hier nichts tun. Ich habe ihn zusammenbrechen sehen und wollte meine Hilfe anbieten. Aber anscheinend komme ich zu spät.«

»Leider ja«, bestätigte Dr. Gosling. »Aber danke für Ihre Mühe.«

»Es hat keine Mühe gemacht, Sir, das kann ich Ihnen versichern. Man tut, was man kann. Komm mit, Ellen. Wir sollten das der Polizei überlassen.«

Und mit diesen Worten verschwanden sie wieder.

»Kennst du ihn?«, fragte Dr. Gosling, als sie außer Hörweite waren.

»Ich habe ihn noch nie zuvor gesehen«, erwiderte Lady Hardcastle.

»Ich dachte, ihr Landmenschen kennt jeden in euren kleinen Dörfern.«

»Das stimmt auch, mein Lieber, aber sie sind nicht aus dem Dorf. Sie könnten zu Besuch aus Chipping sein oder von noch weiter her.«

»Nun, es war sehr freundlich von ihm, seine Hilfe anzubieten.«

»Das war es, mein Lieber. So sind wir auf dem Land eben. Hilfsbereit.«

»Meinst du, du könntest einige deiner hilfsbereiten Landfreunde dazu bewegen, die Leiche auf die Polizeiwache zu tragen, während wir auf die Ankunft des Leichenwagens warten?«

»Ich glaube nicht, dass du auf den lange wirst warten müssen. Schau mal dort rüber.« Sie zeigte auf zwei uniformierte Männer, die auf uns zukamen.

»Wie zum Teufel ist das möglich?«, staunte Dr. Gosling.

»Deine Mitarbeiter scheinen ziemlich effizient zu sein.«

»Meine Mitarbeiter?«, fragte er überrascht. »Die gehören nicht zu mir. Ich hab sie noch nie zuvor gesehen. Und woher wussten sie, dass sie gebraucht werden?«

»Das finden wir zu gegebener Zeit schon noch heraus, vermute ich«, antwortete Lady Hardcastle. »Fordere sie nicht heraus. Halt einfach den Mund und lass uns sehen, was als Nächstes passiert.«

»Ich lasse doch zwei Fremde nicht einfach meine Leiche abtransportieren.«

»Vertrau mir, Simeon«, beharrte sie. »Vertrau mir einfach.«

Er runzelte missbilligend die Stirn, entgegnete aber nichts.

Endlich erreichten uns die beiden Männer. Einer von ihnen trug eine Bahre.

»Guten Abend, meine Herren«, begrüßte sie Lady Hardcastle.

Sie betrachteten sich die Szene. Lady Hardcastle und mich hatten sie schon einmal gesehen, doch dem panischen Ausdruck auf ihren Gesichtern nach zu urteilen, hatten sie keine Ahnung, wer Dr. Gosling war.

»Guten Abend, Mylady«, sagte derjenige, den ich als den Fahrer wiedererkannte.

»Dr. Gosling hat den Tod festgestellt.«

Der Fahrer wirkte erleichtert darüber, dass er nun wusste, wer der Fremde war.

»Dr. Gosling«, erwiderte er leutselig. »Freut uns, Sie endlich kennenzulernen, Sir. Lewis und Jenner, Sir. Wir haben Sie unten in der Leichenhalle immer verpasst.«

»Was ist mit den anderen beiden Burschen passiert?«, fragte Dr. Gosling. »Und warum um alles in der Welt sind Sie schon hier?«

»Die sind beide krank, Sir. Deshalb sind wir von Stroud herbeordert worden, um für sie einzuspringen. Und warum wir hier sind ... na ja ... Wir haben uns gewissermaßen ein bisschen gedrückt. Wir waren die Woche schon ein paarmal hier und haben die Schilder für das Feuer gesehen, also dachten wir, wir könnten uns das doch mal ansehen.«

Dr. Gosling schaute weiterhin missbilligend drein, aber wenigstens schien sich diese Missbilligung inzwischen auf die beiden Totengräber zu beziehen.

»Nun, da Sie jetzt schon hier sind, können Sie sich auch nützlich machen. Haben Sie den Wagen dabei?«

»Selbstverständlich, Sir.«

»Dann bringen Sie den Burschen ins Leichenschauhaus. Ich ... kümmere mich morgen früh um ihn.« Er warf Lady Hardcastle einen fragenden Blick zu, und sie erteilte ihm mit einem winzigen Nicken ihre Zustimmung.

»In Ordnung, Sir«, sagte der Fahrer. »Komm schon,

Jenner. Wenn wir uns beeilen, haben wir noch Zeit für ein Pint im Eglington.«

Mit einer nicht übermäßig eiligen Effizienz legten sie Mr. Cheethams Leiche auf die Bahre und trugen ihn davon.

»Und was jetzt?«, fragte Dr. Gosling. »Gerade habe ich eine weitere Leiche verloren. Das wird sich in meiner Akte alles andere als gut machen.«

»Bist du mit dem Auto hier?«, fragte Lady Hardcastle.

»Es steht ein Stück die Straße hinunter«, bestätigte er. »Aber sie haben ein paar Minuten Vorsprung, und wir haben keine Ahnung, wohin sie fahren. Ganz bestimmt bringen sie ihn nicht zum Leichenschauhaus. Das ist ja abgebrannt.«

»Wir wissen genau, wohin sie fahren«, korrigierte sie ihn. »Und wenn du mich ans Steuer lässt, sind wir auch vor ihnen da. Ich kenne eine Abkürzung.«

Lady Hardcastle kannte nicht einfach nur eine Abkürzung, sondern war auch entschlossen, sie in beträchtlicher Geschwindigkeit zu benutzen. Dr. Goslings Wagen war um einiges leistungsstärker als unser eigener, und sie holte das Letzte aus ihm heraus.

»Also wirklich, altes Mädchen«, rief Dr. Gosling. »Immer mit der Ruhe!«

»Wir müssen vor ihnen dort ankommen. In Situationen wie dieser ist es immer hilfreich, wenn man sich vor den anderen einen Vorteil verschaffen kann.«

Er klammerte sich nervös am Armaturenbrett fest, also dachte ich mir, dass eine kleine Ablenkung ihm gelegen käme.

»Was ich schon die ganze Zeit fragen wollte«, sagte ich also, »was genau ist eigentlich ein Kugelfisch?«

»Ein Fisch aus den Tropen«, erwiderte Lady Hardcastle. Um ehrlich zu sein, hatte ich gehofft, Dr. Gosling würde antworten. »Ein hässlicher kleiner Kerl. Bläst sich mit Wasser auf, wenn er sich bedroht fühlt. Erinnerst du dich, wie wir damals in Shanghai mal *hétún* gegessen haben?«

»Den giftigen Fisch, der von einem Fachmann zubereitet werden musste, weil sonst Lebensgefahr bestand?«

»Genau den. Wenn man das falsche Stück von ihm isst, ist alles vorbei.«

»Also ist eine Dose mit der Aufschrift *Madame Thibodeauxs Kugelfischpulver* wahrscheinlich kein Hausmittel gegen Skrofeln, Schüttelfrost oder Schmerzen in bestimmten Regionen?«

»Wohl kaum«, bestätigte sie. »Wahrscheinlich ist es ein Gift.«

Dr. Goslings Griff entspannte sich etwas, als er über das Gesagte nachdachte. »Als ich in London in der Ausbildung war«, sagte er schließlich bedächtig, »haben wir mal einen Burschen aus der Karibik behandelt. Einen Alkoholiker. Die Leber des armen Tropfs war vollkommen im Eimer. Wir konnten nichts mehr für ihn tun, als ihn freundlich zu behandeln und ihm einen einigermaßen würdigen Tod zu ermöglichen. Eines Nachts saß ich bei ihm am Bett. Es war ruhig, und ich hatte sonst nichts zu tun. Der Mann hatte wirklich ein paar Geschichten auf Lager! In dieser Nacht erzählte er welche über Voodoo. Er erklärte, einige Zeit in Haiti verbracht zu haben, wo er

Menschen getroffen hatte, die die örtliche Religion praktizierten, wisst ihr? Voodoo. Hat eine von euch schon mal was von Zombies gehört?«

»Kann ich nicht behaupten«, entgegnete ich.

»Das sind die Sklaven dunkler Zauberer, die aus den wiederbelebten Leichen gemacht werden. Er hat mir ein paar entsetzliche Geschichten über Tote erzählt, die nach einem Tag und einer Nacht aus dem Grab auferstanden und über die Insel gestreift sind, wo sie Panik und Schrecken verbreiteten. Das hat mir kalte Schauer über den Rücken geschickt, das kann ich euch sagen. Als er mein erschrockenes Gesicht sah, hat der Kerl zu lachen angefangen. Hat behauptet, das sei alles nur Unsinn. Hat mir erzählt, dass Voodoo von einer alten afrikanischen Religion abstammt und nichts mit dunkler Magie zu tun hat. Aber über Zombies hat er etwas Interessantes gesagt. Der Bursche glaubte, dass etwas Wahres dran sein könnte, und er war davon überzeugt, dass es etwas mit dem Gift von Kugelfischen zu tun hätte.«

»Was genau?«, hakte Lady Hardcastle nach.

»Er hat behauptet, dass eine schwache Dosis des Gifts einen Menschen tot erscheinen lassen könne, ohne ihn tatsächlich umzubringen. Sein Puls würde sich verlangsamen und abschwächen. Genau wie die Atmung. Selbst der sorgfältigste Arzt würde davon ausgehen, dass die Person tot ist. Nach ein paar Stunden – bei den Einzelheiten war er eher vage – verliert das Gift dann seine Wirkung, und der Tote kehrt wie durch ein Wunder ins Leben zurück.«

»Das ist ja ein Ding«, staunte Lady Hardcastle. »Haiti, hast du gesagt?«

»Da will er es gesehen haben«, bestätigte Dr. Gosling. »Obwohl er auch sagte, dass es überall Menschen gibt, die Voodoo praktizieren. Sogar in Amerika. Zum Beispiel in Louisiana. In New Orleans gebe es eine ziemlich lebendige Voodoo-Gemeinde, hat er behauptet.«

»Ich glaube, das erklärt alles«, sagte Lady Hardcastle. »Wir waren wirklich furchtbar begriffsstutzig.«

Die Puzzleteile fügten sich ganz zweifellos allmählich zusammen.

Mit quietschenden Bremsen hielt Lady Hardcastle neben dem Tor an, an dem wir zuvor schon geparkt hatten.

»Alle aussteigen!«, rief sie. »Und so schnell wie möglich den Hügel hinauf zu den Bäumen.«

Da Dr. Gosling bei uns war, kamen wir im Mondschein nur langsam voran. Er war wirklich kein Mann der Tat. Dank Lady Hardcastles halsbrecherischer Fahrweise hatten wir ein paar Minuten Vorsprung vor denen, die wir verfolgten, was bedeutete, dass niemand sein unbeherrschtes Fluchen hören konnte, als er über jede verfügbare Unebenheit im Feld strauchelte.

Gerade in dem Moment, als der Leichenwagen an der Eingangstür der Hütte eintraf, erreichten wir die Baumreihen. Die schwachen Scheinwerfer konnten kaum die zerfurchte Straße davor erhellen. Es war noch ein weiterer dumpfer Knall zu hören, dann ein atemloses »Uff!«, als Dr. Gosling gegen einen Baum lief, schließlich spähten wir zu dem Kastenwagen hinüber und versuchten zu erkennen, was dort vor sich ging.

Der Fahrer und sein Kumpan sprangen aus dem Wagen. Während Ersterer das Vorhängeschloss an der Hüttentür abnahm, öffnete sein Komplize die rückseitige Tür des Kastenwagens. Vier Menschen kletterten heraus, dann hievten der Kollege des Fahrers und einer der Passagiere die Bahre aus dem Wagen und trugen sie durch die Eingangstür in die Hütte. Die anderen gingen hinterher, und der Letzte schloss die Tür hinter ihnen.

Im Inneren gingen daraufhin die Lampen an, und mit einer letzten Mahnung an Dr. Gosling, doch um alles, was ihm lieb und teuer sei, darauf zu achten, wo er hintrat und kein Geräusch zu machen, schlichen wir verstohlen über die offene Fläche zur Hütte hinüber. Ich riskierte einen vorsichtigen Blick durch das Küchenfenster.

Zwei von der Gruppe konnte ich erkennen. Ich hatte sie vorher zwar nur im Schein des Leuchtfeuers von Littleton Cotterell gesehen, aber ich hätte geschworen, dass es sich bei ihnen um Dr. und Miss Peneger handelte. Er setzte geschäftig Wasser auf, während sie Tee in die Kanne schaufelte. Dann zog sie die Nadel aus ihrem Hut und nahm ihn ab, sodass die blonden Haare darunter hervorquollen. Den Hut legte sie auf den Tisch und zog sich dann zwei weitere Nadeln aus dem Haar. Anschließend packte sie eine Handvoll Haare direkt über ihrer Stirn und zog sie aufwärts. Eine Perücke löste sich, sodass ihr eigenes kohlrabenschwarzes Haar darunter zum Vorschein kam.

In der Zwischenzeit durchlief der ältere Herr eine ähnliche Verwandlung. Er nahm sich den falschen Bart ab, sodass nur noch ein eindrucksvoller militärischer

Schnurrbart übrig blieb. Dann folgten die Knetnase und die falschen Zähne.

»Na, das kommt jetzt aber unerwartet«, formte ich mit den Lippen.

»Die Filmleute«, gab Lady Hardcastle lautlos zurück.

Ich nickte. Eigentlich also doch nicht so ganz unerwartet.

Sie formte mit den Lippen: »Schau durch das andere Fenster«, und deutete auf dasjenige auf der anderen Seite der Tür, durch das man einen Blick in die Wohnstube werfen konnte.

Ich schlich hinüber und spähte vorsichtig hinein. Die beiden Totengräber hatten Mr. Cheetham auf eines der Feldbetten gehievt, wobei sie von Zelda Drayton und Aaron Orum beobachtet wurden.

Als ich mich wieder vom Fenster entfernte, rutschte ich auf etwas losem Kies aus.

»Was war das?«, ertönte Orums Stimme laut und deutlich durch die zerbrochenen Scheiben hindurch.

»Wahrscheinlich ein Dachs oder so was«, sagte einer der Totengräber.

»Seht besser nach«, befahl Orum. »Wir hatten einen zu guten Lauf, um uns alles am letzten Abend noch ruinieren zu lassen.«

Ich gab Lady Hardcastle eins unserer alten Zeichen, das bedeutete: *Das Spiel ist aus, lassen Sie uns von hier verschwinden.* Sie zeigte mit einem Nicken an, dass sie verstanden hatte, entschied aber, sich nicht zurückzuziehen. Stattdessen richtete sie sich auf, klopfte sich den Staub vom Mantel und zog die winzige Browning aus der Tasche. Dann entfernte sie sich ein paar Schritte von der Tür. Ich stellte mich rasch neben sie. Dr. Gosling entschied sich – ein kluger Schachzug, wenn man seine bisherige Leistung bedachte –, hinter uns Stellung zu beziehen.

Die Tür ging auf. Vor uns stand der Komplize des Fahrers und schwang einen kurzen Holzknüppel.

»Guten Abend, mein Lieber«, begrüßte ihn Lady Hardcastle freundlich. »Ist der Hausherr denn zu sprechen?«

»Was? Haut ab!«

Lady Hardcastle trat einen Schritt nach vorn ins Zwielicht, das aus der geöffneten Tür nach draußen fiel.

»Was?«, wiederholte er, diesmal schon etwas weniger selbstsicher. Er drehte sich um und blickte über seine Schulter. »Mr. Orum«, rief er. »Da ist ... ähm ... jemand für Sie an der Tür.«

Aaron Orum erschien hinter ihm.

»Was zum ...? Ach«, sagte er und fügte mit schwacher Stimme hinzu: »Sie sind es.« Dann änderte sich sein Gebaren, und er fügte tadelnd hinzu: »Wo sind nur deine Manieren, Trevor. Lass Lady Hardcastle doch eintreten.«

Lady Hardcastle hatte bis dahin die kleine Pistole hinter dem Rücken verborgen gehalten. Als sie nun vor mich trat, um die Einladung anzunehmen, ließ sie sie unauffällig wieder in ihrer Tasche verschwinden. Dann drehte sie sich um, um sicherzugehen, dass wir ihr folgten.

Unterdessen wandte ich den Blick nicht von Orum ab. Ich sah, wie er sich vorbeugte und dem anderen Mann etwas ins Ohr flüsterte, bevor er zurücktrat und nicht mehr zu sehen war. Das sah nicht gut aus. Ich tippte

Lady Hardcastle auf den Rücken und benutzte ein weiteres unserer Geheimzeichen: *Achtung! Etwas stimmt hier nicht.* Ihre Hand glitt wieder an ihre Tasche.

Sie warteten ab, bis wir alle drei durch die Tür getreten waren, dann stürzten sie sich auf uns. Unter anderen Umständen wäre das kein Problem gewesen. Ich hätte die beiden Totengräber erledigt, und Lady Hardcastle hätte Orum mit der Pistole in Schach gehalten – alles wäre in Sekundenschnelle vorbei gewesen. Leider hatten wir einen unvorhergesehenen Nachteil: Dr. Simeon Gosling war bei uns.

Derjenige, dessen Name, wie ich nun wusste, Trevor lautete, holte mit dem Holzknüppel auf eine Weise nach mir aus, die seine Unerfahrenheit und seine Unfähigkeit deutlich machte. Ich fühlte mich ein bisschen schuldig, als ich ihn kurzerhand entwaffnete und auf die Dielen beförderte – es kam mir nicht ganz fair vor.

Als ich mich umdrehte, sah ich, dass Lady Hardcastle die Browning auf Aaron Orum richtete. Er hob die Hände und trat einen Schritt zurück. Basil, Euphemia und Zelda hatten sich nicht an dem Kampf beteiligt, hoben aber dennoch die Hände, um sicherzustellen, dass es kein Missverständnis gab.

Also blieb nur der andere Totengräber übrig, um den wir uns kümmern mussten, bevor wir nach Hause fahren und einen Brandy am warmen Feuer trinken konnten. Er war nicht allzu kräftig, also hätte Dr. Gosling eigentlich mit ihm fertigwerden sollen. Ich wirbelte schnell zur Eingangstür herum, um sie zu überprüfen.

»Keine Bewegung«, rief da der Totengräber, »oder ich

verabreiche dem guten Doktor das hier.« Er zuckte mit der rechten Hand, um uns auf die Spritze darin aufmerksam zu machen. Die Nadel war auf Dr. Goslings Hals gerichtet. »Trotz meiner Uniform habe ich allerdings keinerlei medizinische Erfahrung«, fuhr er fort, »aber soweit ich weiß, ist eine große Dosis Zyankali nicht angeraten, wenn man ein langes, glückliches Leben führen will.«

Lady Hardcastle legte ihre Pistole auf den Boden. »Dazu besteht keine Notwendigkeit, mein Lieber«, sagte sie ruhig. »Bis jetzt haben Sie noch niemandem Schaden zugefügt. Sie wollen doch nicht riskieren, beim Henker zu landen. Nicht, wo Sie schon so weit gekommen sind.«

»Ach, halten Sie den Mund«, blaffte ein mit neuem Mut ausgestatteter Aaron Orum sie an. »Wir haben von Ihnen in der letzten Woche wirklich genug gehört, vielen Dank.« Er bückte sich und hob die Pistole auf. »Trevor? Trevor, du Idiot. Steh auf.«

Trevor stöhnte und rappelte sich hoch.

»Fessle die drei. Bis man sie findet – falls man sie findet – sind wir schon unterwegs nach N …«

»Gute Idee, Aaron«, krächzte eine Stimme vom Feldbett in der Stube aus. »Verrat ihnen doch unser Ziel. Wirklich eine gute Idee.«

»Schön, dass du wieder bei uns bist, Nolan, alter Freund«, sagte Orum.

»Ich freue mich auch, hier zu sein«, erwiderte Cheetham, der sich nun aufsetzte. Er nahm einen Schluck von dem Wasser, das Zelda ihm gereicht hatte. »Behandle die Damen gut«, sagte er dann. »Sie sind zwar neugierige Schnüfflerinnen, aber sie waren auch großzügige und freundliche Gastgeberinnen. Es besteht kein Anlass zu irgendwelcher Gewalt.«

Trevor wirkte enttäuscht. Nach meiner Erfahrung mögen Männer es gar nicht, wenn sie von einer kleinen Zofe überwältigt werden – er hatte ganz offenbar auf die Möglichkeit gehofft, es mir heimzuzahlen.

Während Orum uns weiterhin mit der Pistole bedrohte, zwang Trevor uns, uns auf den Boden zu setzen, wo er unsere Hände und Füße mit einem Seil fesselte. Obwohl er kein besonders guter Kämpfer war, schien er das Knotenknüpfen ganz ordentlich zu beherrschen. Die Fähigkeiten, die man für einen gestellten Kampf auf der Bühne brauchte, nutzten in der echten Welt nicht viel, aber ich vermutete, dass er auch einige Zeit am Theater mit Kulissenschieben verbracht hatte. Und *diese* Fähigkeiten erwiesen sich überall als nützlich.

Als wir außer Gefecht gesetzt waren, ignorierten sie uns, während sie rasch und methodisch einpackten. In weniger als einer Stunde war jede Spur ihrer Anwesenheit aus der alten Hütte getilgt. Ohne uns eines weiteren Wortes zu würdigen, nahmen sie die Lampen mit und machten sich davon.

»Vermutlich seid ihr an solche Sachen gewöhnt«, sagte Dr. Gosling betrübt. »Aber ich muss schon sagen, dass ich hier wirklich keine angenehme Zeit verbringe.«

»Kopf hoch, Sim«, redete Lady Hardcastle ihm gut zu. »Wir sind hier im Handumdrehen wieder draußen.«

»Und wie?«, fragte er, ganz offenbar von ihrer Behauptung weder aufgemuntert noch besonders überzeugt.

»Dieser Trevor hat sich beim Fesseln wirklich nicht lumpen lassen. Ich kann mich kaum rühren.«

»Nun«, erwiderte ich, während ich meine Arme in eine nützlichere Position schlängelte, »wenn ich Ihnen auch recht geben muss, dass Trevor ziemlich beschlagen in der Kunst des Knoten-, Palstek- und Schlingenknüpfens ist, kann er wirklich nicht besonders gut mit Gefangenen umgehen.« Ich bog meine Arme noch ein wenig weiter und wurde schnell durch das Klappern von Holz und Stahl auf dem Steinboden belohnt. »Er hat es vollkommen versäumt, uns nach Waffen zu durchsuchen.«

Ich schnappte mir das Messer und begann, auf Lady Hardcastle zuzurutschen.

»Du hast behauptet, du wärst nicht bewaffnet«, staunte sie, als wir uns Rücken an Rücken setzten und ich mich an ihren Handgelenkfesseln zu schaffen machte.

»Das war heute Nachmittag. Da Sie sich hierher nur mit einer Pistole in der Tasche gewagt haben, dachte ich, ich sollte mir vielleicht ein Schlachtermesser in den Ärmel stecken.«

»Gut gemacht«, lobte sie. »Und nicht so gut gemacht, Trevor. Au! Nicht so wild!«

»Sie wissen schon, dass Sie die Angewohnheit haben, beim Sprechen zu gestikulieren. Gerade tun Sie es wieder. Sitzen Sie also still, oder Sie werden verletzt.«

»Ich bin schon verletzt, Liebes.«

»Sitzen Sie also still, oder Sie werden schwer verletzt.«

Ich brauchte ein paar Sekunden, um das Seil durchzuschneiden, dann konnte sie selbst das Messer ergreifen, um zunächst die eigenen Füße und schließlich Dr. Gosling und mich zu befreien.

»Geht es allen gut?«, fragte sie, als wir uns die tauben Hände und Füße massierten.

»So weit schon«, entgegnete ich.

»Dann lasst uns zum Auto laufen und sehen, ob wir die Kerle noch schnappen können.«

Wir eilten aus der Hütte hinaus und zwischen den Bäumen hindurch zum Wagen.

»Sie haben schon wieder einen Vorsprung«, merkte Dr. Gosling an, nachdem er mal wieder gegen einen Baum geprallt war. »Und diesmal wissen wir nicht, wohin sie unterwegs sind.«

»Aber natürlich wissen wir das. Orum hat es uns doch verraten.«

»Ach ja? Ich dachte, dieser Cheetham hätte ihn rechtzeitig davon abgehalten.«

»New Jersey«, klärte ich ihn auf.

»Das haben Sie aus N … geschlossen?«, fragte er.

»Es ist die Filmhauptstadt der Welt«, erläuterte ich. »Dort möchte Cheetham hin.«

»Also fahren Sie nach Liverpool?«, fragte er.

»Wohl kaum«, erwiderte Lady Hardcastle. »Sie sind in einem gestohlenen Leichenwagen unterwegs. Den werden sie so schnell wie möglich loswerden wollen. Sie haben es sicher so eingerichtet, dass sie ihn an einer wenig frequentierten Stelle abstellen, zu einem Bahnhof gehen und dort den letzten Zug Richtung Norden erwischen können. Selbst wenn irgendwer den Kastenwagen finden sollte – niemand weiß, wo man nach ihnen suchen muss, und selbst wenn man es herausfindet, gibt es keine Möglichkeit, ihnen vor dem morgigen Tag dorthin zu folgen.«

»Wir könnten ein Telegramm schicken«, schlug Dr. Gosling vor. »Die Polizei von Liverpool kann sie am Bahnhof festnehmen.«

»Das sollten wir zur Sicherheit zusätzlich tun«, stimmte sie zu. »Aber inzwischen wissen wir ja, wie geschickt sie sich beim Verkleiden anstellen – jede Beschreibung wäre nutzlos, wenn sie ein paar Stunden in einem Zug haben, um sich wieder zu schminken.«

»Also ...?«, sagte Dr. Gosling ratlos.

»Der nächste Bahnhof liegt in Chipping Bevington. Aber dort würde man sie wiedererkennen. Also, würde ich vermuten, sie sind Richtung Camsfield unterwegs. Dort gibt es genügend Möglichkeiten, einen gestohlenen Wagen abzustellen, ohne dass offensichtlich ist, dass sie auf dem Weg zum Bahnhof sind.«

Wir erreichten Dr. Goslings Auto genau in dem Augenblick, in dem auch Constable Hancock auf seinem Fahrrad eintraf. Der steile Hügel hatte ihm die Puste geraubt, und er hatte Mühe zu sprechen.

»Bin ... so ... schnell ... wie ... möglich ... her ...gekommen ... Mylady«, keuchte er.

»Sehr gut, Constable«, lobte ihn Lady Hardcastle. »Leider sind unsere Vöglein schon ausgeflogen, aber wir haben einen Plan, wie wir sie noch erwischen. Wenn Sie so gut wären, so schnell wie möglich ins Dorf zurückzuradeln, würden wir die Hilfe der Polizei von Camsfield sehr zu schätzen wissen. Rufen Sie dort an und sagen Sie, dass wir eine Gruppe von fünf Männern und zwei Frauen aufhalten müssen – unsere vier Hausgäste, Aaron Orum und die beiden Totengräber. Vielleicht teilen sie sich auf, aber das ist die Zahl, auf die wir am Ende kommen sollten.«

Der arme Constable schnaufte noch immer schwer, und ein Rinnsal aus Schweiß troff ihm unter dem Helm hervor ins Auge. Er blinzelte es weg.

»Aber sie sind doch …«, sagte er ganz offenbar verwirrt.

»Ja, wir haben sie auch für tot gehalten. Aber wir sind getäuscht worden. Und jetzt müssen wir sie aufhalten.«

»Verstanden, Mylady.«

»Keine Sorge, Constable. Zurück geht es nur bergab.«

Dieser Gedanke schien ihn allerdings nicht zu trösten, als er sein Rad erschöpft wendete und den gleichen Weg zurückfuhr, auf dem er gerade erst hergekommen war.

Die Vertrautheit mit Lady Hardcastles Fahrweise machte Dr. Gosling noch nicht zu einem entspannteren Beifahrer. Wenn überhaupt, machte die Sorge, was wohl auf ihn zukam, alles nur noch schlimmer. Mit einer Waffe bedroht und gefesselt zu werden, hatte seine Nerven auch nicht gerade beruhigt.

»Alles in Ordnung, lieber Sim?«, fragte Lady Hardcastle, als sie sich etwas zu gewagt in die Kurve legte und die Seite des Wagens eine Hecke streifte.

Seine Antwort bestand darin, das Seitenfenster zu öffnen und sich ausführlich zu übergeben.

»Besser nach draußen als hier drinnen, mein Lieber«, kommentierte sie und trat aufs Gas.

»Als wir einmal auf der Hauptstraße waren, wurde die Fahrt etwas weniger ruckelig, aber wir hatten eine neue Sorge.

»Wir haben sie noch immer nicht entdeckt«, merkte ich an. »Wie sicher sind Sie denn, dass sie den Zug in Camsfield erwischen wollen?«

»Gar nicht sicher«, entgegnete sie. »Sie haben so viele Möglichkeiten, und die Chance, dass wir uns denselben Bahnhof wie sie aussuchen, ist winzig. Und das auch nur, wenn wir davon ausgehen, dass sie von Liverpool nach New York segeln. Genauso gut könnten sie auch ein Schiff von Southampton nehmen. Oder gar nicht nach New York fahren, sondern eine Wäscherei in Coventry eröffnen.«

»Aber wir fahren trotzdem nach Camsfield.«

»Occams Rasiermesser«, erklärte sie. »Die am wenigsten voraussetzungsreiche Lösung ist am wahrscheinlichsten. Wir gehen davon aus, dass sie nach New Jersey wollen, um ein neues Leben anzufangen. Wir nehmen an, dass sie so schnell wie möglich dorthin wollen. Und wir gehen davon aus, dass sie nicht erwischt werden wollen.«

»Drei sehr vernünftige Annahmen«, bemerkte ich.

»In der Tat. Schiffe von Liverpool nach New York machen Halt in Irland. Schiffe aus Southampton segeln zuerst nach Cherbourg, dann erst nach Irland und von dort aus nach New York. Liverpool ist also die erste Wahl für Leute, die es eilig haben.«

»Richtig.«

»Und wie wir schon in der Hütte festgestellt haben,

ist es für sie notwendig, so wenige Hinweise wie möglich auf ihr letztendliches Ziel zu hinterlassen, um das Erwischtwerden zu vermeiden. Der Leichenwagen ist sehr auffällig, also wäre es ziemlich riskant, ihn neben einem Kleinstadtbahnhof stehen zu lassen. Wenn man ihn allerdings in einer geschäftigen Stadt findet, hat niemand eine klare Vorstellung davon, was sie vorhaben – ihr nächster Schritt könnte in alle möglichen Richtungen führen.«

»Das ist alles sehr überzeugend«, erwiderte ich.

»Es ist die beste Theorie, die mir in dieser kurzen Zeit eingefallen ist. Aber es gibt keine Garantie, dass ich richtigliege. Ich könnte auch so weit danebenliegen, dass der Wagen des armen Simeon für nichts und wieder nichts die ganzen Kratzer und das Erbrochene abbekommen hat.«

»Eine Sache will mir nicht in den Kopf«, schaltete sich Dr. Gosling mit leiser Stimme ein.

»Nur eine, Lieber?«, neckte ihn Lady Hardcastle.

»Im Moment schon. Was um alles in der Welt geht denn hier vor sich? Wer sind diese Leute? Warum waren einige von ihnen für ein paar Tage tot? Und warum wollen sie jetzt nach New Jersey?«

»Alles zu seiner Zeit«, vertröstete sie ihn. »Alles zu seiner Zeit. Ich muss das alles morgen früh sowieso dem Inspektor erklären – du wirst dich also noch etwas gedulden müssen. Ich will nicht alles zweimal erzä …«

»Langsam!«, rief ich.

»Nicht du auch noch«, erwiderte sie. »Wir haben keine Zeit, um langsamer zu fahren.«

»Schauen Sie nach vorn. Da sind Lichter. Wie viele

Fahrzeuge, glauben Sie, sind um diese nachtschlafende Zeit unterwegs? Wenn Sie nicht langsamer machen, rammen wir sie.«

»Wollen wir sie denn nicht erwischen?«, fragte Dr. Gosling.

»Letztendlich schon«, bestätigte ich. »Aber wir haben eine bessere Chance, sie zu schnappen, wenn wir sie am Bahnhof überraschen, wo uns ein paar kräftige Polizisten zur Seite stehen. Wenn wir uns jetzt verraten, haben sie Zeit genug, sich einen neuen Plan zurechtzulegen.«

»Oh«, erwiderte er. »Verzeihung.«

»Nimm es dir nicht allzu sehr zu Herzen, mein Lieber. Sie hat deutlich mehr Erfahrung im Taktieren und Ränkeschmieden als du. Aber ich bin sicher, dass sie keine Autopsie durchführen und keine akute Mandelentzündung diagnostizieren könnte.«

»Ich sitze von jetzt an nur noch still daneben, und ihr tut, was ihr tun müsst«, versprach er.

Lady Hardcastle drosselte die Geschwindigkeit, und wir folgten dem Kastenwagen in einem Abstand, den wir für sicher hielten. Ich muss zugeben, dass ich ein bisschen erleichtert war, als wir ihn Richtung Camsfield abbiegen sahen, aber das behielt ich für mich. Ich wollte nicht durchscheinen lassen, dass ich auch nur den geringsten Zweifel an dem Plan gehabt hatte.

Lady Hardcastle spürte dazu keine Veranlassung: »Gott sei Dank«, rief sie. »Es sieht so aus, als hätten wir schließlich doch recht gehabt. Was meinst du, sollen wir weiter wagemutig sein? Sollen wir ihnen gar nicht weiter folgen, sondern stattdessen lieber direkt zum Bahnhof fahren?«

»Bis jetzt lagen Sie richtig. Und ich kann mir nicht vorstellen, warum sie sonst hier sein sollten.«

Wir waren einigermaßen vertraut mit den Gassen von Camsfield, denn wir waren schon mehrfach hier gewesen, wenn es in Chipping Bevington nicht das zu kaufen gab, was Lady Hardcastle brauchte. Sie bog also von der Hauptstraße ab, die quer durch die Stadt führte, und schlug eine weniger direkte, dafür aber unauffälligere Route zum Bahnhof ein.

Noch erleichterter war ich, als wir davor anhielten und die beiden örtlichen Polizisten vor dem Haupteingang warten sahen. Lady Hardcastle parkte den Wagen, stieg aus und ging zu ihnen hinüber.

»Guten Abend, Sergeant. Ich bin Lady Hardcastle. Ich habe Constable Hancock aus Littleton Cotterell gebeten, Ihnen Bescheid zu geben. Diejenigen, die wir verfolgen, sind jeden Augenblick hier, also sollten wir uns vielleicht besser im Bahnhof verstecken.«

»Einverstanden, Mylady. Komm mit, Perkins.«

»Ich hoffe, es war nicht allzu schlimm, hier draußen in der Kälte herumzustehen«, erkundigte sie sich, als wir das Bahnhofsgebäude betraten.

»Solange es sich nicht um falschen Alarm handelt, Mylady«, erwiderte der Sergeant. »Aber wenn Sie recht behalten und wir am Ende eine Mörderbande schnappen, hat sich für mich jede Art von Unbequemlichkeit gelohnt.«

Dr. Gosling holte schon Luft, als wollte er den Mann korrigieren, aber ich schüttelte nur den Kopf. Jetzt war nicht der Augenblick für ausführliche Erklärungen. Die örtlichen Bobbys würden uns bereitwilliger helfen, wenn sie glaubten, dass wir einer Bande Bösewichter auf den Fersen wären und nicht … Mein Gedankengang endete abrupt.

»Darf ich kurz unter vier Augen mit Ihnen sprechen, Mylady?«

»Aber natürlich, meine Liebe.«

Wir entfernten uns ein paar Schritte von den Polizisten, die sich angeregt mit einem schon wieder viel lebendigeren Dr. Gosling unterhielten.

»Es ist nur«, sagte ich, als wir allein waren, »ich bin nicht ganz sicher, auf welcher Grundlage wir die Filmleute überhaupt festnehmen wollen. Jetzt, da wir wissen, dass niemand gestorben ist – welches Verbrechen legen wir ihnen überhaupt zur Last?«

»Zumindest mal das Niederbrennen der Leichenhalle. Und wenn ich richtigliege, decken wir einen großen Betrug auf. Sie müssen unbedingt vor den Kadi gebracht werden.«

»Ich bin schon sehr gespannt auf Ihre Erklärungen.«

Die beiden Polizisten stellten sich im Schalterraum hinter eine verschnörkelte Säule. Dr. Gosling, Lady Hardcastle und ich warteten mit dem Rücken zum Eingang neben der Tür, die auf den Bahnsteig führte.

Vernünftigerweise hatten die Flüchtigen sich aufgeteilt. Zuerst traten Basil Newhouse und Zelda Drayton ein, die einen sehr kränklich aussehenden Nolan Cheetham in ihrer Mitte stützten. Sie traten an den Schalter, wo Basil Newhouse drei einfache Fahrkarten nach Liverpool verlangte. Als wir seine vertraute Stimme hörten, drehten Lady Hardcastle und ich uns gleichzeitig zu ihnen um. Sie wollten schon fliehen, doch die beiden Polizisten aus Camsfield versperrten ihnen den Weg zum Haupteingang.

»Es ist vorbei«, verkündete Lady Hardcastle. »Begleiten Sie uns doch bitte in den Wartesaal.«

Sie ließen sich von uns widerstandslos in den Warteraum führen, wo wir ihnen Handschellen anlegten, die uns die Jungs aus Camsfield zur Verfügung gestellt hatten. Dann kehrten wir auf unseren Posten zurück.

Als Nächstes betraten Aaron Orum und Euphemia Selwood schwungvoll den Schalterraum. Auch sie fügten sich in ihr Schicksal, als ihnen klar wurde, dass das Spiel aus war, und folgten uns ebenso gehorsam in den Wartesaal.

So fehlten nur noch die beiden Männer, die die ganze Woche über die Rolle der Totengräber gespielt hatten. Wir mussten nicht lange auf sie warten. In Wahrheit hatten wir gar nicht genug Zeit.

Wir waren gerade auf dem Rückweg zu unserem Posten neben dem Zugang zum Bahnsteig, als sie ins Gespräch vertieft durch die Tür hereinschlenderten. Dr. Gosling verlor die Nerven und stieß ein lautes »Oh!« aus, das sofort ihre Aufmerksamkeit erregte. Der Ältere der beiden wusste, dass sie das Ende der Fahnenstange erreicht hatten, und hob die Hände, um sich zu ergeben.

Trevor war hingegen nicht gewillt aufzugeben. Ungeachtet der Erfahrungen, die er in der Hütte mit uns hatte machen müssen, stürzte er sich auf mich.

Trevor war kein Naturtalent im Nahkampf. Er schien

zu glauben, dass seine kürzliche Demütigung durch meine Hand nur ein Ausrutscher gewesen war oder dass ich irgendwie gemogelt und ihn überrascht hatte. Wenn er nun aber seine männliche Kraft nutzte und sich, den Kopf voran, auf mich stürzte, könnte er mich sicherlich niederwalzen und wäre frei.

Auf unserem Weg durch China hatte ich viele Stunden in der Gesellschaft eines Mönchs namens Chen Ping Bo verbracht. Er lehrte mich die Kampfkünste seines Ordens, weshalb ich zahlreiche interessante Angriffs- und Verteidigungstechniken beherrsche. Eine der wichtigsten Dinge, die er mir beigebracht hatte, war, soweit wie möglich meinen Gegner sämtliche Arbeit machen zu lassen.

Trevor fragte sich das erste Mal, ob sein Optimismus nicht fehl am Platz war, als ich einen Schritt auf ihn zumachte, statt vor seinem bedrohlichen Heranstürmen zurückzuweichen. Ein weiteres Licht schien ihm aufzugehen, als ich ihn am Revers seiner Jacke packte und mich nach hinten fallen ließ. Er verlor vollkommen das Gleichgewicht, hatte aber einen winzigen Augenblick lang, während er nach vorn fiel, noch die Hoffnung, dass ich einen Fehler gemacht hätte. Er würde doch sicherlich auf mir landen und mich auf den Boden pressen können.

Der arme Kerl. Ich rollte mich ab, landete auf dem Rücken und platzierte die Füße unter seinen Hüftknochen, dann warf ich ihn über meinen Kopf. Als sein Schwerpunkt weit genug über mir lag, ließ ich seine Jacke los und sprang wieder auf die Füße. Ich drehte mich zu ihm in genau dem Moment um, als er mit einem lauten »Uff!« auf dem Rücken landete.

Ein paar Sekunden lag er regungslos da, dann stieß er irgendeinen Fluch aus, während er sich wieder hochzurappeln versuchte.

»Ernsthaft?«, fragte ich. »Ich habe Sie schon zweimal auf den Boden befördert, ohne mich wirklich anzustrengen. Wollen Sie es wirklich noch mal versuchen?«

Nach ein paar weiteren fantasievollen Flüchen verließ ihn der Kampfeswille, und er ließ sich wieder auf den Rücken sinken. Der Constable legte ihm daraufhin Handschellen an.

Schweigend warteten wir ab, bis der Sergeant den Leichenwagen aus seinem Versteck in der Stadt geholt hatte. Bei seiner Rückkehr wurden die Gefangenen dort eingeladen, um sie auf die örtliche Polizeiwache zu befördern. Wir versicherten den Beamten, dass die Kollegen aus Bristol sie am nächsten Morgen abholen würden, und machten uns dann endlich auf den Nachhauseweg.

17

Am Samstag glaubte ich, die Erste auf den Beinen zu sein. Ich hielt es für eine Spitzenleistung, nach den Eskapaden der vergangenen Nacht so früh aufzustehen, aber als ich verschlafen in die Küche taumelte, waren Edna und Miss Jones schon bei der Arbeit.

»Guten Morgen, meine Damen. Sind Sie so früh, oder bin ich furchtbar spät dran?«

»Es ist Viertel vor neun, Miss«, sagte Miss Jones und zeigte auf die Küchenuhr.

»Gütiger Himmel«, rief ich. »Wir sind zu dritt zum Frühstück. Als wir gestern zurückgekommen sind, war es so spät, dass wir Dr. Gosling angeboten haben, hier zu übernachten. Und Zelda und Mr. Cheetham sitzen im Kittchen.«

»Aber sie sind doch beide tot«, erwiderte Miss Jones. »Gestern Abend, bei der Guy-Fawkes-Feier. Ich hab sie gesehen. Sie sind doch nicht …?«

»Sind doch nicht was?«, fragte ich lächelnd.

»Sie wissen schon … von den Toten auferstanden. Wie dieser Dracula-Kerl.«

»Ich glaube, vor Vampiren müssen wir uns nicht fürchten«, beschwichtigte ich sie. »Es war alles nichts als Täuschung und Schwindel.«

»Donnerwetter«, sagte Edna. »Wir haben alle unter Schock gestanden. Sie haben sogar das Feuerwerk gestrichen. Wir mussten in den Pub gehen, um unsere Nerven zu beruhigen.«

»Basil Newhouse und Euphemia Selwood sitzen übrigens mit ihnen zusammen im Gefängnis. Außerdem Aaron Orum.«

»Aber …«, setzte Miss Jones an. »Ich hab doch gesehen …«

»Das haben wir alle gesehen«, erklärte ich. »Wir sind Opfer eines ausgefuchsten Streichs geworden. Ich bin mir sicher, dass Lady Hardcastle uns alles zu gegebener Zeit erklärt, aber zuerst müssen wir es Inspektor Sunderland mitteilen.«

Das Telefon klingelte, ich entschuldigte mich und ging ran.

»Chipping Bevington zwei-drei. Hallo.«

»Guten Morgen, Miss Armstrong«, begrüßte mich eine vertraute Stimme. »Hier ist Sunderland.«

»Auch Ihnen einen guten Morgen, Inspektor. Gerade haben wir von Ihnen gesprochen. Möchten Sie vielleicht mit Lady Hardcastle reden?«

»Ich hoffe, es war nichts allzu Ehrenrühriges. Und ich freue mich immer, mit Lady Hardcastle zu sprechen, aber Sie sind genauso sehr ein Teil dieser ganzen Angelegenheit. Wenn ich recht verstehe, darf ich Ihnen beiden dafür danken, dass Sie die Zellen mit toten Menschen gefüllt haben.«

»So was Ähnliches wie tot. Obwohl ich – um Mr. Twain zu paraphrasieren – glaube, dass die Nachricht von ihrem Tod leicht übertrieben war.«

»Diesen Eindruck macht es jedenfalls. Dürfte ich Sie beide bitten, in die Bridewell Lane zu kommen und eine Aussage zu machen?«

»Bestimmt ist das sowieso schon der Plan«, erwiderte ich. »Sie ist sehr zufrieden mit sich selbst, also vermute ich, es wäre eine ziemliche Herausforderung, sie von einer ausführlichen Aussage abhalten zu wollen.«

Sein inzwischen vertrautes Lachen drang durch den Hörer. »Und wissen Sie vielleicht auch, wo unser Gerichtsmediziner abgeblieben ist? Wir scheinen seiner irgendwie verlustig gegangen zu sein.«

»Er ist hier bei uns. Leider muss ich Ihnen sagen, dass er in gewisse Unannehmlichkeiten geraten ist.«

»Um Gottes willen. Geht es ihm gut? Und Ihnen?«

»Es geht uns allen gut«, beruhigte ich ihn. »Für uns war das ja nichts Besonderes, aber ich denke, Dr. Gosling hat das alles ziemlich unvorbereitet getroffen. Wir hielten es für besser, ihn hier übernachten zu lassen.«

»Ich bin schon sehr neugierig auf Ihren ausführlichen Bericht. Wann, glauben Sie, schaffen Sie es denn in die Stadt?«

»Ich weiß nicht, Sir. Es gibt noch immer … ein oder zwei Dinge, um die ich mich kümmern muss.«

»Die beiden sind noch nicht wach, oder?«

»Dazu kann ich nichts sagen. Ich war noch nicht oben, und wir haben keinen männlichen Diener, der nach Dr. Gosling sehen könnte. Lassen Sie mich nur so viel sagen: Ich kann Ihnen nicht widersprechen. Ich gebe mir jedoch die allergrößte Mühe, dass wir um die Mittagszeit bei Ihnen sind. Passt Ihnen das?«

»Unter den gegebenen Umständen bin ich mehr als zufrieden damit. Außerdem bin ich mir sicher, dass ein paar zusätzliche Stunden hinter Gittern unseren kürzlich wieder zum Leben erwachten Gästen ganz guttun.«

»Danke«, erwiderte ich. »Wir beeilen uns.«

Beim Frühstück ging es an diesem Tag außerordentlich lebendig zu. Lady Hardcastle war immer noch sehr zufrieden mit sich und weigerte sich ärgerlicherweise immer noch, uns mit den fehlenden Details zu versorgen. Lange Erfahrung hatte mich gelehrt, sie einfach nur solange zu ignorieren, bis sie so weit war, aber heute gab es noch jemand anderen, den sie quälen konnte. Dr. Gosling löcherte sie ohne Unterlass mit Fragen, wirkte aber aufgrund ihrer hartnäckigen Weigerung, sich zu äußern, zusehends frustrierter. Nachdem ich mir das eine Weile angeschaut hatte, erklärte ich es ihm.

»Sie wissen aber inzwischen, dass unsere Frustration ihr eine grausame Freude bereitet, oder?«

»Das habe ich mir schon gedacht«, erwiderte er. »Ich hatte ganz vergessen, wie sehr sie einen auf die Palme bringen kann.«

»Meiner Erfahrung nach funktioniert es am besten, einfach den Mund zu halten«, erklärte ich. »Sie kann es gar nicht erwarten, uns alles zu erzählen, also muss sie am Ende nachgeben, damit sie nicht platzt.«

»Du bist eine gemeine Spielverderberin, Florence

Armstrong«, schmollte Lady Hardcastle. »Es hat so viel Spaß gemacht.«

»Freut mich, dass ich ein bisschen zu deiner Unterhaltung beitragen konnte«, sagte Dr. Gosling. »So habe ich immerhin das Gefühl, eine kleine Gegenleistung für deine großzügige Gastfreundschaft erbracht zu haben.«

»Du bist zu freundlich«, erwiderte sie. »Also gut, ziehen wir uns für eine kleine Spritztour in die Stadt um.«

»Fahrt ihr denn nicht bei mir im Auto mit?«, fragte er.

»Nein, wir nehmen den Rover. So können wir dann selbst nach Hause fahren, wenn wir unseren Bürgerpflichten nachgekommen sind.«

»Das stimmt auch wieder. In diesem Fall mache ich mich jetzt schon mal auf den Weg, damit ich mir in meiner Wohnung ein sauberes Hemd anziehen kann. Dann bis später auf dem Präsidium?«

»Wo dann endlich alles enthüllt wird«, bestätigte sie.

Kurze Zeit später saßen Dr. Gosling, Lady Hardcastle, Inspektor Sunderland und ich in einem Vernehmungsraum des Polizeipräsidiums von Bristol in der Bridewell Lane. Ein uniformierter Constable hatte uns eine Kanne Tee und vier zerkratzte Emaillebecher gebracht, denen nicht unähnlich, die wir in der Hütte vorgefunden hatten.

»Ich glaube, das gehört Ihnen, Mylady«, sagte der Inspektor und übergab Lady Hardcastle ihre Browning. »Wir haben sie im Leichenwagen sichergestellt, und einer der kürzlich wieder zum Leben Erwachten hat erwähnt, dass sie Ihnen gehört.«

»Danke, Inspektor. Ich dachte, die würde ich nie wiedersehen, als Orum sie mitgenommen hat.«

»Keine Ursache. Aber abgesehen von ihren Namen und Adressen, war das die einzige Information, die wir aus ihnen herausbekommen konnten.«

»Dann trifft es sich ja gut, dass wir jetzt hier sind. Ich denke, wir können Ihnen genug von den fehlenden Puzzlestücken liefern, damit Sie sich ein umfassendes Bild machen können.«

»Das wird auch Zeit«, warf Dr. Gosling ein.

»Sie haben sie doch nicht etwa gebeten, Ihnen etwas zu verraten, bevor sie die größtmögliche Befriedigung daraus gewonnen hatte, Sie zappeln zu lassen, Gosling, oder?«, fragte der Inspektor.

»Ich habe ihm Einhalt geboten, bevor er zu sehr leiden musste«, sagte ich. »Er war vor Frustration schon rot angelaufen. Ich habe mir Sorgen um seine Gesundheit gemacht.«

»Anfängerfehler«, sagte der Inspektor. »Nächstes Mal wissen Sie es besser.«

»Wenn Sie dann ausreichend meinen Charakter in Zweifel gezogen haben, könnte ich vielleicht fortfahren?«, schaltete Lady Hardcastle sich ein.

»Bitte«, forderte der Inspektor sie auf. »Fahren Sie fort.« Er schlug eine neue Seite in seinem Notizbuch auf.

»Es ist mir ein bisschen peinlich, dass ich so lange gebraucht habe. Das Gerüst der Lösung des Rätsels lag die ganze Zeit vor uns: Egal wie viele andere Möglichkeiten wir in Betracht zogen, wir sind immer wieder auf die Hypothese zurückgekommen, dass Cheetham die Schauspieler in seinem Film umbrachte, um grelle Aufmerksamkeit für sich zu erzeugen.«

»Warum sollte er sich so eine komplizierte Sache ausdenken, nur um Werbung für seinen Film zu machen?«, fragte Dr. Gosling. »Warum hat er nicht einfach ein paar Zeitungsanzeigen geschaltet?«

»Das wäre vielleicht gegangen, wenn nicht so viel von einem Erfolg abgehangen hätte. Aber Cheetham und seine Truppe waren vollkommen pleite. Flos Freundin Daisy Spratt hatte ihr eine Zeitschrift geliehen, in der ein Artikel über Cheetham abgedruckt war. Wir kannten den groben Inhalt – dass Cheethams Stern im Sinken begriffen war und dass von *Der Niedergang der Hexe* die Zukunft seines Unternehmens abhing –, doch bevor ich den Artikel selbst gelesen habe, war mir nicht klar, wie ernst die Lage für ihn war. Wenn man dem Autor des Artikels Glauben schenkt, war dies seine allerletzte Chance. Die Gläubiger saßen ihm schon im Nacken.«

»Warum hat er dann nicht seine Sachwerte verkauft und mit ihnen irgendeine Art von Übereinkunft getroffen?«, fragte Dr. Gosling. »Ich wette, seine Kameras und der ganze Kram sind eine Stange Geld wert.«

»Das hätten sie tun können, aber wie hätte er dann mit dem Filmemachen fortfahren sollen? Sogar einem Bankrotteur werden ein Bett, ein Anzug und die Mittel zu seinem Lebensunterhalt gelassen.«

»Warum hat er dann nicht einfach Insolvenz angemeldet?«

»Wegen seines Rufs«, antwortete sie, »der gesellschaftlichen Anerkennung. Cheetham stammt aus ganz einfachen Verhältnissen und war sehr stolz darauf, als Filmproduzent so hoch angesehen zu sein. Die Schmach eines Bankrotts hätte er nie verwunden.«

»Sie haben recht«, meldete sich Inspektor Sunderland zu Wort. »Im Laufe unserer Ermittlungen sind wir wirklich immer wieder auf Cheetham zurückgekommen.«

»Das sind wir tatsächlich«, bestätigte Lady Hardcastle. »Aber die Kaltschnäuzigkeit, alle seine Freunde umzubringen, nur um den eigenen Film zu bewerben, hat uns diese Theorie immer wieder verwerfen lassen. Ganz zu schweigen von der Schwierigkeit. Also saßen wir fest. Erst als Flo und ich in dem Hüttenversteck auf eine mechanische Puppe und einen Humidor stießen, begann ich zu ahnen, dass wir zugleich recht und unrecht gehabt haben könnten.«

»Ach ja, ich wollte Sie wegen der Hütte noch befragen«, schaltete sich der Inspektor ein. »Als meine Leute heute früh dorthin gefahren sind, war sie abgeschlossen und gesichert. Dabei haben Sie doch gesagt, dass Sie sie von innen gesehen haben. Ist das ein Detail, das ich besser aus dem offiziellen Bericht streichen sollte?«

»Es könnte gewissermaßen schon zu einer Art von Einbruch gekommen sein«, räumte sie ein. »Wir haben das aber sehr professionell gehandhabt.«

»Daran habe ich keinerlei Zweifel. Ich denke trotzdem, dass wir es besser nicht erwähnen sollten.«

»Wie Sie wünschen«, erwiderte sie lächelnd.

»Aber ich habe Sie unterbrochen. Wir hatten zugleich recht und unrecht, haben Sie gesagt.«

»So ist es. Wir hatten den richtigen Mann, das richtige Motiv, doch beim Verbrechen lagen wir vollkommen falsch. Wie Sie gesehen haben, sind die Opfer nämlich überhaupt nicht tot gewesen.«

»So viel wissen wir schon«, erwiderte der Inspektor. »Es ist mir ein ziemliches Rätsel, wie zwei erfahrene Polizisten, ein Gerichtsmediziner und zwei Damen zu der sicheren Auffassung gelangen konnten, dass fünf vollkommen gesunde Menschen tot wären.«

»Ich denke, ich sollte Ihnen nun meine Theorien bezüglich der vorgeblichen Verbrechen darlegen: Zunächst ist da Basil Newhouse. Wir haben keine Zeugen gesprochen, die ihn am Dienstagabend das *Dog and Duck* verlassen sahen, aber von Daisy und ihrer Mutter wissen wir, dass er um zwei Uhr am Mittwochmorgen noch dort war. Constable Hancock hat seine Leiche im Kirchhof ungefähr um fünf Uhr entdeckt. Als wir sie untersucht haben, stimmten wir mit den Dorfpolizisten überein, dass kein Puls und kein Anzeichen von Atmung mehr vorhanden war. Flo und Simeon haben in der Folge ausgetüftelt, warum das so gewesen ist.«

»Donnerwetter«, sagte Dr. Gosling. »Das haben wir tatsächlich, nicht wahr. Du spielst doch auf das Pulver an, über das Armstrong mich befragt hat, oder? Natürlich.«

»Anscheinend haben wir hier ein paar Schritte in der Argumentation übersprungen«, bremste sie der Inspektor. »Was denn für ein Pulver?«

»Als wir uns nicht im oberen Stockwerk der Hütte aufhielten, nachdem wir dort nicht eingebrochen waren, indem wir fachmännisch das Schloss geknackt hatten«, erklärte ich, »habe ich ein Glas mit der Aufschrift *Madame*

Thibodeauxs Kugelfischpulver gefunden. Cheetham muss es aus Amerika mitgebracht haben. Als er die Vorzüge von Fort Lee, New Jersey, pries, hat er auch erwähnt, dass er dort Leute aus New Orleans getroffen hat. Als ich dann Dr. Gosling danach gefragt habe, hat er mir erläutert, dass manche Menschen es für möglich halten, den Tod mithilfe von Voodoo-Ritualen zu simulieren.«

»Wie der Gifttrank in *Romeo und Julia*?«, fragte der Inspektor.

»Genau so«, bestätigte Lady Hardcastle. »Cheetham und Zelda Drayton haben das Stück sogar bei einer Plauderei mit uns erwähnt. Da hätte ich schon den Zusammenhang herstellen müssen.«

»Ich habe zweimal mitangehört, wie Euphemia Selwood ihre Freunde gewarnt hat, dass jemand verletzt werden könne und dass es zu gefährlich sei. Zu der Zeit habe ich das für Drohungen gehalten, aber heute glaube ich, dass sie Zweifel bezüglich der Sicherheit des Mittels hatte.«

»Genauso ist es«, stimmte Lady Hardcastle mir zu. »Und wer hätte die nicht gehabt? Ich glaube nicht, dass sie allzu viel über dessen Wirkungsweise wussten. Uns hat es ein Rätsel aufgegeben, dass Basil Newhouse in so einer kalten Nacht keinen Mantel getragen hat, aber ich vermute, dass sie ihm das Pulver bei uns im Haus verabreicht und dann erwartet haben, dass sie genug Zeit hätten, zum Kirchhof zu gelangen und die ganze Szene zu arrangieren, bevor es seinen Effekt entfalten würde. Als er dann aber beinahe auf der Stelle das Bewusstsein verlor, mussten sie ihn dorthin tragen. In der ganzen Aufregung und bei all der Mühe, hat keiner von ihnen an den Mantel gedacht. Sie haben ihn unter der Eberesche drapiert, ihn mit den falschen Blutflecken versehen und die Hexenpuppe dort abgelegt, wo wir sie finden sollten.«

»Sie haben aber doch gesagt, dass sich das Pulver in der Hütte befand.«

»Ja. Sie konnten nicht riskieren, all ihre Hilfsmittel bei uns im Haus zu lagern, also haben sie die verlassene Hütte benutzt. Sie brauchten ja sowieso irgendeinen Ort, an dem sie die ›Leichen‹ verstecken konnten. Erinnern Sie sich daran, wie wir Aaron Orum im Pub befragt haben und er uns berichtet hat, dass er noch spazieren gegangen ist? Er hat gezögert, als er erzählte, dass er über ein Fahrrad gestolpert war, als ob ihm plötzlich aufgefallen wäre, dass er es besser nicht hätte erwähnen sollen. Ich glaube, Cheetham ist immer wieder zur Hütte geradelt, um dort alles zu verstecken, was einen Verdacht hätte erwecken können.«

»Und woher wussten sie, dass wir nicht herausfinden würden, dass die Opfer gar nicht tot waren?«, hakte der Inspektor nach.

»Darüber habe ich mir die ganze Nacht den Kopf zerbrochen«, meldete sich Dr. Gosling zu Wort. »Aber eigentlich ist es ganz einfach: Darum mussten zwei von ihnen die Totengräber spielen. Sie haben die Leichen in die Hütte gebracht statt in meine Leichenhalle. Solange die Formulare in Ordnung wären, würde niemand überprüfen, ob die Leichen auch wirklich da waren. Ich wette, wir finden noch heraus, dass die echten Totengräber fürstlich dafür entlohnt worden sind, die ganze Woche zu Hause zu bleiben und niemandem die Tür aufzumachen.«

»Das war aber riskant«, merkte der Inspektor an.

»Nicht wirklich«, widersprach Dr. Gosling. »In Leichenhallen gibt es immer ein wenig Rückstau. Sie konnten sich sicher sein, dass niemand irgendwen würde aufschneiden können, bis sie Zeit gehabt hätten, die Leichenhalle niederzubrennen und so die Tatsache zu verschleiern, dass es dort überhaupt keine Leichen gegeben hat.«

»Das ergibt Sinn«, räumte der Inspektor ein.

»Wer sind denn die *Totengräber* gewesen?«, fragte ich. »Eigentlich bin ich davon ausgegangen, dass sie zur Schauspieltruppe gehörten, aber außer der Tatsache, dass einer von ihnen Trevor heißt, haben wir nichts über sie herausgefunden.«

Der Inspektor blätterte ein paar Seiten in seinem Notizbuch zurück. »Sie sind Mitglieder der Truppe, ja. Trevor heißt mit vollständigem Namen Trevor Preston, ein ehemaliger Varietékünstler, der nun gern Schauspieler sein möchte und den liebeskranken George in Cheethams Film gemimt hat. Der Fahrer hört auf den Namen Léon McDuff, obwohl ich ziemlich sicher davon ausgehe, dass das ein Künstlername ist.«

»Danke«, erwiderte ich. »Obwohl wir George ja eigentlich hätten wiedererkennen müssen. Wahrscheinlich haben wir einfach nicht damit gerechnet, ihn wiederzusehen, und seine Rolle war ja wirklich sehr leicht zu vergessen.«

»Sie würden sich wundern, wie oft Zeugen vergessen,

wie Menschen aussehen«, erwiderte der Inspektor. »Also gut. Euphemia Selwood war das nächste ›Opfer‹.«

»Das stimmt«, bestätigte Lady Hardcastle. »Das war sogar noch leichter. Sie haben ihr einfach nur das Pulver verabreicht und sie mit einem Apfel in der Hand hingelegt, den sie mit Zyankali vollgespritzt hatten, dann haben sie uns die restliche Arbeit überlassen. Cheetham muss vorgehabt haben, alles in der Hütte zu verstecken und zurück zu sein, bevor wir aufstanden.«

»Vorgehabt?«, hakte der Inspektor nach.

»Ja, ich nehme an, dass die Seitentür deshalb unverschlossen war, als Flo später unsere Hausangestellten hereingelassen hat. Er hatte wohl vor, später durch die Tür wieder ins Haus zu schlüpfen, sie hinter sich abzuschließen, und sich dann nach oben in sein Bett zu schleichen. Da die Tür unverschlossen blieb, gehe ich davon aus, dass er seinen alternativen Eingang benutzt hat.«

»Und der wäre?«

»Das Fenster im Frühstückszimmer«, sagte ich, als mir ein Licht aufging. »Das erklärt auch, warum sie sich dort immer verbarrikadiert haben. So konnte er das Haus, wann immer er zur Hütte musste, durch das Fenster verlassen, und wir waren rücksichtsvoll genug, ihn dabei gewähren zu lassen. Keine von uns hat ihn an jenem Morgen tatsächlich herunterkommen sehen – er war einfach plötzlich da. Ich bin davon ausgegangen, dass er aus seinem Zimmer gekommen ist, doch tatsächlich kam er aus dem Frühstückszimmer.«

»Sehr richtig«, bestätigte Lady Hardcastle. »Wie dem auch sei, die ›Totengräber‹ sind umgehend eingetroffen und haben Euphemias ungewöhnlich steife Leiche mitgenommen. Da hätte uns schon auffallen müssen, dass etwas nicht stimmte.«

»Du meinst, weil sie so steif war?«, fragte Dr. Gosling. »Das habe ich mich die ganze Zeit gefragt. Wenn ich mich recht entsinne, habe ich dich gebeten, mir davon zu erzählen. Aber ja, wahrscheinlich ist das eine Nebenwirkung des Fischgifts.«

»Für den nächsten ›Todesfall‹ benötigten sie all ihre theatralischen Fähigkeiten«, fuhr Lady Hardcastle fort. »Aaron Orum aß seine Pastete und fing an, herumzuschreien und etwas über Dämonen zu fabulieren. Dann ist er vor den Augen von einem Dutzend Zeugen – uns eingeschlossen – hinausgerannt und wie ein Wilder quer über den Dorfplatz zur Kirche gelaufen, zu der er sich Zugang verschaffte. Der Rest ist natürlich nur Spekulation, aber ich vermute, dass sie ihm zu diesem Zeitpunkt das Pulver verabreicht und ihn auf dem Boden abgelegt haben. Inzwischen ist einer der anderen – ich gehe davon aus, dass es einer der ›Totengräber‹ war – in der gleichen Kleidung und mit einer Perücke als Orum verkleidet oben auf den Turm geklettert. Dort hat er seine Schau abgezogen, damit wir ihn alle sehen konnten, und hat sich dann vermeintlich in den Tod gestürzt. Tatsächlich ist er aber nur auf einen alten Karren gesprungen, der mit Heu gepolstert war.«

»Das ist aber ein ziemliches Risiko«, gab Dr. Gosling zu bedenken. »Nur einen halben Meter in die falsche Richtung, und sie hätten eine echte Leiche gehabt.«

»Ich habe im Zirkus mal einen Burschen gekannt, der von einem hohen Turm in ein Fass gesprungen ist«, warf ich ein. »Einen Karren zu treffen, ist nicht so schwer, solange man weiß, was man tut.«

»Genau. Dann haben sie den Karren weggerollt, und der Bursche hat sich wieder umgezogen, um rechtzeitig als Totengräber die Leiche abzuholen.«

»Was ist mit den Pilzen in der Pastete?«, fragte Dr. Gosling. »Was war damit?«

»Ich bezweifle inzwischen, dass es sich dabei um irgendetwas anderes als normale Speisepilze gehandelt hat. Als ich die Todesfälle noch für echt hielt, ergab es Sinn, dass Orum irgendein halluzinogener Stoff verabreicht worden sein musste. Aber jetzt, wo wir wissen, dass alles nur eine Scharade war, ist es viel wahrscheinlicher, dass er einfach nur eine köstliche Pastete aß. Er musste ja nicht unter Drogen gesetzt werden, wenn er zu den Verschwörern gehörte.«

»Wir müssen auch davon ausgehen, dass die Geschichten über die Feindschaft zwischen Cheetham und Orum erlogen waren«, merkte der Inspektor an.

»Unsere einzige Quelle dafür waren ja die Aussagen der beiden Männer selbst, die von den Mitgliedern der Truppe bestätigt wurden. Sie brauchten einfach jemand Außenstehenden, um Dinah Caudle und die *Bristol News* zu ködern. Jemanden, der sicherstellen konnte, dass sie mit sämtlichen Details versorgt wurde, um so viel Aufregung wie möglich zu verursachen; jemanden, der außerdem ein Teil der Vorfälle werden konnte, ohne ganz offensichtlich Teil der Schauspieltruppe zu sein.«

»Somit bleiben nur noch die Hexenverbrennung und der ›Tod‹ von Nolan Cheetham«, sagte der Inspektor. »Sie haben angegeben, dass Sie eine mechanische Puppe in der Hütte gefunden haben, also gehe ich davon aus, sie ist die Hexe gewesen.«

»Ja«, bestätigte ich. »Eine ausgeklügelte Sache. Die Pläne dazu haben wir zwischen einigen Papieren in der Hütte gefunden. Der Arm wurde mit einem Draht bewegt, wahrscheinlich von einem Mitglied der Truppe, das sich hinter dem Scheiterhaufen postiert hatte.«

»Sie bestand aus Nitrozellulose, damit sie besser brannte«, warf Dr. Gosling ein. Der Inspektor blickte ihn fragend an. »Das hat mir Miss Armstrong erzählt«, fügte er hinzu. »Anscheinend ist das ein Bühnentrick.«

»Ah ja«, erwiderte der Inspektor. »Dann bricht Cheetham zusammen, nachdem er eine kleine Dosis des Pulvers eingenommen hat, und die ›Totengräber‹ tauchen wie aus dem Nichts auf, um ihn wegzubringen.«

»Das war das Einzige, was beinahe schiefgegangen wäre«, sagte Lady Hardcastle. »Basil Newhouse und Euphemia Selwood hatten sich als Arzt und dessen Tochter verkleidet, um sicherzustellen, dass Cheetham auch für tot erklärt und abtransportiert wurde. Sie mussten hastig zum Rückzug blasen, als sie sahen, dass der Gerichtsmediziner bereits vor Ort war.«

»Damit haben wir fast alles abgedeckt«, erklärte der Inspektor. »Woher wussten Sie, wo sie nach dem Unterschlupf Ausschau halten mussten?«

»Durch das gebrochene Bein des Mannes unserer Haushälterin«, antwortete sie.

»Aber natürlich«, erwiderte er. »Was für eine dumme Frage. Und was war das Motiv für die ganze Sache?«

»Es ging um Aufmerksamkeit«, antwortete sie. »Diesbezüglich lag ich vollkommen falsch. Oder erst einmal richtig und dann wieder falsch. Uns war ja schon der Verdacht gekommen, dass es um Aufmerksamkeit gehen könnte, aber da wir annehmen mussten, dass die Todesfälle echt waren, habe ich diese Hypothese wieder verworfen. Sie hat einfach keinen Sinn ergeben. Mir war schon klar, dass bei den vielen Todesfällen, die mit dem Film in Verbindung standen, der Kassenerfolg garantiert wäre, doch bevor ich auf den Schwindel aufmerksam geworden bin, habe ich nicht begriffen, wie das ein vernünftiger Weg sein sollte, die Geschäfte anzukurbeln. Aber inzwischen ergibt alles Sinn. Sie müssen irgendeine Möglichkeit gehabt haben, an Geld zu kommen, irgendeine Beteiligungsgesellschaft oder etwas in der Art. Wenn alle erst einmal tot wären, könnten sie vor ihren Gläubigern nach Amerika fliehen und dort ihre Zelte aufschlagen. Einen Neuanfang wagen.«

»Und die Einnahmen aus dem Film waren dafür als Startkapital gedacht.«

»Genau das. Die Einnahmen nur von dieser Woche müssen schon für die Überfahrt gereicht haben, ganz zu schweigen von der Kollekte, die die Dorfbewohner organisiert haben. Wenn die geschäftlichen Angelegenheiten erst einmal geordnet gewesen wären, hätten sie in New Jersey gelebt und dort unter neuen Namen Filme gedreht.«

»Gut, gut, gut«, sagte der Inspektor, nachdem er kurz über diese neue Version der Ereignisse nachgedacht hatte. »Das klingt jedenfalls alles sehr plausibel. Lassen Sie uns mal sehen, was sie sagen, wenn ich ihnen eröffne, dass ich genau weiß, was hier vor sich gegangen ist.«

»Um Himmels willen, jetzt setz dich schon hin, Mädchen«, sagte Lady Farley-Stroud. »Sonst sieht es hier so unordentlich aus.«

»Entschuldigung, Mylady«, antwortete ich. »Ich setze mich schon.«

Wir befanden uns in der Bibliothek auf *The Grange*. Wir waren genau in dem Moment eingetroffen, als die Farley-Strouds den Lunch beendet hatten, also hatten sie uns zu einem, wie sie es nannten, nachmahlzeitlichen Belebungstrunk in die Bibliothek gebeten.

»Was möchtet ihr?«, fragte Sir Hector und schwenkte eine Karaffe in unsere Richtung. »Scotch? Brandy? Einen rosa Gin vielleicht?«

»Ach, Hector, dafür ist es doch zu früh«, rief Lady Farley-Stroud aus. »Und jetzt solltest du dich auch mal hinsetzen.«

»Unsinn, mein kleines Butterblümchen. Irgendwo im Empire steht die Sonne schon über dem Rahsegel.« Er wackelte noch einmal mit der Karaffe.

»Setz dich«, befahl sie ihm erneut.

»Schon gut, Licht meines Lebens.«

Er setzte sich. Dann grinste er mich an und zwinkerte.

»Also gut, meine Lieben, was führt euch in unsere bescheidene Hütte?«, fragte Lady Farley-Stroud. »Ich hoffe, es gibt nicht noch weitere schlechte Nachrichten. Bitte sagt mir, dass nicht noch jemand gestorben ist.«

»Es ist überhaupt niemand gestorben, meine Liebe«, erwiderte Lady Hardcastle.

»Als der Vikar hier war, hat er auch schon so was Ähnliches gesagt«, antwortete Lady Farley-Stroud. »Ich weiß, dass er uns damit trösten wollte, aber ich bin wirklich nicht in der Stimmung für Metaphysik.«

»Ich meine es auch ganz wörtlich«, beharrte Lady Hardcastle. »Basil Newhouse, Euphemia Selwood, Aaron Orum, Zelda Drayton und Nolan Cheetham erfreuen sich bester Gesundheit. Sie sitzen in den Zellen auf dem Polizeirevier in Bristol.«

»Na, da hol mich doch der Teufel«, staunte Sir Hector. »Wie zum Henker ...?«

Lady Hardcastle erzählte noch einmal die Geschichte, die sie zuvor schon Inspektor Sunderland gegenüber dargelegt hatte. Gemeinsam fügten wir die Einzelheiten über unsere Entdeckungen in der Hütte hinzu. Als wir fertig waren, saßen unsere Zuhörer wie vom Donner gerührt da.

Irgendwann wiederholte Sir Hector: »Na, da hol mich doch der Teufel.« Dann fügte er hinzu: »Ich glaube, wir brauchen wirklich einen Drink.«

»Mach mir einen doppelten«, forderte seine Frau ihn auf.

»Ich würde einen Brandy nehmen, wenn ihr schon dabei seid«, sagte Lady Hardcastle.

»Natürlich, meine Liebe«, erwiderte Sir Hector, der schon auf seinem Weg zu dem Globus war, der die Getränke enthielt. »Wie ist es mit Ihnen, Miss Armstrong?«

Ich versuchte, mich zwischen meinem üblichen Brandy

und dem rosa Gin zu entscheiden, den Sir Hector zuvor erwähnt hatte. Anscheinend zögerte ich einen Moment zu lange.

»Sie nimmt natürlich einen Brandy«, mischte sich Lady Farley-Stroud ein. »Das tut sie doch immer. Sei mal ein bisschen aufmerksamer, Hector.«

»Dein Wunsch ist mir Befehl«, erwiderte er und goss vier großzügige Gläser Brandy ein.

»Wir müssen es im Dorf bekanntmachen«, sagte Lady Farley-Stroud, als die Getränke serviert waren.

»Ich würde mich sehr wundern, wenn sich die Neuigkeiten nicht längst verbreitet hätten«, entgegnete Lady Hardcastle. »Inspektor Sunderland hat inzwischen bestimmt Sergeant Dobson angerufen oder ihm ein Telegramm geschickt. Und obwohl ich für unseren Dorfpolizisten nichts als Bewunderung übrighabe, muss man sagen, er ist nicht gerade ein sehr verschwiegener Zeitgenosse, nicht wahr? Er wird es natürlich Constable Hancock erzählt haben, aber nur mit so vielen Einzelheiten, wie er unterbringen konnte, bevor er ins *Dog and Duck* eilte, um alles brühwarm Old Joe zu berichten. Wenn Daisy Spratt schon hinter dem Tresen stand, hat die Nachricht Woodworthy erreicht, bevor Wally Dobson sein erstes Pint geleert hatte.«

»Damit hast du zweifellos recht«, sagte Lady Farley-Stroud kichernd. »Was, schlägst du also vor, sollen wir tun?«

»Wir tun genau das, was die Engländer immer tun, meine Liebe: Wir machen einfach weiter. Hast du das Feuerwerk gestern Abend noch abgebrannt, nachdem wir fort waren?«

»Nein, darauf hatten die Leute nach den zwei Toten auf dem Feld wirklich keine Lust mehr. Wir haben alles zusammengepackt und die Leute heimgeschickt. Die meisten sind allerdings in den Pub gegangen.«

»Dann lass uns ihnen doch einen unvergesslichen Samstagabend bereiten«, schlug Lady Hardcastle vor.

Auf dem Nachhauseweg schauten wir im Pub vorbei, wo ich abgeladen wurde, um mich noch einmal des dorfeigenen Tratschnetzwerks zu bedienen. Ich erzählte Old Joe, Daisy sowie Daisys Mutter Eunice von den Plänen für diesen Abend und bat sie darum, die Nachricht zu verbreiten. Als ich zu Hause ankam, wurde ich gleich von Edna überfallen.

»Stimmt es denn, was man sich erzählt, dass die ganzen Filmleute gar nicht tot sind?«, fragte sie.

»Sie sind alle quicklebendig und grübeln gerade über das Fehlschlagen ihrer Pläne nach«, antwortete ich.

»Na, da tritt mich doch ein Pferd!«, erwiderte sie.

»Es ist schon ziemlich erstaunlich, nicht wahr?«

»Und Sie und die Herrin haben das alles herausgefunden?«

»Sie zum großen Teil«, erwiderte ich. »Obwohl ich ihr wohl ein bisschen geholfen habe. Genau wie Ihr Dan.«

»Mein Dan?«

»Wenn er nicht auf Toby Thompsons oberem Feld über das Fahrrad gestolpert wäre und sich das Bein gebrochen hätte, hätten wir nie den Unterschlupf der Truppe gefunden.«

»Ich brauche eine Tasse Tee«, sagte sie, nachdem sie

diese Neuigkeit einen Moment lang still verarbeitet hatte. »Wollen Sie auch eine?«

»Dazu sag ich nicht Nein, Edna. Könnten Sie bitte eine Kanne ins Esszimmer bringen?«

»Dauert nur zwei Minuten«, erwiderte sie und flitzte davon.

Ich muss sagen, dass ich ein wenig enttäuscht darüber war, dass sie mich nicht auch um eine Bestätigung für die Festlichkeiten gebeten hatte, die an diesem Abend stattfinden sollten. Allerdings hätte es echter Hexerei bedurft, damit diese Neuigkeit das Haus vor mir erreicht hätte.

Den Rest des Nachmittags verbrachte ich damit, die Verbrechenstafel wegzuräumen. Ich übertrug die Notizen auf Papier und legte sie zusammen mit Lady Hardcastles Skizzen sorgfältig in einem braunen Umschlag ab. Dann fügte ich selbst noch ein paar Notizen hinzu, wer konnte schon wissen, ob irgendjemand noch einmal etwas über diesen Fall von uns würde wissen wollen. Das Gleiche hatte ich mit den Aufzeichnungen über unsere vorherigen Ermittlungen getan.

Während ich diesen Verwaltungspflichten nachkam, überprüfte Lady Hardcastle erneut die Ausrüstung, die sie für den Abend brauchte, und packte sie zusammen.

»Ich fürchte mich schon davor, was die vom Kricketclub dazu sagen«, sorgte sich Constable Hancock, als die erste Rakete explodierte.

»Ich nehme an, sie werden sich freuen«, erwiderte ich. »Sie werden sagen: *Was für eine ausgezeichnete Verwendung des Dorfplatzes. Wie aufmerksam, dass sie das*

Feuerwerk nicht direkt neben den Torstangen gezündet haben. Meinen Sie nicht?«

»Ich hoffe, Sie haben recht«, erwiderte er. »Arthur Tressle kann es nicht mal leiden, wenn die Leute nur drübergehen.«

»Der geschätzte Kapitän der Kricketmannschaft soll sich zum Teufel scheren. Zusammen mit dem Fahrrad, mit dem er hergefahren ist.« Zu diesem Zeitpunkt hatte ich möglicherweise schon ein paar weitere Drinks intus.

»Sie sind nicht die Erste, die das sagt«, gab er zu. »Ich muss schon sagen, ich mag Feuerwerk ja sehr gern.«

»Ich auch. Ooh, schauen Sie nur. Die war aber hübsch.«

Ich spürte eine Hand auf meiner Schulter.

»Da bist du ja, Liebes«, sagte Lady Hardcastle. »Ich hab mich schon gefragt, wohin du dich verzogen hast.«

»Ich steh hier schon die ganze Zeit.«

»Amüsierst du dich denn gut?«

»Mehr, als es Schießpulver und ein paar Chemikalien vermuten lassen würden«, erwiderte ich. »Vielleicht liegt es ja am Brandy.«

Sie lachte. »Das kann schon sein. Wenn du dann genug hast, könntest du mir vielleicht im Saal kurz zur Hand gehen?«

»Natürlich.«

Das Feuerwerk war viel zu schnell vorüber, also ging ich in den Gemeindesaal. Die Menge, die sich versammelt hatte, um das Feuerwerk zu bestaunen, lief noch immer plaudernd und trinkend umher. Der nächste Teil des Unterhaltungsprogramms für diesen Abend würde bald beginnen.

Mr. und Mrs. Hughes sowie ihre treue Truppe standen immer noch Wache.

»Guten Abend, Familie Hughes und Freunde«, begrüßte ich sie.

Widerwillig erwiderte Mr. Hughes meinen Gruß. Auch seine Freunde schwenkten halbherzig ihre Schilder.

»Sie wissen aber schon, dass wir heute Abend nicht Mr. Cheethams Film zeigen, oder?«

»Ach nein?«, entgegnete Hughes. »Na ja … Wir müssen die Leute aber immer noch auf das Übel aufmerksam machen, das zu so vielen Toten geführt hat.«

»Ich kann nicht glauben, dass Sie die Einzigen sind, die nicht Bescheid wissen«, staunte ich. »Es gibt keine Toten. Cheetham und seine Freunde sitzen allesamt im Kittchen.« Ich ließ sie erst ein bisschen verwirrt untereinander murmeln, bevor ich hinzufügte: »Warum kommen Sie heute Abend nicht aus der Kälte in den Saal? Wir zeigen einige Filme, die Lady Hardcastle im Dorf aufgenommen hat.«

»Richtige Filme?«, fragte einer aus der Gruppe.

»Richtige Filme«, bestätigte ich. »Sie sind sogar in manchen davon zu sehen. Kommen Sie doch mit und schauen Sie es sich selbst an. Wir öffnen bald die Türen.«

Mehr brauchte es nicht. Nach einer weiteren Besprechung im Flüsterton lehnten sie erst ihre Schilder sorgfältig gegen die Mauer und bildeten dann eine ordentliche Schlange an der Tür. So wären sie später die Ersten im Saal.

Drinnen war ich froh zu sehen, dass nichts mehr für mich zu tun blieb. Dewi war einmal mehr für den Projektor zuständig, Daisy überwachte die Bestuhlung, und die Ladys Hardcastle und Farley-Stroud steckten in einer Ecke verschwörerisch die Köpfe zusammen. Ich ging zu ihnen.

»Hallo, meine Liebe«, begrüßte mich Lady Hardcastle.

»Hallo«, erwiderte ich.

Darauf folgte ein peinliches Schweigen.

»Wolltest du irgendwas von mir?«, fragte sie dann.

»Nein, Mylady, Sie haben mich gebeten, Ihnen bei irgendetwas behilflich zu sein.«

»Ach ja? Stimmt, das habe ich. Aber jetzt wird sich schon um alles gekümmert.«

»Also soll ich einfach …?«

»Tu, worauf du Lust hast, Liebes. Der Abend gehört dir.«

Also tat ich, worauf ich Lust hatte.

Ich ging zu Daisy, wir saßen während der Vorführung nebeneinander und kommentierten leise die Mätzchen der Dorfbevölkerung. Die Reaktion des Publikums war so begeistert, dass wir alles noch zweimal anschauen mussten, und beim dritten Mal gab es keinerlei leise Kommentare mehr: Alle zogen laut und vernehmlich ihre Freunde und Nachbarn auf.

Der Abend wurde mit einer weiteren Vorführung von *Stadtmaus und Landmaus* beschlossen, gefolgt von einer Dankesrede Lady Farley-Strouds für die allseitige Hilfe und Unterstützung für das allererste Filmfestival von Littleton Cotterell.

Das erste?, dachte ich bei mir. *Es wird doch gewiss kein weiteres mehr geben.*

Lady Hardcastle und ich wurden hinausgescheucht, wir sollten das Aufräumen dem Komitee überlassen. Als wir am Haus ankamen, trafen wir dort auf der Schwelle auf zwei bibbernde Landstreicher.

»Sie sind wirklich zwei Dummköpfe«, schimpfte Lady Hardcastle, während ich die Tür aufschloss und alle nach drinnen führte. »Warum sind Sie denn nicht ins Dorf gekommen und haben uns gesucht?«

»Wir hätten gar nicht gewusst, wo wir hätten suchen sollen«, antwortete Skins. »Also haben wir einfach hier gewartet.«

18

Barty Dunn und Skins Maloney hatten ihre Instrumente im Zug zurück nach London gelassen und waren in Chipping Bevington ausgestiegen.

»Er ist einfach nicht weitergefahren«, erklärte Skins. »Laub auf den Schienen oder irgend so ein Quatsch. Wir haben ewig rumgesessen und gewartet ... Tatsächlich hab ich nie rausgefunden, worauf wir eigentlich gewartet haben. Wahrscheinlich auf irgend 'nen Kerl mit 'nem Besen, der die Gleise fegt. Also haben wir uns gesagt: Warum nicht einfach eine Koje für die Nacht in Lady H.s Bude schnorren? Und hier sind wir.«

Da waren sie, ganz zweifellos.

Ich schnitt ein bisschen Brot auf und stellte einen kalten Imbiss zusammen, dann beschlossen wir den Abend mit Geplauder und bei ein paar Liedern am Klavier. Beide Männer stellten sich als fähige Pianisten heraus und wechselten sich mit Lady Hardcastle beim Klimpern einiger beliebter Melodien ab. Zwischen den einzelnen Liedern erzählten wir ihnen alles, was sie seit ihrer Abreise nach Gloucester am Donnerstagnachmittag verpasst hatten.

»Sie beide machen keine halben Sachen, oder?«, fragte Skins. »Alle anderen würden sich damit zufriedengeben, ein paar Filme zu gucken und die Nacht mit einem schnellen Pint im Pub zu beschließen. Aber Sie beide nicht. Sie müssen sich mit Morden rumschlagen, die keine sind, und sich von einem Kerl mit einer Kanüle gefangen nehmen lassen.«

»Zu unserer Verteidigung muss ich sagen«, erwiderte Lady Hardcastle, »dass wir Cheetham und seine Mitverschwörer nicht ins Dorf eingeladen haben und dass wir auch nicht lange seine Gefangenen waren.«

»Allerdings sind wir tatsächlich nur mit einer Kanüle gefügig gemacht worden«, merkte ich an.

»Von der wir dachten, dass sie auf einer Spritze randvoll mit Zyankali steckte«, erwiderte sie.

»War das denn nicht so?«, fragte Skins.

»Nein«, sagte ich. »Es war nur Wasser. Sie waren eben keine richtigen Mörder.«

»Und keine richtigen Toten.«

»Was Ihren Neuigkeiten über Günther Ehrlichmann in nichts nachsteht«, überlegte Lady Hardcastle. »Den haben wir auch alle für tot gehalten.«

»Das muss er doch auch sein«, entgegnete ich. »Sie haben ihn erledigt. Mit einem Kopfschuss.«

»Und dennoch ...«

Die folgende Stille wurde von Skins' fröhlicher Stimme durchbrochen.

»Trotzdem war es nicht einfach nur ein gewöhnlicher Freitagabend, oder?«

»Unsere Freitagabende sind bestürzend oft so«, merkte

ich an. »Aber was ist mit Ihnen beiden? Wie ist es in Gloucester gelaufen?«

Daraufhin beschrieben sie die Schrecken, die Rhythmusgruppe einer drittklassigen Ragtimeband zu vertreten, »noch dazu am Arsch der Welt.«

Ich fragte sie besser nicht, wo sie jetzt zu sein glaubten – wenn sie schon eine Stadt wie Gloucester als Arsch der Welt abqualifizierten. Am äußeren Rand des Arsches der Welt vielleicht?

Wir gingen erst weit nach Mitternacht zu Bett, und ich versäumte es nicht, den Jungs heimlich mitzuteilen, dass Lady Hardcastle inzwischen Geburtstag hatte.

»Das hätten Sie uns früher sagen sollen«, schalt mich Barty. »Dann hätten wir ihr ein Geschenk mitgebracht.«

»Das hätte ich schon tun können«, erwiderte ich, »aber ich hatte ja keine Ahnung, dass Sie beide heute Nacht wieder vor unserer Tür stehen würden, oder?«

»Das stimmt wohl. Na, dann müssen wir uns eben was einfallen lassen.«

»Unsinn«, entgegnete ich. »Ihre Glückwünsche sind mehr als genug. Ich wollte nur, dass Sie Bescheid wissen, warum wir morgen früh so ein Gewese um sie machen, das ist alles.«

Dann ließ ich sie *in der besten Absteige im ganzen Westen*, wie sie sich ausdrückten, *pennen*.

Frühstück im Bett war an Geburtstagen auf jeden Fall unverzichtbar. Ich ließ das alte Mädchen ausschlafen (heute wurde sie schließlich zweiundvierzig, in dem Alter brauchte man seinen Schlaf), aber um halb neun entschied ich, dass ich nicht länger abwarten konnte. Mit Miss Jones' Hilfe stellte ich ein erstes Frühstückstablett mit weich gekochten Eiern, gebuttertem Toast, Kaffee, noch mehr Toast und einem Glas Marmelade zusammen.

Dann klopfte ich an die Schlafzimmertür und trat ein, ohne eine Antwort abzuwarten.

»Herzlichen Glückwunsch zum Geburtstag«, rief ich leutselig, und sie begann sich unter den Laken zu regen. Eine zerzauste Wolke aus dunklem Haar wühlte sich aus dem Deckenkokon hervor, in den sie sich eingesponnen hatte.

»Morgen«, murmelte sie. »Rieche ich da Kaffee?«

»Geburtstagskaffee für das Geburtstagskind«, bestätigte ich. Ich stellte das Tablett auf dem Bett ab und riss die Vorhänge mit Schwung auf. Dieser Überschwang passte überhaupt nicht zu dem schwachen Wintersonnenschein, der daraufhin durch das Fenster hereinplätscherte.

»Geschenke?«, fragte sie und setzte sich auf.

»Auf dem Tablett«, erwiderte ich.

»Oh«, sagte sie mit einem leichten Schmollanflug. »Ein Umschlag.«

»Machen Sie ihn einfach auf, Sie trauriges altes Huhn.«

Sie zog den Inhalt heraus. Dann legte sie mehrere Blätter Papier beiseite und las den Brief.

»*Liebe Schwester.* Ach, der ist von Harry. Wie schön! *Liebe Schwester, Lavinia und ich sind von dem unentwegten Gemaule einiger Teile ihrer weitverzweigten Familie beinahe in den Wahnsinn getrieben worden und haben uns deshalb entschieden, die Flucht anzutreten. Zum Teufel mit der ganzen Bagage! Anbei findest du zwei Fahrkarten nach Gretna Green. Strong-Arm kennt sämtliche Einzelheiten. Herzlichen Glückwunsch, altes Mädchen. Wie immer, alles Liebe, Harry.* Was für ein Vergnügen! Wann geht es los?«

»Wir brechen morgen in aller Frühe auf.«

»In aller Frühe?«, wiederholte sie skeptisch.

»Der Zug fährt um Viertel nach neun in Chipping Bevington ab.«

Sie stöhnte auf.

»Reißen Sie sich zusammen. Es ist der Auftakt zu einem neuen Abenteuer. Wir treffen uns mit Harry und Lady Lavinia in Gretna Green. Sobald die zwei mit dem fertig sind, was auch immer sie dort beim Schmied vorhaben, entlassen wir das glückliche Paar in die Flitterwochen und fahren mit dem nächsten Zug nach Edinburgh. Dort wohnen wir im North British Hotel, mit besten Empfehlungen des Bräutigams, der uns ein Dinner spendiert.«

»Das hört sich tatsächlich ziemlich gut an«, gab sie zu.

»In Edinburgh gibt es eine Menge zu sehen«, fuhr ich fort. »Und wir brauchen mal eine Pause.«

»Das stimmt, die brauchen wir.« Sie klopfte ihr Ei auf. »Aber was hast *du* denn für mich?«

Aus meiner Schürzentasche zog ich eine kleine Schachtel. »Die habe ich für Sie anfertigen lassen.«

Sie öffnete die Schachtel, und darin lag eine Brosche in Form von zwei Mäusen, eine mit Zylinder und Frack, die andere mit Schiebermütze und Tweedanzug.

Als Lady Hardcastle dann endlich nach unten kam, waren die Jungs schon auf und taten … irgendetwas im Frühstückszimmer.

»Ich weiß ja nicht, ob wir es unseren Hausgästen weiterhin gestatten sollten, sich im Frühstückszimmer zu verbarrikadieren«, sagte Lady Hardcastle. »Wer weiß, was sie da drin anstellen? Wahrscheinlich wachen wir morgen früh auf und finden heraus, dass sie Musiker aus der Gegend ermordet haben, um zur einzigen Rhythmusgruppe in Gloucestershire aufzusteigen.«

»Ich vermute, es ist sehr viel harmloser«, beschwichtigte ich sie. »Ich sehe mal nach, ob wir reingehen können.«

»Sind Sie beide fertig?«, fragte ich und streckte den Kopf durch die Tür.

»Wir sind so weit«, erklärte Barty.

»Sie können sie reinschicken«, fügte Skins hinzu.

Ich trat beiseite und hielt die Tür auf. »Bitte sehr, Mylady, treten Sie ein. Ich sage Edna, sie soll jetzt das Frühstück bringen.«

Bis ich wieder bei ihnen war, saßen sie schon um den Tisch herum.

»Ich werde heute wirklich verwöhnt«, sagte meine Herrin. »Sie haben mir nicht nur diese bezaubernde Geburtstagskarte gemacht« – sie hielt einen Bogen gefaltetes Kanzleipapier hoch; darauf hatten sie sich selbst karikiert und daneben geschrieben: *Alles Gute zum Geburtstag für ein richtiges Ragtime-Mädchen* – »sondern sie haben mir außerdem diese verdächtig inoffiziell wirkende handgeschriebene Einladung in den *Rag-a-*

Muffin Club geschenkt, wann auch immer ich kommen möchte. Es steht sogar darauf, dass ich umsonst Cocktails trinken kann.«

»Wir kennen die Betreiber«, erläuterte Skins.

»Es ist alles vollkommen legal«, betonte Barty.

»Was für ein wunderbares Geschenk«, rief Lady Hardcastle aus. »Vielen Dank, Jungs.«

Und dann kam Edna mit noch mehr zu essen herein.

Ich bat Miss Jones, den Musikern für den Zug ein paar Sandwiches zu machen. Außerdem fand ich noch ein paar Flaschen Bier in der Speisekammer, obwohl ich froh war, dass ich nicht dabei sein würde, wenn sie sie öffneten – Gott allein wusste, wann wir die gekauft hatten.

Sie hatten vorausgedacht und dem Burschen mit der Kutsche Bescheid gesagt, er solle sie um die Mittagszeit abholen. Wir winkten ihnen von der Tür aus nach, als sie ihre Siebensachen auf die Kutsche luden. Gerade wollte ich wieder die Tür schließen, als ich Skins noch einmal auf uns zukommen sah.

»Haben Sie etwas vergessen?«, fragte ich.

»Na ja«, erwiderte er, »also … die Sache ist die … nun … was ich sagen möchte …«

Ich lächelte und zog die Augenbrauen hoch, was ihn dazu ermuntern sollte fortzufahren.

»Ich … ähm … habe mich gefragt …«

Barty verlor sichtlich die Geduld. »Beeil dich, Skins!«, rief er. »Wir verpassen sonst noch den verdammten Zug.«

»Ja … na ja … wissen Sie …«, murmelte Skins.

»Ehrlich, Kumpel«, schrie Barty. »Wir haben heute Abend noch 'nen Job zu erledigen.«

»Äh ... ja ... na ja, ich sollte dann wohl besser los«, sagte Skins und lief den Weg zurück zu der wartenden Kutsche.

»Was war das denn?«, fragte Lady Hardcastle, nachdem ich die Tür geschlossen hatte.

»Ich bin nicht ganz sicher«, erwiderte ich. »Ich vermute, mir ist gerade der Hof gemacht worden. Oder wie auch immer man das ausdrückt.«

»Aber sicher bist du dir nicht.«

»Es war sehr schwer zu entscheiden.«

»Wir sehen sie bestimmt wieder.«

»Bestimmt, Mylady. Aber jetzt muss ich für Schottland packen.«

Nachbemerkung

In der Frühzeit des Kinos standen die Filmemacher oder die Schauspieler oft neben der Leinwand und erzählten die Handlung. Im Jahre 1909 war das aus der Mode gekommen, aber ich hatte das Gefühl, dass Nolan Cheetham genau der Typ für so etwas wäre, und von mir zurate gezogene Experten haben mir versichert, dass das in einem kleinen Dorf wie dem fiktiven Littleton Cotterell nicht besonders aufgefallen wäre.

Auch die Praxis, die örtliche Bevölkerung tagsüber aufzunehmen und ihr das Ergebnis am Abend gegen eine Gebühr vorzuführen, war 1905 bereits aus der Mode, aber es wäre immer noch im Bereich des Möglichen gewesen, die Dorfbevölkerung auf diese Weise zu unterhalten, vor allem wenn der Film von einer der ihren gemacht worden wäre (in diesem Fall von Lady Hardcastle).

Apropos Lady Hardcastle, sie ist ziemlich innovativ: Animationen durch Zeitraffertechnik gab es zwar schon eine Weile, aber sogar 1909 waren sie noch längst nicht alltäglich. Ich dachte mir, es wäre interessant, sie als eine laienhafte Pionierin darzustellen.

Und falls Sie sich das gefragt haben, es gibt keinen Bischof von Rochdale.

Am 4. November 1909 war der Mond nicht einmal mehr halb voll und ist über Englands Westen erst nach zehn Uhr abends aufgegangen. Das weiß ich, weil ich es nachgeschlagen habe. Dennoch brauchte ich einen Vollmond, um die Ereignisse an diesem Abend sichtbar werden zu lassen, also habe ich einen erfunden und ihn um sieben Uhr abends bereits hoch am Himmel platziert. Ich hoffe, das macht Ihnen nichts aus.

Trotz seiner wiederholten Benutzung in fiktionalen Texten, kann man mit Tetrodotoxin (Kugelfischgift) den Tod nicht simulieren. Man kann einen Menschen damit nur töten. Dennoch spielt es weiterhin in Geschichten über Voodoo-Rituale eine Rolle, und es gibt einige Hinweise darauf, dass haitianisches Zombiepulver kleine Mengen Kugelfischgift enthält; es wird immer noch für möglich gehalten, dass es für die Geschichten verantwortlich ist, in denen Menschen vermeintlich von den Toten auferstehen.

Der Auftritt der Dogge Hamlet geschieht zum freundlichen Andenken an Beryl, die Cousine meiner Mutter, die während meiner Arbeit an diesem Buch verstorben ist. In meiner Kindheit hat sie eine wichtige und liebevolle Rolle gespielt, und ich vermisse sie. Fast ebenso sehr vermisse ich einen ihrer Hunde, eine »blaue« Dogge, die tatsächlich den Namen Hamlet trug. Sie machte viel Lärm, war störrisch und unbeholfen (ein genetischer Defekt führte dazu, dass die inneren Knochen ihrer Vorderbeine – die Speichen – schneller als die äußeren wuchsen – die Ellen –, sodass ihre Vorderpfoten sich spreizten und nur schwer zu beherrschen waren). Ein beliebter Zeitvertreib Hamlets war, sich mit den schiefen Vorderbeinen auf einer hohen Begrenzungsmauer am hinteren Ende des Gartens abzustützen und so die Passanten drohend zu überragen, die er fröhlich anbellte. Soweit ich weiß, hat er niemals eine kleine Menschentraube umgeworfen, aber ich bin sicher, dass ihm das gefallen hätte, wenn er jemals Gelegenheit dazu gehabt hätte.

Danksagung

Ich stehe tief in der Schuld von Dr. Peter Walsh dafür, dass er sein großes Expertenwissen über das britische Kino der Jahrhundertwende mit mir geteilt hat. Wahrscheinlich schulde ich ihm dafür mehr als ein weiteres Mittagessen.

Außerdem bin ich Jo Webster-Green außerordentlich dankbar, deren genaue Aufzeichnungen über Lady Hardcastles frühere Abenteuer mich davor bewahrt haben, zahlreiche Fehler bei Figuren und ihrer Geschichte zu begehen.

Und natürlich bedanke ich mich sehr und von Herzen beim Team von Thomas & Mercer. Besonders dankbar bin ich meinen zwei (in Zahlen: 2) wunderbaren Lektorinnen Jane Snelgrove und Victoria Pepe, ohne deren professionelle Hilfe und persönlichen Einsatz in einem aufreibenden Jahr nichts von alledem möglich gewesen wäre. Außerdem darf ich Hatty Stiles nicht vergessen, denn das wäre einfach nur unhöflich.